JN370877

최초의 인간

최초의 인간

Le Premier homme

알베르 카뮈 장편소설 김화영 옮김

LE PREMIER HOMME(Cahiers Camus n° 7)
by M. ALBERT CAMUS

일러두기

1. 프랑스어판 편집자인 카트린 카뮈가 〈편집자의 말〉에서 언급했듯이 카뮈의 기록 중 판독이 어려운 단어는 각괄호([ ])에 넣어서, 판독이 불가능한 것은 각괄호 사이의 여백에 넣어 나타냈다.
2. 각주 가운데 카뮈 자신이 원고지에 겹쳐 쓴 이문은 꽃표(*)로, 종이 여백에 덧붙여 쓴 글은 알파벳(a, b, c……)으로 표기했고, 프랑스어판 편집자가 단 각주는 아라비아 숫자(1, 2, 3……)로, 옮긴이가 단 각주는 반괄호 속 아라비아 숫자[1), 2), 3)……]로 표기했다.

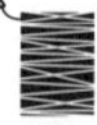

이 책은 실로 꿰매어 제본하는 정통적인 사철 방식으로 만들어졌습니다.
사철 방식으로 제본된 책은 오랫동안 보관해도 손상되지 않습니다.

편집자의 말

오늘 우리는 『최초의 인간』을 출판하게 되었다. 이것은 알베르 카뮈가 사망하던 그날까지도 집필 중이던 작품이다. 육필 원고는 1960년 1월 4일, 그가 지니고 있던 조그만 가방 속에서 발견되었다. 때로는 마침표도 쉼표도 찍지 않은 채 판독하기 어려운 속필로 펜을 달려 쓴 144페이지의 원고는 한 번도 다시 손질을 하지 않은 상태였다(이 책의 27, 63, 87, 236면의 텍스트 사본을 참조할 것).

우리는 그 원고와 프랑신 카뮈가 만든 첫 번째 타자본을 기초로 이 책의 텍스트를 작성했다. 또 이야기의 내용을 잘 이해할 수 있도록 필요한 구두점들을 찍었다. 분명하게 판독되지 않는 단어들은 각괄호(〔 〕) 속에 넣어 표시했다. 판독이 불가능한 단어나 문장의 토막은 각괄호 사이의 여백으로 나타냈다. 페이지 하단에는 원고상에 겹쳐서 쓴 이문(異文)은 꽃표(*) 다음에, 종이 여백에 추고한 글은 알파벳 소문자(a, b, c……) 다음에, 편집자의 주는 숫자(1, 2, 3……) 다음에 표기했다.

뒤에 붙인 부록에는 낱장 쪽지들의 내용이 실려 있는데, 원래 그 낱장들의 일부는 원고 사이사이(낱장 I은 4장 앞, II는 중복된 6장 앞)에 끼여 있었고 나머지(낱장 III, IV, V)는 원고 끝에 붙어 있었다.

〈최초의 인간(노트와 구상)〉이란 제목이 붙은 공책, 즉 모눈 줄이 그어진 종이들을 나선형 철사로 철한 공책은 저자가 장차 그의 작품을 어떤 모습으로 발전시켜 나가고자 했는지를 독자들이 다소나마 짐작할 수 있게 해주는 것이기에 그 뒤에 첨부했다.

『최초의 인간』을 다 읽고 난 독자라면 알베르 카뮈가 노벨 문학상을 받은 직후 그의 초등학교 시절의 교사 루이 제르맹에게 보낸 편지, 그리고 루이 제르맹이 그에게 보낸 마지막 편지를 부록에 싣게 된 까닭을 이해할 수 있을 것이다.

우리는 여기서 오데트 디아뉴 크레아크, 로제 그르니에 및 로베르 갈리마르 등 여러 분에게 그들이 너그럽고도 한결같은 우정으로 우리에게 베풀어 준 도움에 감사의 뜻을 표하고자 한다.

카트린 카뮈

제1부

아버지를 찾아서

중계자: 카뮈 미망인[1)]

이 책을 결코 읽지 못할 당신에게[a][2)]

돌투성이의 길 위로 굴러 가는 작은 포장마차 저 위로 크고 짙은 구름 떼들이 석양 무렵의 동쪽을 향하여 밀려가고 있었다. 사흘 전에 그 구름들은 대서양 위에서 부풀어 올라 가지고 서풍을 기다렸다가 이윽고 처음에는 천천히, 그리고 점점 더 빨리 동요하는가 싶더니 인광처럼 번뜩이는 가을 바닷물 위를 대륙 쪽으로 곧장 날아가 모로코의 물마루에서 실처럼 풀렸다가[b] 알제리의 고원 위에서 양 떼들처럼 다시 모양을 가다듬더니 이제 튀니지 국경에 가까워지자 티레니아 바다 쪽으로 나가서 자취를 감추려고 하는 것이었다. 숱한

1) 여기서 〈미망인〉은 알베르 카뮈의 어머니를 지칭하며 이 작품과 작가 사이를 중계한 영감의 원천으로서 〈중계자〉가 그 어머니임을 밝힌 것으로 해석된다 — 옮긴이주(이하 옮긴이주는 반괄호 속 아라비아 숫자로 표기).

a (지질학적 익명을 추가할 것. 대지와 바다.)

2) 작가가 어머니에게 바친 헌사로 보이나 그 직접적인 표현을 피하기 위하여 〈대지〉, 〈바다〉와 같은 〈익명의〉 신화적 〈어머니〉들로 바꾸어 놓은 것으로 짐작된다. 〈이 책을 결코 읽지 못한다는〉 점에서는 문맹인 카뮈의 어머니나 이 신화적 주체들이나 동일하다.

b 솔페리노.

제국들과 민족들이 수천 년 동안 이동해 온 것보다 더 빠를 것도 없는 걸음으로 그 이름 없는 고장 위를 지나, 북쪽으로는 요동하는 바다가, 남쪽으로는 얼어붙은 듯이 정지한 모래의 파도가 보호해 주고 있는 그 거대한 섬 같은 지역의 하늘 위로 수천 킬로미터를 달려오고 나자 뻗쳐오르던 기운이 쇠했는지 그중 몇은 어느새 굵고 드문 빗방울로 변하여 네 사람의 여행자들 머리 위 마차 포장을 후려치면서 투닥거리기 시작했다.

모양은 반듯하지만 제대로 다져지지 않은 길 위로 포장마차는 삐걱대며 굴러가고 있었다. 이따금씩 쇠로 메운 바퀴 테나 말발굽 밑에서 번쩍하고 불꽃이 일곤 했고 그럴 때면 모진 돌멩이가 하나 마차의 나무판에 와 부딪치거나 반대로 시답잖은 소리를 내면서 길가 도랑의 푸석한 흙에 가 박혔다. 그러는 동안에도 두 마리의 조랑말은 가끔씩 약간 비틀거리는 듯도 하지만 그래도 살림살이를 실은 무거운 포장마차를 끄느라고 앞가슴을 쳐들고 보조가 서로 다른 속보로 부지런히 길을 등 뒤로 밀어내면서 규칙적으로 나아가고 있었다. 그중 한 마리는 이따금씩 요란하게 코를 킁킁대면서 숨을 내뿜었는데 그 바람에 발걸음이 헝클어지곤 했다. 그럴 때면 마차를 모는 아랍인이 낡은* 고삐 바닥으로 말 등을 쳤고 그러면 말은 다시 제 리듬을 회복하는 것이었다.

앞좌석의 마부 옆에 앉아 있는 남자는 서른 살 남짓 되어 보이는 프랑스 사람인데 눈앞에서 움직이고 있는 두 개의 말 엉덩이를 무표정한 얼굴로 바라보고만 있었다. 꽤 큰 키에 좀 뚱뚱하고 얼굴은 긴 편이며 높고 모난 이마, 힘찬 턱에 눈매가 맑은 그는 철이 늦었는데도 그 당시 유행인 단추 세 개

* 닳아서 금이 간.

달리고 목을 채우도록 되어 있는 양달령 저고리를 입고, 짧게 깎은 머리에는 가벼운 캡[a]을 쓰고 있었다.[b] 그들의 머리 위 마차 포장에 비가 쏟아지기 시작하자 그는 마차 안쪽을 돌아다보며 〈괜찮아?〉 하고 소리쳤다. 첫 번째 좌석과 잔뜩 쌓인 낡은 트렁크며 가구들 더미 사이에 옹색하게 끼여 있는 두 번째 좌석에 옷차림은 초라하지만 올이 굵고 큰 숄로 몸을 감싸고 앉아 있는 여자가 그에게 힘없이 미소를 지어 보이면서 〈네, 괜찮아요〉 하고 변명하는 몸짓을 하면서 말했다. 네 살 먹은 어린 사내아이가 그녀에게 몸을 기댄 채 잠이 들어 있었다. 그녀의 얼굴은 부드럽고 반듯했으며 스페인 여자 특유의 굽슬거리는 검은 머리, 작고 곧은 코에 아름답고 따뜻한 눈매는 갈색이었다. 그러나 그 얼굴에는 어딘지 강한 인상을 주는 무엇인가가 있었다. 그것은 피곤이나 그와 유사한 어떤 것 때문에 잠정적으로 얼굴에 들씌워지는 일종의 가면 같은 것이 아니라 천진한 사람들이 항상 지니고 있는 무심함과 온화한 방심의 표정 같은 것으로, 여기서는 아름다운 얼굴 모습 위에 언뜻 나타났다가 지나가는 것이었다. 놀라울 정도로 선량해 보이는 눈매에는 가끔 까닭 없는 두려움의 빛이 어렸다가는 이내 지워지곤 했다. 일을 많이 해서 이미 많이 상한 마디 굵은 손바닥으로 그 여자는 남편의 등을 가볍게 툭툭 치면서 〈괜찮아요, 괜찮아〉 하고 말했다. 그러고는 이내 미소를 거두고 포장 저 아래쪽에 벌써부터 물웅덩이들이 생겨 번들거리는 길을 바라다보는 것이었다.

남자는, 노란 끈들이 달린 터번을 쓴 채 엉덩이 부분의 품이 크고 발목 위를 꼭 죄게 되어 있는 조잡한 바지를 잔뜩 껴

a 혹은 일종의 중산모자.
b 큼직한 구두를 신고.

입어서 몸이 둔해져 있는 태평한 표정의 아랍인을 돌아보았다. 「아직 멀었어?」 아랍인은 수북하고 흰 콧수염 속에서 미소를 지었다. 「8킬로미터만 가면 도착이야.」 남자는 고개를 돌리더니 미소를 짓지는 않아도 그러나 자상한 표정으로 그의 아내를 바라보았다. 그 여자는 길에서 눈길을 돌리지 않았다. 〈고삐를 나한테 줘〉 하고 남자가 말했다. 「좋을 대로.」 아랍인이 말했다. 그가 그에게 고삐를 건네주었고, 늙은 아랍인이 그의 몸 밑으로 해서 이제 막 그가 일어선 자리로 미끄러지듯 옮겨 앉는 동안 남자는 그를 타넘었다. 그가 고삐 바닥으로 두어 번 툭툭 쳐서 휘어잡자 말들은 빠른 걸음걸이를 추슬렀고 갑자기 좀 더 똑바로 마차를 끌어당기기 시작했다. 〈말을 잘 다루네〉 하고 아랍인이 말했다. 대답은 짤막했다. 남자는 웃지도 않은 채 〈응〉 하고 말했다.

햇빛이 엷어진다 싶더니 금방 밤이 찾아 들었다. 아랍인은 그의 왼쪽에 있던 초롱을 벽걸이에서 벗겨 내더니 밑바닥 쪽을 들여다보며 조잡한 성냥을 여러 개피씩이나 없애 가며 거기 있는 양초에다 불을 켰다. 이윽고 그는 초롱을 제자리에 걸었다. 이제 비는 가늘지만 규칙적으로 내리고 있었다. 빗줄기는 흐릿한 초롱 불빛 속에서 번쩍거렸고 주위의 캄캄한 어둠을 가벼운 소리로 가득 채워 놓고 있었다. 이따금씩 포장마차는 가시가 돋은 덤불 옆을 지나곤 했다. 잠시 동안 희미한 빛을 받아 키 작은 나무들이 보였다. 그러나 대부분 마차는 칠흑 같은 어둠 때문에 더욱 광대해진 텅 빈 공간의 한가운데로 달리고 있었다. 다만 불에 탄 풀잎 냄새, 혹은 갑자기 매캐한 거름 냄새가 풍겨 와서 더러는 경작지 옆으로 지나가고 있구나 하고 짐작할 수 있었다. 뒤에서 여자가 뭐라고 말을 하자 마차를 몰던 남자가 말고삐를 약간 잡아당기면서 뒤쪽으로 몸을 굽혔다. 〈아무도 없나 봐〉 하고 여자가 되풀이하여 말했다. 「무서워?」 「뭐라고?」 남자가 같은 말을 반복했다. 그러나 이번에는 큰 소리로. 「아니, 아니에요. 당신하고 같이 있을 땐 아니에요.」 그러나 여자는 불안해하는 것 같았다. 〈아프구먼〉 하고 남자가 말했다. 「약간요.」 그는 말들을 채근했다. 그러고는 오직 움푹 파인 마차 자국들 위로 굴러가는 바퀴와 길바닥을 밟는 여덟 개의 발굽이 내는 요란한 소리만이 다시금 어둠을 가득 채웠다.

1913년 가을의 어느 날 밤이었다. 여행자들은 삼등 기차의 딱딱한 긴 의자에 앉아서 하루 밤 하루 낮 동안 여행한 끝에 알제로부터 본 역에 도착했고 다시 두 시간 전에 그 역을 떠나오는 길이었다. 그들은 역에서 마차와 내륙으로 20킬로미터 남짓 떨어져 있는 어느 작은 마을 근처의 농장으로 그들을 데려가려고 기다리고 있는 그 아랍인을 찾아냈다. 남자가 농장의 관리인 자리를 맡기로 되어 있었던 것이다. 트렁크들과 몇 가지 소지품들을 싣느라고 시간이 걸렸고 또 험한 길 때문에 지체되었다. 동행이 불안해하는 것을 눈치챘는지 아랍인이 그에게 말했다. 「겁낼 것 없어. 여긴 강도는 없다고.」 〈도처에 강도야. 하지만 여기 든든한 게 있으니까〉 하고 남자는 말하면서 그의 좁은 주머니를 툭툭 두드려 보였다. 〈잘 생각했어. 미친놈들이란 어디나 있는 법이니까〉 하고 아랍인이 말했다. 그 순간 여자가 남편을 불렀다. 「앙리, 몸이 아파요.」 남자가 욕을 하면서 말을 약간 더 채근했다.[a] 〈다 왔어〉 하고 그가 말했다. 한참 뒤 그는 다시 아내를 바라보았다. 「아직도 아파?」 여자는 그에게 이상할 정도로 무심한 표정으로, 그렇다고 괴로워하는 것 같지도 않게 미소를 지었다. 「네, 많이요.」 남자는 아까와 마찬가지로 심각하게 아내

a 어린 소년.

를 바라보고 있었다. 그러자 여자가 다시 변명을 했다. 「별것 아니에요. 아마 기차 때문이겠죠.」 〈저기 봐. 마을이야〉 하고 아랍인이 말했다. 과연 길 왼쪽 약간 떨어진 곳에 내리는 비 때문에 흐릿해진 솔페리노의 불빛이 눈에 들어왔다. 〈아니 오른쪽 길로 가야지〉 하고 아랍인이 말했다. 남자는 망설이더니 자기 아내 쪽을 돌아보았다. 〈집으로 바로 갈까 아니면 마을로 갈까?〉 하고 그가 물었다. 「오, 집으로 가요. 그쪽이 낫겠어요.」 좀 더 가다가 마차는 그들을 기다리는 낯선 집 방향인 오른쪽으로 돌았다. 〈1킬로미터만 더 가면 돼〉 하고 아랍인이 말했다. 〈다 왔어〉 하고 남자가 아내 쪽을 향해 말했다. 여자는 몸은 완전히 쪼그린 채 얼굴을 두 팔 속에 묻고 있었다. 〈뤼시〉 하고 남자가 말했다. 여자는 꼼짝도 하지 않았다. 남자가 그녀를 손으로 건드렸다. 여자는 소리 없이 울고 있었다. 남자가 또록또록하게 음절을 끊어 가면서 그녀의 말을 흉내 내어 말했다. 「곧 자리에 눕게 돼. 내가 가서 의사를 데려올게.」 「네, 의사를 데려오세요. 그래야 될 것 같아요.」 아랍인은 놀라서 그들을 바라보았다. 「집사람이 아이를 낳으려고 해. 마을에 의사가 있지?」 「응, 필요하면 내가 가서 데려오지.」 「아냐 자넨 집에 있어. 잘 보고 있으라고. 내가 더 빨리 갔다 올 테니. 의사한테 마차나 말이 있겠지?」 「마차가 있어.」 이윽고 아랍인이 여자에게 말했다. 「사내아이가 나올 거야. 잘생긴 녀석이라야 되는데.」 여자가 무슨 소리인지 알아듣는 것 같지도 않으면서 그에게 미소를 지었다. 「집사람은 귀가 잘 안 들려. 집에서는 큰 소리로 말하고 손짓을 해.」

문득 마차가 달려도 아무 소리가 나지 않았다. 좀 더 좁아진 길은 응회암으로 덮여 있었다. 길옆으로는 기와를 이은 작은 헛간들이 늘어서 있고 그 뒤로 포도밭의 첫 고랑들이 보였다. 발효하기 전의 포도즙에서 나는 톡 쏘는 냄새가 그들을 맞았다. 그들은 지붕을 높게 올린 큰 건물들을 지났고 마차 바퀴는 나무 한 그루 없는 마당 같은 곳에 덮인 광재(鑛滓) 위로 굴러 갔다. 말들이 걸음을 멈추었고 그중 한 마리가 콧바람 소리를 냈다.[a] 아랍인이 하얗게 회벽을 바른 작은 집을 손가락으로 가리켰다. 황산염을 발라 테두리를 파랗게 장식한 작고 나지막한 문 주위로 포도 넝쿨이 뻗어 올라가고 있었다. 남자가 땅에 내려서더니 비를 맞으며 집 쪽으로 뛰어갔다. 그가 문을 열었다. 문을 열자 텅 빈 아궁이 냄새가 나는 어두운 방이었다. 그 뒤를 따라온 아랍인이 어두컴컴한 방을 곧장 건너질러 벽난로를 향하여 가더니 불씨를 헤집어 가지고 방 한가운데 둥근 탁자 위쪽에 걸려 있는 석유램프에다 불을 켰다. 남자는 그제야 겨우 붉은색 타일을 바른 개수대, 낡은 찬장, 그리고 습기가 눅눅한 달력이 벽에 걸려 있는 석회칠한 부엌이라는 것을 알아볼 수 있었다. 같은 붉은색 타일을 바른 계단이 위층으로 나 있었다. 〈불을 좀 피워〉 하고 말한 그는 마차로 되돌아갔다. (어린 소년을 데리러 갔나?) 여자는 아무 말없이 기다리고 있었다. 그는 아내를 팔로 안아 땅에 내려놓았다. 그리고 한동안 그대로 안은 채 그녀에게로 고개를 수그렸다. 「걸을 수 있어?」 〈응〉 하고 그 여자가 말했다. 그리고 마디 굵은 손으로 남편의 팔을 쓰다듬었다. 그는 여자를 집으로 부축해 갔다. 〈잠깐〉 하고 그가 말했다. 아랍인이 벌써 불을 피워 놓고서 정확하고 잽싼 솜씨로 포도 넝쿨들을 지피고 있었다. 여자는 배에 손을 얹은 채 탁자 옆에 서 있었다. 램프 불빛 쪽으로 젖힌 그녀의 고운 얼굴에는 지금 짧은 고통의 물결이 지나가고 있었다. 그는 집

a 밤이어서 어두운가?

안의 습기도, 오랫동안 버려 둔 집 안의 찌든 냄새도 느끼지 못하는 것 같았다. 남자는 위층의 이 방 저 방으로 부산하게 오가고 있었다. 이윽고 그가 계단 꼭대기에 나타났다. 「침실에는 벽난로가 없나?」 〈없어. 저쪽 딴 방에도 없고〉 하고 아랍인이 말했다. 〈이리 와봐〉 하고 남자가 말했다. 아랍인이 그에게로 갔다. 잠시 후 매트리스를 든 그의 등이 불쑥 나타났다. 다른 한끝은 남자가 맞잡고 있었다. 그들은 그걸 벽난로 옆에 갖다 놓았다. 남자는 탁자를 한구석으로 치웠고 그 동안 아랍인은 위층으로 올라갔다가 곧 베개와 담요 몇 장을 가지고 다시 내려왔다. 〈여기 누워〉 하고 남자가 아내에게 말했고 여자를 매트리스 쪽으로 데리고 갔다. 여자는 주저했다. 그제야 매트리스에서 올라오는 축축한 말총 냄새를 느낄 수 있었다. 〈옷을 벗을 수가 없어서요〉 하고 여자는 드디어 그 장소가 어떤 곳인지를 알아차렸다는 듯이 두려움 섞인 표정으로 주위를 둘러보며 말했다. 〈속에 입은 것을 벗어〉 하고 남자가 말했다. 그리고 또 되풀이해서 말했다. 「속옷을 벗으라고.」

그리고 아랍인에게 말했다. 「수고했어. 가서 말을 풀어 놔. 그걸 타고 마을에 가야겠어.」 아랍인이 밖으로 나갔다. 여자가 남편에게 등을 돌린 채 부산하게 움직였다. 남편도 등을 돌리고 돌아섰다. 이윽고 그녀가 자리에 누웠고 눕는 즉시 담요를 끌어당겨 덮더니 단 한 번, 한 입 가득 길게, 마치 고통이 자신의 몸속에 축적해 놓은 모든 절규를 단번에 다 토해 버리겠다는 듯이 비명을 질렀다. 남자는 매트리스 옆에 선 채 그녀가 비명을 지르도록 버려두고만 있더니 이윽고 잠잠해지자 모자를 벗고 한쪽 무릎을 꿇고 주저앉아 여자의 감은 두 눈 위의 아름다운 이마에 입을 맞추었다. 그는 다시 모자를 쓰더니 마침내 빗속으로 나섰다. 마차에서 풀어놓은 말이 광재 속에 앞발을 박은 채 제자리에서 맴돌았다. 〈안장을 찾아와야지〉 하고 아랍인이 말했다. 「아냐. 고삐를 그냥 둬. 이대로 타고 갈 테야. 트렁크랑 세간을 부엌으로 들여놔. 자네 마누라 있나?」 「죽었어. 늙었으니까.」 「딸은 있나?」 「없어. 다행이지. 그렇지만 며느리가 있어.」 「좀 오라고 그래.」 「그러지. 걱정 말고 갔다 와.」 남자는, 가는 비를 맞고 가만히 서서 젖은 수염 속에서 자신에게 미소를 지어 보이는 그 늙은 아랍인을 바라보았다. 그는 지금도 미소는 짓지 않았지만 맑고 자상한 눈길로 그를 건너다보았다. 그러더니 상대편의 손을 잡았다. 저쪽에서는 아랍식 풍습에 따라 손가락 끝으로 그 손을 잡고서 입술로 가져갔다. 남자는 광재를 밟는 소리를 내며 돌아서더니 말 있는 데로 가서 안장도 없이 그대로 올라타고 무거운 속보로 멀어져 갔다.

농장을 벗어나자 남자는 아까 그들이 마을의 첫 번째 불빛을 알아보았던 네거리 쪽으로 방향을 틀었다. 불빛들이 지금은 더 또렷하게 반짝이고 있었다. 비가 멈추었던 것이다. 그리하여 오른편에 그 불빛들 쪽으로 난 길이 포도밭을 뚫고 곧게 뻗어 있는 것이 선명하게 보였고 밭에 친 철사 줄들이 군데군데 번쩍거렸다. 그 길을 반쯤 왔으려니 짐작될 무렵 말이 저 혼자서 걸음을 늦추면서 터덜터덜 걷기 시작했다. 직사각형의 오두막집 같은 것이 가까이 보였는데 그중 한 부분은 벽돌을 쌓아 방을 들였고, 판자로 지은 다른 한쪽은 가장 덩치가 큰 부분으로 커다란 차양을 꼭 무슨 카운터같이 생긴 것 위로 끌어당겨 덮어 놓은 모습이었다. 벽돌을 쌓은 쪽 벽에 문이 하나 뚫려 있었고 거기에 〈자크 부인네 농민 간이식당〉이라고 씌어 있었다. 문 밑으로 불빛이 새어 나오고 있었다. 남자는 말을 문에 바싹 가까이 세우고는 내리지 않은 채로 노크를 했다. 이내 낭랑하고 또렷한 목소리가 안에서 물었다. 「뭐지요?」 「생타포트르 농장에 새로 온 관리인입니다. 아내가 해산을 하게 되어서요. 도움이 좀 필요합니다.」 아무 대답이 없었다. 한참이 지나 걸쇠를 벗기고 빗장 막대기를 당겨서 끄는 소리가 나더니 문이 조금 열렸다. 뺨이 통통하고 도톰한 입술 위의 코가 납작한 유럽 여자의 검은 곱슬머리를 알아볼 수 있었다. 「저는 앙리 코르므리라고 합니다. 제 아내한테 좀 가주실 수 있겠습니까? 저는 의사를 데리러 가야 합니다.」 여자는 사람의 심중과 적대 관계를 저울질하는 데 길이 든 눈으로 그를 뚫어지게 쳐다보았다. 그도 여자의 눈길에 단호히 맞섰지만 더 이상 구구한 설명은 하지 않았다. 〈가지요. 서두르세요〉 하고 여자가 말했다. 그는 고맙다고 인사하고 나서 두 발꿈치로 말을 차며 달렸다. 얼마 후 그는 마른 흙으로 쌓은 성벽 같은 것들 사이를 지나 마을에 이르렀다. 단 하나뿐인 듯한 골목길이 그의 앞에 가로놓이고 그 길가에 하나같이 닮은 작은 단층집들이 늘어서 있었다. 그 집들을 따라가자 응회암으로 덮인 조그마한 광장이 나오고 거기에는 뜻밖에도 철골로 세운 야외 음악당이 하나 서 있었다. 골목길이 그랬듯이 광장에도 인적이 없었다. 코르므리가 어느새 그중 한 집을 향해서 다가가고 있는데 짙은 색깔의 찢어진 모자 달린 외투를 입은 아랍인 하나가 어둠 속에서 불쑥 나타나 그에게로 걸어왔다. 〈의사의 집이 어디 있죠〉 하고 즉시 코르므리가 물었다. 상대방은 말 탄 사람을 찬찬히 뜯어보았다. 〈이리 와〉 하고 그는 상대를 뜯어보고 나서 말했다. 그들은 골목길을 반대쪽으로 되짚어갔다. 보잘것없는 그 집들 중 지반을 돋우어 지어 회칠한 층계를 통해 올라가게 되어 있는 어느 한 집에 〈자유, 평등, 박애〉라고 쓰인 것이 보였다. 초벽을 바른 담으로 둘러싸인 조그마한 정원이 그에 이웃해 있었는데 아랍인은 그 안쪽에 서 있는 집을 손가락질하면서 〈저거야〉 하고 말했다. 코르므리는 말에서 내려서더니 조금도 지친 기색이 없는 걸음걸이로 정원을 건너갔다. 정원이라고 해봐야 그 한가운데 잎사귀는 마르고 줄기는 썩은 난쟁이 종려나무가 한 그루 보일 뿐이었다. 그는 문에 노크를 했다. 아무 대답이 없었다.[a] 그는 뒤를 돌아보았다. 아랍인은 그냥 말없이 기다리고 있었다. 그는 다시 노크를 했다. 안쪽에서 발소리가 들리더니 문 뒤에 와서 멎었다. 그러나 문은 열리지 않았다. 코르므리는 다시 노크를 하면서 말했다. 「의사를 찾습니다.」 이내 빗장이 벗겨지고 문이 열렸다. 젊고 혈색이 좋은 얼굴이지만 머리가 거의 하얗게 센 남자가 나타났다. 키가 크고 기골이 장대하며 발목에 각반을 꽉 죄어 맨 그는 사냥할 때 입는 조끼 같은 것을 걸치고 있었다. 〈아니, 도대체 어디서 오셨우? 한번도 못 본 얼굴인데〉 하고 그가 미소 지으며 말했다. 남자가 사정을 설명했다. 「아, 그래요, 면장이 나한테 귀띔을 했었어요. 하지만, 여보시오. 정말이지 골라 골라 한심한 벽촌에 와서 해산을 하시는구려.」 그러자 남자는 좀 더 있다가 일을 당하려니 했는데 필시 예상이 빗나간 모양이라고 말했다. 「그럼요, 누구나 당할 수 있는 일이죠. 갑시다. 마타도르의 등에 안장을 얹어 가지고 뒤따라가리다.」

돌아오는 길 중간쯤, 다시 내리기 시작한 빗속에서 흰색이 섞인 회색 말을 탄 의사는, 농장의 둔한 말 잔등에 올라앉아 흠뻑 젖기는 했지만 여전히 꼿꼿한 자세로 가고 있는 코르므리를 따라잡았다. 〈별난 도착이군요. 하지만 두고 보세요, 좋은 구석이 없지 않은 고장이니까요. 모기와 시골 강도들만은

a 나는 모로코 사람들을 상대로 전쟁을 했어. (묘한 눈길로) 모로코 사람들은 좋지 못해.

예외지만……〉 하고 의사가 큰 소리로 말했다. 그는 미소를 지었다. 그러나 저쪽 남자는 아무 말없이 계속 길만 가고 있었다. 의사가 그를 유심히 쳐다보았다. 〈아무 걱정할 것 없어요. 다 잘될 겁니다〉 하고 그가 말했다. 코르므리는 맑은 눈길을 의사에게 돌리더니 조용한 얼굴로 그를 바라보면서 호감이 배어나는 어조로 말했다. 「두려움은 없어요. 험한 일에 이골이 났으니까요.」「첫 아이입니까?」「아니오, 네 살짜리 사내아이는 알제에 있는 장모님 댁에 맡겨 두고 왔어요.」[1] 그들은 교차로에 이르자 농장으로 가는 길로 접어들었다. 이내 말발굽 아래서 광재가 날렸다. 말들이 걸음을 멈추면서 사위가 고요해지자 집에서 큰 비명소리가 들렸다. 두 남자가 땅에 내려섰다.

물기가 뚝뚝 듣는 포도 넝쿨 밑에서 사람 그림자 하나가 비를 피하며 그들을 기다리고 있었다. 가까이 다가가자 그들은 자루를 뒤집어쓰고 서 있는 늙은 아랍인을 알아볼 수 있었다. 〈안녕하시오, 카두르. 어떻게 됐어요?〉 하고 의사가 말했다. 〈몰라요. 난 절대로 여자들 방엔 안 들어가니까요〉 하고 늙은이가 말했다. 〈훌륭한 원칙이에요. 여자들이 비명을 내지를 땐 특히 그렇죠〉 하고 의사가 말했다. 그러나 안에서는 더 이상 아무런 비명소리도 들리지 않았다. 의사가 문을 열고 들어갔고 코르므리가 뒤따라갔다.

그들 앞의 벽난로에서는 포도 넝쿨을 지핀 불이 활활 타오르면서 천장의 한복판에 걸린 구리와 진주로 둘레 장식을 한 램프보다도 더 환하게 방 안을 비추고 있었다. 오른쪽에 있는 개수대에는 난데없이 세면용 철제 물병들과 수건들이 잔

1 13면에 서술된 내용(어린 사내아이가 그녀에게 몸을 기댄 채 잠이 들어 있었다)과 어긋난다.

뜩 널려 있었다. 왼쪽 흰 나무로 짠 작고 건들거리는 찬장 앞에는 방 한가운데 있던 탁자가 밀어붙여져 있었다. 지금은 낡은 여행 가방, 모자 담는 마분지 통, 작은 고리짝 따위가 그 위에 잔뜩 올려놓여 있었다. 방 구석구석에는 버드나무 고리짝을 포함한 여행용 짐짝들이 온통 자리를 다 차지하고 있어서 불에서 멀지 않은 방 한가운데밖에는 빈 곳이 없었다. 그 빈 공간에 벽난로와 직각이 되게 깔아 놓은 매트리스 위에 여자가 베갯잇도 안 씌운 베개를 벤 얼굴을 약간 뒤로 젖히고 지금은 머리를 풀어헤친 채로 누워 있었다. 매트리스 왼쪽에는 간이식당집 여주인이 무릎을 꿇고 매트리스의 담요를 씌우지 않은 부분을 가리고 앉아 있었다. 그 여자는 대야 위에서 빨건 물이 뚝뚝 떨어지는 수건을 짜고 있었다. 오른쪽에는 베일을 벗은 아랍 여인 하나가 책상다리를 하고 앉아서 김이 피어오르는 더운 물이 담긴, 칠이 좀 벗겨진 또 하나의 에나멜 대야를 제물 바치듯 양손으로 받쳐 들고 있었다. 두 여자는 환자의 몸 밑으로 넣어 접은 시트의 양 끝을 서로 붙잡고 있었다. 벽난로의 불과 그림자들이 불이 회칠한 벽과 방 안에 어지럽게 널린 보따리들 위로 올라갔다 내려갔다 했고 더 가까이에서는 간호하는 두 여자의 얼굴, 그리고 목까지 담요를 푹 뒤집어쓰고 있는 환자의 몸 위에 벌겋게 어른거렸다.

두 남자가 안으로 들어가자 아랍 여자는 나직하게 웃으며 그들을 흘끗 바라보고 나서 여전히 그 여윈 갈색의 두 팔로 대야를 받쳐 든 채 다시 불 쪽으로 고개를 돌렸다. 간이식당 여주인은 그들을 바라보며 유쾌한 목소리로 소리쳤다. 「이제 당신은 필요 없게 됐네요, 의사 선생님. 일이 저절로 끝난 걸요.」 그 여자가 자리에서 일어서자 두 남자는 환자 옆에 뭔가 형체를 알 수 없는 핏덩이를 볼 수 있었다. 이를테면 움직임없는 움직임으로 살아 있는 그 핏덩이에서 지금은 거의 알아들을 수 없는 삐걱거림과도 같은 은밀한 소리[a]가 계속하여 새어 나오고 있었다. 〈말이야 쉽지. 설마 탯줄을 건드리지는 않았겠죠〉 하고 의사가 말했다. 〈아니오, 의사 선생님 할 일도 좀 남겨 둬야죠〉 하고 여자가 웃으며 말했다. 그는 자리에서 일어나 의사에게 자리를 내주었다. 모자를 벗어 들고 문간에 서 있는 코르므리에게는 또다시 의사에게 가려져 갓난아기가 보이지 않았다. 의사는 몸을 웅크려서 왕진 가방을 열고 나서 이윽고 아랍 여자의 손에서 대야를 받았다. 아랍 여자는 즉시 불빛이 환한 곳에서 비켜나 벽난로 옆 어두운 한구석으로 물러섰다. 의사는 여전히 문을 등진 채 두 손을 쳐들었다. 이윽고 그가 손에다 알코올을 부었는지 포도 찌꺼기로 만든 브랜디의 그것 같은 알코올 냄새가 금방 온 방 안에 가득해졌다. 그 순간 환자가 머리를 들어 남편을 보았다. 신비한 미소가 피어나면서 그 지칠 대로 지친 아름다운 얼굴을 확 바꾸어 놓았다. 코르므리가 매트리스 쪽으로 다가갔다. 〈애가 왔어요〉 하고 그녀가 헐떡거리는 목소리로 그에게 말하고 나서 아기 쪽으로 손을 내밀었다. 〈그래요. 하지만 움직이지 말고 가만히 누워 있어요〉 하고 의사가 말했다. 여자가 의아한 표정으로 그를 바라보았다. 매트리스 발치에 서 있던 코르므리가 그녀에게 달래듯이 손짓을 했다. 「누워.」 여자는 다시 몸을 뒤로 눕혔다. 그 순간 낡은 양철 지붕에 떨어지는 빗소리가 거세어졌다. 의사는 담요 밑에서 부산하게 손을 놀렸다. 이윽고 그가 몸을 펴고 무엇인가를 눈앞에서 흔드는 것 같았다. 작은 울음소리가 들렸다. 〈사내아이예요. 잘 생긴 녀석일세〉 하고 의사가 말했다. 〈시작이 썩 좋군요. 이

a 현미경 속에서 어떤 세포들이 내는 소리 같은.

사 오자마자〉 하고 간이식당 주인이 말했다. 구석에 있던 아랍 여자가 웃으면서 두 번 손뼉을 쳤다. 코르므리가 쳐다보자 어색해진 그 여자는 고개를 돌렸다. 〈자 그럼, 자리를 좀 비켜 주실까요〉 하고 의사가 말했다. 코르므리는 아내를 바라보았다. 그러나 그녀의 얼굴은 여전히 뒤로 젖혀져 있었다. 올이 굵은 담요 위에 긴장이 풀린 채 올려놓은 두 손만이 잠시 전에 그 가난한 방을 가득 채우며 분위기를 바꿔 놓던 미소를 상기시켜 주고 있었다. 그는 모자를 쓰고 문으로 향했다. 〈애 이름을 뭐라고 지을 거죠?〉 하고 식당 여주인이 소리쳤다. 「모르겠어요. 생각을 안 해봤어요.」 그는 아기를 바라보았다. 「자크라고 하죠. 아주머니께서 와주셨으니까요.」 의사는 웃음을 터뜨렸고 코르므리는 밖으로 나왔다. 포도 넝쿨 아래서 아랍인은 여전히 자루를 덮어쓴 채 기다리고 있었다. 그가 쳐다보았지만 코르므리는 그에게 아무 말도 하지 않았다. 〈자〉 하고 아랍인이 말하면서 자신이 쓰고 있던 자루의 한끝을 내밀었다. 코르므리는 그 속으로 들어가 비를 피했다. 늙은 아랍인의 어깨가 닿는 느낌과 함께 그의 옷에서 풍기는 연기 냄새가 전해져 왔다. 두 사람이 함께 쓰고 있는 자루 위에 비가 떨어지는 것이 느껴졌다. 〈사내애야〉 하고 그는 옆 사람을 돌아보지도 않은 채 말했다. 〈하느님 감사합니다. 장하군, 장해〉 하고 아랍인이 대답했다. 수천 킬로미터 떨어진 먼 곳에서 온 물이 그들 앞 수많은 웅덩이들이 파인 광재 위에, 더 먼 곳의 포도밭에 비가 되어 떨어지고 있었고 포도 넝쿨을 지탱하는 철사들이 빗방울을 맞으며 여전히 번쩍거렸다. 빗물은 동쪽 바다에는 이르지 못한 채 이제 이 고장 전체를, 강 가까운 질퍽한 땅들과 그 주위의 산들을, 희미한 울음소리가 그들 등 뒤에서 이따금씩 들리곤 하는 동안 자루를 같이 쓰고 꼭 붙어선 두 사내에게까지 그 진한 냄새가 피어올라오는 거의 인적 없는 광대한 저 대지를 적시게 될 것이었다.

밤늦게 코르므리는 자기 아내 옆 또 하나의 매트리스 위에 긴 팬티와 뜨개질한 내복을 입은 채 누워서 천장에서 춤추는 불꽃을 바라보고 있었다. 이제 방 안은 그럭저럭 정돈이 되어 있었다. 아내 저쪽 옆 빨래 바구니 안에는 아기가 자고 있었다. 이따금 아주 가늘게 꾸르륵거리는 소리뿐 잠잠했다. 그의 아내 역시 그에게 얼굴을 돌리고 입을 약간 벌린 채 자고 있었다. 비는 그쳤다. 이튿날은 일을 해야 할 것 같았다. 그의 옆에 놓인, 이미 거칠어져서 거의 목질(木質)에 가깝게 된 아내의 손이 또한 그 일에 대해서 말해 주고 있었다. 그는 자신의 손을 내밀어 앓아누운 그 여자의 손 위에 부드럽게 포개어 놓고는 몸을 뒤로 젖히고 눈을 감았다.

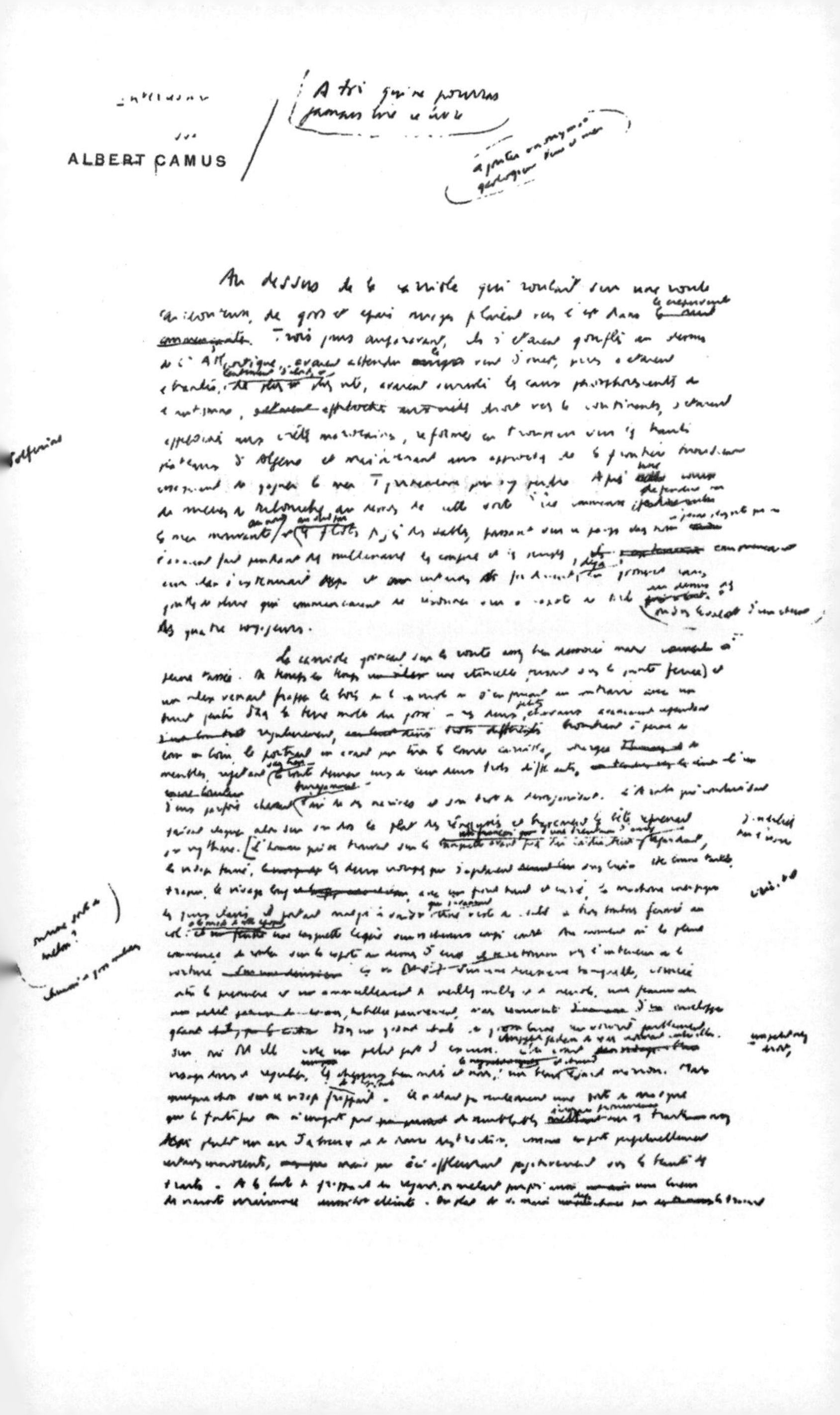

ALBERT CAMUS

À toi qui ne pourras jamais lire ce livre

생브리외

[a]그로부터 40년 후, 생브리외 행 기차 복도에서 한 남자가 봄날 오후의 흐릿한 태양 아래, 파리로부터 영불 해협에 이르기까지 보잘것없는 마을과 집들로 뒤덮인 좁고 질펀한 고장이 눈앞에 펼쳐지면서 지나가는 모습을 못마땅한 표정으로 바라보고 있었다. 수 세기 이래 마지막 한 뙈기 땅까지도 남기지 않고 경작해 온 초원과 들판이 그의 눈앞에 이어지고 있었다. 모자를 쓰지 않고 짧게 깎은 머리, 긴 얼굴, 섬세한 용모, 성큼한 키, 푸르고 곧은 시선의 남자는 사십대 나이에도 불구하고 바바리코트 차림의 몸매가 아직도 늘씬해 보였다. 손잡이 철봉을 꽉 움켜쥔 두 손, 한쪽 다리에 무게 중심을 실은 몸, 풀어헤친 가슴으로 해서 그는 느긋하고 힘찬 인상을 주었다. 그때 기차가 속도를 줄이더니 마침내 어느 보잘것없는 작은 역에 멈춰 섰다. 잠시 후 상당히 우아한 어떤 젊은 여자가 그가 서 있는 문 아래로 지나갔다. 그 여자는 가방을 다른 손에 바꿔 드느라고 잠시 발걸음을 멈추었다가 그

a 처음부터 자크의 괴물 같은 면을 더 분명히 하는 것이 좋을 듯.

순간에 그 여행자를 보았다. 남자는 미소를 지으며 그녀를 바라보았고 여자도 따라서 미소를 짓지 않을 수 없었다. 남자가 창문을 내렸다. 그러나 벌써 기차가 다시 출발했다. 〈유감이군〉 하고 그가 말했다. 젊은 여자는 여전히 그에게 미소를 짓고 있었다.

여행자는 창가에 자기 자리가 있는 삼등 열차의 칸막이 방으로 들어가 앉았다. 그의 맞은편에는 듬성듬성 난 머리털을 짝 눌러 붙인 채 부어오르고 농진이 생긴, 얼굴 인상보다 실제 나이는 덜 들어 보이는 사내가 눈을 감고 처박혀 앉아서 필시 소화가 잘 안 되어 고생스러운 듯 거친 숨을 몰아쉬면서 이따금씩 마주 대한 사람 쪽으로 재빠른* 눈길을 흘끔거리곤 했다. 같은 장의자의 복도 쪽 좌석에는 성장(盛裝)을 하고 밀랍의 포도송이로 장식을 한 기이한 모자를 쓴 시골 여자가 생기 없이 맥 빠진 얼굴을 한 어린아이의 코를 닦아 주고 있었다. 여행자의 미소가 지워졌다. 그는 주머니에서 잡지책을 꺼내어 건성으로 읽어 보려 하지만 하품만 나왔다.

얼마가 지나자 기차가 멈추었고 천천히 〈생브리외〉라고 쓰인 작은 표지판이 승강구의 창문에 새겨지듯 나타났다. 여행자는 곧 자리에서 일어나 힘들이지 않고 머리 위 선반에서 트렁크를 내리고 나서 같은 칸에 동승했던 여행자들에게 인사를 건네고 — 그들은 의외라는 표정으로 인사에 답했다 — 나서 빠른 걸음으로 밖으로 나와 객차의 세 계단을 걸어 내려왔다. 홈에 내려선 그는 자신의 왼쪽 손이 이제 막 구리 난간 손잡이에서 묻은 그을음으로 더럽혀진 것을 보고 손수건을 꺼내어 조심스레 닦았다. 이윽고 그는 출구 쪽으로 가서 어두운 옷, 흐릿한 안색의 여행자들 무리에 차츰 섞여 들

* 생기 없는.

었다. 그는 작은 기둥들로 떠받쳐진 차양(遮陽) 밑에서 차표 낼 차례를 참을성 있게 기다렸고 말 없는 직원이 차표를 돌려주기를 또 기다렸고 텅 빈 채 더럽기만 한 벽에 오직 코트다쥐르의 풍경 자체가 그을음을 잔뜩 뒤집어쓰고 있는 상태의 낡은 포스터가 고작인 대합실을 건너질러 활기 찬 걸음으로 오후의 비낀 햇빛 속을 뚫고 역에서 중심가로 내려가는 길을 걸어갔다.

호텔에서 그는 자신이 예약한 방을 달라고 했고, 감자같이 생긴 청소부 여자가 짐을 들어다 주겠다고 할 때는 사양했지만 그를 방에까지 안내해 주자 여자의 깜짝 놀란 얼굴에 호감이 되살아날 정도의 팁을 주었다. 그리고 그는 또다시 손을 씻고 나서 문도 잠그지 않은 채 아까와 같이 활기차게 아래로 내려갔다. 홀에서 청소부 여자와 마주치자 그는 공동묘지가 어디 있느냐고 물었고 지나칠 정도로 자세한 설명을 상냥하게 귀 기울여 들은 다음 가르쳐 준 쪽으로 향했다. 그는 이제 못생긴 붉은 기와지붕의 평범한 집들이 양쪽에 늘어선 좁고 처량한 길들을 거쳐 갔다. 가끔 서까래가 겉으로 드러나 보이는 낡은 집들엔 지붕의 슬레이트가 들쭉날쭉으로 어긋나 있었다. 드물게 지나가는 행인들은 오늘날 서양의 어느 도시를 가도 볼 수 있는 유리 제품들, 플라스틱과 나일론제의 알량한 물건들, 형편없는 도자기들을 벌여 놓은 진열장 앞에서 발걸음도 멈추지 않았다. 오직 식료품 가게들만 성황이었다. 공동묘지는 무미건조한 높은 벽에 둘러싸여 있었다. 정문 근처에는 보잘것없는 꽃들을 파는 진열대와 대리석 가게들이 있었다. 그중 한 집 앞에서 여행자는 발걸음을 멈추고, 쾌활한 표정의 어린아이 하나가 한쪽 구석의 명문(銘文)을 새긴 지 얼마 되지 않은 듯한 묘석의 돌판 위에서 숙제를 하고 있는 모습을 바라보았다. 이윽고 그는 묘지 안으로 들어가 수위실 쪽으로 걸어갔다. 수위는 거기에 있지 않았다. 여행자는 빈약한 가구들이 놓인 작은 사무실 안에서 기다리다가 마침내 거기 붙어 있는 도면을 들여다보고 있었는데 그때 수위가 들어왔다. 뼈마디가 굵고 코가 크고 깃 높은 저고리 속에서 땀 냄새가 풍겨 나는 키 큰 남자였다. 여행자는 1914년 전몰장병들의 묘소 구역이 어딘지 물었다. 「아, 네. 거기는 〈프랑스 추모 묘역〉이라고 부르죠. 어느 이름을 찾으시죠?」 〈앙리 코르므리요〉 하고 여행자가 대답했다.

수위는 포장지 종이로 겉을 싼 커다란 장부를 펴더니 흙 묻은 손가락으로 명단을 따라갔다. 손가락이 멎었다. 〈코르므리 앙리, 마른 전투에서 치명상, 1914년 10월 11일 생브리외에서 사망〉 하고 그가 말했다. 〈네, 맞습니다〉 하고 여행자가 말했다. 수위가 장부를 닫았다. 〈이리 오세요〉 하고 그가 말했다. 그리고 그는 첫 번째 줄의 무덤들 쪽으로 앞장서 갔다. 어떤 것들은 초라하고 또 다른 것들은 거만하고 추하게 생겼는데 모두가 다 이 세상 어느 장소에 갖다 놓아도 수치스러울 진부한 대리석과 구슬들로 뒤덮여 있었다. 〈친척이신가요?〉 하고 수위가 건성으로 물었다. 「아버지예요.」 〈마음 아프시겠네요〉 하고 저쪽이 말했다. 「전혀 안 그래요. 내가 한 살 때 돌아가셨거든요. 그러니 알 만하지요?」 〈알겠어요. 그렇다곤 하지만……. 그래도 전사한 사람들이 너무나 많았는데요〉 하고 수위가 말했다. 자크 코르므리는 아무 대답도 하지 않았다. 분명 죽은 사람들이 너무나 많았던 것이 사실이다. 그러나 그의 아버지의 경우로 보면 그가 실제로 느끼지도 못하는 감정을 억지로 지어낼 수는 없는 노릇이었다. 프랑스에 와서 살게 된 이후 여러 해 동안 그는 알제리에 그대로 눌러 살고 계신 어머니가 그렇게도 오래전부터 당부하며 시킨 일을 실행해야겠다고 별러 왔다. 다름이 아니라 어머니 당신은 한 번도 본 일이 없는 아버지의 무덤을 한번 찾아가 보라는 것이었다. 그 자신은 그런 걸 찾아가 보는 것이 아무런 의미가 없다고 여기고 있었다. 아버지 얼굴을 모르고 아버지가 어떤 사람이었는지 아는 바가 거의 없으며 관습적인 행동과 절차라면 질색인 그 자신에게 우선 그러했고, 다음으로는 고인에 대하여 말을 꺼내는 법이 없고 아들이 가서 보게 될 무덤이 어떤 모습일지 전혀 상상도 하지 못하는 어머니에게도 그러했다. 그러나 연로하신 그의 스승이 바로 생브리외에 은퇴해 계시므로 그분을 다시 만나는 기회도 되겠기에 그는 얼굴도 모르는 고인을 찾아가 보기로, 심지어 그것도 아주 홀가분한 기분이 되도록 옛 스승을 다시 만나기 전에 그 일을 끝내 버리기로 결심했던 것이다. 〈여깁니다〉 하고 수위가 말했다. 그들은 검은 칠을 한 굵은 체인으로 한데 모아 놓은 회색 돌의 표지들에 둘러싸인 묘역 앞에 이르렀다. 수많은 그 묘석들은 모두가 똑같은 모양으로 명문을 새긴 단순한 사각형이었고 규칙적인 간격을 두고 여러 줄로 늘어서 있었다. 「40년 전부터 프랑스 추모회가 관리를 맡고 있죠. 아, 여기 있군요.」 그는 첫 줄에 있는 한 묘석을 가리켰다. 자크 코르므리는 묘석에서 약간 거리를 두고 발걸음을 멈추었다. 〈그럼 저는 가보겠습니다〉 하고 수위가 말했다. 코르므리는 묘석에 다가가서 건성으로 바라보았다. 그렇다. 분명 그의 이름이었다. 그는 눈을 들었다. 더욱 뿌연 하늘에는 희고 갈색 나는 작은 구름들이 천천히 지나가고 있었고 하늘에서 가벼운, 그리고 나중에는 어두워진 빛이 차례로 떨어지고 있었다. 그의 주위에는 광대한 사자(死者)들의 벌판에 침묵이 가득했다. 도시의 어렴풋한 소음만 높은 담 저 너머로 들려오고 있었다. 이따금 검은 실루엣이 저쪽 멀리 있는 무덤들 사이로 지나가곤 했다. 자크 코르므리는 하늘에 천천히 떠가는 구름 쪽으로 눈길을 던진 채 젖은 꽃 냄새 저 뒤 먼 곳에서 지금 미동도 하지 않고 있는 바다로부터 오는 소금기 섞인 냄새를 느껴 보려고 애를 쓰다가 문득 어떤 무덤 대리석에 물통 부딪치는 소리가 쨍그랑 하고 나는 바람에 몽상에서 깨어났다. 바로 그 순간 그는 묘석에서 아버지의 출생 연대를 읽고서 그제야 비로소 자신이 여태껏 그것을 모르고 있었다는 사실을 발견했다. 그리고 그는 〈1885~1914〉라고 씌어 있는 생몰 연대(生沒年代)를 읽으면서 자동적으로 나이를 계산해 보았다. 스물아홉 살. 갑자기 어떤 생각이 뇌리를 치는 듯하여 그는 몸속 깊이에까지 동요를 느꼈다. 그 자신은 마흔 살이었다. 저 묘석 아래 묻힌 사람은 그의 아버지였지만 그 자신보다 더 젊었다.*

그러자 그때 문득 굽이쳐 와서 그의 가슴속을 가득 채워 놓는 정다움과 연민의 물결은 고인이 되어 버린 아버지를 향하여 아들이 느끼는 영혼의 충동이 아니라 억울하게 죽은 어린아이 앞에서 다 큰 어른이 느끼는 기막힌 연민의 감정이었다. 여기에는 이치에 맞지 않는 무엇인가가 있었다. 아들이 아버지보다 나이를 더 많이 먹었으니 솔직히 말해서 이치고 뭐고 없었고, 있다면 오직 광기와 혼돈이 있을 뿐이었다. 눈에 잘 들어오지도 않는 무덤들 사이에 꼼짝 않고 서 있는 그의 주위에서 시간의 연속성은 부서지고 있었다. 세월은 끝을 향하여 흘러가는 저 도도한 강물을 따라 순서대로 배열되기를 그쳐 버리고 있었다. 세월은 오직 파열이요 깨어지는 파도요 소용돌이일 뿐이었다. 자크 코르므리는 그 속에서 고통, 그리고 연민을 부둥켜안고 몸부림치고 있었다.[a] 그는 다

* 전환점.

a 14년 제1차 세계 대전을 발전시킨다.

른 네모진 묘비들을 바라보다가 거기에 새겨진 연대들을 보자 지금 그 순간에도 스스로 살아 있음을 굳게 믿는 터인 반백의 어른들에겐 옛날에 아버지였던 수많은 어린아이들로 그 땅바닥이 뒤덮여 있다는 것을 깨달았다. 그 자신도 지금 살아가고 있다고 믿으니까 말이다. 그는 혼자서 스스로를 구축했다. 그는 자신의 힘과 저력을 알고 있었다. 그는 정면으로 맞서서 스스로를 장악하고 있었다. 그러나 기이한 현기증으로 어질거리는 이 순간, 인간이면 누구나 마침내 우뚝 일으켜 세워 세월의 불에 모질게 단련시켜 놓게 마련인 — 결국 그 세월의 불 속에 녹아들고 그 불 속에서 마지막으로 삭아 없어지기를 기다리지만 — 그 조상(彫像)은 빠른 속도로 금이 가고 어느새 무너져 내리고 있었다. 그는 이제 살려고 몸부림치면서 고통스러워 하는 이 가슴일 뿐이다. 지난 40년 동안 그를 따라다녔던 이 세계의 거역할 수 없는 죽음의 질서에 반항하여 더 멀리, 저 너머에까지 가고자 하면서, 앎을 얻고자 하면서, 죽기 전에 앎을 얻고자 하면서, 단 한 번만이라도, 단 한순간만이라도, 그러나 영원히 존재하기 위하여 마침내 앎을 얻고자 하면서, 그를 온 생명의 비밀로부터 갈라놓는 벽에다 대고 한결같은 힘으로 고동치고 있는 이 가슴일 뿐이었다.

그는 자신의 광란하는 삶, 용감하고 비겁하고 고집스러운 삶, 자신도 전혀 아는 바 없는 저 목표를 지향하고 있는 자신의 삶을 돌이켜 보았다. 사실 그에게 바로 그 삶을 주고 나서는 금방 바다 저 건너편의 낯선 땅으로 가서 죽어 버린 한 사내가 어떤 사람이었는지 그로서는 단 한 번 상상도 해보지 못한 채 그 삶은 송두리째 흘러간 것이었다. 스물아홉 살 때 그 자신은 연약하고 고통에 몸부림치며 긴장하고 의지에 차 있고 관능적이며 냉소적이고 용감하지 않았던가? 그렇다, 그는 그 모든 것이었고 또 온갖 다른 것이었고 살아 있는 존재, 요컨대 인간이었다. 그런데도 그는 단 한 번도 지금 여기 묻혀 잠들어 있는 사내를 살아 있는 존재로서 생각해 본 일이 없이 오직 옛날에 그가 태어난 곳과 같은 땅에 왔다가 간, 그의 어머니 말에 의하면 그를 닮았으며 전장에서 장렬하게 전사했다는 한 낯모르는 사람으로만 여겨 왔던 것이다. 그러나 그가 수많은 책들과 존재들을 통해서 미칠 듯이 알고자 노력해 왔던 바의 그 비밀은 지금 와서 생각해 보면 여기 묻혀 있는 사자, 그보다 나이 어린 아버지와, 그 아버지의 과거 및 됨됨이와 어느 면 관련되어 있는 것이며 또 자기 자신은 시간상으로 보나 핏줄로 보나 바로 가까이에 있는 것을 먼 데서 찾아 헤맸다는 생각이 들었다. 솔직히 말해서 그는 어느 누구에게서도 도움을 받지 못했었다. 말수가 적고 글을 읽을 줄도 쓸 줄도 모르는 가족이었고, 불쌍하고 정신이 온전치 못한 어머니였으니 누가 그 젊고 가련한 아버지에 대하여 말해 줄 수 있었겠는가? 그를 까마득히 잊어버린 어머니밖에는 아무도 아버지를 알았던 사람이 없었다. 그는 그 점을 분명히 알고 있었다. 그리고 그는 잠시 이름 없이 왔던 이 땅 위에서 이름 없이 죽었다. 아마도 뭔가를 조사하고 물어보아야 할 상대는 바로 그였다. 그러나 그 사람과 마찬가지로 아무것도 가진 것 없이 이 세계 전체를 원하는 그는 자아를 구축하고 세계를 정복하고 이해하기 위해서는 자신의 모든 정력을 송두리째 다 바쳐도 모자랄 지경이었다. 따지고 보면 아직 너무 늦은 것은 아니었다. 이제는 이 세상의 그 누구보다도 그에게 더 가깝게 여겨지는 그 남자가 어떤 사람이었는지 아직 알아볼 수는 있는 일이었다. 그가 마음만 먹는다면…….

저녁나절이 기울고 있었다. 옆으로 누군가의 치마가 쓸리며 지나가는 소리, 어떤 검은 그림자로 인하여 그는 자신을 에워싸고 있는 무덤들과 하늘의 풍경 쪽으로 다시 되돌아왔다. 이제 가야 할 때였다. 거기서 더 이상 할 일이 아무것도 없었다. 그러나 그는 그 이름과 그 연대에서 몸을 뗄 수가 없었다. 저 묘석 밑에 남은 것은 재와 먼지뿐이었다. 그러나 그에게 있어서 아버지는 기이하고 말 없는 생명으로 다시 살아난 것이었다. 그런데도 그는 또다시 아버지를 버려 둔 채, 사람들이 그를 던져 넣고 나서 그대로 방치했던 저 끝도 없는 고독을 오늘밤에도 여전히 따르도록 남겨 둔 채 가려고 하는 것 같았다. 텅 빈 하늘이 돌연하고 요란한 폭음으로 진동했다. 눈에는 보이지 않는 비행기 한 대가 이제 막 음속을 초과한 것이었다. 무덤을 뒤로 한 채 자크 코르므리는 그의 아버지를 두고 갔다

3. 생브리외와 말랑(J. G.)[a]

저녁 식사 중 J. C.는 그의 오랜 친구가 일종의 불안한 식탐(食貪)을 드러내 보이면서 양의 넓적다리 고기를 두 토막째 썰기 시작하는 것을 바라보고 있었다. 해변 길 가까운 변두리 동네의 그 나지막한 작은 집 주위에서는 바람이 일어 낮게 소리를 내고 있었다. 이곳에 도착하면서 J. C.는 인도변의 물 없는 시내에서 말라붙은 작은 해초 몇 가닥을 보았는데 오직 그것만이 소금 냄새와 함께 인근에 바다가 있다는 것을 유일하게 상기시켜 주고 있었다. 빅토르 말랑은 직장이라고는 일생 동안 한결같이 세관에서만 근무하고 나서 이 작은 도시로 은퇴했는데 자기 스스로 선택한 것은 아니었지만 지나친 아름다움이나 지나친 추악함, 심지어 고독 그 자체, 그중 어느 것도 고독한 명상을 방해하는 법이 없는 곳이라면서 그 선택을 뒤늦게 정당화하고 있었다. 사물을 관리하고 사람들을 감독하는 과정에서 그는 많은 것을 배웠다. 무엇보다도 먼저 사람이 아는 것이란 별로 없다는 사실을 배운 것

a 쓰고 삭제해야 할 장(章).

같았다. 그렇지만 그가 갖춘 교양은 엄청난 것이어서 J. C.는 그에 대한 에누리 없는 찬미자였다. 왜냐하면 지도급 인사들이 진부하기만 한 시대에 말랑은 가능한 한 자기만의 개성적인 생각을 지니려 노력하고 어느 경우에나 겉보기에는 마지못해 타협하는 듯한 인상을 주면서도 실은 굽힐 줄 모르는 판단의 자유를 확보하고 있는 인물이기 때문이었다.

「그래 잘했네, 이 사람아. 어머니를 찾아가 뵐 생각이면 아버지에 대해서 뭔가를 알려 드리도록 해야지. 그러고 나서는 얼른 돌아와서 어떻게 되었는지를 내게 이야기해 주게. 웃을 기회가 그리 많지 않으니까.」

「그래요, 우스꽝스런 일이죠. 그렇지만 일단 그런 호기심이 내게 생겨났으니까 적어도 몇 가지 추가 정보들을 주워 모을 수야 있겠지요. 한 번도 그런 데 신경을 쓰지 않았다는 건 좀 병적인 경우라고 볼 수 있지요.」

「천만에, 그건 슬기로운 경우지. 나는 자네도 잘 아는 터인 마르트와 결혼한 지 30년이야. 완벽한 여자였지. 그래서 지금까지도 아쉽네. 나는 항상 그녀가 자기 집을 사랑하고 있었다고 생각했지.」[1]

〈아마도 자네 말이 맞을 걸세〉 하고 눈길을 돌리면서 말랑이 말했다. 그러자 코르므리는 찬성하는 말 뒤에는 어김없이 따라 나오는 것을 알고 있는 반대의 말을 기다렸다.

「그렇지만 필시 내 생각은 잘못된 것일 테니 인생이 내게 가르쳐 준 것 이상으로 알려고 하는 것은 삼가겠네. 하지만 이 점에서 나는 적절한 모범이 못 돼, 안 그런가? 하여튼 내가 일체 앞장서서 뭘 추진하지 않는 것은 분명 나 자신이 가지고 있는 결점들 때문이야. 그런데 반해서 자네는(이때 그

1 이상의 세 문단은 빗금으로 지워져 있음.

의 눈에 장난기가 스치면서 빛이 났다) 행동적인 인간이지.」

말랑은 창백한 얼굴, 약간 납작한 코, 거의 없는 눈썹, 머리에 쓴 베레모 그리고 두껍고 관능적인 입술을 다 가리기에 모자라는 뚜렷한 콧수염으로 인하여 마치 중국인 같은 인상이었다. 푸근하고 둥근 몸매 그 자체, 손가락들이 약간 뭉툭한 손은 제 발로 걸어서 돌아다니는 일이라면 질색을 하는 중국의 고관을 연상시켰다. 그가 음식을 맛있게 먹으면서 눈을 지그시 감을 때면 영락없이 비단옷을 입고 손가락 사이에 젓가락을 낀 모습을 상상하게 되는 것이었다. 그러나 그의 눈매를 보면 영 딴판이었다. 뜨겁고 짙은 밤색이며 마치 지성은 어떤 특정한 점을 겨냥하여 상대한다는 듯 불안정하게 동요하다가도 돌연 딱 고정되는 두 눈은 감수성이 극히 예민하고 교양이 풍부한 서구인의 그것이었다.

늙은 가정부가 치즈를 가져오자 말랑은 곁눈질로 바라보았다. 그가 말했다. 「내가 아는 어떤 사람은 30년 동안 자기 아내와 함께 살고 나서…….」 코르므리는 한층 더 정신 차려 듣기 시작했다. 말랑이 〈내가 아는 어떤 사람은……, 혹은 어떤 친구는……〉이라든가 〈나와 같이 여행했던 어떤 영국 사람은……〉 하는 식으로 시작할 때면 그게 바로 자기 자신의 이야기라는 것이 확실했다. 「그 사람은 밀가루로 만든 과자를 좋아하지 않았고 또 그의 아내도 절대로 그런 걸 먹는 법이 없었어. 그런데 말이지, 20년을 같이 살고 난 끝에 그 사람은 자기 아내가 제과점으로 들어가는 것을 보게 된 거야. 그래 아내의 거동을 유심히 살펴본 결과 그녀가 일주일에 여러 번씩 거길 찾아가서 커피 과자를 잔뜩 먹고 나온다는 사실을 알아차렸다네. 사실이야. 아내가 단 것을 싫어하는 줄 알고 있었는데 사실은 커피 과자를 아주 좋아했던 거지.」

〈그러니까 사람 속은 아무도 모른다 이거군요〉 하고 코르므리가 말했다.

「좋도록 생각하게. 그렇지만 내 생각엔, 더 정확하게 말하자면, 하여간 더 적절한 표현으로 말해 본다면, 아니 무엇 하나 딱 부러지게 말하지 못하는 나를 나무라겠지만, 그래, 이렇게 말해 보지, 20년 동안이나 같이 살고 나서도 한 인간을 알 수 없는 것이라면, 죽은 지 40년이 지난 사람에 대해서 당연히 피상적일 수밖에 없는 조사를 한다 해봤자 제한된, 그래 제한된 것이라고 해야 옳겠지, 의미의 정보밖에는 얻지 못할 것 아닌가. 하기야 다른 의미에서 생각해 보면…….」

그는 나이프를 들고 있던 손을 쳐들었다가 체념한 듯 염소치즈 위로 내려놓았다.

「미안하네. 치즈 좀 들어 보지 않겠는가? 생각 없어? 언제 봐도 절제를 잘하거든! 멋을 내기란 아주 어려운 일이지!」

장난기 어린 빛이 또다시 지그시 감은 그의 눈꺼풀 사이로 배어났다. 코르므리가 이 나이 많은 친구를 사귄 지도 어언 20년이 되는지라(왜, 어떻게 사귀게 되었는지도 말해야겠지만) 그는 그의 아이러니를 유쾌한 기분으로 받아들이고 있었다.

「멋을 내려고 그러는 게 아니에요. 너무 많이 먹으면 몸이 무거워져서 그래요. 그러다간 가라앉아 버려요.」

「그래 맞아, 자넨 남의 머리 위로 떠다니진 못해.」

코르므리는 하얗게 회칠을 한 서까래가 걸쳐진 그 나지막한 식당에 가득 들어차 있는 아름다운 농촌풍의 가구들을 바라보았다.

「당신은 말이죠, 항상 내가 오만하다고 생각해 왔죠. 사실 그래요. 그러나 항상 그런 것은 아니고 또 누구한테나 다 그런 건 아니에요. 예를 들어서 당신 앞에서는 오만해지려 해도 그럴 수가 없거든요.」

말랑은 고개를 딴 데로 돌렸다. 그가 감동받았다는 신호였다.

「알고 있네. 하지만 왜 그러는 거지?」

〈왜냐하면 당신을 좋아하니까요〉 하고 코르므리가 침착하게 말했다.

말랑은 차게 한 과일 샐러드 그릇을 자기 쪽으로 끌어당길 뿐 아무 말도 하지 않았다.

「왜냐하면 내가 아주 젊고 아주 어리석고 아주 외로웠을 때(알제에서의 그때 기억나죠?) 당신이 내게 관심을 가져 주고, 이 세상에서 내가 좋아하는 모든 것의 문들을 내색하지 않고 슬그머니 열어 주었으니까요.」

「오, 그야 자네에게 재능이 있었으니까 그렇지.」

「물론 그렇겠지요. 그러나 재능을 많이 타고난 사람들에게는 스승이 필요해요. 우리가 가는 길 위에 인생이 어느 날 세워 놓은 사람, 그 사람은 영원히 사랑받고 존경받아야 돼요, 그가 의식적으로 은혜를 끼치지 않았다 하더라도 말이에요. 이게 나의 신념이에요!」

〈그럼, 그렇고말고〉 하고 말랑이 건성으로 말했다.

「내 말 잘 믿어지지 않는 줄, 나도 알고 있어요. 그런데 말이죠, 내가 당신에 대해서 느끼는 애정이 맹목적인 것이라곤 생각지 마세요. 당신한테도 큰, 아주 큰 결점들이 있어요. 적어도 내 눈에는요.」

말랑은 그의 두꺼운 입술을 핥더니 문득 비상한 관심을 나타냈다.

「어떤 것들이지?」

「예를 들어서 당신은, 이를 테면 절약형이라고 할 수 있죠. 인색해서가 아니라 결핍이 무서워서, 두려워서죠. 어쨌든 나로서는 그다지 좋아하지 않는 큰 결점이죠. 그렇지만 무엇보다도 당신은 다른 사람들의 저의를 의심해 보지 않고는 못 배기는 성격이에요. 본능적으로 당신은 완전히 사심 없는 감정이 있을 수 있다는 것을 믿지 못해요.」

〈솔직히 말하지 그러나〉 하고 말랑이 잔에 남은 포도주를 마저 마시고 나서 말했다. 「나는 커피를 마시면 안 된다고 말이야. 그렇지만…….」

그러나 코르므리는 침착을 잃지 않았다.[a]

「예를 들어서, 만약 당신이 내게 그냥 말로만 요구해도 나는 즉시 내 전 재산을 당신에게 넘겨줄 수 있다고 말한다면 믿지 못할 겁니다.」

말랑은 잠시 망설이다가 이번에는 그의 친구를 쳐다보았다.

「오, 알고 있다네. 자네가 너그럽다는 건.」

「아니에요. 난 너그럽지 않아요. 나는 내 시간, 내 노력, 내 피로에 대해서 인색해요. 그런 것이 내게도 혐오스러워요. 그렇지만 내 말은 사실이에요. 당신은 내 말을 믿지 않아요, 그게 바로 당신의 결점이고 진짜 무능력이에요. 비록 당신이 우월한 인물이긴 하지만 말입니다. 당신 생각은 잘못된 것이니까요. 어디 한마디만 해보세요. 그 말이 떨어지는 바로 그 순간에 내 전 재산은 당신 거예요. 당신은 그 재산이 필요 없지요. 이건 그냥 하나의 예에 불과해요. 그렇지만 아무렇게나 선택한 예는 아니에요. 실제로 내 전 재산은 당신 거예요.」

〈정말 고맙군. 아주 감동적인걸〉 하고 눈을 반쯤 감은 채 말랑이 말했다.

「좋아요. 내 말, 듣기 거북하군요. 당신도 남이 너무 분명하게 이야기하면 안 좋지요, 내 말은 다만 내가 여러 가지 결

a 나는 흔히 아무 관심도 없는 사람들에게 떼일 줄 뻔히 알면서 돈을 꿔준다. 그렇지만 그건 내가 남의 부탁을 거절할 줄 모르기 때문이고 또 동시에 성가시기 때문이다.

점이 있는 그대로의 당신을 사랑한다는 뜻이었어요. 내가 좋아하거나 존경하는 사람들은 몇 사람 안 돼요. 그 밖의 것에 있어선 그저 내 무심한 심성을 부끄러워하고 있을 따름이에요. 그러나 내가 사랑하는 사람들의 경우, 나 자신도, 더군다나 그들 자신도, 그 무엇도 내가 그들을 사랑하는 것을 결코 막지는 못해요. 그런 걸 다 깨닫는 데 오래 걸렸어요. 지금은 알죠. 그럼 아까 하던 얘기로 돌아가죠. 그러니까 당신은 내가 우리 아버지에 대하여 알아보려고 하는 것에 찬성하지 않는다 이거죠?」

「그건 아닐세. 난 찬성해. 다만 난 자네가 실망하게 될까 봐 걱정이 된다는 거지. 내 친구 하나는 어떤 처녀한테 몹시 마음이 끌려서 결혼을 하고 싶어 했는데 그만 그 여자에 대하여 자세히 알아보려고 한 게 탈이었어.」

〈부르주아였군요〉 하고 코르므리가 말했다.

〈맞았어. 그게 바로 나였지〉 하고 말랑이 말했다.

그들은 둘 다 웃음을 터뜨렸다.

「젊은 때였지. 내가 들은 의견들이 어찌나 구구했는지 나 자신의 의견에 혼란이 왔단 말이야. 그래서 내가 그 여자를 사랑하고 있는지 아닌지 확신이 서질 않았어. 요컨대 나는 딴 여자와 결혼하고 말았다네.」

「나로선 아버지를 새로 또 하나 구하는 건 불가능해요.」

「그렇지. 다행하게도. 내 경험에 비추어 보건대 아버진 하나로 족해.」

「좋아요. 더군다나 난 몇 주 후엔 어머니를 만나러 가야 해요. 기회죠. 그 이야길 한 건, 특히 조금 전에 내가 나한테 유리한 쪽으로 나이 차이가 나는 것을 발견하고서 기분이 아주 이상해졌기 때문이에요. 그렇죠, 나한테 유리한 쪽으로죠.」

「그래, 이해가 가.」

그는 말랑을 바라보았다.

「아버지가 늙지 않았구나 하고 생각하게. 그이는 늙는 고통을 면제받은 거니까. 그건 오래 걸리는 고통이지.」

「몇 가지 즐거움도 곁들인.」

「그렇지. 자네는 인생을 사랑해. 그래야 마땅하지. 자네가 믿는 건 그것뿐이니까.」

말랑은 두툼하고 질긴 무명천을 씌운 안락의자에 털썩 주저앉았다. 그러더니 돌연 무어라 형언할 수 없는 우수의 그림자로 인해서 그의 얼굴이 전혀 딴 모습으로 변했다.

「맞아요. 난 인생을 사랑했어요. 탐욕스러울 정도로. 그리고 동시에 인생이 끔찍스럽고 접근 불가능한 그 무엇처럼 느껴지기도 했어요. 그게 바로 내가 인생을 믿는 이유예요. 회의주의 때문에. 그래요, 나는 믿고 싶어요. 살고 싶어요, 항상.」

코르므리는 입을 다물었다.

「예순다섯 살이 되면 한 해 한 해가 유예 받은 시간이지. 나는 조용하게 죽고 싶어. 죽는 것은 무서워. 난 아무것도 해놓은 게 없어.」

「세상에는 세계를 정당화해 주는 사람들이 있어요. 그들은 존재하는 것만으로도 살아가는 데 도움을 주지요.」

「그렇지. 그리고 그들도 죽지.」

그들이 침묵을 지키고 있는 동안 집 주위에서는 바람이 좀 더 거세게 불었다.

〈자네 말이 맞아, 자크〉 하고 말랑이 말했다. 〈나가서 수소문을 해보게. 자네는 이제 아버지가 더 이상 필요 없는 나이일세. 자네는 혼자서 컸지. 이젠 자네가 사랑할 줄 알게 되었으니 아버지도 사랑할 수 있을 걸세. 그러나……〉 하고 말하다가 그는 잠시 머뭇거렸다. 「나중에 나를 다시 찾아와 주게. 이제 내겐 시간이 많이 남지 않았으니. 그리고 용서하게.」

〈용서를요?〉 하고 코르므리가 말했다. 「당신한테 모든 은혜를 다 입었는데요.」

「아닐세, 내게 은혜 입은 건 별로 없어. 단지 자네의 애정에 대해 때로는 응해 주지 못하게 되는 나를 용서해 달라는 것뿐일세…….」

말랑은 테이블 저 위에 매달린 커다란 구식 촛대를 물끄러미 바라보았다. 그리고 더욱 나직해진 목소리로 그가 한 말은 잠시 후 바람 불고 인적 없는 변두리 거리를 혼자 걷고 있는 코르므리의 마음속에 여전히 쉬지 않고 들리는 것이었다.

「나의 내면에는 끔찍한 공허가, 가슴 아픈 무관심이 도사리고 있어서…….」[a]

a 자크/나는 처음부터 아주 어렸을 적 나 자신을, 선이었던 것을, 악이었던 것을 찾으려고 애를 썼다 — 내 주위의 그 누구도 그걸 말해 줄 수 없었으므로. 그런데 지금은 모든 것이 나를 저버리므로 나에게 길을 가르쳐 주고 나에게 질책과 칭찬을 해줄 그 누군가를 필요로 한다는 것을 알 수 있었다. 권능에 따라서가 아니라 권위에 따라서 나에게는 아버지가 필요하다. 나는 그것을 알 것 같았고 나를 손안에 장악하고 있는 것 같았다. 아직 〔알지는〕 못한다.

4. 어린아이의 놀이들

가볍고 짧은 물결에 밀려 배는 7월의 뜨거운 열기 속에서 흔들리고 있었다. 자크 코르므리는 선실에서 웃통을 벗고 누워서 현창(舷窓)의 구리 테두리 위로 햇빛이 바다의 수면에 부서지며 반사되는 모습을 물끄러미 바라보고 있었다. 그는 자리에서 벌떡 일어나 몸통 위로 흘러내릴 사이도 없이 땀구멍에서부터 땀을 말려 버리는 선풍기를 꺼버렸다. 땀을 흘리는 편이 더 나았다. 그는 자신이 좋아하는 대로 딱딱하고 좁은 침상에 몸을 눕혔다. 그러자 곧 배의 저 깊은 곳으로부터 은은한 기관소리가 마치 끊임없이 행진 중인 대군처럼 숨죽인 진동이 되어 올라오고 있었다. 그는 주변의 광대한 바다가 눈앞에 그 자유로운 공간을 펼쳐 놓고 있을 때 밤낮으로 그치지 않고 들리는 대규모 상선들의 소리와 화산 위를 걸어가고 있는 듯한 감각을 또한 좋아했다. 그러나 갑판 위는 너무 더웠다. 점심 식사를 마치고 나자 음식을 배불리 먹고 식곤증이 난 승객들은 차일을 친 갑판 위의 덱체어에 털썩 몸을 던져 눕거나 낮잠 시간에 이물과 고물로 난 통로로 도망쳐 버렸다. 자크는 낮잠을 좋아하지 않았다. 〈아 베니도르[1]

(이젠 자거라)〉 하고 그는 원망스런 기분으로 혼자 생각했다. 그것은 그가 어렸을 적 알제에서 할머니가 억지로 그를 데리고 함께 낮잠을 자려고 할 때면 입에 담곤 하던 이상한 표현이었다. 알제 변두리의 방 세 개짜리 작은 아파트는 꼭꼭 닫아 놓은 덧문들이 만드는 얼룩말 같은 그림자 속에 깊이 파묻혀 있었다.[a] 밖에는 한낮의 열기가 메마르고 먼지 앉은 골목을 뜨겁게 달구고 있었고 어둑어둑한 방 안에는 한두 마리의 굵고 힘찬 파리가 비행기 나는 소리를 내면서 지칠 줄 모른 채 나갈 구멍을 찾고 있었다. 날이 너무나 더워서 거리로 내려가 친구들과 어울릴 엄두가 나지 않았다. 친구들 역시 하는 수 없이 집 안에 발이 묶여 있을 것이다. 날이 너무나 더워서 『파르다이앙』이나 『불굴의 사나이』를 읽을 수도 없었다.[b] 아주 드문 일이긴 했지만 할머니가 집에 없거나 이웃집 여자와 잡담을 하고 있을 때면 아이는 거리로 난 식당의 덧문에 코를 바싹 갖다 붙인 채 밖을 내다보았다. 포도(鋪道)에는 인적이 없었다. 맞은편 구둣가게와 식료품 상점 앞에는 붉은색과 노란색의 블라인드가 내려져 있었고 담뱃가게의 출입구는 알록달록한 구슬 커튼으로 막혀 있었다. 또 장 네 카페에는 홀 안이 텅 비어 있었고 오직 고양이만이 톱밥으로 뒤덮인 홀 바닥과 먼지 앉은 포도 사이의 경계 지점에서 죽은 듯이 잠들어 있을 뿐이었다.

그러면 아이는 다시 그 황량한 방 안으로 되돌아오는 것

1) 이 표현은 프랑스어도 스페인어도 아닌 발레아르 군도 마온 지역의 말로, 카뮈의 어머니와 할머니는 오직 마온어와 프랑스어, 약간의 아랍어를 말했다.

a 열 살쯤 되었을 때.

b 거칠게 채색한 표지를 씌우고 신문 용지를 사용하여 만든 이 두툼한 책들의 겉표지에는 책의 제목이나 작자의 이름보다 더 큰 활자로 정가가 찍혀 있었다.

이었다. 회칠을 한 방에는 가구래야 한가운데 놓인 네모난 탁자, 벽을 따라 붙여 놓은 찬장, 긁힌 상처들과 잉크 자국으로 뒤덮인 작은 책상, 그리고 땅바닥에는 저녁에 반벙어리인 삼촌이 누워 자도록 담요 한 장을 씌워 깔아 놓은 조그마한 매트리스, 그리고 의자 다섯 개가 전부였다.[a] 한쪽 구석에는 오직 위판만이 대리석인 벽난로 위에 장터에서 흔히 볼 수 있는 것으로 길쭉한 목에 꽃을 그린 작은 꽃병 하나. 아이는 그늘과 햇빛이 만드는 그 두 가지 사막 사이에서 갈 바를 몰라 한결같이 분주한 걸음으로 탁자 주위를 그칠 줄 모르고 빙빙 돌기 시작하면서 마치 무슨 연도를 읊듯이 〈아이 심심해! 아이 심심해!〉 하고 되풀이하여 중얼거리는 것이었다. 그는 심심했지만 동시에 그 심심함에는 어떤 놀이, 기쁨, 일종의 쾌락 같은 맛이 없지 않았다. 왜냐하면 할머니가 드디어 집으로 돌아와서 〈아 베니도르〉 하는 말을 내뱉을 때면 화가 치밀어 오르니 말이다. 그러나 아이가 아무리 항변해 봐야 아무 소용이 없었다. 벽촌에서 아이 아홉을 키워 낸 할머니는 교육에 대한 자기식의 생각을 굳혀 가지고 있었다. 아이는 방 안에서 단번에 쑥 자랐다. 그것은 안마당 쪽으로 면한 두 개의 방들 중 하나였다. 또 하나의 방에는 침대가 두 개 놓여 있었는데 어머니의 것과 그 아이가 형과 같이 자는 침대였다. 할머니는 혼자서 방 하나를 독차지했다. 그러나 할머니는 빈번히 높고도 큰 당신의 침대로 밤에, 혹은 매일 낮잠 시간에 아이를 불러들였다. 아이는 샌들을 벗고 침대로 기어 올라갔다. 할머니가 잠든 틈에 몰래 침대

a 극단적인 청결함.

옷장 하나, 위판을 대리석으로 댄 목제 화장대 하나. 낡고 더럽혀지고 가장자리에 술을 단 매듭 침대 밑 깔개 하나. 그리고 한쪽 구석에는 술 장식이 달린 낡은 아랍 양탄자를 덮은 큰 트렁크.

를 빠져나와 연도를 읊으면서 탁자 주위를 빙빙 도는 놀이를 했던 날 이후로 아이는 벽에 맞닿은 안쪽 자리를 차지해야만 했다. 일단 안쪽 자리로 들어가고 나면 아이는 할머니가 겉옷을 벗고 위쪽에 리본을 달아 주름을 잡은, 올이 굵은 천의 속옷 끈을 풀고 아래로 내리는 것을 바라보았다. 이윽고 할머니도 침대 위로 올라왔다. 아이는 굵고 푸른 핏줄과 검버섯들 때문에 일그러져 있는 할머니의 발 모양을 바라보면서 옆에서 나는 늙은 살 냄새를 느꼈다. 〈자 됐다. 아 베니도르〉 하고 할머니는 되뇌었고 금방 잠이 들었지만 아이는 그동안 눈을 뜬 채로 지칠 줄 모르고 왔다 갔다 하는 파리들을 따라다니고 있었다.

그렇다, 여러 해 동안 그는 그것이 정말 싫었다. 그리하여 훨씬 어른이 되고 나서도, 그리고 심하게 앓아눕게 될 때까지, 그는 날이 몹시 더운 날 식사를 하고 난 다음 잠자리에 누울 엄두가 나지 않았다. 어쩌다가 잠이 들게 되었다 해도 깨고 나면 기분이 개운치 못했고 실제로 구역질이 났다. 얼마 전부터서야 겨우, 그것도 불면증으로 고생을 하게 되면서부터, 그는 낮에 한 반 시간 정도 잠을 잘 수 있었고 깨고 나도 상쾌하고 몸이 가벼웠다. 아 베니도르…….

햇빛의 기세에 눌려서 바람이 잔잔해진 모양이었다. 배는 옆으로 흔들리는 옆질을 그치고 이제는 직선 항로를 따라 전속력으로 전진하는 것 같았고 스크루는 두꺼운 물의 층을 곧장 뚫으며 돌고 피스톤 소리는 마침내 너무나 규칙적이 된 나머지 햇볕 내리쬐는 바다의 나직하고 끊임없는 함성과 혼동될 지경이었다. 알제와 변두리에 있는 작고 가난한 그 집을 다시 보게 된다는 생각에 일종의 행복한 고뇌로 가슴이 미어지는 듯한 기분인 채로 자크는 반쯤 잠이 들어 있었다. 그가 파리를 떠나 아프리카로 갈 때는 매번 이런 기분이었다. 어렴풋하게 솟아오르는 희열, 부풀어 오르는 가슴, 멋진 탈출에 성공하여 경비병의 낯짝을 상상하면서 껄껄 웃어 대는 사람의 만족감. 육로로 혹은 기차로 돌아올 때마다 변두리 동네의 첫 번째 집들이 나타날 즈음이면 그의 가슴은 죄어드는 것이었다. 숲이나 시냇물 같은 경계선이 있는 것도 아니어서 어디서부터 어떻게 시작되는지 알 수 없는 그 변두리 달동네는 마치 가난하고 추한 멍울들을 벌여 놓은 불행한 암처럼 차츰차츰 이물질을 이끌고 가서 도시의 한복판에까지 이르는데 그곳에 가면 화려한 무대 장치 때문에, 밤낮으로 그를 감옥처럼 가두어 놓고 불면의 밤 속으로까지 찾아들어오는 시멘트와 강철의 숲을 때로는 잊어버리게도 되는 것이었다. 그러나 그는 탈출했다. 그는 바다의 거대한 등 위에서 숨을 내쉬었고 위대한 평형을 이룬 태양 아래서 물결치듯 숨을 내쉬었고 마침내 잠을 잘 수 있었고 아직도 완전히 치유되지 않은 어린 시절로, 그가 살아가는 데나 모든 것을 극복하는 데 항상 힘이 되어 주었던 빛과 열기 가득한 가난의 비밀로 되돌아갈 수 있었다. 현창의 구리 위에서 지금은 까딱도 하지 않고 있는 조각난 반사광은 할머니가 낮잠을 자고 있는 어두운 방 안, 여러 개 덧문들의 모든 표면에 그 무게 전체를 실어 짓누르면서 덧문의 접합부에 나무 조각이 떨어져 나가서 생긴 단 한 군데 틈새로 한 개의 예리한 칼날을 어둠 속으로 찔러 넣던 바로 그 태양으로부터 오는 것이었다. 파리는 없었고, 지금 윙윙거리면서 그의 졸음을 가득 채우고 살찌우는 것은 파리들이 아니었으며, 바다에는 파리가 없는 것이고, 도대체 더위 때문에 마취되어 버린 이 세상에서 소란을 피우면서 오직 살아 움직이는 것이기에 아이가 좋아했던 그 파리들은 죽고 없었고, 또 모든 인간과 짐승들은 무기력해져서 돌아누워 있으며, 정말이지 오직 그 자신만이 벽과 할머니 사이에 남은 그 협소한 침대 위의 공간으로 되돌아가고 있었던 것이며, 그리고 그 역시 살아 있고 싶었고, 그가 생각할 때 잠자는 시간은 삶으로부터, 놀이로부터 빼앗기는 시간으로만 여겨지는 것이었다. 분명 그의 친구들이 프레보파라돌 거리에서 그를 기다리고 있을 것이었다. 그 길가에는 저녁이면 식물에 뿌려 준 물기 냄새와 물을 주건 주지 않건 온 사방에 돋아나는 인동덩굴 냄새가 풍겨 나던 작은 공원들이 있었다. 할머니가 잠에서 깨기만 하면 곧장 그 길로 달려 나가 무화과나무들 아래 아직은 인기척이 없는 리옹 거리로 내려가리라, 그리고 프레보파라돌 거리 한구석에 있는 분수까지 달려가서 분수의 꼭대기에 있는 무쇠 손잡이를 힘껏 돌리고 수도꼭지 밑으로 몸을 구부려 머리를 갖다 대면 굵은 물줄기가 쏟아져 나와 콧구멍과 귓구멍을 가득 채우고 셔츠의 열린 깃 사이로 뱃구레까지, 그리고 바짓가랑이 밑으로 양쪽 다리를 타고 샌들에까지 거침없이 흘러내릴 것이다. 그러면 발바닥과 가죽 창 사이에서 거품을 일으키는 물기의 기분 좋은 촉감을 맛보며 숨이 턱 끝에 닿도록 달려가서 골목 안 하나밖에 없는 3층집 현관에 앉은 채 잠시 후면 푸른색 나무 라켓으로 카네트 벵가 놀이[1]를 하는 데 쓸 나무 시가를 다듬고 있을 피에르[a]와 다른 아이들과 어울리리라.

그들은 성원이 되는 즉시 출발하는데 가면서 길가 집들에 붙은 정원의 녹슨 철책을 라켓으로 훑어 대면 요란한 소리가 나고 그 소리에 놀라 온 동네가 깨어나고 먼지 자욱한 등나무 밑에 자고 있던 고양이가 펄쩍 튀어 일어나곤 했다. 그들은 거리를 건너 서로서로 따라붙으려고 애쓰면서 벌써부터

1 뒤에 나오는 저자의 설명을 참조할 것.

a 피에르. 그 역시 우체국에서 일하는 전쟁미망인의 아들로 그의 친구였다.

땀에 흠뻑 젖은 채 달렸지만 가는 방향은 항상 일정해서 그들이 다니는 학교에서 그리 멀지 않고 그곳으로부터 네댓 골목 떨어진 〈푸른 들〉 쪽이었다. 그러나 가는 길에 반드시 머물렀다 가는 곳이 하나 있었다. 상당히 넓은 광장에 있는 흔히 분수라고 부르는 곳으로 두 개 층으로 된 거대하고 둥근 샘인데 물은 흘러나오지 않지만 오래전부터 막혀 버린 저수탱크는 가끔씩 이 고장 특유의 폭우로 가장자리의 전에까지 찰랑찰랑 물이 차 있었다. 이렇게 되면 물은 고여서 썩었고 태양열이 빨아들이거나 시 당국이 정신을 차려 대청소를 하기로 결심하기까지는 묵은 이끼, 멜론 껍질, 오렌지 껍질, 그 밖의 온갖 쓰레기들로 뒤덮여 있는 것이었다. 저수탱크의 바닥에는 말라서 쩍쩍 갈라진 더러운 개흙이 여전히 없어지지 않고 오랫동안 남아서 태양열이 내친김에 위력을 발휘하여 그것을 가루로 만들어 버리든지 바람이나 청소부들의 빗자루가 광장 주위에 늘어선 무화과나무의 번들거리는 잎사귀들 위로 흩뿌려 놓을 때를 기다리고 있었다. 어쨌든 여름철에 그 샘은 바싹 말라서 짙은 색 돌로 된 그 거대한 가장자리는 수많은 손길과 바지 엉덩이에 쓸려 반들반들해지고 미끄러워져 있었는데 자크, 피에르, 그리고 다른 여러 친구들은 그 위에서 말 타기를 하면서 엉덩이를 깔고 앉아 빙그르르 돌면서 놀다가 끝내 몸을 지탱하지 못하고 넘어지면 오줌과 햇빛 냄새가 나는 별로 깊지 않은 연못 바닥으로 굴러 떨어지는 것이었다.

이윽고 그들은 발과 샌들에 똑같은 잿빛 층으로 내려앉는 먼지와 더위 속으로 한결같이 달음박질쳐서 푸른 들로 달려가는 것이었다. 그곳은 녹슨 쇠테들이며 썩어 가는 술통의 헐어 빠진 바닥판들이 널린 사이사이에 응회암 판들 틈새로 생기 없는 잡초가 한 무더기씩 돋아나고 있는 통 공장 뒤쪽의 한 공터였다. 그곳에서 그들은 왁자지껄 소리쳐 대면서 응회암 판에다 원을 그렸다. 그들 중 한 사람이 라켓을 손에 들고 그 원 안에 자리를 잡으면 다른 사람들은 하나씩 차례대로 원을 향하여 나무 시가를 던졌다. 그 시가가 원 안에 떨어지면 이번에는 그걸 던진 사람이 라켓을 들고 원 안에 들어가서 수비를 맡는다. 가장 날렵한 아이들은[a] 날아오는 시가를 받아서 아주 멀리까지 쳐낸다. 그럴 경우 그들은 시가가 날아가서 떨어진 곳까지 갈 수 있게 되고 거기서 라켓의 모서리로 시가의 한쪽 끝을 쳐서 공중으로 튀어 오르는 순간 그것을 받아 다시 더 먼 곳으로 날려 보낸다. 이렇게 계속하다가 헛치거나 다른 아이들이 날아가는 시가를 잡게 되면 재빨리 뒤로 물러나 또다시 원을 수비하면서 상대가 잽싸고 교묘하게 날려 보낸 시가를 막아 내는 것이다. 규칙이 좀 더 복잡한 이 가난뱅이 테니스 게임에 오후 한나절이 다 소요되곤 했다. 가장 날렵한 피에르는 자크보다 더 말랐으며 더 작고 또 더 호리호리하고 자크가 갈색 머리털인 반면 그는 금발이어서 눈썹까지 금빛이었고 그 사이의 푸르고 곧은 눈매는 순진하기 이를 데 없어서 약간 기분이 상한 듯, 놀란 듯, 얼른 보면 좀 굼뜬 것 같지만 일단 몸을 움직이게 되면 정확하고 한결같은 민첩함을 과시했다. 한편 자크는 어림없을 것 같은 방어에 성공하는가 하면 거저먹기인 백핸드는 놓치곤 했다. 그런 방어 능력과 흔히 친구들의 경탄을 자아내는 성공 사례들로 해서 그는 자기가 최고라고 여기고 허세를 부렸다. 그런데 실제로는 피에르가 언제나 그를 이겼고 그러면서도 결코 이겼다고 떠들어 대는 법이 없었다. 그러나 놀이가 끝나고 나면 그는 한 치의 에누리도 없이 전신을 쭉 뻗어 다시 일

a 날렵한 수비는 단수(單數)로.

어섰고 다른 아이들의 얘기에 귀를 기울이면서 말없이 회심의 미소를 짓는 것이었다.[a]

날씨가 좋지 않거나 기분이 나지 않을 때엔 그들은 골목길이나 공터에서 뛰어다니는 대신 우선 자크네 집 복도에 모였다. 거기서 안쪽 문을 통하여 이웃에 있는 집 세 채의 벽들로 에워싸인 아래쪽의 작은 뜰로 나갔다. 가옥의 벽이 아닌 나머지 한쪽엔 정원의 담이 있고 그 위로 커다란 오렌지나무 한 그루가 솟아 있었는데 꽃이라도 필 양이면 그 향기가 가난한 집들을 따라 피어올라서는 복도 쪽에서 풍겨 오거나 작은 돌층계를 통해서 마당에까지 내려오곤 했다. 뜰의 한 변과 또 다른 한 변의 반은 직각으로 작은 건물 하나가 차지하고 있었는데 거기에는 골목 안에 가게를 열고 있는 스페인 출신 이발사, 그리고 마누라가 저녁이면 가끔 뜰에서 커피를 볶곤 하는 아랍인 부부[b]가 들어 살고 있었다. 세 번째 벽 쪽으로는 건물에 들어 사는 사람들이 철망과 나무로 만든 허름하고 높은 담장 안에 닭을 키우고 있었다. 끝으로 네 번째 벽 쪽으로는 계단의 양편으로 건물의 지하 창고가 어둠 속으로 뚫린 커다란 아가리들을 벌리고 있었다. 지하 창고래야 그냥 땅 밑을 파서 아무런 칸막이도 하지 않은 채 만들어 놓은 출구도 조명 시설도 없이 습기가 차서 물이 줄줄 흘러내리는 구덩이들에 불과했는데 녹색 부식토로 덮은 네 개의 계단을 통해 내려가게 되어 있었다. 건물에 들어 사는 사람들은 거기에다 쓰지 않는 가재도구들을 어지럽게 쌓아 두고 있었다. 정말이지 별 볼일 없는 것들로 썩어 가는 낡은 포대(包袋), 상자 조각, 녹슬고 구멍 나 못 쓰게 된 대야, 요컨대 공터에

a 그 〈도나드(한판 승부)〉가 벌어지는 곳은 바로 푸른 들이었다(162~163면의 〈한판 승부〉에 대한 설명을 참조할 것 — 옮긴이주).

b 오마르는 그 부부의 아들이다. 아버지는 시청 청소부.

가면 굴러다니는 것을 볼 수 있는, 가장 가난한 사람들에게도 쓸모없는 그런 것들이었다. 아이들은 바로 거기 지하 창고들 중 하나에 모였다.

스페인 출신 이발사의 두 아들인 장과 조제프는 버릇처럼 늘 거기 와서 놀곤 했다. 자기들의 누추한 집 바로 가까운 곳이어서 그들에게는 전용 마당이나 마찬가지였다. 동실동실하고 장난기 있는 모습의 조제프는 항상 웃는 얼굴이었고 제가 가진 것을 무엇이나 다 남들에게 잘 주었다. 키가 작고 깡마른 장은 조그만 못 하나, 나사 하나라도 보기만 하면 줄기차게 주워 모았고 그들이 즐겨 하는 한 가지 놀이[a]에 없어서는 안 되는 구슬이나 살구 씨라면 유난히 인색했다. 이토록 단짝인 이들 형제만큼 성격이 정반대인 경우는 상상할 수 없었다. 피에르, 자크, 그리고 패거리 중 마지막 일원인 막스와 더불어 그들은 퀴퀴한 냄새가 나고 습기 찬 지하실로 들어가곤 했다. 그들은 땅바닥에서 썩어 가고 있는 자루 속에서 인도 돼지라고 별명을 붙인 등껍질 두 짝이 맞붙은 바퀴벌레 새끼들을 털어 내버리고 나서 그 찢어진 자루들을 녹슨 쇠시렁에 매달아 놓았다. 그렇게 만들어진 형편없는 텐트 속에 드디어 제 보금자리를 마련한(자기들 집에서는 제 방은커녕 심지어 딱히 제 것이라고 할 수 있는 침대 하나 없는 처지에) 그들은 거기다가 불을 조그맣게 피웠는데 불은 습기 차고 탁한 공기 속에서 제대로 피지도 않은 채 연기만 자욱해졌으므로 참다못해 소굴 밖으로 쫓겨 나온 그들은 마침내 마당 바닥의 축축한 흙을 긁어 퍼다가 덮어 버리기에 이르는 것이었

a 살구 씨 세 개를 삼각대 모양으로 놓고 그 위에 다른 또 하나의 살구 씨를 올려놓는다. 그러고는 일정한 거리에서 또 하나의 살구 씨를 던져서 이 구조물을 무너뜨리려고 애쓴다. 그것을 맞혀 무너뜨린 사람이 그 살구 씨 네 개를 가진다. 목표를 헛맞히면 살구 씨 무더기는 원래 임자의 것이다.

다. 그럴 때면 그들은 꼬마 장과의 입씨름이 없지 않으나 결국 굵은 박하사탕, 땅콩 혹은 말려서 간을 한 이집트 콩, 아랍인들이 영화관 문 앞에다가 바퀴 달린 간단한 나무 상자로 파리가 잔뜩 엉겨 붙은 좌판을 차려 놓고 파는 트라무스라는 이름의 층층이부채꽃 혹은 색깔이 요란한 보리사탕 등을 나눠 먹었다. 소나기가 쏟아지는 날엔 축축한 마당의 땅바닥에 물이 잔뜩 스며든 나머지 정기적으로 물에 잠기는 지하실 안으로 여분의 빗물이 또 흘러들었다. 그러면 그들은 낡은 상자들을 딛고 올라서서 맑은 하늘과 바람과 바다와는 멀리 떨어진 그 가난의 왕국에서 의기양양하게 로빈슨 놀이를 하는 것이었다.[a] 그러나 가장 신명 나는* 날들은 날씨가 좋은 때의 한나절들이었는데 그런 날이면 그들은 이런 저런 핑계로 그럴듯하게 거짓말을 하고서 낮잠을 면할 수가 있었다. 이리하여 그들은 전차 탈 돈이 없는 형편인지라 오랫동안 걸어서 연습장에 이를 수 있는 것이었다. 변두리의 누렇고 회색빛 나는 골목들을 지나 마구간들이 늘어선 거리, 말들이 끄는 큰 수레들로 내륙의 여러 지역까지 왕래하는 기업체나 개인 소유의 큰 창고들 사이를 가로질러, 제자리에서 맴돌고 있는 말들의 발굽소리나 갑자기 숨을 내뿜으면서 입맛을 다시는 소리, 고삐로 쓰이는 쇠사슬이 말구유의 나무 턱에 쓸리는 소리가 저 뒤쪽에서 들리는 바퀴 달린 큰 문짝들 옆으로 지나가는 동안 그들은 자크가 지금도 밤에 잠들기 전이면 꿈처럼 그려 보는 그런 금지된 장소들로부터 풍겨 오던 말똥과 짚과 땀 냄새를 흐뭇한 기분으로 맡는 것이었다. 그들은 말들에게 글겅이질을 해주는 어떤 문이 열린 마구간 앞에서 발

a 갈루파Galoufa(150면의 주 1을 참조할 것 — 옮긴이주).
* 중요한.

걸음을 멈추곤 했는데 프랑스에서 온 덩치가 크고 발목이 굵은 이 짐승들은 더위와 파리 떼 등쌀에 얼떨떨해진 듯 타향살이에 낯설어진 두 눈으로 그들을 멀거니 바라보았다. 이윽고 트럭 운전수들이 고함치는 소리에 놀라 그들은 가장 진귀한 나무 종류들을 가꾸는 드넓은 정원 쪽으로 달려갔다. 바다에 이르기까지 분수들과 꽃들의 장관을 활짝 펼쳐 놓고 있는 넓은 길에 들어서면 그들은 경비원들의 경계하는 눈초리를 의식한 나머지 무심하고 교양 있는 산책객 같은 점잖은 표정을 짓는 것이었다. 그러나 첫 번째 가로질러 가는 길을 만나는 즉시 그들은 정원의 동쪽 구역을 향해 달리기 시작했고 거대한 홍수(紅樹)가 너무나도 빽빽하게 늘어선 나머지 그 그늘에서는 거의 캄캄하다고 느껴질 정도인 곳을 통과하고 또 늘어진 가지들과 복잡하게 뻗은 뿌리가 서로 분간하기 어렵도록 한데 얽힌 거대한 고무나무들이 그 첫 번째 가지들을 땅으로 늘어뜨리는 쪽을 향하여, 그리고 좀 더 멀리 그들의 진짜 소풍 목적지를 향하여 달려가는 것이었다. 거대한 코코넛 야자나무들이 그 꼭대기에 둥글고 작은 오렌지색 열매 송이들을 빽빽하게 달고 있었는데 그들은 이 열매를 코코아 버터라고 불렀다. 거기서는 우선 근처에 감시원이 없는지 확인하기 위하여 사방을 두루 정찰하지 않으면 안 되었다. 그런 다음에는 탄약, 즉 조약돌들을 구하는 작업이 시작되었다. 그걸 주머니가 불룩하도록 채워 가지고 전원이 다시 집합하면 각자 차례대로 모든 나무들 저 위로 하늘에서 흔들리고 있는 열매 송이들을 향하여 사격을 했다. 돌을 던질 때마다 몇 개씩의 열매들이 떨어졌는데 그것은 재수 좋은 사격수만의 소유가 되었다. 다른 사람들은 그가 전리품을 거둬 가기를 기다렸다가 자기 차례가 되어야 돌팔매질을 할 수가 있었다. 이 놀이에서는 팔매질에 능한 자크가 피에로와 동등한 실력을 보였다. 가장 서투른 것은 안경을 쓰고 있으며 시력이 나쁜 막스였다. 하지만 땅딸막하고 체격이 단단한 그는 다른 아이들 앞에서 싸움하는 실력을 과시한 다음부터는 무시 못 할 존재가 되었다. 흔히 골목에서 싸움을 벌일 때 그들은, 특히 분이 치밀어 오르면 거친 성미를 억제하지 못하는 자크는, 으레 호된 반격을 받을 각오로 상대에게 가능한 한 가장 빨리 가장 큰 피해를 주기 위하여 우선 달려들고 보는 습관이 있는 데 비하여, 독일식 어감이 나는 이름을 가진 막스는 어느 날 〈넓적다리 고기〉라는 별명을 가진 푸줏간집 아들이 〈더러운 독일 놈〉이라고 욕을 하자 침착하게 안경을 벗어서 조제프에게 맡긴 다음 신문지상에서 볼 수 있는 권투 선수들이 그러듯이 방어 자세를 취하면서 상대에게 어디 그 욕을 다시 한 번 더 해보라고 했던 것이다. 그러고는 별로 흥분한 기색도 없이 〈넓적다리 고기〉가 주먹을 날릴 때마다 용케 피하여 자신은 얻어맞지 않은 채 상대를 여러 번 후려쳐서 결국은 한쪽 눈에 퍼런 멍이 들도록 만드는 최고의 영광을 안아 들임으로써 상당히 흐뭇한 기분을 맛볼 수 있었다. 그날 이후 이 작은 무리 속에서 막스의 인기는 확고해졌다. 과일 때문에 주머니와 두 손이 끈적끈적해진 채 그들은 정원을 벗어나 바다 쪽을 향하여 달려갔는데, 일단 울타리 밖으로 나서면 즉시 더러운 손수건을 펼친 다음 그 위에 코코아 버터를 쌓아 놓고 달면서도 구역질이 날 정도로 느끼한, 그러나 거두어들인 승리처럼 개운하고 맛 좋은 그 섬유질 많은 장과(漿果)를 달게 씹어 먹는 것이었다. 그러고 나서 그들은 해변으로 달려갔다.

그러려면 양 떼들의 길이라고 부르는 길을 건너질러 가지 않으면 안 되었다. 과연 양 떼들이 알제 동쪽 〈네모난 집〉 시장에서 오거나 그리로 갈 때는 반드시 그 길을 거쳐 가기 때문에 그렇게들 불렀다. 실제에 있어서 그것은 바다와 원형 경기장처럼 야산의 비탈에 자리 잡은 도시가 만드는 활 모양의 반원 사이를 갈라놓는 우회 도로였다. 길과 바다 상간에는 작은 공장, 벽돌 찍어 내는 곳과 가스 공장 하나가 진흙 판이며 나무와 쇠붙이 조각들이 횟가루를 허옇게 뒤집어쓴 채 널려 있는 모래밭들을 사이에 두고 떨어져 놓여 있었다. 이 볼품 없는 황야를 건너지르고 나면 사블레트 해변이 나타났다. 그곳의 모래는 다소 검은색이었고 모래톱에 밀려드는 물결이 항상 맑은 것은 아니었다. 오른편은 수영 시설이어서 탈의장이 갖추어져 있었고 축제날이면 물속에 말목을 박아 세운 커다란 나무 상자 같은 홀이 무도장으로 제공되었다. 제철에는 매일같이 감자튀김 장수들이 열심히 화덕을 달구었다. 대개 이 작은 무리의 아이들에게는 튀김 한 봉지 사먹을 돈도 없었다. 어쩌다가 그들 중 어느 하나가 필요한 돈[a]을 가지고 있게 되면 그는 감자튀김 한 봉지를 사가지고 공손하기 짝이 없는 친구들의 무리를 이끌고 엄숙하게 모래사장 쪽으로 걸어간 다음 바다 앞 망가진 낡은 배 그늘에서 두 발을 모래에 박고 한 손은 튀김 봉지를 똑바로 붙잡고 다른 한 손으로는 통통하고 바삭바삭한 감자튀김이 한 개라도 떨어지지 않도록 봉지를 덮은 채 털썩 엉덩방아를 찧으며 앉는 것이었다. 관례에 따라 그는 친구들 한 사람 한 사람에게 감자튀김 한 개씩을 주었고 받은 사람은 뜨겁고 짙게 남은 기름 냄새가 향기로운 그 하나뿐인 먹을거리를 경건하게 음미했다. 그러고 나서 그들은 남은 튀김을 하나하나 심각하게 맛보고 있는 그 운 좋은 친구를 바라보고만 있었다. 봉지 바닥에는 언제나 튀김 부스러기들이 좀 남아 있어서 실컷 먹고

a 단돈 2수.

난 주인에게 그걸 좀 나눠 달라고 애원하게 마련이었다. 장은 예외였지만 대부분의 경우 그는 기름 묻은 종이를 펼쳐서 튀김 부스러기들을 늘어놓고 각자가 차례대로 부스러기를 하나씩 집어 가도록 했다. 다만 누가 가장 먼저 집느냐, 그러니까 즉 누가 제일 굵은 부스러기를 집느냐를 정하자면 〈얼간이〉가 필요했다. 향연이 끝나고 즐거움도 욕구 불만도 금방 다 잊어버리고 나면 이번에는 세찬 햇빛을 받으며 해변의 서쪽 끝을 향하여 지금은 없어진 어떤 오두막집을 짓는 데 썼던 것 같은 반쯤 부서진 벽돌 공장까지 달려가서 그 뒤에서 옷을 벗었다. 순식간에 그들은 벌거숭이가 되어 대번에 물속으로 뛰어들었고 힘차게 혹은 서투르게 헤엄을 치며 서로 고함을 쳐댔고[a] 거품을 내거나 침을 뱉어 댔고 용기를 내어 물속 깊이 들어가 보기도 하고 물속에서 누가 오래 버티나 내기도 했다. 그들은 삶에서나 바다에서나 지배자였다. 그들은 세상이 그들에게 줄 수 있는 가장 호화로운 것을 받아서 그 무엇과도 바꿀 수 없는 부유한 재산을 가진 영주처럼 그것을 무제한으로 쓰는 것이었다.

그들은 시간 가는 줄도 모른 채 모래사장에서 바닷물로 뛰어갔고 온몸에 끈적거리며 흐르는 짠물을 모래 위에서 말렸다가 이윽고 잿빛으로 몸을 뒤덮은 모래를 바다에 들어가 씻었다. 그들이 뛰어다니면 명매기 떼들이 짧게 외치면서 공장들과 모래밭 위로 더욱 낮게 날기 시작했다. 하늘은 대낮의 후끈한 열기가 가시면서 더 맑아지다가 이윽고 초록빛으로 변해 갔고 햇빛이 누그러지면서 만(灣)의 저편에서는 지금까지 안개 낀 것처럼 흐릿하게 묻혀 있던 집들과 도시의 곡선이

a 물에 빠지기만 해봐라, 너네 어머니가 널 죽일 거야 — 그렇게 홀랑 벗고도 얼굴 부끄럽잖냐. 어머닌 어디 있냐.

더욱 뚜렷해졌다. 아직은 낮이었지만 순식간에 찾아 드는 아프리카의 황혼을 예비하여 어느새 등불들이 켜지고 있었다. 대개 피에르가 가장 먼저 〈늦었어〉 하고 말을 꺼냈고 그러면 곧 아이들은 뿔뿔이 흩어지면서 서둘러 인사들을 나누었다. 자크는 조제프와 장 형제와 함께 다른 아이들은 아랑곳없이 집을 향하여 달렸다. 그들은 숨이 턱 끝에 닿도록 힘껏 뛰었다. 조제프의 어머니는 걸핏하면 매를 들었다. 더군다나 자크네 할머니로 말할 것 같으면……. 순식간에 내리 덮이는 저녁 어둠 속에서 첫 번째 가스등에 불이 켜지고 눈앞에서 전차들이 더욱 속력을 내면서 달리는 것을 보자 마음이 다급해진 그들은 어느새 밤이 된 것에 깜짝 놀란 나머지 정신없이 뛰기만 하다가 집 문턱에서는 서로 잘 가라는 인사를 할 겨를도 없이 헤어지는 것이었다. 그런 저녁이면 자크는 어두컴컴하고 악취가 나는 층계에 발걸음을 멈추고 어둠 속에서 벽에 몸을 기댄 채 펄떡거리는 가슴이 진정되기를 기다리곤 했다. 그러나 그는 기다릴 수가 없었고 그럴 수 없다는 것을 알수록 숨은 더욱 헐떡거렸다. 그는 세 계단씩 성큼성큼 뛰어올라 층계참에 이르렀고 그 층의 화장실 문 앞을 지나 자기 집 문을 열었다. 복도 끝에 있는 식당에는 불이 켜져 있었고 몸이 오싹해진 그의 귀에는 접시에 부딪치는 숟가락 소리가 들렸다. 그는 안으로 들어갔다. 식탁 주위에는 석유램프의 붉은 불빛 아래 반벙어리인 삼촌[a]이 계속 수프를 들이마시고 있었다. 아직 젊고 머리의 숱이 많고 갈색인 어머니가 아름답고 정다운 눈길로 그를 바라보았다. 〈잘 알면서……〉 하고 어머니가 입을 열었다. 그러나 검은색 옷을 꿋꿋하게 가다듬어 입고 입을 꼭 다문 채 맑고 엄격한 눈초리로 쏘아보면서 할머니가 딸의 말

a 형.

을 끊었다. 〈어디 갔다 오는 거냐?〉 하고 물었다. 「피에르하고 같이 산수 숙제 했어요.」 할머니는 자리에서 일어나 그에게 다가왔다. 그의 머리에 코를 대고 냄새를 맡았고 아직 모래투성이인 양쪽 발목을 만져 보았다. 「해변에 갔다 왔구먼.」 〈이 거짓말쟁이〉 하고 삼촌이 또록또록 말했다. 그러나 할머니는 그의 등 뒤로 가서 방 문 뒤에 걸려 있는 황소 힘줄이라고 하는 조잡한 채찍을 벗겨 들고 그의 종아리와 엉덩이를 서너 번 고함치고 싶을 정도로 아프게 후려쳤다. 잠시 후 그는 입 안과 목구멍 속에 눈물이 가득한 채, 불쌍히 여긴 삼촌이 떠준 수프 접시를 앞에 놓고 눈물이 쏟아지지 않도록 하려고 전신을 긴장시키고 있었다. 그러면 어머니가 할머니에게로 잠시 눈길을 던지고 나서 그가 그토록 좋아하는 얼굴로 그를 돌아보며 말하는 것이었다. 「수프 먹어. 이제 됐다. 이제 됐어.」 그제야 그는 울기 시작했다.

자크 코르므리는 잠에서 깨었다. 햇빛이 더 이상 현창의 구리에 반사되고 있지 않았지만 수평선이 나지막하게 내려오고 이제 해는 그의 맞은편 벽을 비추고 있었다. 그는 옷을 입고 갑판으로 올라갔다. 밤의 저 끝에 이르면 알제에 도착하리라.

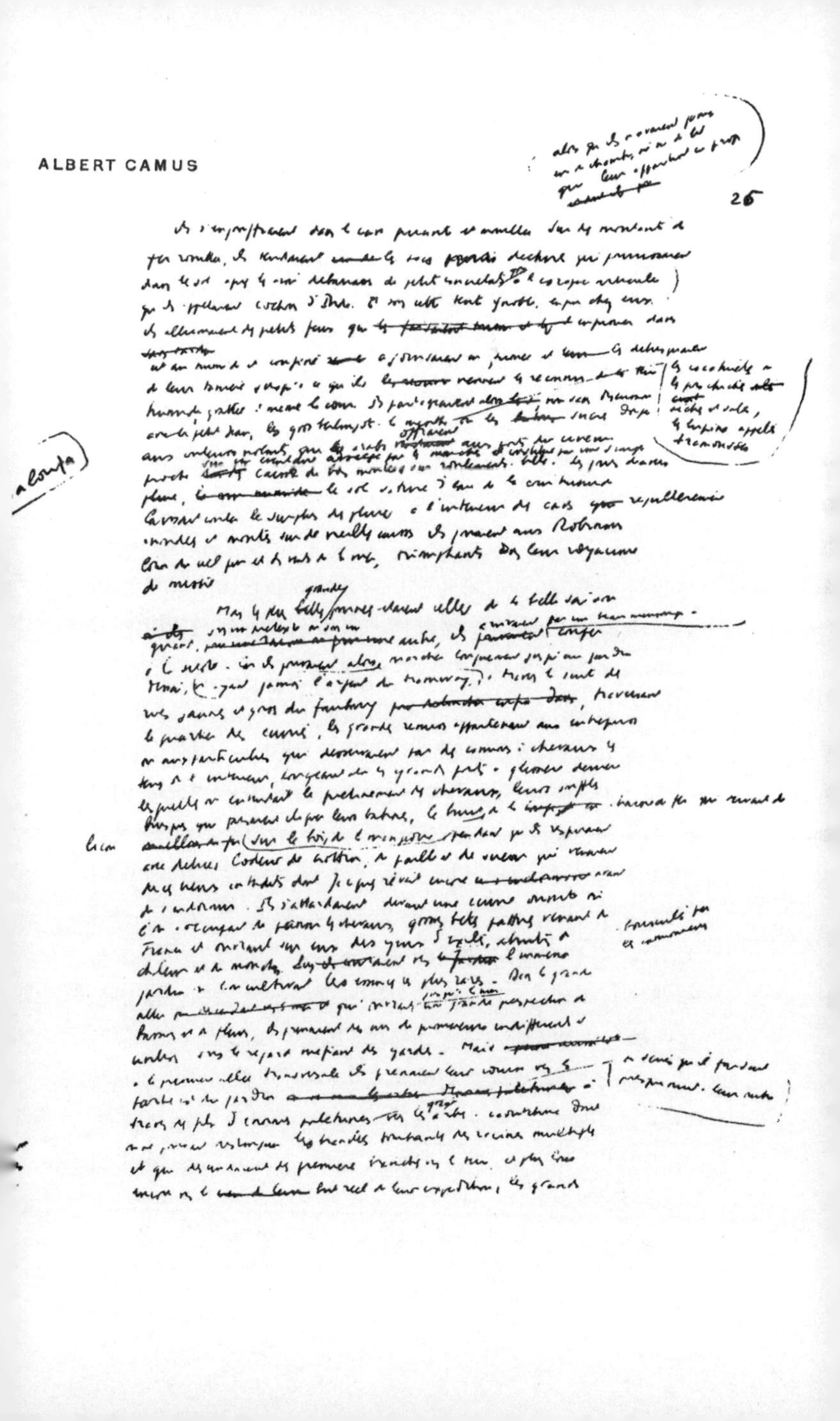

5. 아버지. 그의 죽음. 전쟁. 테러

그는 바로 그 문턱에서 어머니를 꼭 껴안았다. 마치 그의 몸이 계단 높이에 대한 정확한 기억을 간직하고 있었던 것처럼 어느 하나도 헛디디지 않고 절대 확실한 한달음으로 여러 계단을 껑충껑충 뛰어올라 왔기 때문에 아직도 숨을 헐떡거리는 채였다. 벌써부터 활기가 넘치고 있고 아침에[a] 뿌린 물이 몇 군데에는 아직도 남아 번들거리는가 하면 더러는 이제 막 시작하는 더위에 마르면서 수증기로 변하는 중인 골목에 이르러 택시에서 내리면서 그는 옛날과 똑같은 그 자리, 아파트의 두 칸 방 사이의 좁은 발코니에 서 있는 그녀를 알아보았다. 항상 무화과 열매나 구겨진 작은 종잇조각이나 혹은 담배꽁초 따위가 잔뜩 널려 있는 구불구불한 슬레이트 판을 덮어놓은 이발사네 — 그의 아내 말로는 폐결핵 때문에 죽은 것은 장과 조제프의 아버지가 아니라 언제나 머리 냄새를 맡는 그 직업이라는 것이었다 — 차양 저 위에 있는 바로 그 자리였다. 어머니는 언제 보아도 숱이 많은 머리가 여러 해

a 일요일.

전부터 하얗게 세어 버린 모습으로 거기에 서 있었다. 그러나 일흔두 살의 나이에도 불구하고 여전히 꼿꼿했고 극도로 호리호리한 몸매에 아직은 원기가 있어 보이는 인상 때문에 10년은 더 젊게 보였는데, 거동은 나른하지만 지칠 줄 모르는 정력을 지닌 여윈 체구의 집안 내력인지 온 식구들이 모두 다 이러해서 늙음도 이들에겐 별로 힘을 쓰지 못하는 것 같았다. 반벙어리인 에밀 삼촌[1]은 쉰 살인데도 젊은이 같았다. 할머니는 머리 한 번 구부리지 않고 죽었다. 지금 그가 만나러 달려가고 있는 어머니로 말할 것 같으면 그녀의 부드러운 강인함을 꺾을 수 있는 것은 아무것도 없었다. 수십 년 동안 고된 노동을 해왔지만 어린 코르므리가 뚫어지게 바라보며 탄복해 마지않았던 그 젊은 여인의 모습을 고스란히 간직하고 있었으니 말이다.

그가 문 앞에 도착하자 어머니는 문을 열어 주고 나서 그의 품에 몸을 던졌다. 이럴 경우, 그들이 다시 만날 때마다 매번 그렇듯이 어머니는 있는 힘을 다하여 그를 끌어안고서 두 번 세 번씩 입을 맞추었고 그는 두 팔에 와 닿는 갈비뼈들과 조금 떨고 있는 단단하게 튀어나온 어깨뼈를 느낄 수 있었다. 한편 그는 턱밑에 있는, 두 개의 목 힘줄 사이의 언저리를 상기시켜 주는 어머니의 달콤한 살 냄새를 맡고 있었다. 다 큰 지금은 입술을 갖다 대고 키스할 용기가 나지 않지만 어렸을 때 아주 드물게나마 어머니가 그를 끌어당겨 무릎 위에 앉혀 줄 적이면, 그리하여 어린 시절의 삶 속에서는 너무나도 희귀한 애정의 냄새가 난다고 여겨졌던 그 오목한 곳에 코를 박고 잠이 든 척할 때면, 숨을 들이켜 냄새를 맡고 애무하기를 좋아했던 바로 거기였다. 어머니는 그에게 키스를 하

1 나중에 에르네스트로 변한다.

고 나서 이윽고 그를 놓아 주었다가는 마치 자신이 그에게 쏟거나 표현할 수 있는 모든 사랑을 재어 보았더니 아직도 한 눈금만큼 모자란다고 판단했다는 듯이 다시 한 번 그를 끌어당겨 키스를 하는 것이었다. 〈애야, 그동안 멀리 가 있었구나〉[a] 하고 어머니는 말했다. 그러고는 곧 몸을 돌려 아파트 안으로 다시 들어가서는 거리로 난 식당 안에 가 앉는 것이었다. 어머니는 이제 그의 생각도, 아니 도대체 아무런 생각도 더 이상 하지 않는 것 같았다. 심지어 마치 이제는 — 적어도 그가 받은 인상은 그랬다 — 그녀가 고독하게 꿈적거리며 지내는 그 좁고 텅 비고 닫힌 세계를 흩뜨려 놓은 거추장스러운 존재라도 된다는 듯이 때로는 이상한 표정으로 그를 바라보곤 하는 것이었다. 게다가 그날은 그가 옆에 가 앉고 나자 어머니는 모종의 불안에 사로잡힌 것처럼 어둡고 열에 들뜬 듯한 그 아름다운 눈길로 가끔씩 거리 쪽을 흘끗흘끗 내다보다가 나중에서야 눈빛이 진정되면서 다시 자크를 돌아보는 것이었다.

거리는 더욱 떠들썩해졌고 붉은색의 육중한 전차가 내는 요란한 쇠붙이소리 속에 사람들의 왕래가 더욱 빈번해졌다. 코르므리는 흰 칼라가 달린 조그만 회색 블라우스 차림으로 언제나 가 앉곤 하는 그 불편하고 〔 〕[1] 의자에 옆모습으로 앉아 있는 어머니를 바라보았다. 등은 나이 때문에 약간 굽었지만 구태여 등받이에 기대려고 하지는 않고 있었고, 한데 모은 두 손에 작은 손수건 하나를 거머쥐고 때로는 곱은 손가락들로 돌돌 말아 공을 만들었다가는 가만히 내려앉은 두 손 사이의 옷자락 오목한 곳에 버려두고서 고개는 거리 쪽으

a 전환 지점.
1 알아볼 수 없는 두 글자.

로 약간 돌린 채였다. 어머니는 30년 전과 똑같은 모습이었다. 그래서 그는 주름살들 뒤에서 기적이다 싶은 만큼 옛날과 똑같이 젊은 얼굴, 마치 이마에 녹아 붙은 듯 매끄럽고 윤이 나는 눈썹의 반달, 작고 오똑한 코, 의치 주변의 입술 가에 이는 경련에도 불구하고 아직 윤곽이 뚜렷한 입을 다시 찾아낼 수 있었다. 그토록 빨리 황폐해지는 목도 마디 맺힌 목 힘줄과 약간 느슨해진 턱에도 불구하고 그 모양을 그대로 간직하고 있었다. 〈미장원에 갔다 왔군요〉 하고 자크가 말했다. 어머니는 뭘 하다 들킨 소녀 같은 표정으로 미소를 지었다. 「그래, 너도 오고 그래서.」 그녀는 언제나 거의 눈에 띄지 않게 자기식으로 멋을 냈다. 그래서 아무리 가난하게 차려입고 있어도 자크로서는 단 한 번도 어머니가 추한 것을 걸친 모습은 본 적이 없었다. 지금도 역시 그녀가 입고 있는 회색과 검은색 옷들은 적절하게 선택된 것이었다. 이것이야말로 언제나 비참하거나 가난한, 혹은 몇몇 사촌들처럼 다소 윤택한 이 집안의 안목이었다. 그러나 모두가, 특히 남자들이, 모든 지중해 연안 지방 사람들이 그렇듯 흰색 셔츠와 바지 주름을 고집했고 또 옷가지가 변변한 게 없고 보면 그런 옷을 끊임없이 손질해야 하는 어머니나 아내들에게 할 일이 더 많아지는 것은 당연하게 여겼다. 그의 어머니로 말할 것 같으면[a] 남의 집 빨래를 하고 집안일을 해주는 것으로 다 된 것이 아니라고 항상 여겨 왔는지라, 자크는 기억이 나는 한 아주 옛날부터 그가 빨래도 다리미질도 하지 않는 여자들의 세계로 떠나서 멀리 가버릴 때까지 어머니가 언제나 형과 자크의 하나밖에 없는 바지를 다리고 있는 모습을 보아 왔었다. 〈이발사는 이탈리아 사람인데, 일을 잘해〉 하고 어머니가 말했다.

a 검고 이글거리는 눈이 빛나는 반드러운 눈두덩뼈의 둥근 모습.

〈네〉 하고 자크가 말했다. 그는 〈어머니는 아주 고와요〉 하고 말할 생각이었으나 그만 입을 다물었다. 그는 항상 어머니에 대하여 그렇게 생각은 하고 있었으나 감히 그 말을 한번도 입 밖에 내어 말하지는 못했다. 어머니가 안 좋은 반응을 보이게 될까 염려되거나 그런 칭찬의 말이 어머니를 기쁘게 할지 어떨지 몰라서가 아니었다. 그러나 그런 말을 한다는 것은 당신이 일생 동안 몸을 숨기고 살아온 — 부드럽고 공손하고 타협적이며 심지어 수동적이기까지 하지만, 반귀머리 상태와 말을 잘 못 하는 불구 상태 속에 혼자 격리된 채였지만, 그 무엇에도 그 누구에게도 정복된 적이 없이, 분명 모습은 아름답지만 거의 접근이 불가능한 채로, 항상 웃음 짓고 있기에, 그의 마음이 어머니를 향하여 달려가고 있기에 더욱더 접근이 불가능한 채로 — 그 눈에 보이지 않는 장벽을 건너뛰어 버리는 일이었을 것이다. 그렇다, 일생 동안 어머니는 언제나 똑같이 겁먹은 듯하고 순종적인, 그러나 거리를 두는 표정을 그대로 간직하고 있었고, 그보다 30년 전, 당신 자신은 아이들에게 손 한번 대본 일이 없을 뿐더러 심지어 진짜 큰 소리로 야단 한번 쳐본 일이 없으면서도, 자신의 어머니가 회초리로 자크를 때릴 때 그 매질이 바로 자기 자신의 몸에 상처를 입히고 있다는 것을 알면서도, 피곤과 표현 능력의 불구, 그리고 자기 어머니에 대한 존중 때문에 나서서 말리지도 못하고 그냥 버려둔 채, 종일토록, 오랜 세월토록 견디었던 그녀가, 마치 자기 자신이 남의 집에 가서 무릎 꿇고 마룻바닥을 닦으며 보내는 고달픈 진종일을, 남들이 먹다 남은 기름기 낀 음식 찌꺼기와 더러운 빨래 한가운데 묻힌 채 남자도 위안도 없이 지내는 생활을, 아무런 희망이 없다 보니 아무런 원한도 없어져 버린 삶, 무지하고 고집스럽고 남의 것이건 내 것이건 일체의 고통에 무감각해진 나머지

하루하루가 그게 그것일 뿐인 고통스럽고 지루한 나날들을 견디어 왔듯이, 그의 어린것들에게 날아가는 매질을 견디었던 그녀가, 자크를 때리는 자신의 어머니를 말리지도 못한 채 보고만 있었던 그때와 똑같은 눈길을 그대로 간직하고 있었다. 그는 어머니가 빨래를 많이 하고 난 뒤 피곤하다든가 허리가 아프다고 하는 말은 들었지만 한번도 불평을 하는 소리는 들어 본 적이 없었다. 또 어떤 언니가, 어떤 아주머니가 자기에게 친절하게 대해 주지 않았다든가 혹은 〈거만하더라〉는 정도 이외에는 그 누구에 대해서도 나쁘게 말하는 것을 들어 본 적이 없었다. 반면에 어머니가 진심으로 속 시원히 웃는 것을 본 적도 별로 없었다. 아이들이 커서 필요한 것은 모두 대주게 되면서부터 일을 하지 않게 된 지금은 전보다 좀 더 많이 웃곤 했다. 자크는 여전히 변한 데가 없는 방 안을 둘러보았다. 어머니는 온갖 습관이 배어 있는 그 아파트, 그녀에게는 모든 점에서 편리하기만 한 그 동네를 떠나서 더 안락하기야 하겠지만 모든 것이 다 어렵기만 할 다른 동네로 이사하는 것을 원치 않았다. 그렇다, 변함없이 똑같은 방이었다. 가구는 딴 걸로 바꾸어서 이제는 품위도 있고 덜 가난해 보였다. 그러나 벽에 바싹 붙여 놓은 그 가구들은 갖추어진 게 별로 없이 텅 비어 있었다. 〈넌 언제나 뒤져 보는 걸 좋아하는구나〉 하고 어머니가 말했다. 그렇다. 아무리 간곡하게 권해도 언제나 꼭 필요한 것 외에는 아무것도 갖추어 두질 않아서 그 헐벗음이 오히려 신기하기만 한 찬장을 열어 보지 않을 수가 없었다. 그는 또 식기대에 달린 서랍들도 열어 보았다. 그 속에는 그 집안 식구들로서는 충분한 두세 가지 약들이 두세 장의 낡은 신문과 끈 몇 토막, 짝이 맞지 않는 단추들이 가득 든 조그만 마분지 상자 하나, 낡은 증명사진 한 장과 섞인 채 담겨 있었다. 여기서는 쓸데없는 것들마저

도 가난했다. 쓸데없는 것은 결코 사용되지 않기 때문이었다. 그리고 자크 자신의 집에서처럼 온갖 물건들이 잔뜩 들어차 있는 통상적인 집에 들어 산다 하더라도 어머니는 꼭 필요한 것밖에는 사용하지 않고 지내리라는 것을 그는 잘 알고 있었다. 또 가구라곤 작은 장 하나와 좁은 침대, 목제 화장대와 밀짚 의자가 전부이고 하나뿐인 창문에는 뜨개질한 커튼이 걸려 있는 그 옆의 어머니 방에도 이따금 화장대의 텅 빈 나무판 위에는 공처럼 돌돌 말아 무심히 놓아둔 작은 손수건 하나가 눈에 띌 뿐 그밖에는 전혀 아무런 물건도 찾아볼 수 없으리라는 것을 그는 잘 알고 있었다.

아닌 게 아니라 그로서도 몹시 놀라웠던 것은 바로, 고등학교 친구들 집이건 혹은 그보다 나중에 가본 좀 더 넉넉하게 사는 사람들의 그것이건 다른 집들에는 그토록 많은 꽃병들이며 술잔들이며 조상(彫像)들과 그림들이 방마다 가득 들어차 있는 것을 볼 수 있었다는 점이었다. 그의 집에서는 〈벽난로 위에 놓인 꽃병〉이라는 식으로 불렀고 질그릇 항아리, 오목한 접시들, 그리고 그 밖에 볼 수 있는 몇 가지 물건들은 이름이 없었다. 반면에 삼촌 댁에서는 불에 구운 보주산(産) 도기 그릇을 자랑했고 캥페르산 식기들로 식사를 하는 것이었다. 그는 항상 죽음처럼 헐벗는 가난의 한가운데서, 보통 명사들 속에서 성장했다. 반면에 삼촌 댁에 가면 고유 명사들을 발견하게 되는 것이었다. 오늘도 여전히 금방 타일 바닥을 깨끗이 청소해 놓은 방과 단순하고 반들거리는 가구들 위에는 아무것도 놓인 것이 없었다. 있다면 기껏 그가 온다고 해서 식기대 위에 준비해 놓은 돋을무늬 세공의 아랍 놋재떨이 하나, 그리고 벽에 걸린 우체국 달력이 고작이었다. 여기에서는 볼 것이 아무것도 없었고 할 말도 거의 없었다. 그랬기 때문에 그는 자신이 이미 알고 있는 것 이외에는 어머니에 대하여 아무것도 아는 것이 없었다. 아버지에 대해서도 마찬가지였다.

「아빠는?」 어머니는 그를 쳐다보면서 주의 깊은 표정을 보였다.[a]

「응.」

「이름이 앙리 그리고 또 뭐였어요?」

「몰라.」

「다른 이름이 더 없었어요?」

「그런 것 같은데, 잘 생각이 안 나.」

갑자기 딴 데 정신이 팔렸는지 어머니는 이제 햇빛이 마구 후려치듯 쏟아지는 길거리를 내다보고 있었다.

「나하고 닮았었나요?」

「응, 빼다 박은 듯이 똑같이 생겼지. 눈이 맑았어. 또 이마도 너하고 같고.」

「몇 년생이었죠?」

「모르겠어. 내가 그이보다 네 살 위였으니까.」

「그럼, 엄마는 몇 년 생인데?」

「몰라. 호적 수첩을 보렴.」

자크는 방으로 들어가서 장을 열었다. 맨 위에 있는 칸의 수건들 사이에는 호적 수첩, 연금 지급장, 그리고 스페인 말로 기록된 서류들이 놓여 있었다. 그는 서류들을 가지고 돌아왔다.

「아빠는 1885년에, 엄마는 1882년에 태어났어요. 엄마가 세 살 더 많군요.」

「아! 난 네 살인 줄 알았지. 옛날 일이니까.」

「일찍부터 부모를 잃고 나자 형제들이 아빠를 고아원에 보

a 아버지 — 질문 — 14년 전쟁 — 폭탄 테러.

냈다고 엄마가 나한테 그랬었죠?」

「응. 그이 누나도 마찬가지였고.」

「부모가 농장을 가지고 있었다면서요?」

「응, 알자스 사람들이었어.」

「우레드파이예에 살았었죠?」

「응, 그리고 우리는 세라가에 살았고. 아주 가까웠어.」

「몇 살에 부모를 잃었나요?」

「몰라. 오! 어렸을 때였대. 누나가 그이를 버렸어. 그러면 안 되는데. 그이는 그 사람들을 다시는 만나지 않으려고 했어.」

「누나는 몇 살이었는데요?」

「몰라.」

「그럼 형들은요? 아빠가 막내였나요?」

「아니, 둘째였어.」

「그럼 형제들도 아빠를 돌봐 주기엔 너무 어렸었겠네요.」

「응, 그렇지.」

「그럼 그 사람들 잘못이 아니네요.」

「왜 아냐. 아빠는 그들을 원망했어. 고아원에 살다가 열여섯 살 때 누나네 농장으로 돌아간 거야. 그이를 너무 심하게 부려 먹었어. 너무 했어.」

「그래서 세라가로 왔군요.」

「그렇지. 우리 집으로.」

「거기서 아빠를 만난 거예요?」

「응.」

어머니는 또다시 길 쪽으로 고개를 돌렸다. 그는 화제를 그쪽으로 계속 끌어갈 수가 없겠다고 느꼈다. 그러나 어머니가 스스로 이야기를 딴 데로 돌렸다.

「그이는 글을 읽을 줄 몰랐어. 고아원에서 아무것도 가르쳐 주지 않았거든.」

「하지만 아빠가 엄마한테 전쟁터에서 보낸 카드들을 제게 보여 줬잖아요?」

「응, 클라시오 씨한테서 배웠어.」

「리콤 농장에서요?」

「응, 클라시오 씨가 대장이었지. 그이가 아빠한테 글을 읽고 쓰는 것을 가르쳐 줬어.」

「몇 살 때요?」

「스무 살 때였던 것 같아. 모르겠어. 모두가 다 오래된 일이라서. 그렇지만 결혼했을 땐 포도주 일을 많이 배웠기 때문에 어디 가든 일자리가 있었어. 그이는 머리가 있었거든.」

어머니는 그를 물끄러미 바라보았다.

「너처럼.」

「그래서 그 뒤에는요?」

「그 뒤에? 네 형을 낳았지. 너희 아버지는 리콤을 위해서 일을 하고 있었는데 리콤이 그이를 생타포트르로 보낸 거야.」

「생타포트르로요?」

「응, 그랬는데 전쟁이 났지. 그이는 죽었고. 포탄 파편을 나한테 보냈더라.」

그의 아버지 머리를 깨놓은 포탄 파편은 작은 비스킷 상자에 담긴 채 같은 장 안의 같은 수건들 뒤에, 전선에서 써보낸 카드들과 함께 놓여 있었다. 그는 카드들에 쓰인 건조하고 짧은 말들을 지금도 그대로 외울 수 있었다. 〈그리운 뤼시. 나는 잘 지내고 있소. 우리는 내일 부대를 이동하오. 어린아이들을 잘 돌보아 주시오. 키스를 보내며. 당신의 남편.〉

그렇다. 그렇게 이사하는 도중에, 이민으로서, 이민들의 아들로서 그가 태어나던 바로 그 어둠 속 깊숙한 곳으로 유럽은 벌써부터 대포들을 공급하고 있었고 장차 몇 달 뒤에는 그 대포들이 한꺼번에 다 폭발하면서 코르므리 가족들을 생타포트르에서 쫓아내고, 그 젊은이를 알제에 있는 부대로 보내고, 세이부즈 모기한테 물려 부어오른 어린아이를 팔에 안은 그의 아내를 가난한 변두리 동네에 사는 친정어머니의 좁은 아파트로 떠나보내게 된다. 「걱정하지 마세요, 어머니. 앙리가 돌아오면 우린 다시 떠날 거예요.」 그러면 몸가짐이 꼿꼿하고 흰 머리를 뒤로 바싹 당겨서 묶은 맑고 모진 눈의 할머니는 말하는 것이었다. 「이것아, 일을 해야 먹고 살지.」

「아빠는 주아브[1)]로 입대하게 된 거군요.」

「그래. 모로코에서 전쟁을 했어.」

사실이었다. 그는 그걸 까맣게 잊고 있었다. 1905년 그의 아버지는 스무 살이었다. 그는 모로코 사람들에 대항하여[a] 시쳇말로 현역으로 싸웠다. 자크는 몇 년 전 알제 거리에서 그가 다니던 학교의 교장 선생님을 우연히 만났을 때 그가 하던 말을 기억하고 있었다. 르베스크 씨는 아버지와 동시에 징집을 당했다. 그러나 같은 부대에 있었던 기간은 한 달밖에 되지 않았다. 그의 말로는 코르므리가 별로 말수가 없었기 때문에 그를 잘 알지는 못했다고 했다. 피로를 잘 견디고 과묵한 사람이었지만 대하기 편하고 경우가 발랐다. 단 한 번 코르므리가 극도로 흥분한 적이 있었다. 아틀라스 산맥 한 모퉁이, 바위로 된 협로가 가로놓인 작은 야산 꼭대기에서 그들의 분견대가 야영을 하면서 극도로 더운 하루를 보내고 난 밤이었다. 코르므리와 르베스크는 협로의 저 아래에서 보초 교대를 하게 되어 있었다. 그런데 그들이 다가가 암호를 대고 불러도 아무 응답이 없었다. 그러고는 울타리처럼 늘어선 선인장들 밑에서 그들은 이상하게도 달을 바라보듯이 머리를 뒤로 젖

1) 1830년에 창설된 알제리 원주민 보병 부대 병사.

a 14.

히고 있는 동료를 발견했다. 처음에는 좀 이상한 모습이어서 그의 머리를 제대로 알아보지 못했다. 그러나 상황은 아주 간단했다. 그는 목이 칼에 찔려 있었고 납빛으로 부풀어 오른 채 그의 입 안에 물려 있는 것은 그의 성기였다. 그제야 그들은 벌려진 두 다리와 찢어진 주아브 군복 바지를, 그리고 그 갈라진 한가운데 이번에는 달빛이 간접적으로 반사되고 있는 곳에 웅덩이처럼 흥건히 고여 있는 액체를 보았다.[a] 그리고 거기서 백 미터쯤 떨어진, 큰 바위 뒤에 또 한 사람의 보초가 마찬가지 모습을 하고 있었다. 긴급 경보가 내려졌고 보초를 두 배로 늘렸다. 새벽이 되어 그들이 다시 캠프로 올라왔을 때 코르므리가 저놈들은 사람도 아니라고 말했다. 깊이 생각해 보고 난 르베스크는 그들 편에서 생각해 보면 바로 그게 사람으로서 해야 할 행동이며 우리가 그들 땅에 와 있으니 그들은 그들 나름대로 할 수 있는 모든 수단을 다 동원하는 것이라고 대답했다. 코르므리는 여전히 고집스런 표정만 짓고 있었다.「그럴지도 모르지. 그러나 저자들은 잘못한 거야. 사람이라면 차마 그렇게는 못 해.」그 사람들로서는 상황이 상황인지라 무슨 짓이든 못 할 게 없다〔무엇이든 다 때려 부술 수 있다〕고 르베스크가 대답했다. 그러나 코르므리는 미친 듯이 성을 내면서 고함쳤다.「아냐. 사람이라면 그렇게 못 하는 거야. 그렇지 않다면…….」그러고 나서 그는 이윽고 마음을 진정했다.「난 가난한 사람이야. 나는 고아원 출신이지. 이런 옷을 입고서 전쟁에 끌려오긴 했어도 나는 못 할 짓은 안 해.」〈못 할 짓을 하는 프랑스 사람들도 있어〉 하고 르베스크가〔말했다〕.「그렇다면 그들도 사람이 아니지.」

그리고 그는 갑자기 소리쳤다.「더러운 족속들이야! 더러

a 그걸 달고 죽든 잘려나간 채 죽든 뭐가 달라 하고 상사는 말했었다.

운 족속들이라고! 전부가 다 그래…….」

그렇게 말하고 나서 그는 얼굴이 백지장처럼 창백해져 가지고 자기 텐트 안으로 들어갔다.

가만히 생각해 보면 아버지에 대해서 가장 많은 것을 알게 된 것은 바로 지금은 더 이상 눈에 띄지 않게 된 그 늙은 교사의 입을 통해서였음을 자크는 깨달을 수 있었다. 그러나 아주 자질구레한 일들이라면 몰라도 어머니의 침묵을 통해서 그가 짐작할 수 있었던 것 이상은 아무것도 없었다. 일생 동안 일만 하고 지내다가 명령에 따라 사람을 죽였고 피할 수 없는 것이면 무엇이나 달게 받았지만 마음속 어딘가에서는 손상되기를 거부했던 강인하고 씁쓸한 표정의 한 사내. 요컨대 가난한 사내. 가난이란 일부러 선택〔하〕는 것은 아니지만 없어지지 않고 줄곧 따라다닐 수는 있는 것이니까 말이다. 그리하여 그는 어머니를 통해서 알게 된 얼마 되지 않는 것과 더불어, 9년 뒤 결혼하여 두 아이의 아버지로서 생활이 약간 나아지게 되자 알제로 징집당하여 가게 된[a] 바로 그 사내를 상상하려고 노력해 보았다. 참을성 많은 아내와 다루기 어려운 두 아이와 함께했던 지루한 밤 여행, 역에서의 작별, 그리고 그로부터 사흘 뒤, 주아브 연대의 풍덩한 바지에 붉고 푸른색의 멋진 군복을 받쳐 입고 7월 염천에* 털옷 속으로 땀을 철철 흘리며 벨쿠르의 작은 아파트에 불쑥 나타난 그. 손에는 밀짚모자를 들고 있었다. 한 번도 구경한 적이 없는 프랑스[b]로 가기 위하여 한번도 건너 본 적이 없는 바다 위로 저녁 배를 타기 전에 아이들과 아내에게 키스를 해주려고

a 1814년(원문 그대로임)에 알제에서 나온 신문들.

* 8월.

b 그는 프랑스를 한번도 본 적이 없었다. 마침내 프랑스를 보고 나서 죽었다.

플랫폼의 둥근 지붕 밑 수용소를 몰래 빠져나와 달려온 그에게는 셰샤 모자도 챙 달린 모자도 없었기 때문이었다. 그리하여 그는 식구들을 억세게, 강하게 껴안아 주고 나서 같은 걸음으로 다시 떠났다. 조그만 발코니에서 아내는 그에게 손짓을 했고 그는 연신 뛰어가다가 뒤돌아보며 밀짚모자를 흔들어 응답하더니 먼지와 더위로 잿빛이 된 거리로 달려 나갔고 더 멀리 영화관 앞 아침나절의 눈부신 햇빛 속으로 사라져 버린 뒤 다시는 영원히 돌아오지 않았다. 그 나머지 일은 상상으로 그려 볼 따름이었다. 그러나 어머니가 그에게 해줄 수 있는 말을 통해서 상상해 보는 것은 아니었다. 역사와 지리에 대해서는 아예 아무것도 아는 것이 없고 다만 자신이 바다 가까운 땅에 살고 있으며, 프랑스는 그녀 역시 한번도 건너가 본 적이 없는 바다 저편에 있다는 것을 알고 있을 뿐인 어머니였다. 사실 그녀에게 프랑스는 불확실한 어둠 속에 잠긴 알 수 없는 곳으로, 알제 항구 같으려니 하고 상상되는 마르세유란 항구를 통해서 갈 수 있으며 파리라는 이름의 말할 수 없이 아름답다는 도시가 빛을 발하는 곳, 그리고 끝으로 아주 오랜 옛적에 남편의 부모들이 독일인이라는 적들을 피하여 알제리에 정착하려고 도망쳐 나온 알자스라는 지방이 있는 곳이었다. 알제리라는 고장도 특히 프랑스 사람들에 대해서 언제나 아무런 이유 없이 공격적이고 잔인했던 같은 적들에게서 뺏어야 할 땅이었다. 언제나 시비 걸기를 좋아하고 냉혹한 그 사람들에 대해서 프랑스 사람들은 스스로를 방어하지 않으면 안 되었다. 그것은 그녀로서도 정확하게 어디쯤인지는 알 수 없지만 어쨌든 그리 멀지 않은 스페인과 함께 있는 거기였다. 남편의 부모 못지않게 오랜 옛적에 마온[1)]

1) 미노르카 섬의 도시.

사람들인 그녀의 부모들은 스페인을 떠나 알제리로 왔었다. 마온에서 그녀의 부모들은 굶어 죽을 지경이었던 것이다. 사실 섬을 한번도 본 일이 없는지라 섬이 어떤 것인지도 알지 못하는 그녀로서는 그게 섬인지도 모르고 있었다. 다른 나라들 중에서도 항상 정확하게 발음할 수는 없지만 더러는 인상적인 이름들이 있었다. 그러나 그 어느 경우로도 그녀로서는 오스트리아-헝가리라든가 세르비아 같은 이름은 한번도 들어 본 적이 없었다. 러시아는 영국이나 마찬가지로 어려운 이름이었고, 황태자가 무엇인지 알지 못했으며 사라예보라는 네 음절을 한번도 입에 담아 말해 본 적이 없었다. 전쟁은 몹쓸 구름처럼 영문 모를 위협이 되어 다가오고 있었지만 알제리 고원 지대를 유린하는 메뚜기 떼들이나 폭풍우를 막을 수 없듯이 전쟁의 구름이 하늘을 가득 뒤덮는 것을 막을 도리는 없었다. 독일인들은 다시 한 번 프랑스에 전쟁을 강요하고 있었고 그리하여 이제부터 고통이 시작되려 하고 있었다. 그래야 할 까닭이 따로 있는 것은 아니었다. 그녀는 프랑스의 역사도, 역사가 무엇인지도 알지 못했다. 그는 자신의 역사를 조금 알고 있었고 사랑하는 사람들의 그것을 간신히 좀 알까 말까였는데 그녀가 사랑하는 사람들도 그와 마찬가지로 고통을 받게 되어 있었다. 그녀가 상상할 수 없는 세계와 그녀가 알지 못하는 역사의 밤 속에 더욱 어두운 밤이 이제 막 들어와 자리를 잡았고 땀을 뻘뻘 흘리며 지칠 대로 지친 헌병의 손에 들려 마을 한복판으로 영문을 알 수 없는 명령들이 도착했다. 이미 포도 수확 준비가 되어 가고 있던 농장을 떠나지 않으면 안 된다는 것이었다. 징집당한 사람들을 위하여 사제가 본 역에 나와 있었다. 〈기도해야 돼요〉 하고 그가 그녀에게 말했다. 〈네, 신부님〉 하고 대답은 했지만 사실 신부는 충분히 큰 소리로 말하지 않았기 때문에 그녀는 신부의 말을 제대로 알아듣지도 못했다. 하기야 기도를 하겠다는 생각은 한번도 해보지 않았다. 절대로 그 누구를 귀찮게 하고 싶지 않았던 것이다. 그리고 남편은 이제 그 오색찬란하고 멋진 제복을 입고 떠났으니 머지않아 돌아올 것이며 독일인들은 벌을 받을 것이라고 만나는 사람마다 말했다. 그러나 그동안은 우선 일거리를 찾아야만 했다. 다행하게도 어떤 이웃 사람이 할머니한테 말하기를 병기창의 탄약 제조소에서 여자들을 모집하는데 징집당한 사람들의 부인들 중에 특히 가족을 부양해야 되는 사람을 우선적으로 뽑는다는 것이었다. 그렇게 되면 그녀는 재수 좋게 10시간 동안 작은 마분지 튜브들을 그 굵기와 색깔에 따라 나누어 쌓아 놓는 일을 하게 되어 할머니한테 돈을 벌어다 줄 수 있고 아이들은 독일인들이 벌을 받고 앙리가 돌아오게 될 때까지 먹고 살 수 있을 것이었다. 물론 그녀는 러시아 전선이라는 것이 있는 줄은 몰랐고 전쟁이 발칸 반도와 중동, 나아가서는 이 지구 전체에까지 확대될 수 있다는 것도 알지 못했다. 오직 독일 사람들이 아무 예고도 없이 쳐들어와서는 어린아이들을 공격하고 있는 프랑스에서 모든 일이 일어나고 있는 것이었다. 실제로 모든 일은 거기서 벌어지고 있었다. 앙리 코르므리도 끼여 있는 아프리카 부대는 최대한 신속히 수송되어 와서는 사람들의 입에 오르내리던 그 알 수 없는 고장 마른에 떠날 때 모습 그대로 배치되었는데 군모를 마련해 쓸 겨를도 없었고 알제리에서와 같이 색깔이 바랠 정도로 햇살이 거세지도 않았으므로 아랍인과 프랑스인들로 구성된 알제리 사람들의 무리들은 번쩍거리고 말쑥한 색깔의 옷을 입고 밀짚모자를 쓴 채 수백 미터 떨어진 거리에서도 알아볼 수 있는 붉고 푸른색의 과녁들이 되어 무더기로 전투에 투입되었고, 무더기로 부서져 가지고 장차 4년 동안 전 세계 곳곳에서 온 사내들이 진흙탕의 굴속에 엎드린 채 조명탄, 소이탄이 빗발치는 하늘 아래 1미터 간격으로 매달려 있게 될 그 비좁은 영역을 기름지게 해주기 시작하는 가운데 부질없이 진격을 예고하는 탄막(彈幕) 사격 소리만 우렁차게 울리고 있었다.[a] 그러나 당장은 아직 소굴도 없었고 다만 빗발치는 포탄들 밑에서 오색의 밀랍 인형들처럼 녹아내리는 아프리카 부대들뿐이었으며 매일같이 수백 명의 고아들이 알제리의 방방곡곡에서 만들어져 이 아랍인, 프랑스인의 아버지 없는 아들딸들은 그 후 가르침도 유산도 없이 살아가는 방법을 배우게 되어 있었다.

몇 주일이 지나고 난 어느 일요일 아침, 2층집 안쪽의 작은 현관 옆, 벽돌로 대충 쌓은 바닥에다 시커먼 구멍을 뚫어 놓았을 뿐이었으므로 끊임없이 청소를 해도 끊임없이 악취가 풍기는 햇빛 한줄기 들지 않는 두 개의 변기통과 층계 사이에서 뤼시 코르므리와 그의 어머니가 두 개의 나지막한 의자에 앉아서 층계 위 통풍창의 빛으로 분간하며 렌즈 콩을 고르고 아기는 빨래 광주리 속에 들어앉아서 침이 잔뜩 묻은 홍당무를 빨고 있는데 심각한 표정에 옷을 잘 차려입은 신사 한 사람이 무슨 봉투 같은 것을 들고 층계에 불쑥 나타났다. 깜짝 놀란 두 여자가 두 사람 사이에 놓인 냄비 속에서 집어 낸 렌즈 콩을 골라 담던 접시를 내려놓고 손을 터는데 층계의 끝으로 두 번째 계단에서 발걸음을 멈춘 신사가 가만들 계시라면서 코르므리 부인이 누구냐고 물었고 〈여기 있습니다. 나는 그 어머니고요〉 하고 할머니가 나서서 대답하자 신사 쪽에서 자기는 시장인데 괴로운 소식을 가지고 왔다면서 부인의 남편께서 전사하셨으므로 프랑스는 그의 죽음을 애도해 마지않

a 더 발전시킬 것.

는 동시에 그를 자랑스럽게 여기고 있노라고 말했다. 뤼시 코르므리는 그가 하는 말을 제대로 알아듣지도 못했지만 자리에서 일어나 아주 공손한 태도로 그에게 손을 내밀었고 할머니는 일어선 채 손을 입에 대고 스페인 말로 〈하느님 맙소사〉 하는 말을 되뇌고만 있었다. 신사는 뤼시의 손을 한 손으로 잡고 있다가 이윽고 두 손으로 더욱더 꼭 움켜쥐더니 위로의 말을 중얼거리고 나서 그녀에게 봉투를 건네주고 돌아서서 무거운 발걸음으로 계단을 내려갔다. 「그 사람이 뭐라 그랬어요?」 「앙리가 죽었어. 전사한 거야.」 뤼시는 봉투를 바라보기만 할 뿐 열어 보지 않았다. 그녀도 어머니도 글을 읽을 줄 몰랐다. 그는 알 수 없는 어느 어둠의 저 밑바닥에 잠긴 그 머나먼 죽음을 상상할 수가 없어서 말 한마디 못 하고 눈물 한 방울 흘리지 못한 채 봉투를 이리저리 뒤집어 보고만 있었다. 이윽고 그 여자는 부엌에서 쓰는 앞치마의 주머니에 봉투를 집어넣었고 아이는 바라보지도 않은 채 그 옆을 지나 두 아이들과 함께 쓰는 방으로 가서 문과 마당 쪽으로 난 창의 덧문들을 닫은 다음 침대 위에 누워서 오랜 시간 동안 아무 말도 없이 눈물도 없이 자신은 읽을 수도 없는 봉투를 주머니 속에서 꼭 거머쥔 채 어둠 속에서 그녀로서는 이해할 수 없는 그 불행을 가만히 바라보고 있었다.[a]

〈엄마〉 하고 자크가 말했다.

그 여자는 여전히 똑같은 표정으로 거리를 내다보고 있었고 그가 부르는 소리를 듣지 못했다. 그가 깡마르고 주름진 팔을 건드리자 그제야 어머니는 그에게로 고개를 돌리고 미소를 지었다.

a 그녀는 포탄의 파편들이 하나씩의 온전한 포탄 자체인 줄로 알고 있다.

「아빠가 보낸 카드들 있잖아요, 병원에서 보낸 것 말이에요.」

「응.」

「그건 시장이 왔다 간 뒤에 받았어요?」

「응.」

포탄의 파편을 맞고서 머리가 깨진 그는 살육의 현장과 생브리외 후송 병원들 사이를 오가는 피와 지푸라기와 붕대투성이의 부상자 수송 열차에 실려 왔었다. 거기서 그는 앞을 볼 수 없었으므로 그냥 어림짐작으로 엽서 두 장을 되는 대로 휘갈겨 썼다. 〈나는 부상을 입었소. 별것 아니오. 당신의 남편.〉 그러고 나서 며칠 뒤 그는 죽었다. 간호사는 이렇게 기록했다. 〈그편이 차라리 나았다. 살았어도 실명했거나 미쳤을 것이다. 그는 매우 꿋꿋한 태도를 보여 주었다.〉 그러고 나서 마침내 포탄의 파편이 온 것이다.

세 사람의 낙하산 부대원 순찰조가 저 아래 길에서 사방을 경계하면서 일렬종대로 지나가고 있었다. 그들 중 한 사람은 피부가 얼룩덜룩한 멋진 벌레처럼 검고 키가 크고 유연했다.

「강도가 나타나서 저러는 거야. 네가 아버지 무덤에 갔다 왔다니 마음 놓이는구나. 나는 이제 너무 늙었고 또 거긴 너무 멀어. 잘해 놓았던?」

「뭐가요, 무덤 말이에요?」

「응.」

「잘해 놓았어요. 꽃도 있고요.」

「그래. 프랑스 사람들은 좋은 사람들이야.」

그녀는 말도 그렇게 하고 또 실제로 그렇게 믿고 있었지만 더 이상 남편 생각은 하지 않았다. 이제 그는 잊혔고 그와 함께 옛날의 불행도 잊혀 버린 것이었다. 그녀의 마음속에도 집 안에도, 온 천지의 불바다가 삼켜 버려 그 사내의 것으로 남은 것이라곤 아무것도 없었다. 오직 산불 속에서 타버린 나비 날개의 재처럼 손에도 만져지지 않는 추억만이 남았을 뿐이었다.

「스튜가 다 타겠네.」

[a]어머니는 일어나서 부엌으로 갔고 이번에는 그가 어머니 자리에 가 앉아서 여러 해가 지나도록 아무것도 변한 것이 없는 거리를 내다보았다. 옛날과 똑같은 가게들은 햇빛 때문에 색이 바래고 칠이 벗겨져 있었다. 오직 맞은편 담뱃가게만이 속이 빈 가는 갈대로 엮은 장막을 알록달록한 플라스틱의 긴 끈들로 바꾸었을 뿐이었다. 명예와 용기의 이야기가 가슴을 뿌듯하게 하는 『불굴의 사나이』를 사러 인쇄물과 담배 냄새가 그윽한 그 가게 문턱을 들어설 때면 속이 빈 갈대가 흔들리며 내던 특이한 소리가 아직도 자크의 귀에 들리는 것만 같았다. 이제 거리는 일요일 아침의 활기로 넘치고 있었다. 흰 셔츠를 새로 빨아 다려 입은 노동자들이 이야기를 주고받으면서 서늘한 그늘과 아니스 냄새가 나는 두세 군데의 카페를 향하여 걸어가고 있었다. 마찬가지로 가난하지만 말쑥한 옷을 차려입은 아랍인들이 언제나 베일을 쓰고 루이 15세식 굽 높은 구두를 신은 그들의 부인들과 같이 지나갔다. 때로는 그런 식으로 나들이 옷차림을 한 아랍인들의 일가족 전체가 지나가기도 했다. 그중 어느 한 가족은 세 아이를 데리고 나왔는데 한 아이는 낙하산 부대원 복장을 했다. 그런데 바로 낙하산 부대 순찰조가 느긋하고도 겉보기에 무심한 표정으로 다시 지나가고 있었다. 그때 뤼시 코르므리가 방 안으로 들어서는 순간 돌연 쾅 하고 폭발음이 울렸다.

a 아파트 안에서의 변화.

폭발은 엄청난 것으로 아주 가까운 곳에서 난 듯 그 진동이 끝없이 이어지고 있었다. 그런 폭음은 상당히 오랫동안 들어 보지 못했던 것 같았다. 식당에 있는 전구가 샹들리에를 겸한 유리갓 속에서 아직도 진동하고 있었다. 그의 어머니는 창백한 얼굴로 방의 저 안쪽으로 물러서서 그 검은 눈에 가득한 공포를 억누르지 못한 채 약간 비틀거리고 있었다. 〈여기야, 여기라고〉 하고 그녀는 되풀이하여 말하고 있었다. 〈아니에요〉 하고 말하면서 자크는 창가로 달려갔다. 사람들이 어디론가 달려가고 있었다. 어떤 아랍인 일가족이 아이들을 서둘러 끌어들이면서 맞은편 잡화점 안으로 들어갔고 상점 주인은 그들을 맞아들이고 나서 자동식 자물쇠를 당겨 문을 잠그더니 유리문 가에 서서 거리를 감시하고 있었다. 그때 반대편에서 낙하산 부대 순찰조가 헐레벌떡 다시 나타났다. 자동차들이 허둥지둥 인도 옆에 정렬하여 섰다. 순식간에 거리가 텅 비어 버렸다. 그러나 허리를 굽히고 자세히 보니 저쪽 멀리 뮈세 영화관과 전차 정류장 사이에 군중이 크게 움직이는 것을 볼 수 있었다. 〈나가 보고 오겠어요〉 하고 그가 말했다.

프레보파라돌 거리 모퉁이에서[a1] 한 무리의 사람들이 고래고래 고함을 지르고 있었다. 〈이 더러운 새끼〉 하고 몸에 착 붙은 메리야스를 입은 키 작은 노동자가 카페 옆 어느 집 대문 안에 바짝 붙어 있는 어떤 아랍인을 향하여 말했다. 그

a — 그는 어머니를 보러 집에 오기 전에 사내를 본 것일까?

— 제3부에서 〈케수〉 테러 사건을 다시 쓸 것. 그럴 경우 여기서는 단지 테러 사건의 표시만 하고 넘어갈 것.

— 좀 더 뒤에.

1 〈고통〉이라는 표현이 나타나는 곳까지 이 대목 전체에 의문 부호와 함께 동그라미가 쳐져 있다.

리고 그는 아랍인에게로 걸어갔다. 〈난 잘못한 것 없어요〉 하고 아랍인이 말했다. 〈너희들 다 한 패거리야, 이 나쁜 놈들〉 하면서 그가 아랍인에게 달려들었다. 다른 사람들이 그를 말렸다. 〈이리 와보세요〉 하고 자크가 아랍인에게 말하고 나서 그와 함께 카페 안으로 들어갔다. 지금은 어릴 때 친구였고 이발사 아들인 장이 카페의 주인이었다. 장은 여전한 모습으로 거기 있었다. 그러나 작고 여위고 험상궂고 주의 깊은 얼굴이었다. 〈이 사람은 잘못한 것 없어. 자네 집에 좀 들어가 있게 해주게〉 하고 자크가 말했다. 장은 카운터를 닦으면서 아랍인을 쳐다보았다. 〈이리 와〉 하고 그가 말했다. 그리고 그들은 안쪽으로 사라졌다. 다시 밖으로 나오려니까 노동자가 자크를 삐딱하게 쳐다보았다. 〈그 사람은 잘못한 거 없어〉 하고 자크가 말했다. 「그놈들 모조리 다 죽여 버려야 한다고.」 「화가 나면 그런 말을 할 수도 있지. 좀 냉정하게 생각해 봐.」 상대는 어깨를 으쓱했다. 「저쪽에 가서 엉망이 된 꼴을 좀 보고 나서 말해.」 앰뷸런스 사이렌 소리가 빠르고 다급하게 높아졌다. 자크는 전차 정류장에까지 뛰어갔다. 폭탄은 정류장 옆에 있는 전신주에서 터진 것이었다. 그리고 많은 사람들이 나들이 옷차림으로 전차를 기다리고 있었다. 그곳에 있는 작은 카페는 아우성소리로 가득했다. 성이 나서 그러는 것인지[1] 고통스러워서 그러는 것인지 알 수가 없었다.

그는 어머니에게로 다시 돌아왔다. 이제 어머니는 아주 창백한 채로나마 아주 꼿꼿했다. 「앉으세요.」 그리고 그는 그녀를 탁자 바로 옆에 있는 의자로 데리고 갔다. 그는 어머니의 두 손을 잡고 옆에 앉았다. 「이번 주일에는 벌써 두 번째야. 밖에 나가기가 무서워.」 「아무것도 아니에요. 괜찮아질 거예

1 원문 그대로임.

요.」〈그래〉 하고 어머니가 말했다. 어머니는 이상하리만큼 어정쩡한 표정으로 그를 바라보았다. 마치 똑똑한 아들에 대한 믿음과 〈인생살이가 온통〉 그저 꾹 참고 견디는 수밖에 없는 불가항력의 재난으로 가득 차 있다는 확신 사이에서 이러지도 저러지도 못하겠다는 얼굴이었다. 〈너도 알다시피 나는 이제 늙었다. 이젠 뛸 힘이 없어〉 하고 어머니가 말했다. 지금은 다시 그녀의 뺨에 핏기가 돌아왔다. 멀리 다급하고 빠른 앰뷸런스 소리가 들렸다. 그러나 그녀는 듣지 못했다. 깊이 숨을 들이마시자 마음이 좀 가라앉는지 아들에게 그 꿋꿋하고 아름다운 미소를 지어 보였다. 그녀는 그의 민족이 다 그랬듯이 위험 속에서 자랐고 그 위험 때문에 가슴이 미어질 듯했지만 다른 모든 것이나 마찬가지로 그것 역시 견뎠다. 그러나 죽을 때가 가까워 오는 사람 같은 그 닫힌 얼굴을 견딜 수 없는 것은 오히려 그였다. 〈프랑스로 가서 같이 살아요〉 하고 그가 말했다. 그러나 어머니는 단호한 슬픔의 표정으로 머리를 젓는 것이었다. 「오! 아냐. 거긴 추워. 이제 난 너무 늙었어. 집에 그냥 있어야지.」

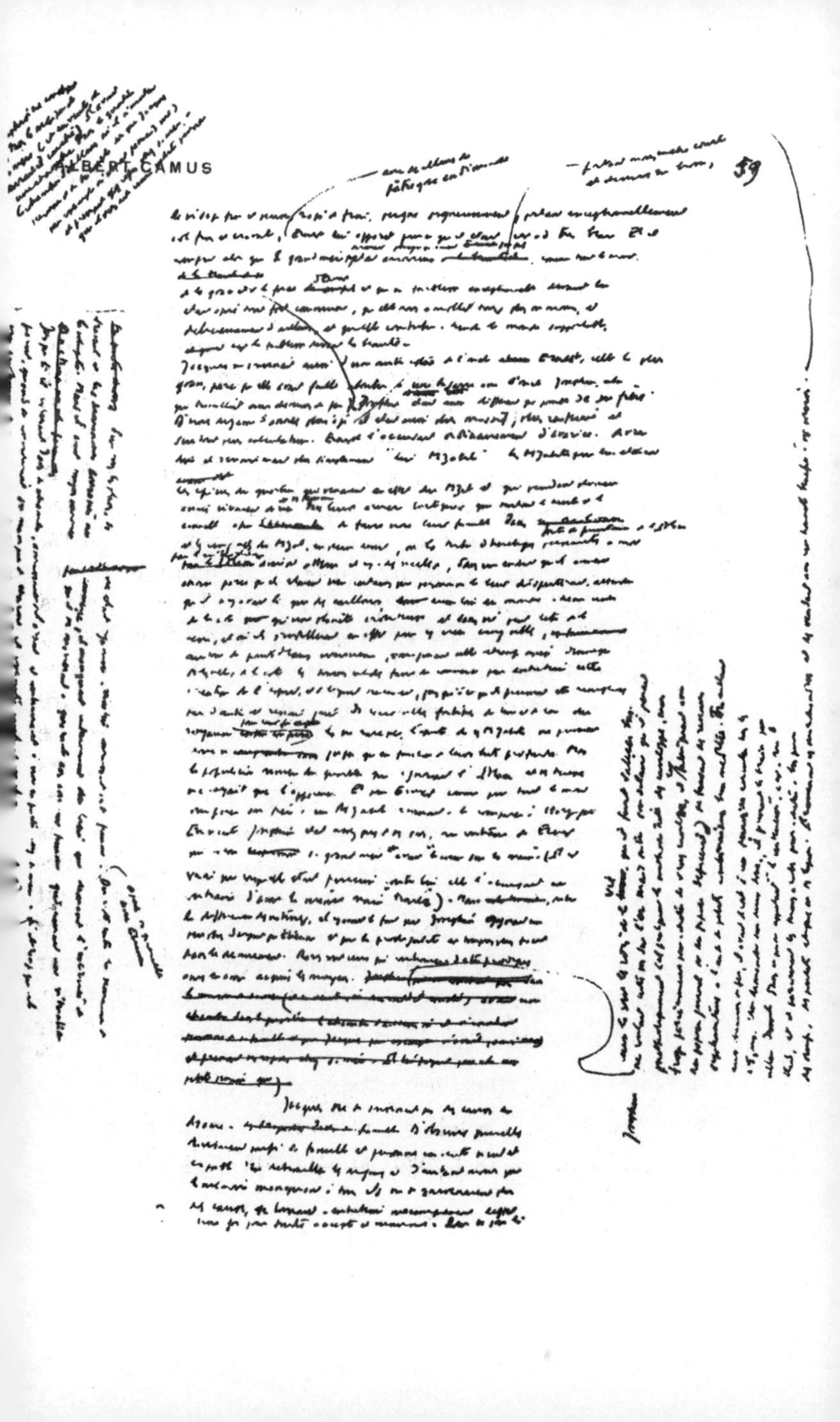

6. 가족

「아! 네가 오니[a] 좋구나. 그렇지만 저녁에 오너라. 덜 심심하게. 특히 저녁이 그래. 겨울엔 빨리 어두워지거든. 글이라도 읽을 줄 알았더라면 좋았을걸. 불을 켜놓고는 뜨개질도 할 수 없게 됐어. 눈이 아파. 그래서 에티엔이 없을 땐 자리에 누워서 식사 시간을 기다려. 그렇게 두 시간은 길어. 어린것들이라도 옆에 있었더라면 걔들하고 얘기나 하겠지만. 그렇지만 고것들은 왔다가 가버려. 난 이제 너무 늙었거든. 어쩌면 몸에서 안 좋은 냄새도 날 테고. 그러니 이렇게, 혼자서…….」

그녀는 마치 지금까지 고요하기만 하던 자신의 머릿속 생각을 비워 버리기라도 하듯이 한꺼번에 단순하고 연속적인 문장으로 말을 쏟아 놓았다. 그러고는 생각이 바닥나자 입을 꼭 다물고 말이 없었다. 언제나 똑같은 자리에, 똑같은 불편한 의자에 앉아서 부드러우면서도 음울한 눈으로 식당의 닫아 놓은 덧문을 통해서 거리에서 올라오는 후끈한 빛을 바라

a 그녀는 절대로 접속법을 쓰지 않았다.

보고 있었다. 아들은 전과 마찬가지로 가운데 놓인 테이블 주위를 빙빙 돌고 있었다.[a]

어머니는 또다시 테이블 주위를 돌고 있는 그를 바라보았다.[b]

「솔페리노는 근사하지.」

「그래요, 깨끗해요. 그렇지만 엄마가 못 보는 동안 변했을 텐데요.」

「그래, 변하지.」

「의사가 엄마한테 안부 전하던데요. 그 사람 기억나요?」

「아니, 옛날 일인걸.」

「아무도 아빠를 기억하는 사람이 없어요.」

「오래 살지 않았으니까. 게다가 그이는 말이 없는 사람이었고.」

「엄마는요?」

그녀는 미소도 짓지 않은 채 무심하고 부드러운 시선으로 그를 바라보았다.

「난 아빠하고 엄마는 한번도 알제에서 같이 산 적이 없는 줄 알았어요.」

「아니, 없어.」

「내 말 알아들었어요?」

그녀는 말을 알아듣지 못했다. 마치 용서를 구하는 것같이 좀 두려워하는 표정을 보면 알 수 있었다. 그래서 그는 말을 일부러 또록또록 되풀이했다.

「아빠 엄마는 한번도 알제에서 같이 산 적이 없었죠?」

〈없어〉 하고 그녀가 말했다.

a 앙리 형과의 관계: 주먹다짐.

b 그들이 먹는 것: 양고기 내장 스튜 — 대구 스튜, 이집트 콩 등등.

「그럼 아빠가 피레트의 목을 자르는 구경하러 갔을 때는요.」

그는 어머니가 알아듣도록 손의 옆 날로 자신의 목을 치는 시늉을 했다. 그러나 그녀는 즉시 대답했다.

「그래, 그이는 바르브루스로 간다고 새벽 세시에 일어났어.」

「그럼 아빠 엄마는 알제에 있었네요?」

「응.」

「아니 언제요?」

「몰라. 그이가 리콤에서 일할 때였지.」

「솔페리노로 가기 전에요?」

「응.」

어머니는 응 하고 대답했지만 아니라는 뜻일지도 몰랐다. 어둠 속에 파묻힌 기억을 뚫고 거슬러 올라가지 않으면 안 되었으니 아무것도 분명한 것이 없었다. 가난한 사람들의 기억은 벌써 부자들의 기억만큼 풍요롭지 못하다. 자기들이 사는 곳에서 떠나는 적이 거의 없으니 공간적으로 가늠할 만한 표적이 더 적고 그게 그 턱인 단조로운 생활을 하니 시간적으로 가늠할 만한 표적이 더 적었다. 물론 가장 확실한 것은 마음의 기억이라고 흔히들 말하지만 마음은 고통과 노동에 부대껴 닳아 버리고 피곤의 무게에 짓눌려 더 빨리 잊는다. 잃어버렸던 시간을 되찾는 것은 오직 부자들뿐이다. 가난한 사람들에게 잃어버린 시간은 그저 죽음이 지나간 길의 희미한 자취를 표시할 뿐이다. 그리고 잘 견디려면 너무 많이 기억을 하면 못 쓴다. 매일매일, 시간시간의 현재에 바싹 붙어서 지내야 했다. 어쩌면 조금은 불가피하기 때문에 어머니가 그러듯이. 어렸을 때 앓은 병(실제로 그건 할머니의 말에 의하면 장티푸스였다고 한다. 그러나 장티푸스는 그런 후유증을 남기지 않는다. 황열인지도 몰랐다. 그게 아니라면 뭘까? 그 역시 캄캄한 어둠 속이었다), 어렸을 때 앓은 병 때문에 어머니는 귀가 먹고 말도 잘 못 하게 되었고 또 최악의 불구자가 배우는 것조차 배울 수 없게 되었고 따라서 말 없는 체념을 강요받았기 때문이었다. 그러나 그것은 또한 그녀로서 인생에 대처하는 유일한 방법이었다. 달리 어떻게 할 수 있었겠는가? 그녀의 입장이라면 누군들 다른 방법을 찾을 수 있었겠는가? 그로서는 어머니가 40년 전에 죽은 한 사내, 5년 동안 자신과 함께 삶을 나누었던(과연 그와 진정으로 삶을 나누기나 했던 것일까?) 사내에 대하여 열을 올리면서 묘사를 해주었으면 싶었다. 그런데 그녀는 그럴 수가 없었다. 그는 심지어 그녀가 그 사내를 열정적으로 사랑하기나 했었는지 확신할 수조차 없었다. 어쨌든 그걸 그녀에게 물어볼 수가 없었다. 그 역시 어머니 앞에서는 자기 나름대로 벙어리가 되고 불구가 되는 것이었다. 사실 그는 그들 사이에 어떤 일이 있었는지 알고 싶지도 않았다. 그녀에게서 무엇인가 듣고 알게 되는 것은 포기할 수밖에 없었다. 심지어 어렸을 적에 그토록 강한 인상을 남겼고 일생 동안 꿈속에까지 그를 따라다니는 그 조그마한 사실, 어느 유명한 사형 집행 장면을 구경하려고 아버지가 새벽 3시에 일어났었다는 그 얘기까지도 그는 할머니에게서 들었던 것이다. 피레트는 알제와 상당히 가까운 사엘[1]의 농장에서 일하는 노동자였다. 그는 주인들과 그 집의 세 아이들을 망치로 때려죽였다. 〈도둑질을 하려고 그랬나요?〉 하고 어린 자크가 물었다. 〈응〉 하고 에티엔 삼촌이 말했다. 〈아냐〉 하고 할머니가 말했지만 다른 설명은 하지 않았다. 발견된 시체들은 얼굴을 알아볼 수 없게 되어 있었고 집은 천장까지 피가 튀어 있었는데 어떤 침대 밑에 아직 숨이 붙은 채 살아 있다가 나중에 결국은 죽게 된 가장 나이 어린 아이

1) 알제리 해안의 고지대.

가 그래도 무슨 힘이 있었는지 회칠을 한 하얀 벽에다가 피로 적신 손가락으로 이렇게 써놓았다. 〈피레트 짓이다.〉 살인자를 추적한 끝에 얼이 빠져 버린 그를 들에서 찾아냈다. 경악한 여론은 사형을 요구했고 그것이 에누리 없이 받아들여져 알제에 있는 바르브루스 감옥 앞에서, 엄청나게 많은 군중들 앞에서 형이 집행되었다. 자크의 아버지는 할머니 말에 따르면 분격한 나머지 한밤중에 일어나 범죄의 모범적인 처벌 장면을 구경하러 갔다. 그러나 그 뒤에 어떻게 되었는지는 전혀 알 수 없게 되었다. 사형은 필시 별 탈 없이 진행된 모양이었다. 그러나 자크의 아버지는 창백해져 가지고 돌아와서는 자리에 누웠고 몇 번이나 밖에 나가 꽥꽥 토하고 나서 다시 자리에 누웠다. 그 후엔 한번도 자기 눈으로 본 것을 말하려고 하지 않았다. 그 이야기를 듣던 날 저녁엔 자크 자신도 같이 자는 형에게 몸이 닿지 않으려고 침대 가장자리에 쪼그리고 누운 채 그가 들은, 그리고 스스로 상상하게 된 세세한 부분들을 머릿속에 떠올리면서 넘어오는 구역질을 삼키고 있었다. 그리하여 일생 동안 그 영상들은 그가 잠드는 밤 속으로까지 쫓아와서 가끔이긴 했지만 규칙적으로 유별난 한 가지 악몽이 되어 나타나는 것이었다. 그것은 형태는 달랐지만 주제는 한결같아서 사람들이 자크를 사형에 처하려고 잡으러 오는 내용이었다. 그리고 잠이 깨고 나서도 오랫동안 두려움과 고통을 털어 냈고 사형 집행을 당할 일이 절대로 없는 고마운 현실로 돌아온 것에 안도감을 느끼는 것이었다. 그 후 성인이 되어 주변의 역사가 너무나도 변한 나머지 그와 같은 사형 집행도 거짓말 같은 일이 아니라 있을 수도 있는 사건들의 범주에 속하게 되었고, 아주 〔분명히 기억되는〕 수년 동안, 그의 아버지의 마음을 뒤흔들어 놓았던 고통, 그리고 가장 분명하고 확실한 단 한 가지 유산인 양 아버지가 그에게 남겨 준 그 고통이 현실 속에 가득 배어들었으므로 이제는 현실로 돌아와도 더 이상 짓누르는 꿈의 무게에서 벗어날 길이 없게 되었다. 그러나 그것은 그를 생브리외의 사자와(하기야 따지고 보면 그 역시 자기가 그처럼 비명에 갈 줄은 생각지 못했으리라) 맺어 주는 하나의 매듭이었으니 그 이야기를 알고 있었고 토하는 모습도 보았지만 세월이 변한 것을 모르고 지냈듯이 그날 아침 일도 이제는 다 잊어버린 어머니와는 별개의 일이었다. 어머니에게는 예나 지금이나 아무 때건 예고도 없이 불행이 튀어나올 수 있는 똑같은 시대의 계속인 것이었다.

반대로 할머니 쪽에서는[a] 세상 이치에 대한 훨씬 정확한 생각을 가지고 있었다. 〈넌 단두대에서 끝장을 보고 말 거야〉 하고 할머니는 자크에게 몇 번씩이고 되풀이하여 말했다. 그러지 말란 법은 없었다. 그것 역시 전혀 이례적이랄 게 없는 일인 것이었다. 할머니는 그걸 알지는 못했지만 무슨 일이 일어나든 놀라지 않았을 것이다. 예언자처럼 검고 긴 옷을 입고 나 몰라라 고집불통으로 꼿꼿하기만 한 그녀는 적어도 포기란 모르는 일이었다. 그리고 무엇보다도 그녀는 자크의 어린 시절 위에 군림했다. 사엘의 자그마한 농가에서 마온 출신의 부모 손에 자란 그녀는 아주 어려서 같은 마온 출신의 가늘고 약한 남자와 결혼했다. 남편의 형제들은 조부가 비명에 죽은 후 이미 1848년부터 알제리에 와서 자리 잡고 살았다. 조부는 기분이 나면 시인이 되어 당나귀 등에 타고 앉아서 채소밭 가에 마른 돌들을 쌓아 올린 작은 담장들 사이로 섬 안을 돌아다니며 시를 지었다. 바로 그렇게 돌아다니던 중, 망신당한 어느 남편이 그의 옆모습과 챙이 넓은 모

a 이야기의 전환.

자를 보고서 오해를 한 나머지 마누라의 정부를 처벌한답시고 이 시와 가정 도덕의 모범을 등 뒤에서 총으로 쏜 것이다. 그러나 그는 자식들에게 아무것도 남겨 준 것이 없었다. 한 시인이 죽음을 당하게 된 이 비극적인 오해의 먼 결과로 문맹자 일가족은 고향을 등지고 알제리 해안 지방으로 이주하여 정착하게 되었고 그들은 다시 자식들을 낳아 가지고 학교와는 인연이 먼 곳에서 오직 사나운 햇빛 아래 허리가 휘는 노동에만 그들을 묶어 놓았다. 그러나 할머니의 남편은 사진들로 미루어 보건대 시적 영감을 받은 조부와 어딘가 닮은 데가 있었고 깡마르고 윤곽이 뚜렷한 얼굴과 넓은 이마 아래 몽상에 잠긴 듯한 눈매는 아무리 보아도 젊고 아름답고 정력적인 부인과 정면으로 맞상대할 수 있도록 생겨 먹지가 않은 것 같았다. 그녀는 그에게 아이를 아홉이나 낳아 주었는데 그중 둘은 어려서 죽었고 딸아이 하나는 간신히 목숨을 건졌지만 불구자가 되었으며 막내는 태어날 때부터 귀머거리에다가 거의 벙어리나 마찬가지였다. 어두컴컴한 작은 농가에서 그녀는 힘겨운 공동 노동에서 자신의 몫을 다 하면서도 한편 식탁의 한끝에 앉아 있을 때면 기다란 몽둥이 하나를 옆에 두고 일가족을 키웠다. 잘못한 녀석은 즉시 골통을 한 대 얻어맞도록 되어 있었으므로 쓸데없는 잔소리를 할 필요가 없었다. 그녀는 자신과 남편에게 아이들이 스페인 관습에 따라 존댓말을 쓰고 존경심을 가지도록 요구하면서 군림했다. 그의 남편은 그런 존경을 오래 즐기지는 못했다. 햇빛과 노동, 그리고 어쩌면 결혼 때문에 너무 일찍 죽었으니 말이다. 그러나 자크는 그가 무슨 병으로 죽었는지 알지 못했다. 혼자가 된 할머니는 그 자그마한 농장을 정리하고 나서, 다른 아이들은 견습공의 나이 때부터 벌써 일을 했으므로, 제일 어린 아이들만 데리고 알제로 와서 자리 잡았다.

자크가 좀 더 커서 그녀를 관찰해 보니 가난도 역경도 그녀에게 타격을 입히지는 못했다. 이제 남은 아이는 셋뿐이었다. 밖에 나가서 가정부 일을 하는 카트린[1] 코르므리, 기운찬 통장이가 되어 있는 불구자 막내, 그리고 결혼을 하지 않은 채 철도 회사에 다니는 맏이였다. 셋 다 월급은 형편없었지만 그걸 합쳐서 다섯 식구가 먹고 살았다. 할머니가 집안의 돈을 관리했다. 그래서 자크에게 가장 깊은 인상을 준 것은 그녀의 매서움이었다. 그녀가 인색해서가 아니었다. 아니 적어도 그녀는 사람이 생명을 유지하기 위하여 숨 쉬는 공기에 인색하듯이 인색했다.

아이들의 옷을 사는 것도 할머니였다. 자크의 어머니는 저녁 늦게 집으로 돌아와서 남들이 주고받는 이야기를 듣는 것이 고작이었고 정력이 넘치는 할머니에게 눌려서 만사를 그녀에게 맡겨 놓았다. 이렇게 하여 자크는 어린 시절 동안 줄곧 몸집에 비하여 너무 큰 바바리코트들만 입고 지냈다. 오래 두고 입을 수 있도록 할머니가 큰 것을 사가지고는 자연의 이치에 따라 아이의 체격이 옷의 크기를 따라잡기만 기대했던 것이다. 그러나 자크는 느리게 자랐고 열다섯 살 무렵이 되어서야 비로소 제대로 크기 시작했으므로 옷은 몸에 맞기도 전에 해져 버렸다. 그러자 같은 경제 원칙에 따라 코트를 또 하나 사게 되었는데 이상한 옷차림 때문에 친구들에게서 놀림은 받은 자크는 허리를 띠로 묶어 부풀림으로써 우스꽝스러운 것을 독특한 개성으로 변화시켜 놓는 재간밖에 없었다. 그러나 이런 창피들은 자크가 다시 우세한 쪽이 되는 교실 안에서 곧 잊혀졌으며 쉬는 시간에 마당에 나가면 그는

1 이 책의 16면에서는 자크 코르므리의 어머니의 이름이 〈뤼시〉였다. 여기서부터 이름은 카트린으로 되어 있다.

축구의 왕이 되었다. 그러나 그 왕국은 금지된 왕국이었다. 마당은 시멘트로 덮여 있었는데 거기서는 신발 뒤축이 너무 빨리 닳아서 할머니가 자크에게 쉬는 시간 동안 축구하는 것을 금지시켰기 때문이었다. 할머니는 당신 스스로 손자들에게 단단하고 목이 달린 두툼한 구두를 사 신기면서 영원히 닳지 않기를 바랐다. 어쨌건 신이 오래가라고 그녀는 뒤축에다 원추형의 굵다란 징을 박아 신게 했는데 그 징은 두 가지 이점이 있었다. 구두창이 닳기 전에 그게 먼저 닳으니 좋고 동시에 축구 금지령을 어겼는지 어떤지를 확인할 수 있는 방편이 되었다. 과연 시멘트 바닥에서 뛰어다니면 징이 빨리 닳을 뿐만 아니라 표면이 반질반질해지는데 금방 닳은 자국을 보면 금지령을 어긴 것을 곧 알 수 있었다. 그래서 자크는 저녁마다 집으로 돌아가면 무시무시한 예언자 같은 할머니가 시커먼 냄비 위로 고개를 수그리고 근엄하게 일하고 있는 부엌으로 가서 발바닥에 발굽을 박는 말 같은 자세로 쭈그리고서 구두창을 공중으로 쳐들어 신발 바다은 보어 주어야만 했다. 물론 그는 친구들이 불러내는 소리와 자신이 제일 좋아하는 놀이의 매혹에 저항할 수가 없었다. 그래서 불가능한 도덕의 실천보다는 잘못을 호도하는 쪽으로 온갖 주의를 다 기울였다. 따라서 그는 초등학교, 그리고 나중에는 중고등학교의 방과 후에 구두창을 젖은 흙에다가 문지르느라고 오랜 시간을 꾸물거리곤 했다. 이런 꾀가 더러는 성공하기도 했다. 그러나 징이 닳은 정도가 너무 눈에 띄거나 아예 구두창 자체가 손상된 때도 있게 마련이었다. 최악의 경우, 심지어 땅바닥이나 나무를 보호하는 철망에다 서투른 발길질을 하는 바람에 구두창이 떨어져 너덜거리는 때도 있어서 하는 수 없이 구두가 아가리를 벌리지 않도록 끈으로 묶어 신고 집으로 돌아오는 것이었다. 그런 날 저녁은 소 힘줄 회초리가 날

아들었다. 자크가 울면 그의 어머니는 기껏 위로한다는 것이 이런 말이었다. 「돈 주고 산 신발이야. 왜 좀 조심을 하지 않니?」 그러나 어머니 자신은 자기 아이들에게 절대로 손을 대지 않았다. 이튿날 자크에게는 운동화를 신기고 구두는 수선공에게 가져갔다. 그는 2, 3일 후 징이 잔뜩 박힌 구두를 다시 찾아 신고 미끄럽고 불안정한 구두창 위에서 균형을 유지하는 방법을 다시 배우지 않으면 안 되었다.

할머니는 그보다 훨씬 더 지독해질 수도 있었다. 그래서 자크는 오랜 세월이 지난 다음에도 그 이야기를 상기할 때면 부끄러움과 혐오감*으로 전신이 오그라드는 느낌이었다. 그의 형과 그는 장사를 하는 아저씨와 부잣집에 시집간 아주머니 댁에 찾아가게 되는 때를 제외하고는 용돈이라곤 한 푼도 받지 못했다. 아저씨의 경우는 어려울 것이 없었다. 그들은 아저씨를 좋아했으니까 말이다. 그러나 아주머니는 상대적으로 부자인 티를 내는 편이어서 두 어린아이들로서는 굴욕을 느끼느니 그냥 돈 한 푼 없이, 즉 돈이 생기면 맛볼 수 있는 즐거움을 누리지 못한 채 지내는 쪽이 차라리 더 나았다. 바다며 태양이며 동네 안에서의 놀이 같은 것은 공짜로 즐길 수 있는 즐거움들이었지만 그래도 어쨌건 감자튀김, 박하사탕, 아랍 과자, 그리고 자크의 경우엔 특히 어떤 축구 시합들은 비록 얼마 안 되더라도 적어도 몇 푼의 돈은 있어야 하는 것들이었다. 어느 날 저녁 자크는 장보기를 마친 다음 끝으로 동네의 빵 가게에 가서 감자 그라탱 요리를 찾아 가지고 돌아오고 있었다. (집에는 가스도 가스레인지도 없어서 음식은 알코올버너에 끓였다. 따라서 화덕이 있을 리 없었으므로 그라탱 요리를 하고 싶을 때는 완전히 준비를 해가지고 동네 빵

* 부끄러움과 혐오감이 한데 섞인.

가게로 가지고 가면 빵집 주인이 몇 푼의 수고비를 받고 그걸 화덕에 넣고 지켜봐 주는 것이었다.) 길거리의 먼지가 내려앉지 않도록 싸가지고 끝을 한데 모아 묶은 헌 보자기를 통하여 음식 접시에서는 김이 무럭무럭 나고 있었다. 아주 소량으로 조금씩 산 장보기 물건들(설탕 반 파운드, 버터 반의 반 토막, 가루 치즈 다섯 푼어치 등)을 담아 오른쪽 팔 오금에 걸쳐 든 그물주머니는 별로 무겁지 않았다. 자크는 구수한 그라탱 냄새를 맡으면서 그 시간 동네 포도 위를 오가는 사람들의 무리를 피해 가며 경쾌한 걸음걸이로 걸어가고 있었다. 그 순간 그의 구멍 난 주머니에서 2프랑짜리 동전 하나가 새나가서 쨍그랑 하는 소리를 내며 포도 위에 떨어졌다. 자크가 그걸 집어 들어 보니 아무 탈 없이 말짱했다. 그는 잔돈을 다른 쪽 주머니 속에 집어넣었다. 〈하마터면 잃어버릴 뻔했잖아〉 하는 생각이 문득 들었다. 그때까지 머릿속에서 몰아내 버렸던 다음 날의 운동 경기 생각이 다시 떠올랐다.

사실 그 누구도 아이에게 무엇이 선이고 무엇이 악인지를 가르쳐 준 적이 없었다. 몇 가지는 하지 못하도록 금지했고 그걸 어기면 호되게 벌을 주었다. 어떤 것에 대해서는 그렇지 않았다. 오직 학교의 선생님들만이 정규 과목 외에 시간이 남으면 윤리에 대하여 이야기를 해주곤 했지만 그 경우에도 분명하게 이해되는 것은 이치의 설명보다 하면 안 되는 것의 금지 쪽이었다. 윤리의 측면에서 자크가 보고 느낄 수 있는 유일한 것은 오직 살아가는 데 필요한 돈을 벌자면 가장 고된 일 외에는 달리 길이 없다는 사실을 누구나 굳게 믿고 있는 듯한 노동자 가정의 일상생활뿐이었다. 그러나 그것도 용기의 가르침이었지 윤리의 가르침은 아니었다. 그렇지만 자크는 그 2프랑을 슬쩍하는 것은 나쁜 짓이라는 것을 알고 있었다. 그래서 그는 그러고 싶지 않았다. 그래서 그는 그런 짓을 하지 않을 생각이었다. 어쩌면 그는 지난번처럼 연병장의 낡은 경기장 판자 틈으로 몰래 숨어들어 가서 입장료를 안 내고 시합 구경을 할 수 있을지도 몰랐다. 그렇기 때문에 그는 자기 스스로도 왜 자신이 남겨 가지고 온 잔돈을 즉시 돌려주지 않았는지, 왜 화장실에서 돌아오면서 바지를 내리다가 그만 그 2프랑짜리 동전이 구멍 속으로 떨어져 버렸다고 둘러댔는지 이해를 할 수가 없었다. 2층 현관 안쪽의 한구석에다 만들어 놓은 비좁은 공간을 가리키기에는 화장실이란 이름이 너무 고상했다. 공기도 안 통하고 전기도 수도도 들어오지 않으므로 문과 안쪽 벽 사이에 끼운 어중간한 높이의 받침대에다 터키 식으로 구멍을 하나 뚫어 놓은 것이 전부였는데 사용 후에는 양철 그릇으로 물을 몇 통 떠서 붓도록 되어 있었다. 그렇지만 그곳의 지독한 냄새가 층계에까지 넘쳐 나는 것은 아무리 해도 막을 길이 없었다. 자크가 꾸며 댄 설명은 그럴듯했다.[a] 그렇게 말하면 잃어버린 동전을 찾아오라고 길거리로 다시 쫓아내는 것은 면할 수 있고 더 이상의 긴 설명을 덧붙이지 않아도 될 것 같았던 것이다. 다만 그 좋지 못한 소식을 말할 때는 가슴이 죄어드는 느낌은 어쩔 수 없었다. 할머니는 부엌에서 너무 많이 사용한 나머지 녹색이 배고 바닥이 우묵하게 파인 낡은 도마에다 마늘과 파슬리를 다지고 있었는데 그 말을 듣자 손을 멈추고 자크를 쳐다보았다. 큰 소리가 날 줄 알았는데 할머니는 아무 말없이 맑고 싸늘한 눈으로 그를 찬찬히 뜯어보기만 했다. 〈확실하냐?〉 하고 마침내 할머니가 말했다. 「네, 떨어지는 것을 느낄 수 있었어요.」 할머니는 다시 한 번 그를 쳐다보았다. 〈좋아. 어디 가보자〉 하고 할머니

a 그게 아니었다. 그는 이미 돌아오다가 길에서 돈을 잃어버렸다고 둘러댄 적이 있었으므로 이번에는 다른 변명을 찾아내지 않으면 안 되었다.

가 말했다. 그 순간 공포에 사로잡힌 눈으로 자크는 할머니가 오른쪽 팔소매를 걷어 올려 허옇고 앙상한 팔을 드러낸 채 현관으로 나서는 것을 보았다. 그는 금방이라도 토할 것만 같아서 식당으로 달려갔다. 부르는 소리를 듣고 가보니 할머니는 세면대 앞에서 거무스레한 비누를 잔뜩 칠한 팔에다가 물을 콱콱 끼얹어서 씻고 있었다. 〈아무것도 없더라. 넌 거짓말쟁이야〉 하고 할머니가 말했다. 그는 떠듬떠듬 말했다. 「씻겨 나갔을지도 몰라요.」 할머니는 잠시 주저했다. 「그럴지도 모르지. 하지만 만약 거짓말을 한 거라면 넌 잘못 걸려든 줄 알아라.」 그렇다, 분명 잘못 걸려든 것이었다. 그와 동시에 할머니가 오물 속을 뒤지게 된 것은 인색하기 때문이 아니라 너무나도 궁핍하다 보니 그 집안에서는 단돈 2프랑도 거액이었기 때문임을 깨달았으니 말이다. 그걸 깨달으면서 마침내 그는 가족들이 노동하여 번 그 2프랑을 자신이 도둑질했다는 사실을 분명히 알 수 있었으므로 부끄러움 때문에 속이 뒤집힐 것만 같았다. 오늘까지도 자크는 창가에 서 있는 어머니를 바라보면서 어떻게 자신이 그러고도 그 2프랑을 돌려주지 않은 채 이튿날 운동 시합 구경을 재미있게 할 수 있었는지 이해를 할 수가 없었다.

할머니에 대한 추억 중에는 그보다는 덜 당연한 부끄러움들과 관련된 것도 있었다. 할머니는 자크의 형 앙리에게 한사코 바이올린 교습을 시키고 싶어 했다. 자크는 그런 과외 공부까지 했다가는 학교에서 좋은 성적을 유지하기 어렵다는 이유를 대고 그걸 면할 수 있었다. 이리하여 그의 형은 시원찮은 바이올린으로 끔찍한 소리를 내는 법을 배웠고 어쨌든 몇 군데 음이 틀린 채로나마 유행가 몇 가지를 연주할 수 있게 되었다. 목소리가 꽤 괜찮은 편이었던 자크는 장차 그런 속없는 심심풀이가 가져올 비참한 결과는 상상도 하지 못한 채 그저 재미로 같은 유행가를 배웠다. 과연 할머니는 일요일에 시집간 딸들[a](두 딸은 전쟁미망인들이 되어 있었다)이나 여전히 사엘에 살면서 스페인 말보다는 마온 지방 사투리를 더 잘해 대는 여동생이 찾아오기라도 하는 날이면 방수포를 씌운 식탁으로 블랙커피를 큰 사발에 담아 내온 다음 즉석 연주회를 연답시고 손자들을 불러 모으는 것이었다. 깜짝 놀란 그들은 악보가 든 철가방과 널리 알려진 유행가들이 두 페이지에 걸쳐 실려 있는 악보들을 가지고 왔다. 이제 연주를 해야 할 판이었다. 자크는 앙리의 비틀거리는 바이올린 소리에 맞추어 그럭저럭 〈기막힌 꿈을 꾸었네 라모나, 우리는 둘이서 길을 떠났네〉, 혹은 〈춤을 추어 다오, 오 나의 잘메여, 오늘 저녁엔 내 그대를 사랑하리〉 혹은 동양적 분위기에 젖은 채 〈중국의 밤들이여 상냥한 밤들이여 사랑의 밤, 도취의 밤, 애정의 밤……〉 하는 식의 「라모나」를 노래했다. 또 어떤 때는 특별히 할머니를 위하여 현실과 가까운 내용의 노래를 부르라는 신청이 들어오기도 했다. 그러면 자크는 〈분명 그대였던가, 나의 남자여, 내 그토록 사랑했던 그대, 무슨 까닭인지 다시는 나를 울리지 않으마고 맹세했던 그대였던가〉를 뽑았다. 사실 그것은 자크가 진정으로 감정을 넣어서 부를 수 있는 유일한 노래였다. 노래 속의 여주인공이 끝에 가서 그토록 어려운 연인의 사형 집행 장면을 구경하는 군중들 틈에 섞여서 그 처절한 후렴을 다시 노래하기 때문이었다. 그러나 할머니가 좋아하는 쪽은, 자신의 천성 속에서는 찾아보려야 찾아볼 수 없는 슬픔과 애정이 표현되어 있어서 아마도 마음에 드는 모양인 어떤 노래, 즉 토셀리의 「세레나데」였다. 알제리 식 억양이라 비록 노래 속에 암시된 그 매혹적인 시간과 꼭 어울리지

a 조카딸들.

는 않았지만 그래도 앙리와 자크는 그 노래를 상당히 기분이 나도록 열창했다. 해가 잘 나는 오후에 검은 옷을 입은 네댓 명의 여자들이 할머니를 제외하고는 모두 그 스페인 여자들 특유의 검정색 숄을 벗어서 하얀 회벽을 칠하고 가구라곤 거의 없는 방 주변 여기저기에 개켜 놓은 채 감동적인 곡조와 가사의 분위기에 맞추어 부드럽게 머리를 끄덕이고 있노라면 〈도〉와 〈시〉를 분간할 줄 모르는 것은 물론 아예 계명조차 알지 못하는 할머니가 〈음정이 틀렸어〉 하는 짤막한 한마디로 그 매혹적인 노래 속에 끼어들어 그만 두 예술가를 아연실색케 만드는 것이었다. 〈거기서부터〉 다시 한다는 할머니의 말에 이어 그 까다로운 대목을 할머니의 마음에 들도록 넘기고 나면 사람들은 또다시 머리를 끄덕거리다가 결국엔 황급히 연주 도구를 거두어들이고 나서 친구들이 있는 길거리로 달려 나가는 그 위대한 예술가들에게 박수를 보내는 것이었다. 오직 카트린 코르므리만이 아무 말없이 한구석에 앉아 있었다. 그리하여 자크는 일요일 이른 오후를 아직도 기억하고 있었다. 자크가 악보를 챙겨 가지고 막 나가려고 하는데 아주머니들 중 한 사람이 어머니에게 자크의 칭찬을 하자 그녀가 이렇게 대답하는 것이었다. 「그래요, 좋았어요. 재는 똑똑해요.」 마치 그 두 가지 말 사이에 무슨 관계라도 있다는 듯이. 그러나 그는 고개를 돌리면서 그 관계가 무엇인지를 깨달았다. 어머니의 떨리고 부드럽고 뜨거운 시선이 어찌나 깊은 뜻을 담고 그를 향하고 있었는지 아이는 뒷걸음치며 머뭇거리다가 그만 밖으로 도망쳐 나오고 말았다. 〈어머니가 나를 사랑하고 있어, 나를 사랑한다니까〉 하고 그는 층계에서 혼자 중얼거렸다. 그리고 그와 동시에 자신도 어머니를 미친 듯이 사랑하고 있음을, 어머니가 사랑해 주기를 전심전력으로 열망해 왔음을, 그러면서도 지금까지는 항상 그 사랑의 가능성을 의심해

왔음을 깨달았다.

영화 구경 역시 아이에게 또 다른 기쁨을 마련해 주었다. 그 의식도 역시 일요일 오후에, 때로는 목요일에 이루어졌다. 동네 영화관은 집에서 불과 얼마 되지 않는 가까운 곳에 있었고 그 앞을 지나는 길과 마찬가지로 어떤 낭만적인 시인의 이름이 붙어 있었다. 안으로 들어가자면 아랍 상인들이 팔려고 어지럽게 벌여 놓은 각종 상품들의 장애물 사이를 통과해야 했다. 거기에는 땅콩, 말려서 소금 간을 한 이집트 콩, 층층이 부채꽃, 요란한 색깔을 입힌 보리사탕, 끈적끈적하게 녹은 〈새큼이〉 따위가 뒤죽박죽으로 널려 있었다. 또 다른 사람들은 유치찬란한 빛깔의 과자들을 팔고 있었는데 그중에는 핑크색 설탕을 친 일종의 크림 꽈배기 피라미드도 있었다. 또 어떤 사람들은 기름과 꿀이 뚝뚝 떨어지는 아랍 튀김 과자들을 팔았다. 이렇게 늘어놓은 물건들 주위에는 설탕 맛에 이끌려 달려드는 파리와 아이들의 떼거리가 서로서로 뒤를 쫓으면서 윙윙거리고 와글거렸고 상품을 벌여 놓은 진열대가 기우뚱할까 봐 걱정이 된 장사꾼은 욕을 퍼부어 대며 파리와 아이들을 한꺼번에 쫓아 버리는 것이었다. 장사꾼들 중 몇몇은 한쪽 면으로 연장된 영화관의 유리 지붕 밑에 요행으로 자리 잡을 수 있었지만 다른 사람들은 그들의 끈적거리는 재화를 거센 햇빛과 아이들이 장난치면서 일으키는 먼지 속에 그대로 내놓고 있었다. 자크는 이런 기회가 되면 흰 머리를 윤나게 빗어 넘기고 한결같은 검은 옷을 은 브로치로 채워 입은 할머니를 모시고 갔다. 할머니는 입구를 막고 있는 떠들썩한 서민들을 심각한 표정으로 밀쳐 버리고 〈예약석〉의 표를 사기 위하여 하나뿐인 창구 앞으로 나섰다. 사실로 말하자면 선택의 가능성이라고는 좌석이 요란한 소리를 내면서 젖혀지는 형편없는 나무 의자가 고작인 〈예약석〉과 마지막 순간에 가서야 옆문으로 들여보내는 아이들과 자리다툼을 해야 겨우 들어가 앉을 수 있는 벤치 좌석 중 한 가지뿐이었다. 벤치 좌석들의 양쪽 끝에는 소 힘줄 회초리를 든 경찰관이 한 사람씩 서서 자기가 맡은 구역의 질서를 유지하고 있었는데 너무 시끄럽게 구는 아이나 어른이 그에 의해 밖으로 쫓겨나는 광경을 심심치 않게 볼 수 있었다. 당시 영화관에서는 무성 영화를 상영했는데 우선 뉴스, 다음에는 단막 희극 영화, 그리고 본 영화, 끝으로 일주일에 한 가지씩 짧은 에피소드들로 구성된 연속물을 보여 주었다. 할머니는 특히 각각의 에피소드가 미해결 상태로 끝나는 그런 토막 영화들을 좋아했다. 예를 들어서 힘이 센 남자 주인공이 상처 입은 금발의 처녀를 안고서 세찬 급류가 흐르는 계곡 위의 칡넝쿨 다리 위로 접어든다. 그리고 그 주일 치 에피소드의 마지막 장면은 문신을 새긴 어떤 손 하나가 원시적인 칼을 가지고 그 다리의 칡넝쿨을 자르는 모습을 보여 준다. 그런데 〈벤치 좌석〉[a]의 관객들이 고래고래 고함치며 경고해 주는데도 그는 들은 체도 않고 계속 늠름하게 앞으로 나아간다. 이때 문제는 그 한 쌍의 남녀가 과연 위기를 돌파하느냐 못 하느냐가 아니라 — 여기에 대해서는 의심의 여지가 없으니까 — 그들이 어떤 식으로 그 위기를 돌파하느냐이다. 그렇기 때문에 그 많은 프랑스인 아랍인 관객들은 다음 주일에도 또다시 찾아와서 그 한 쌍의 연인들이 치명적인 추락을 모면하고 요행으로 어떤 한 그루 나무에 몸이 걸려 매달려 있는 모습을 보게 되는 것이었다. 영화가 계속되는 동안 줄곧 어떤 노처녀가 피아노로 반주를 하게 되는데 레이스로 장식된 칼라로 뚜껑을 해 덮은 광천수 병 모양으로 꼼짝도 않고 앉아 있는 그녀의 차분한 뒷모습은 〈벤치

a 리베치오 *riveccio*.

좌석〉의 떠들썩한 야유와 대조를 이루었다. 그래서 자크는 말할 수 없이 더운 날인데도 불구하고 그 인상적인 노처녀가 여전히 끼고 있는 장갑을 마치 무슨 고귀한 기품의 표시인 양 물끄러미 바라보곤 했다. 사실 그녀가 맡고 있는 역할은 생각만큼 쉬운 것이 아니었다. 특히 뉴스를 음악적으로 해석하여 반주하자면 화면에 나타나는 사건의 성격에 따라서 멜로디를 바꾸지 않으면 안 되었다. 이리하여 그 여자는 봄철 패션의 소개라면 거기에 맞춘 카드리유 무도곡으로부터 중국의 대홍수나 국내 국제적으로 중요한 어느 인사의 장례식이라면 또 거기에 어울리는 쇼팽의 장송 행진곡으로 옮겨 가는 것이었다. 하여튼 곡이 어떤 것이든 연주는 침착하기 그지없어서 마치 열 개의 조그만 기계 장치들이 노랗게 색이 변한 낡은 건반 위에서 정밀한 톱니바퀴들에 의하여 제어된 동작 시범을 보여 주는 것 같았다. 아무런 장식이 없는 벽과 땅콩 껍질이 널린 마룻바닥뿐인 실내에는 크레졸 소독약 냄새가 독한 사람 냄새와 한데 섞여 있었다. 어쨌든 아침나절의 분위기를 살리는 것으로 여겨지는 프렐류드를 힘찬 페달 음으로 연주함으로써 시끄러운 소란을 일격에 멈춰 놓은 것은 바로 그 여자였다. 요란하게 붕붕거리는 소리가 영사기의 가동을 알리게 되면 이때부터 자크의 고난이 시작되었다.

필름이 무성 영화였던 탓에 사실상 화면에는 행동의 의미를 설명해 주기 위한 글로 쓴 텍스트가 많이 들어 있었다. 할머니는 글을 읽을 줄 몰랐으므로 자크의 역할은 바로 그걸 할머니에게 읽어 주는 일이었다. 나이에도 불구하고 할머니는 전혀 귀가 어둡지 않았다. 그러나 우선 피아노 소리와 상당히 풍부한 반응을 나타내는 관객들의 시끄러운 소리들을 제압하지 않으면 안 되었다. 더군다나 자막의 텍스트가 지극히 간단하긴 했지만 그 속에 담긴 많은 낱말들이 할머니에겐 익숙하지 않은 것들이었고 심지어 어떤 것은 자크에게도 낯설었다. 한편 자크 쪽에서는 옆 사람들을 방해하지 말아야겠다는 생각과 특히 홀 안에 있는 사람들 모두에게 할머니가 글을 읽을 줄 모른다는 사실을 알려서는 안 된다는 조바심 때문에(때로는 할머니 자신이 부끄러운 느낌이 들었는지 영화가 시작될 때 큰 소리로 그에게 말하곤 했다. 「네가 좀 읽어 주렴, 안경을 안 가지고 왔구나.」) 마음같이 큰 소리로 자막을 읽을 수가 없었다. 그 결과 반밖에 못 알아들은 할머니가 한 번 더 읽어 달라고 했고 그는 더 큰 소리로 그걸 반복했다. 자크가 더 큰 소리로 말을 하려고 애를 쓰다 보면 옆에서 〈쉿〉 하는 소리가 들렸고 그러면 참을 수 없는 수치심 때문에 그는 점점 더 말을 더듬었고 할머니는 야단을 쳤으며 그러다 보면 어느새 나타난 그다음 자막은 앞의 것을 이해하지 못한 가엾은 노파에게는 더욱더 난해해지는 것이었다. 이렇게 되면 혼란은 점점 더 가중되지만 결국은 다시 정신을 가다듬은 자크는 예컨대 아버지 더글러스 페어뱅크스가 나오는 「쾌걸 조로」의 결정적인 순간을 한두 마디로 간단히 요약해 내는 것이었다. 〈악당이 미녀를 납치해 가려고 하는 거예요〉 하고 자크는 피아노 소리나 객석의 떠드는 소리가 잠시 멈추는 틈을 이용하여 또록또록하고 자신 있게 말했다. 모든 것이 다 확실해졌고 영화는 계속되었고 아이는 숨을 내쉬었다. 대체로 골치 아픈 일은 이 정도에서 그쳤다. 그러나 「두 고아 소녀」 같은 유의 영화들은 정말이지 너무 복잡했고 할머니의 요구와 점점 더 짜증을 내는 옆 사람들의 잔소리 사이에서 난감해진 자크는 마침내 입을 다물어 버리는 것이었다. 자크는 아직도 어느 날의 영화 구경을 잊지 않고 기억하고 있었다. 그날 할머니는 더 이상 참을 수 없게 된 나머지 그만 밖으로 나가고 말았고 그는 그 불행한 할머니의 드문 즐거움 중의 하나와 그걸 위하여 지불

한 그 아까운 돈을 허비하고 말았다는 생각에 가슴이 아파 울면서 할머니의 뒤를 따라 나왔다.[a]

그런데 그의 어머니는 한번도 그런 영화 구경에 오지 않았다. 어머니는 글을 읽을 줄 모를 뿐만 아니라 반귀머거리였다. 그녀가 아는 어휘는 할머니의 그것보다도 더 제한되어 있었다. 오늘날까지도 그녀의 생활엔 오락이 없다. 40년 동안에 어머니는 두세 번 영화관에 가보았는데 아무것도 이해한 것이 없었지만 그를 초대한 사람들의 기분을 상하게 하지 않으려는 생각에서 다만 입고 있는 옷들이 예뻤다든가 콧수염을 기른 남자는 인상이 몹시 고약했다는 말만 했다. 그녀는 라디오도 들을 수 없었다. 신문 잡지들로 말하자면 가끔 그림이나 사진이 실린 것들을 뒤적거리다가 아들이나 손자들한테서 그림 설명을 듣고는 영국 여왕이 가엾다는 말을 한 다음 잡지를 덮고 나서 똑같은 창문을 통하여 인생의 절반 동안 응시해 온 똑같은 거리의 움직임을 또다시 내다보는 것이었다.[b]

a 가난의 표시들 — 실직 — 밀리아나에서의 여름 학교 — 나팔 소리 — 밖으로 쫓겨나기 — 그에게 감히 말을 못 한다. 말한다. 사실은, 오늘 저녁에 커피를 마실 거야 — 을 추가할 것. 때때로 달라지기도 한다. 그는 그녀를 바라본다. 그는 여자가 부지런히 일하는 가난 이야기들을 자주 읽었다. 그녀는 웃지 않았다. 그녀는 꿋꿋한 모습으로 부엌을 향하여 갔다. 체념한 것이 아니었다.

b 〈늙은〉 에르네스트 삼촌을 먼저 등장시킬 것. 〈먼저〉 — 자크와 어머니가 있는 방에서 그의 초상을. 혹은 그것을 〈나중에〉 등장시킬 것.

에티엔

어느 의미에서, 그들과 함께 살고 있고 완전한 귀머거리이며 자신이 알고 있는 백 개 남짓한 어휘들 못지않게 의성어와 손짓으로 의사 표시를 하며 지내는 터인 자신의 동생 에르네스트[1]만큼도 그녀는 생활에 섞이지 못하고 지냈다. 그러나 너무 어려서 일을 나갈 수 없었던 에르네스트는 학교에도 얼마간 다녔고 글자도 읽을 줄 알았다. 그는 때때로 영화 구경도 가곤 했는데 그 영화를 이미 본 사람들로서는 깜짝 놀랄 만한 정보들을 가지고 돌아왔다. 풍부한 상상력이 그의 무지를 보상해 주기 때문이었다. 게다가 섬세하고 꾀바른 그에게는 본능적인 지능 같은 것이 있어서 그 힘으로 자신에게 한사코 침묵만을 지키고 있는 세상과 인간들 속을 헤치고 나가는 것이었다. 마찬가지 지능 덕분에 그는 매일같이 신문 읽기에 골몰하여 굵은 제목들이나마 이해했으므로 적어도 세상사에 대한 피상적인 지식은 갖출 수 있었다. 가령 그는

1 이름이 때로는 에르네스트, 때로는 에티엔으로 소개되고 있지만 그는 항상 같은 인물, 즉 자크의 외삼촌이다.

자크가 성년이 되었을 때 이렇게 말하곤 했다. 「히틀러, 그거 안 좋은 것 같아.」 그렇다, 그것은 안 좋았다. 〈독일 놈들은 언제나 똑같아〉 하고 삼촌은 덧붙여 말했다. 아냐, 그렇지 않아. 〈그래, 좋은 사람도 있지〉 하고 삼촌은 인정했다. 「그렇지만 히틀러는 안 좋아.」 그러고는 금방 예의 장난기가 나타나는 것이었다. 〈레비(집 앞의 잡화상 주인)[1]는 겁을 집어먹은 거야〉 하고 나선 껄껄대며 웃었다. 자크가 설명을 해주려고 애썼다. 삼촌은 다시 진지해졌다. 「그건 그래. 왜 유대인들을 해치려고들 하는 거지? 그들도 똑같은 사람들인데.」

그는 항상 자기 나름대로 자크를 사랑했다. 그는 자크가 학교에서 공부를 잘한다는 것에 대하여 감탄해 마지않았다. 연장을 만지고 힘든 일을 한 나머지 딱딱한 못이 박인 단단한 손으로 그는 아이의 머리통을 문질러 주곤 했다. 「요거 좋은 머리란 말이야. 단단하지만(그리고 그는 큼지막한 주먹으로 자신의 머리를 두드렸다) 좋은 머리거든.」 때때로 그는 이렇게 덧붙이기도 했다. 「저희 아버질 닮았어.」 어느 날 자크는 그 기회를 이용하여 아버지가 똑똑했었는지를 그에게 물어보았다. 「너희 아버지, 머리가 단단해서 고집 셌지. 언제나 자기 하고 싶은 대로 했어. 너희 어머닌 언제나 〈네, 네〉 했고.」 자크는 그 이상은 아무것도 더 얻어 들을 수가 없었다. 어쨌든 에르네스트는 툭하면 아이를 꽁무니에 데리고 다녔다. 말이나 사회생활의 복잡한 관계들 속에서는 표현될 수 없었던 그의 힘과 활력이 그의 육체적인 삶과 감각 속에서 폭발적으로 나타났다. 이미 아침에 눈을 뜰 때부터, 자고 있는 그를 흔들어서 귀머거리의 저 캄캄한 잠으로부터 끌어내 놓으면 그는 어리둥절한 표정으로 몸을 일으키고서 마치 매

1) 유대인.

일같이 낯설고 적대적인 세계에서 잠을 깨는 선사 시대 동물처럼 〈앙앙〉 하고 울부짖는 것이었다. 반면에 일단 잠이 깨고 나면 그의 몸과 그 몸의 기능이 이 땅 위에서의 확고부동한 안정감을 보장해 주는 것이었다. 통 만드는 노동자로서의 그 힘든 작업에도 불구하고 그는 수영과 사냥을 좋아했다. 아주 어렸을 때부터[a] 그는 자크를 사블레트 해변으로 데리고 가서는 그를 자기 등 위에 올려놓는 즉시 초보적이지만 힘찬 평영으로 헤엄을 쳐서 난바다로 나갔다. 그럴 때면 그는 발음이 분명치 않은 소리를 내질렀는데 그것은 처음에는 찬물에 들어갈 때의 놀라움을, 다음에는 그 속에 몸을 담근 쾌감이나 아니면 사나운 물결을 만났을 때의 짜증을 표현하는 것이었다. 이따금씩 그는 자크에게 〈무섭지〉 하고 말하곤 했다. 정말 그랬다. 무서웠다. 그러나 양쪽 다 마찬가지로 광활하기만 한 하늘과 바다 사이에서 그들이 처한 고독에 매혹된 나머지 무섭다는 말은 하지 않았다. 그리고 몸을 뒤집어 보면 해변 모래밭이 마치 눈에 보이지 않는 허니의 선과 같이 보이는 동시에 날카로운 두려움이 뱃속을 파고들어서 그는 미리부터 알 수 없는 공포감의 기미를 느끼면서 삼촌이 손을 놓아 버리기만 하면 자신이 돌멩이처럼 가라앉아 버릴 듯한 발밑의 엄청나고 캄캄한 깊이를 상상해 보는 것이었다. 그래서 아이는 헤엄치는 사람의 힘찬 목에 점점 더 바싹 매달렸다. 그러면 삼촌은 금방 〈무섭구나, 너〉 하고 말했다. 「안 무서워, 그렇지만 그만 나가.」 삼촌은 고분고분 방향을 틀고 그 자리에서 약간 숨을 돌리고 나서는 단단한 땅을 딛고 있는 것만큼이나 자신 있게 다시 출발했다. 해변으로 돌아오면 그는 별로 숨차 하지도 않은 채 큰 소리로 껄껄대며 자크의 몸

a 아홉 살.

을 썩썩 문질러 준 다음 뒤로 돌아서 가지고 여전히 껄껄거리며 요란하게 오줌을 누었고, 일을 다 보고 나면 방광의 원활한 기능에 만족한 듯 배를 두드리면서 〈좋구나 좋아〉 하는 것이었는데 이것은 그의 경우 배설이건 영양 섭취건 구별하지 않은 채 똑같이 그리고 마찬가지로 순진하게 거기서 얻을 수 있는 쾌감만을 중요시하는 가운데 일체의 유쾌한 감각적 경험에는 항상 동반하는 표현이었는데 그는 끊임없이 그 쾌감을 옆에 있는 사람들과 나누고자 한 나머지 식탁에서는 할머니의 꾸지람을 듣곤 했다. 그러나 사람들이 그런 이야기를 하는 것을 사실은 할머니 역시 용인하는 입장이었고 또 자신도 그런 말을 입에 담긴 했지만 당신 말마따나 〈식사 중에는 안 된다〉는 것이었다. 하기야 이뇨 작용을 하는 것으로 널리 알려져 있고 게다가 에르네스트가 매우 좋아하는 터인 수박의 경우에는 식사 중에도 허용되고 있었지만 말이다. 에르네스트는 수박을 먹을 때 처음에는 할머니 쪽을 향한 웃음과 윙크라든가 빨아들였다가 입 안에 되올려서 우물우물 씹는 각종의 소리들로 시작해 가지고, 수박을 토막째 처음 몇 입 베어 먹고 나면 그 붉고 흰색 나는 아름다운 과일이 입에서 요도에까지 거쳐 가게 마련인 코스를 몇 번씩이나 손짓으로 가리키면서 무언극을 해보이는 한편 얼굴로는 온갖 표정을 다 지으면서 흐뭇해했고 〈좋다 좋아, 시원하게 씻어 내는구나, 좋다 좋다〉 하는 감탄이라든가 그 기분을 다시 받아 내는 눈빛이 너무나도 우스워서 사람들이 모두 다 폭소를 터뜨렸다. 마찬가지로 아담처럼 순진한 그는 자신이 느끼는 온갖 일시적 아픔들에 대해서도 균형에 맞지 않을 만큼 중요성을 부여하면서 마치 자기 몸속 기관들의 신비로운 어둠 속을 찬찬히 들여다보기라도 하듯이 눈길을 내면으로 향한 채 눈썹을 찡그리는 것이었다. 그는 아픈 부위가 그때마다 변화무쌍하게 달라지는 터인 어떤 〈통증〉에 시달리고 있다고도 했고 무슨 〈공〉 같은 것이 몸속 곳곳을 돌아다닌다고도 했다. 나중에 자크가 고등학교에 다니게 되자 그는 과학이란 한 가지뿐이며 만인에게 똑같은 것임을 확신한 나머지 자기 허리의 오목한 부분을 가리키면서 그에게 물었다. 〈여기가 뜨끔뜨끔해. 안 좋은 걸까?〉 하고 그는 말했다. 아니, 별것 아니었다. 그러면 그는 안심하고 일어나 급하고 잰 걸음으로 층계를 내려가서는 동네 카페로 친구들을 만나러 가는 것이었다. 목제 탁자와 의자들이 늘어놓이고 함석 카운터가 설치되어 있는 그 카페에서는 아니스 술과 톱밥 냄새가 났는데 저녁 먹을 때가 되면 가끔 자크가 그리로 삼촌을 찾으러 가기도 했다. 그럴 때면 친구들에게 빙 둘러싸인 채 만인의 웃음 속에서 숨이 막힐 정도로 정신없이 이야기를 늘어놓고 있는 그를 보고 아이는 여간 놀라지 않았다. 에르네스트는 항상 기분이 좋고 너그러웠으므로 그때 사람들이 웃는 웃음은 결코 조롱이 아니었다.[abcd] 자크는 삼촌이 모두가 통 만드는 공원(工員),

a 그가 아껴 두었다가 자크에게 주는 돈.

b 중키에 다리는 약간 안으로 휘고, 두꺼운 각질을 이룬 근육의 무게에 눌려 허리가 약간 구부정한 그는 호리호리한 체격에도 불구하고 놀라울 만큼 힘차고 사내다운 인상이었다. 그러나 얼굴은 소년의 그것처럼 섬세하고 고르며, 또 자기 누이와 같은 밤색의 아름다운 눈과 곧은 콧날, 훤한 미궁(眉弓), 고른 턱, 뻣뻣한, 아니 약간 곱슬거리는 머리칼과 더불어 다소 〔 〕한 채였고 또 오랫동안 변함없이 그대로였다. 그의 육체적인 아름다움으로 미루어 보면 불구인 것과는 상관없이 어떻게 하여 그가 여자들과 여러 번이나 관계를 맺을 수 있었는지를 이해할 수 있었다. 그런 관계는 결혼으로까지 발전하지는 못했고 또 짧은 것일 수밖에 없었지만 때로는 같은 동네의 결혼한 카페 여주인과의 관계처럼 흔히들 사랑이라고 부르는 그 무엇으로 어느 정도 윤색되기도 했다. 그는 토요일 저녁이면 가끔 자크를 바다 쪽으로 면한 브레송 광장의 음악회에 데리고 갔는데 군악대가 야외 음악당에서 「코른빌의 종탑」이나 「라크메」의 곡들을 연주하는 가운데 나들이옷으로 차려입은 에르네

아니면 항만이나 철도 노동자인 자기 친구들과 함께 자크를 데리고 사냥을 갈 때 그것을 잘 느낄 수 있었다. 모두들 새벽에 일어났다. 자크는 식당에서 자는 삼촌을 깨우는 일을 맡았다. 어떤 자명종 시계도 그를 잠에서 깨워 주지는 못했던 것이다. 자크는 벨 소리가 나면 곧 일어났지만 그의 형은 침대 속에서 투덜거리면서 돌아누웠고 어머니는 다른 침대에서 일어나지 않은 채 가볍게 몸을 뒤척였다. 그는 더듬더듬 몸을 일으키고 성냥을 그어 두 침대 공용인 머리맡 탁자 위의 작은 석유램프에 불을 붙였다. (아! 그 방에 놓인 가구들. 두 개의 철 침대, 어머니가 자는 1인용 하나와 아이들 둘이 자는 2인용 하나, 두 개의 침대 사이에 놓인 머리맡 탁자, 그리고 그 맞은편에는 거울 달린 옷장. 방에는 어머니의 침대 발치 쪽으로 마당을 향한 창문이 하나. 그 창문 밑에는 그물무늬의 담요를 덮은 커다란 화이버 트렁크. 끝으로, 의자는 하나도 없다.) 그러고 나서 그는 식당으로 가서 삼촌을 흔들어 깨웠다. 삼촌은 짐승처럼 소리를 질렀고 공포에 찬 표정으로 자기의 눈 저 위에 걸린 램프를 바라보다가 마침내 제정신을 차렸다. 그러면 자크는 부엌으로 가서 작은 알코올버너에다가 남은 커피를 올려놓고 데웠고 그동안 삼촌은 치즈, 수브르사드,[1] 소금과 후추를 친 토마토, 그리고 반으로 갈라 할머니가 마련해 놓은 큼직한 오믈렛을 끼워 넣은 반 토막

스트는 작잠견 의상을 입은 카페 주인 마누라 옆으로 짐짓 스치고 지나갔고 그들은 우정 어린 미소를 주고받았다. 남편 쪽에서도 결코 자신의 라이벌이 될 수 있으리라고는 짐작되지 않는지 에르네스트에게 가끔 우정 어린 몇 마디를 짤막하게 건네곤 했다.

c 라 무나 세탁장(저자가 동그라미를 쳐놓은 말 — 프랑스어판 편집자주).

d 해변, 허옇게 된 나뭇조각들, 병마개, 닳은 사금파리들……. 코르크 갈대.

1) 마온어에서 온 북아프리카 특유의 표현으로, 매운 맛이 나는 굵은 소시지를 가리키는데 찬 음식으로 먹거나 구워서 먹는다.

빵 등, 먹을 것들을 잔뜩 담은 망태기들을 준비했다. 이윽고 삼촌은 2연발 사냥총과 탄약통을 마지막으로 점검했다. 그들은 전날 밤 그것들을 앞에다 내놓고 둘러앉아서 거창한 의식을 거행한 바 있다. 저녁 식사를 마치고 나자 그들은 상을 치우고 그 위에 덮인 방수포를 정성껏 닦았다. 삼촌은 탁자의 한쪽에 자리 잡고 앉아서 천장 고리에 매달려 있는 커다란 석유램프 불빛 아래 분해하여 정성껏 기름칠을 한 총 부속품들을 진지한 표정으로 벌여 놓았다. 다른 한쪽에 앉은 자크는 자신의 차례를 기다렸다. 애견 브리양도 마찬가지였다. 그 개는 사냥개 잡종으로 착하기가 이루 말할 수 없어서 파리 한 마리도 해코지할 줄 몰랐다. 그 증거로, 어느 날 이놈은 멋모르고 파리 한 마리를 잡았다가 얼른 토해 내고 나서 메스꺼운 표정으로 요란하게 혓바닥을 내밀었다가 침을 질질 흘리면서 입을 쩝쩝 다시는 것이었다. 에르네스트와 개는 서로 떨어질 수 없는 사이였고 서로 간의 이해는 완벽했다. 그들을 보고 있노라면 부부 사이를 상상하지 않을 수 없었다(개에 대하여 아무것도 모르거나 개를 좋아하지 않으면 몰라도 이 말을 조롱으로 알아들을 사람은 없을 것이다). 이리하여 개는 사람에게 복종과 애정의 의무를 졌고 한편 사람은 오직 한 가지 걱정밖에 하지 않기로 한 것이었다. 그들은 함께 살면서 절대로 떨어지지 않았고 함께 잠을 잤고(사람은 식당의 긴 소파에서, 개는 올이 다 보일 정도로 닳은 보잘것없는 침대 밑 깔개 위에서), 함께 일하러 갔으며(개는 일터의 작업대 밑에 그를 위해 특별히 마련해 놓은 대팻밥 침상에 엎드려 있었다), 카페에도 함께 가서 개는 주인의 두 다리 사이에서 이야기가 끝나기를 참을성 있게 기다렸다. 그들은 의성어로 대화를 주고받았고 서로의 냄새를 맡으며 좋아했다. 개는 씻겨 주는 일이 아주 드물었으므로 특히 비 온 뒤에는 냄새가 지독했지만 에르네스트에게 그 말을 해서는 안 되었다. 〈이 녀석은 냄새가 안 난단 말이야〉 하고 말하면서 그는 개의 떨고 있는 큰 귀 안쪽에다가 귀엽다는 듯이 코를 갖다 대고 킁킁 냄새를 맡는 것이었다. 사냥은 그들 둘 다에게 축제였으며 대공(大公)의 외출과도 같은 것이었다. 에르네스트가 망태기를 꺼내기만 해도 개는 좁은 식당 안을 미친 듯이 뛰어다니면서 의자들을 엉덩이로 들이받아 일렁거리게 했고 찬장의 옆구리를 꼬리로 쳐서 소리를 내는 것이었다. 에르네스트는 미소를 지었다. 〈알아차렸군, 알아차렸어〉 하고는 마침내 개를 진정시켰고 개는 탁자 위에 주둥이를 걸쳐 놓은 채 세심한 준비 과정을 물끄러미 바라보면서 이따금씩 하품을 하곤 했지만 일이 다 끝날 때까지 그 흐뭇한 광경에서 눈을 떼지 않았다.[ab]

사냥총이 다시 조립되고 나면 삼촌은 그것을 자크에게 건네주었다. 그는 총을 공손하게 받아 가지고 낡은 양모 헝겊을 준비하고 있다가 총신을 윤나게 닦았다. 그러는 동안에 삼촌은 탄창을 준비했다. 그는 망태기 속에 담겨 있던 후미가 구리로 된 선명한 색깔의 마분지 튜브들을 자기 앞에 늘어놓고 있다가 이번에는 또 망태기에서 호리병 모양의 쇠로 된 작은 병들을 꺼냈다. 그 병들에는 화약, 납 그리고 갈색 펠트 천 부스러기들이 들어 있었다. 그는 튜브에 화약과 탄약 마개용 부스러기들을 조심스럽게 가득 채워 넣었다. 그러고 나서 그는 또 튜브들이 꼭 끼여 박히게 된 무슨 조그만 기구를 꺼냈는데 거기 달린 크랭크 핸들은 마분지 튜브의 꼭대기 부분을 탄약 마개 높이까지 굴려 올리는 뇌관을 작동시켰다.

a 사냥? 이건 지워 버릴 수도 있다.

b 책에서 여러 가지 물건들과 삶의 묵직한 무게가 느껴지도록 해야 될 것이다.

탄약이 준비되는 대로 에르네스트는 그것들을 하나씩하나씩 자크에게 건네주었고 자크는 그걸 받아서 앞에 놓인 탄약갑 속에 경건하게 담았다. 아침이 되어 에르네스트가 스웨터 두 장을 껴입어 두툼해진 배 주위로 무거운 탄대를 둘러차면 그것은 곧 출발 신호였다. 자크는 그의 등 뒤에서 탄대를 묶어 주었다. 브리양은 자는 사람들을 깨우지 않도록 신명을 억눌러 참는 훈련을 받은 탓에 잠 깬 이래 줄곧 소리 없이 오가고는 있었지만 주위에 있는 모든 물건들에다 극도로 달아오른 기분을 발산하고 있다가 이 순간이 되면 벌떡 일어서서 주인의 앞가슴에 앞발을 걸치고 목과 허리를 쫙 늘이면서 사랑하는 그 얼굴을 힘차게 핥으려고 달려들었다.

어느새 좀 더 엷어진 어둠 속에서 아직도 신선한 무화과나무 냄새가 떠돌고 있는 가운데 그들은 아가 역을 향해 서둘러 떠났다. 앞장선 개는 지그재그로 정신없이 내닫다가 때로는 밤의 습기로 젖어 있는 포도에서 미끄러지기도 했고 문득 일행을 잃어버린 것이 아닌가 하고 덜컥 겁이 났는지 아까와 마찬가지로 허둥지둥 되돌아오기도 했다. 에티엔은 올이 굵은 천으로 만든 총집에 거꾸로 박은 총과 망태기와 사냥 자루를 메고 있었고 자크는 짧은 바지 주머니에 두 손을 찔러 넣은 채 커다란 망태기를 어깨에서 허리로 비스듬히 걸머메고 있었다. 역에는 친구들이 와 있었다. 그들이 데리고 온 개들은 잠깐 다른 개들의 꼬리 밑으로 가서 이것저것 검사를 해보고 오는 것 외에는 항상 주인 곁에 바싹 붙어 있었다. 에르네스트의 작업장 동료인 다니엘과 피에르[a] 형제가 보였다. 다니엘은 항상 웃는 얼굴에 낙천적이었고 피에르는 훨씬 더 치밀하고 조직적이며 언제나 사람과 사물에 대한 관점과 총

a 주의, 이름들을 바꿀 것.

명한 의견으로 가득했다. 거기에는 또 조르주도 와 있었다. 그는 가스 공장에 다니고 있지만 가끔씩 권투 시합을 해서 추가 수입을 올리기도 했다. 그리고 흔히 다른 두세 사람이 더 오기도 했다. 모두가 좋은 젊은이들이었다. 아니 적어도 작업장의 일과, 좁고 식구 많은 아파트, 때로는 마누라로부터 하루 동안 벗어나니 마음이 후련해지고, 또 짧은 동안이지만 맹렬한 즐거움을 맛보기 위하여 사내들끼리 모이고 보니 특유의 장난기 어린 초연함과 너그러움으로 가득해지는 이런 기회엔 모두가 좋은 사람이 되었다. 그들은 칸막이 하나하나가 밖으로 나가는 발판 계단 쪽으로 통하게 되어 있는 객차에 활기 차게 올라탔다. 망태기들을 서로 전달하여 받아 올리고 개들을 태운 다음 자리를 잡은 그들은 마침내 서로 옆구리를 맞댄 채 나란히 앉아서 같은 체온을 나누는 흐뭇함에 젖어 들었다. 자크는 이런 일요일의 경험들을 통해서 사내들끼리 어울리는 것이 기분 좋고 또한 정신적인 자양이 될 수 있다는 것을 깨달았다. 기차가 움직이기 시작하더니 짧게 헐떡이는 소리와 더불어 속도를 냈고 때로는 잠들어 있던 기적을 짧게 울리곤 했다. 사엘의 한 토막을 통과하고 나자 기이하게도 그 건장하고 떠들썩하던 사내들이 입을 다물고 정성스럽게 밭갈이해 놓은 들판 위로 아침 해가 떠오르는 것을 묵묵히 바라보고만 있었다. 들을 구획 짓고 있는 키 큰 마른 갈대 울타리 위로 아침 안개가 목도리처럼 풀려 있었다. 이따금씩 한 무더기의 나무들과 그 속에 파묻힌 하얀 회벽의 농가가 차량에 미끄러지듯 지나갔다. 농가에는 모든 것이 잠들어 있었다. 철로변의 도랑 구석에 숨어 있다가 튀어나온 새 한 마리가 문득 그들이 앉아 있는 곳 높이만큼 솟아오르더니 이윽고 경쟁이라도 하려는 듯이 기차와 같은 방향으로 날아가는가 싶었는데 갑자기 달리는 기차와는 직각이 되게 방향을 틀었다. 그러자 새는 돌연 차창으로부터 떨어져 나가서 기차가 달리면서 일으키는 바람으로 인하여 기차 뒤쪽으로 튕겨 나가 버린 것만 같았다. 초록의 지평선이 장밋빛으로 변하다가 단번에 붉게 물들었다. 해가 모습을 드러내더니 벌써 하늘로 뚜렷이 솟아올랐다. 해가 들판 전체에 걸쳐 안개를 빨아올리면서 더욱 높이 떠오르는가 했는데 이내 기차의 칸막이 안이 후텁지근해지자 사내들은 스웨터를 하나, 그리고 또 하나 벗었고 마찬가지로 동요하기 시작하는 개들에겐 가만 엎드려 있으라고 꾸짖었다. 에르네스트는 벌써 먹는 얘기, 병 얘기, 그리고 자기가 항상 이기는 편에 낀 주먹다짐 얘기를 자기 식으로 늘어놓았다. 가끔 가나가 친구들 중 한 사람이 자크에게 학교 얘기를 물어보거나 다른 얘기를 했으며 에르네스트의 무언극이 화제에 오르면 그를 증인 삼으면서 〈너희 삼촌은 최고야!〉 하고 말하는 것이었다.

풍경이 변하면서 돌이 많아졌고 오렌지나무 대신에 떡갈나무가 나타났다. 조그만 기차는 점점 더 숨 가쁘게 헐떡거리면서 김을 크게 뿜어냈다. 갑자기 기온이 더 싸늘해졌다. 해와 여행자들 사이를 산이 가로막고 있었기 때문이었다. 그제야 사람들은 아직 일곱시밖에 되지 않았다는 것을 알아차렸다. 드디어 기차가 마지막으로 기적을 울리고 속도를 늦추더니 급한 곡선을 그리며 천천히 돌아서 골짜기의 호젓한 작은 역에 닿았다. 멀리 있는 광산들과 연결되어 있는 것이 고작인 이 역은 인적이 없이 고요했고 주위에는 키 큰 유칼립투스나무들이 아침의 미풍 속에서 반달 모양의 잎사귀들을 흔들고 있었다. 기차에서 내릴 때도 마찬가지로 떠들썩했다. 개들은 찻간에서 급히 내닫느라고 객차의 가파른 층계를 두 계단씩 건너뛰었고 사내들은 망태기와 총을 서로 전달하며 내렸다. 그러나 첫 번째 산비탈로 곧장 나서게 되어 있는 역의 출구에 이르자 사람들의 감탄이나 큰 소리들은 모두 야생의 자연에 깃든 침묵 속으로 빠져 들어 버렸고 개들이 주위를 끊임없이 뱅글뱅글 돌면서 따라오는 가운데 그들 작은 무리는 묵묵히 오르막을 올라갔다. 자크는 힘 좋은 동행들과 떨어지지 않으려고 부지런히 걸었다. 그가 특히 따르는 터인 다니엘이 사양에도 불구하고 그의 망태기를 받아 져주었지만 그룹과 보조를 맞추기 위해서는 발걸음을 두 배나 빨리 놀리지 않으면 안 되었고 게다가 싸늘한 아침 공기가 가슴을 후벼 파는 것처럼 시렸다. 한 시간쯤 지나자 드디어 떡갈나무와 노간주나무로 뒤덮인 거대한 고원의 기슭이 나타났다. 기복이 별로 심하지 않은 이 고원 위로는 신선하고 햇빛이 엷게 비추는 하늘이 그 광막한 공간을 드리우고 있었다. 거기가 사냥터였다. 뭔가 눈치를 채기라도 한 듯 개들이 사내들 주위로 모여들었다. 사람들은 오후 두시에 작은 소나무 숲에서 다시 모여 점심을 먹기로 약속했다. 고원 가에 알맞게 자리 잡은 조그만 샘이 하나 있는 그곳에서는 골짜기와 멀리 들판이 훤히 내려다보였다. 서로 시계를 맞추었다. 사냥꾼들은 둘씩 한 조가 되어 각자의 개들을 휘파람으로 불러 가지고 서로 다른 방향으로 흩어졌다. 에르네스트와 다니엘이 한 조가 되었다. 자크는 사냥 망태기를 받아서 어깨에서 허리 쪽으로 조심스럽게 둘러멨다. 에르네스트가 멀리서 자기가 다른 사람들보다 토끼와 자고새를 더 많이 잡아올 테니 두고 보라고 소리쳤다. 그들은 웃어 대며 손을 흔들며 사라졌다.

자크에게는 지금도 가슴속에 황홀한 그리움이 솟구치는 도취의 시간이 그제야 시작되는 것이었다. 두 사내는 서로 2미터 정도의 간격을 유지하며, 그러나 같은 보조로 걸어가고, 개는 앞장서고, 그는 한결같이 뒤에 처져 있었는데 삼촌은 갑자기 사납고 꾀바르게 변한 눈초리로 자크가 거리를 제대로 유지하고 있는지를 끊임없이 확인했다. 관목 덤불을 헤치며 묵묵히 나아가는 그 끝없는 행진. 가끔 날카로운 소리를 내면서 새가 한 마리 날아오르기도 했지만 대수롭게 여기지 않았다. 온갖 냄새들이 가득한 작은 골짜기들의 밑바닥까지 따라 내려갔다가는 눈부시게 밝고 점점 더 뜨거워지는 하늘 쪽으로 다시 올라간다. 처음 출발할 때는 아직 축축했던 대지가 기온이 올라가면서 빠른 속도로 바삭바삭 마른다. 골짜기의 반대편에서 몇 발의 총성, 사냥개한테 놀라 메마른 소리를 내며 푸드덕 날아오르는 먼지색의 자고새 무리, 거의 동시에 반복되는 두 발의 총성, 개가 앞으로 달려 나갔다가 두 눈에 광기 어린 불을 켜고 주둥이에 피와 깃털 뭉치를 가득 물고 돌아오면 에르네스트와 다니엘이 그것을 낚아챘고 자크는 흥분과 두려움으로 가슴 두근거리며 그걸 받았다. 또 다른 제물을 찾다가 명중되어 떨어지는 것을 보고 에르네스트가 내지르는 고함소리는 브리얀이 짖는 소리와 구별하기 어려웠다. 그리고 또다시 계속되는 행진. 자크는 조그만 밀짚모자를 쓰긴 했지만 지금은 너무나 사나운 햇빛에 짓눌려 있었고 주위의 고원은 태양의 망치에 얻어맞은 모루처럼 나직하게 진동하기 시작했다. 그리고 이따끔씩 한 번 혹은 두 번의 총성. 그러나 결코 그 이상의 총성이 나는 법은 없다. 사냥꾼 한 사람이라도 달아나는 토끼를 보게 되어 그것이 에르네스트의 표적에 놓이기만 하면 이미 죽은 것이나 다름없기 때문이었다. 그는 언제나 원숭이처럼 날렵했는데 이번에는 거의 자기 개만큼이나 빨리, 개하고 똑같이 고함쳐 대면서 달려가 죽은 짐승의 뒷다리를 잡아 쳐들고 멀리서부터 신이 나 헐떡대며 오고 있는 다니엘과 자크에게 보여 주었다. 자크는 그 새로운 전리품을 받기 위하여 사냥 망태기를 크게 벌려 준

다음 다시 그의 하느님이신 태양 아래로 휘청거리면서 행진을 계속했다. 이렇게 한계도 없는 영토 위에서 경계도 없는 시간 동안 그칠 줄 모르고 쏟아지는 빛과 하늘의 광대무변(廣大無邊)한 공간 속에서 정신이 어리둥절했지만 그래도 자크는 자신이 세상의 아이들 중에서 가장 부자라고 느꼈다. 점심 식사를 위하여 약속한 곳으로 돌아오면서도 사냥꾼들은 여전히 기회를 노리고 있었지만 벌써 마음은 딴 데로 가 있었다. 그들은 다리를 절름거리며 땀을 닦았다. 배가 고픈 것이었다. 차례차례로 도착한 그들은 서로에게 자기들의 노획물(鹵獲物)을 보여 주었고 놓친 것을 분해했고 언제나 똑같은 실수의 되풀이라는 의견을 말했으며 모두가 한꺼번에 자기들이 잡은 짐승 이야기를 늘어놓는가 하면 각자 나름대로 겪은 소소한 이야기들을 덧붙였다. 그러나 할 말이 가장 많은 사람은 에르네스트였다. 그는 마침내 발언권을 독차지하고서 누구보다 자크와 다니엘이 실력을 인정해 주는 터인 그 실감 나는 제스처를 써가면서 자고새들이 날아오르는 모양이라든가 달아나는 토끼가 두 번씩이나 방향 전환을 하고 마치 골라인 뒤에서 트라이를 성공시키는 럭비 선수처럼 양어깨로 구르는 모습을 흉내 내어 보였다. 그러는 동안 매사에 조직적인 피에르는 각자에게서 거둬들인 쇠컵에다가 아니스 술을 부은 다음 소나무 밑에서 졸졸 흘러나오는 샘으로 가서 신선한 물을 담아 왔다. 보자기들을 펼쳐서 식탁 비슷한 것을 만들면 각자는 가지고 온 먹을 것들을 꺼냈다. 그러나 요리 솜씨가 좋은 에르네스트는(여름철 낚시판은 항상 그가 현장에서 준비하는 부야베스 요리로 시작되곤 했는데 음식에 어찌나 인심 좋게 양념을 퍼 넣었는지 거북이 혀라도 얼얼할 지경이었다) 가느다란 막대기들을 준비하여 끝을 뾰족하게 다듬은 다음 자기가 가지고 온 수브르사드 조각들을 거기에 꿰어 가지고 그것들이 익어 껍질이 터지고 마침내 숯불 위로 붉은 즙이 떨어져서 지지직거리며 불이 붙을 정도까지 열은 불에 올려놓고 구웠다. 두 조각의 빵 사이에 그가 뜨겁고 냄새 좋은 수브르사드를 끼워 넣어 주면 모두들 감탄사를 연발하면서 받아 가지고 샘물 속에 신선하게 채워 두었던 핑크색 술을 곁들여 맛있게 먹는 것이었다. 그러고 나면 웃음과 작업장에서의 일 얘기나 농담이 이어졌는데 입과 손이 끈적거리고 더러운 데다 전신이 또한 노곤해진 자크는 졸음이 밀려드는 바람에 그들의 이야기에는 귀를 기울이는 둥 마는 둥 했다. 그러나 사실 졸음이 밀려들기는 모두가 다 매한가지였다. 그래서 한동안 그들은 멀리 열기의 아지랑이로 덮여 있는 들판 쪽을 멀거니 바라보면서 끄떡끄떡 졸거나 아니면 에르네스트처럼 손수건으로 얼굴을 덮고 본격적으로 잠을 잤다. 그러나 네시에는 내려가서 다섯시 반에 지나가는 기차를 타지 않으면 안 되었다. 이제 그들은 기차간에 올라 피곤에 짓눌려 앉아 있었고 지칠 대로 지친 개들은 좌석 밑이나 사람들 다리 사이에서 피비린내 나는 꿈들이 오락가락하는 무거운 잠을 자고 있었다. 저쪽 들판 근처에서 해가 기울기 시작하더니 어느새 아프리카의 빠른 황혼이 찾아왔다. 그러고는 이 거대한 풍경들 위로 언제나 마음을 불안하게 하는 밤이 느닷없이 시작되었다. 그 후 역에 도착하자 다음 날의 출근 때문에 어서 돌아가 식사를 하고 일찍 자리에 들어야겠다는 생각으로 마음이 급해진 그들은 거의 아무 말도 하지 않은 채, 그러나 우정 어린 손길로 크게 어깨를 툭툭 치고는 어둠 속에서 서둘러 헤어졌다. 자크는 그들이 멀어져 가는 소리를 들었고 그들의 거칠고 진정 어린 목소리에 귀를 기울였다. 그는 그들이 좋았다. 그러고는 에르네스트의 뒤를 부지런히 따라갔다. 그는 다리를 절고 있는데 에르네스트는 여전히 꿋꿋했다. 집에 거의 다 왔을 때 삼촌은 어둠 속에서 그를 돌아보며 말했다. 「좋았어?」 자크는 대답하지 않았다. 에르네스트는 휘파람을 불어 개를 불렀다. 그러나 몇 발자국 더 걸어가다가 아이는 그의 조그만 손을 삼촌의 단단하게 못이 박인 손 안에 밀어 넣었고 삼촌은 그 손을 아주 힘차게 꽉 잡았다. 그리고 그들은 이렇게 말없이 집으로 돌아갔다.

[ab]그러나 에르네스트는 즐거워하는 것 못지않게 앞뒤 가리지 않고 벌컥 화를 내는 수도 있었다. 사리를 따져서 그를 설득한다든가 그냥 순순히 이야기를 주고받는 것이 불가능하다 보니 그가 그런 식으로 화를 내는 것을 모두들 하나의 자연 현상과도 같은 것으로 여겼다. 소나기구름은 그저 만들어지는 것을 보고 있다가 마침내 터져서 비가 쏟아지기를 기다릴 뿐 달리 어쩔 도리가 없는 것이다. 귀머거리들이 대개 그렇듯이 에르네스트는 후각이 매우 발달되어 있었다(그의 개에 대해서만은 예외였지만). 이러한 특혜 덕분에 그는 아주 여러 가지 즐거움을 맛볼 수 있었다. 가령 완두콩 수프나 그가 특히 좋아하는 터인 먹물에 그대로 넣고 익힌 오징어 찜, 소시지 오믈렛, 할머니의 장기로 값이 싸기 때문에 식탁에 자주 오르며, 가난뱅이 부르기뇽 요리라 할 수 있는 소 염통과 허파로 만든 스튜 등의 냄새를 맡을 때가 그랬고, 또한 일요일에 사용하는 싸구려 미안수(美顔水)나, 혹은 그 들큰하고 끈질긴 향기가 식당과 에르네스트의 머리에서 항상 풍기고 있는 터인 베르가모트를 원료로 한 〔퐁페로〕라는 이름의

a 똘스또이 혹은 고리끼 (I) 〈아버지〉 — 이런 환경에서 도스또예프스끼가 나왔다. (II) 원천으로 되돌아온 〈아들〉이 그 시대의 작가를 낳는다.(III) 〈어머니〉.

b 제르맹 씨 — 중고등학교 — 종교 — 할머니의 죽음 — 에르네스트의 손에서 끝을 낸다?

로션(자크의 어머니도 바르곤 하는)을 바르고 나서 그가 황홀한 표정을 지으면서 화장품 통 깊숙이 코를 대고 냄새를 맡을 때가 그러했다.

그러나 이 방면에 있어서의 감각은 골칫거리들을 만들어 주기도 했다. 즉, 그는 보통 사람의 코로는 느낄 수도 없는 몇 가지 냄새들을 혼자서 맡고서는 그걸 참지 못해 했던 것이다. 예를 들어서 그는 식사를 시작하기 전에 자기 접시의 냄새를 맡는 버릇이 있었는데 거기서 그가 주장하는 무슨 계란 냄새 같은 것을 맡기라도 하면 얼굴이 벌게 가지고 화를 내는 것이었다. 이번에는 할머니가 그 의심스러운 접시를 집어 들고 냄새를 맡아 보고는 아무 냄새도 나지 않는다면서 동의를 구하기 위하여 자기 딸에게 건네주었다. 카트린 코르므리는 사기 접시 위로 그 섬세한 코만 대보고 나서 냄새는 맡아 보지도 않은 채 부드러운 목소리로 〈아니, 아무 냄새도 나지 않는데〉 하고 말했다. 결정적인 판단을 더욱 확실히 굳히기 위하여 양철 그릇에 음식을 담아 먹는(사실 그렇게 하는 까닭은 잘 알 수 없었다. 아마도 그릇이 충분하지 않아서였거나 아니면 어느 날 할머니가 주장했던 바와 같이 깨지 않도록 하려고 그랬는지도 모른다. 그도 그의 형도 손놀림이 서투른 편은 아니었는데도 말이다. 그러나 집안의 다른 여러 가지 전통들도 따지고 보면 그보다 더 확실한 근거가 있는 것은 아니었다. 그 많은 신비스럽기만 한 의식(儀式)들에 대하여 구태여 이유를 찾아내려고 하는 인류학자들이란 어지간히 우스운 사람들이다. 많은 경우 진짜 신비는 바로 거기에 아무런 이유가 없다는 데 있는 것이다) 아이들 것만 빼고는 다른 접시들도 냄새를 맡아 보았다. 그러고 나서 마침내 할머니가 아무런 냄새도 나지 않는다고 최종 판결을 내렸다. 사실 할머니의 판결이 다르게 나온 적은 한번도 없었다. 특히 그 전날 설거지를 한 사람이 바로 할머니였고 보면 말이다. 살림살이하는 주부의 명예를 위해서라도 절대로 양보를 하지는 않았을 것이다. 그러나 에르네스트의 진짜 분노가 터져 나오는 것은 바로 그때였다. 자기가 확신하는 바를 표현할 수 있는 말을 찾을 수 없으니 더욱 그럴 수밖에 없었다.[a] 그가 기어코 토라져서 식사를 안 하건 말건, 그래도 할머니가 바꿔 주기는 한 접시의 음식을 떫은 표정으로 깨죽거리며 찍어 먹건, 심지어 식당에 가서 사먹겠다면서 식탁에서 벌떡 일어나 밖으로 휑하니 나가 버리건, 하여튼 소나기구름이 터지도록 그냥 놔두는 도리밖에 없었다. 사실 그건 말이 식당일 뿐, 밥상머리에서 불평하는 소리가 날 적마다 할머니는 〈식당 가서 사먹지 그래〉 하고 숙명적인 한마디를 내뱉기는 하지만, 에티엔도 다른 어떤 식구도 발걸음을 하는 법이 없는 어정쩡한 영업집이었다. 그렇게 되니 식당이란 모두에게, 돈만 내면 만사가 쉬워지지만 거기서 맛볼 수 있는 그 비난받아 마땅한 초장의 쾌락은 머지않아 반드시 위장을 통해 비싼 대가를 치르게 마련인 거짓된 매력의 수상쩍은 장소로만 여겨졌던 것이다. 그 어느 경우에건 할머니는 그처럼 화를 내는 막내아들에게 대꾸를 하는 법이 없었다. 한편은 그래 보아야 아무 소용이 없다는 것을 알기 때문이었고, 또 한편은 이상하게도 할머니가 그에 대해서만은 언제나 약했기 때문이었다. 자크는 책을 좀 읽게 되면서부터 그 까닭을 에르네스트의 불구 때문일 것이라고 치부하고(흔히 갖는 편견과는 달리 부모가 온전치 못한 자식에 대하여 무관심해지는 예는 얼마든지 있는데도 말이다) 있었는데 그보다 훨씬 나중에, 할머니의 맑은 눈길이 전에는 한번도 본 일이 없었던 애

a 미시적인 비극.

정으로 가득해지면서 부드러워지는 순간을 목격하고 뒤를 돌아보았다가 삼촌이 외출복 저고리를 막 걸쳐 입고 있는 모습을 보게 된 그날에야 비로소 그 진짜 이유를 알아차릴 수 있었다. 짙은 양복 색깔 때문에 더 날씬한 데다가 이제 막 면도를 하고 정성스럽게 머리를 빗어 넘긴 얼굴은 세련되고 젊었으며 평소와는 달리 새 칼라를 달고 넥타이를 맨 모습이 마치 나들이옷을 차려입은 그리스 목동 같은 에르네스트는 그가 보기에도 그의 참모습대로, 즉 대단한 미남으로 보였던 것이다. 그때서야 비로소 그는 할머니가 아들을 육체적으로 사랑하고 있으며 다른 사람들과 마찬가지로 에르네스트의 아름다움과 힘에 마음이 끌리고 있다는 것을, 그의 앞에서는 평소와 달리 마음이 약해지는 것이 따지고 보면 아주 흔한 현상이며 그 약해지는 마음이 바로 우리 모두의 마음을 누그러지게 하고 이 세상을 견딜 만한 것으로 만들어 주는 것임을, 그것은 아름다움 앞에서 약해지는 마음 바로 그것임을 깨달았던 것이다.

자크는 그것 말고 에르네스트 삼촌이 또 한 번 성을 냈던 일도 기억하고 있었다. 철도 회사에서 일하는 조제팽 삼촌과 주먹다짐까지 할 뻔했으니 가장 심각하게 성을 낸 경우였다. 조제팽은 그의 어머니 집에서 자지 않았다(사실 그 집 어디에 그가 잘 곳이 있기나 했는가?). 그는 동네에 방을 한 칸 얻어 가지고 있었고(하기야 그가 집안 식구 중 어느 누구에게도 보여 주지 않았고 가령 자크 역시 한번도 가본 일이 없는 방이었다) 식사는 밥값을 조금 내면서 어머니 집에 와서 했다. 조제팽은 그의 동생과는 전혀 딴판이었다. 나이가 여남은 살 정도 더 많고 짧은 콧수염을 기르고 머리를 짧게 깎은 그는 동생만큼 덩치가 컸고 더 내성적이며 특히 더 타산적이었다. 평소에 에르네스트는 그를 노랑이라고 욕했다. 사실은 그보다 더 확실한 표현을 썼다. 「므자비트 족이야.」 므자비트 족이란 그에겐 동네의 잡화 가겟집 사람들을 의미했다. 과연 그들은 므자브 지방 출신으로 여러 해 동안 기름과 계피 냄새가 잔뜩 밴 가게 뒷방에서 가진 것도 마누라도 없이 살면서 사막 한복판인 므자브 지방의 다섯 개 도시에 흩어져 사는 가족들을 먹여 살렸다. 이슬람의 청교도라고 할 수 있는 이 이단 교파 사람들은 정통파에게 죽음의 위협과 박해를 받고서 지금부터 수 세기 전에 그 사막으로 와서 자리 잡았는데 그곳은 있는 것이라고는 돌뿐이고, 표면이 딱딱하게 굳어 생명이란 살지 않는 어떤 별이 지구에서 멀듯이 해안의 웬만큼 문명된 세계로부터 최대한 멀리 떨어져 있어서 탐내어 뺏으려고 할 사람이 아무도 없으리라고 확신했기 때문에 선택한 장소였다. 실제로 그들은 그곳에 자리 잡은 다음 인색하게나마 물이 솟아 나오는 곳을 중심으로 하여 다섯 개의 도시를 건설하는 동안 성한 남자들을 해안 도시들로 내보내어 장사를 시킴으로써, 훗날 또 다른 사람들이 태어나서 그들이 하던 일을 계속하게 되어 마침내 그들의 신앙이 지배하는 흙과 진창으로 요새화한 왕국의 도시들로 다시 돌아와 즐거운 날을 맞을 때까지 그 정신의, 오직 정신만의 창조물을 지탱해 나가겠다는 기이한 고행을 상상해 내었던 것이다. 그러나 동네의 노동자 계층 주민들은 이슬람도 그 이단도 모르는지라 오직 피상적인 모습만을 보았던 것이다. 그러니 다른 모든 사람들에게나 에르네스트에게나 그의 형을 므자비트 족에 비긴다는 것은 수전노라고 말하는 것과 다름이 없었다. 사실 조제팽은 돈에 대해 까다로웠고 반대로 에르네스트는 할머니 말에 의하면 〈마음속을 손바닥 위에 내놓은 것〉처럼 관대했다(하기야 그녀가 아들에게 화가 나면 그와 반대로 〈손바닥에 구멍이 뚫린〉 헤픈 녀석이라고 욕을 해

댔지만). 그러나 타고난 성격 차이 말고도 조제팽이 에르네스트보다 돈을 약간 더 많이 번다는 것과 없는 사람이 낭비하기가 더 쉽다는 사실도 무시할 수 없었다. 낭비할 만한 형편이 되고 나서도 여전히 낭비하는 사람은 드물다. 만약 그런 사람이 있다면 우러러 받들어야 할 인생의 왕자이리라. 물론 조제팽이 호화로운 생활을 하는 것은 아니었지만 조직적으로 관리하는 월급(그는 소위 여러 개의 봉투를 쓰는 방법을 활용했지만 너무 노랑이라 진짜 봉투는 사지 않고 신문지나 포장지를 가지고 만들어 썼다) 이외에 머리를 써서 생각해 낸 자잘한 방편들을 통해서 부수입을 올렸다. 철도에서 일하는 덕분에 그는 보름에 한 번씩 공짜로 여행을 할 수 있었다. 따라서 그는 기차를 타고 이른바 〈내지〉, 즉 블레드 지역으로 가서는 여기저기 아랍인들의 농장을 돌아다니며 계란이나 말라서 비틀거리는 닭이나 토끼를 헐값에 샀다. 그리고 그는 이들 상품을 가지고 와서 이웃 사람들에게 양심적인 이문을 붙여서 팔았나. 보는 변에서 그의 생활은 조직적이었다. 그는 여자를 몰랐다. 더군다나 관능을 즐기자면 여가가 있어야 하는데 주 중에는 일을 하고 일요일에는 장사를 해야 하니 필경 시간이 없었다. 그러나 그는 항상 마흔 살이 되면 한밑천 가진 여자와 결혼하겠다고 말해 왔었다. 그때까지는 방구석에 처박혀서 돈을 모으고 얼마간은 계속해서 어머니 집에 가서 살겠다는 것이었다. 그에게 매력이 별로 없다는 사실을 고려해 보면 매우 이상하게 여겨지겠지만 어쨌든 그는 말했던 대로 계획을 실천에 옮겨 어떤 피아노 선생과 결혼했다. 그녀는 결코 못생겼다고 할 수는 없었고 그에게 가구들과 더불어 적어도 몇 년 동안은 부르주아적인 행복을 가져다주었다. 결국 조제팽은 가구들은 버리지 않고 간직했지만 여자는 끝내 간직하지 못한 것이 사실이다. 그러나 그건 또 딴 이야기였다. 어쨌든 조제팽이 예상하지 못했던 점은 에티엔과 그렇게 싸우고 난 뒤부터는 더 이상 어머니 집에서 식사를 하지 못하고 비용이 드는 식당의 즐거움을 이용해야만 하게 되었다는 사실이다. 자크는 그 불상사의 원인이 무엇이었는지를 기억할 수 없었다. 알 수 없는 싸움이 생겨서 집안 식구가 갈라졌는데 사실은 아무도 그 자초지종을 속 시원하게 설명하지 못했다. 모두 다 기억이 희미해졌으므로 일의 발단은 잘 기억하지 못한 채 무조건 인정하고 되새긴 결과만을 기계적으로 마음속에 담고 있었으니 더욱 그랬다. 그날 일에 대해서 그는 오직 여전히 식사가 차려져 있는 식탁 앞에 에르네스트가 버티고 서서 그냥 앉은 채 식사를 계속하고 있는 형에게 므자비트 족 같다는 말만 빼고는 알아들을 수 없는 온갖 욕을 퍼부어 대고 있던 일만 기억하고 있었다. 이윽고 에르네스트가 형의 뺨을 후려치자 형은 벌떡 일어나 잠시 동안 뒤로 물러났다가 동생에게 달려들었다. 그러나 벌써 할머니가 에르네스트에게 매달렸고 자크의 어머니는 하얗게 질려 가지고 조제팽을 뒤로 끌어당겼다. 〈그만둬, 그만둬〉 하고 그녀가 말했다. 그리고 두 아들은 창백한 얼굴로 입을 벌린 채 일방통행으로 굽이쳐 가고 있는 분노와 저주의 물결에 귀를 기울이며 노려보고만 있었다. 마침내 조제팽이 음울한 표정으로 〈무지막지한 짐승 같으니라고. 도무지 어떻게 할 수가 없단 말이야〉 하고 말하면서 식탁을 한 바퀴 돌았고 한편 할머니는 형의 뒤를 따라 달려들려고 하는 에르네스트를 붙잡았다. 그리고 문이 쾅 하고 닫히고 나자 곧 에르네스트가 몸부림을 쳤다. 〈이거 놔요, 놓으라니까요. 아파도 몰라요〉 하고 그가 어머니에게 말했다.

그러나 그녀는 아들의 머리칼을 움켜쥐고 흔들었다. 「그래 니가 어미를 칠 거냐?」 그러자 에르네스트가 울면서 자기 의자에 주저앉았다. 「아냐, 엄마는 아냐. 엄만 나한테는 하느님이나 마찬가지야!」 자크의 어머니는 식사를 채 끝내지 못한 채 자러 갔고 그 이튿날은 머리가 아팠다. 그날 이후 조제팽은 다시 돌아오지 않았다. 에르네스트가 집에 없는 것이 확실할 때 가끔 그의 어머니를 만나러 오는 경우만 예외였다.

[a]화를 냈던 일은 또 있었다. 자크로서는 그 이유를 알고 싶지 않았기 때문에 그 일을 기억하는 것이 별로 달갑지 않았다. 상당한 기간 동안 에르네스트와 막연히 아는 사이인 앙투안 씨라는 사람이 저녁때 식사하기 전이면 규칙적으로 집에 찾아오곤 했다. 몰타 섬 출신으로 시장에서 생선 상수를 하는 이 사람은 상당히 멋진 몸가짐에 후리후리하고 키가 컸으며 항상 색깔이 어두운 이상한 중절모 같은 것을 쓰고 목에는 창살 무늬 손수건을 속옷 안쪽으로 매고 다녔다. 나중에 깊이 생각해 보니 자크는 그의 어머니가 평소보다 약간 더 예쁘게 옷을 차려입고 밝은 색의 앞치마를 둘렀고 심지어 입술에 연시를 칠한 흔적까지 보였던, 그 당시에는 별로 이상하다고 생각하지 못했던 것도 알아차릴 수 있었다. 그때는 또한 여자들이 당시까지는 길게 길렀던 머리를 짧게 자르기 시작한 무렵이었다. 게다가 자크는 어머니나 할머니가 무슨 의식을 거행하듯이 머리치장하는 모습을 구경하는 것을 좋아했다. 양 어깨에 수건을 걸치고 입에는 머리핀들을 잔뜩 문 채 그들은 희거나 갈색 나는 머리를 오랫동안 빗고 나서 다시 위로 올렸다가 목뒤에서 땋는 데까지 머리채를 편편하고 촘촘하게 늘여 바싹 잡아당긴 다음 그제야 입에 물고 있던 머리핀을 하나하나 뽑아서 입술은 벌리고 이는 꽉 문 채 단단하게 쪽찐 머리 뭉치에다가 하나씩하나씩 꽂는 것이었

a 에르네스트의 〈살림살이〉, 할머니가 죽은 뒤의 카트린.

다. 유행의 실질적인 힘을 과소평가하고 논리 따위엔 아랑곳하지 않는 할머니는 오직 〈방종한 생활을 하는〉 여자들이나 그런 우스꽝스런 짓을 할 엄두를 내는 것이라고 단언하는 터라 그녀에게 새로운 유행이란 우스꽝스러운 동시에 사악한 것으로만 보였다. 자크의 어머니도 그 점을 명심하고 있었지만 1년 뒤, 앙투안 씨가 찾아오곤 하던 무렵쯤, 어느 날 저녁에 돌연 머리를 자르고서 더 젊고 신선해진 모습이 되어 돌아와서는 속으로는 불안해하는 빛이 역력한데도 짐짓 명랑한 체하면서 식구들을 놀라게 할 생각이었다고 말하는 것이었다.

아닌 게 아니라 그건 할머니에게 뜻하지 않은 놀라움이어서 그 돌이킬 수 없는 재난을 뜯어보고 훑어보고 하더니 아들아이도 있는 그 자리에서 이젠 그녀가 갈보 같은 꼴이 되었다고만 말했다. 그러고 나서 그녀는 부엌으로 돌아갔다. 카트린 코르므리는 웃음을 딱 멈추었고 그녀의 얼굴에 이 세상의 모든 비참과 권태가 한꺼번에 그려졌다. 이윽고 아들의 눈길과 마주치자 그녀는 다시 웃음을 지어 보려고 애를 썼으나 입술이 떨렸고 그 순간에 그만 울음이 터져 나오는 바람에 자기 방으로, 그녀의 휴식과 고독과 슬픔을 지켜 줄 수 있는 유일한 피난처인 침대 위로 황급히 달려가 버렸다. 자크는 너무나도 놀라서 어머니에게 다가갔다. 어머니는 베개 속에 얼굴을 파묻고 있었고 목뒤가 드러난 그녀의 짧은 머리칼과 깡마른 등이 흐느낌으로 뒤흔들렸다. 〈엄마, 엄마〉 하고 자크는 어정쩡하게 어머니를 손으로 건드리면서 말했다. 「엄마는 그렇게 하니까 아주 예뻐.」 그러나 그 말은 듣지도 않은 채 그냥 내버려 두고 저리 가라고 손짓을 했다. 그는 문턱까지 뒷걸음질 쳐 물러나서 그 역시 문틀에 기대선 채 무력감과 사랑의 눈물을 흘리기 시작했다.*

그 후 여러 날 동안 줄곧 할머니는 딸에게 말을 건네지 않았다. 그와 동시에 앙투안이 찾아와도 대접은 전보다 더 냉랭했다. 특히 에르네스트는 속마음을 짐작할 수 없는 표정으로 일관했다. 앙투안은 상당히 멋 부리길 좋아하고 달변이긴 했지만 그걸 분명히 느끼고 있었다. 무슨 일이 있었던 것일까? 자크는 여러 번 어머니의 아름다운 눈에서 눈물 자국을 보았다. 에르네스트는 대개 아무 말이 없었고 개 브리양까지 거칠게 다뤘다. 어느 여름날 저녁 자크는 그가 발코니에서 무엇인가를 감시하고 있다는 것을 알아차렸다. 〈다니엘이 올 거야?〉 하고 아이가 물었다. 삼촌은 으르렁대듯이 소리쳤다. 그런데 갑자기 자크는 며칠 동안 뜸했던 앙투안이 오는 것을 보았다. 에르네스트가 달려 나갔고 잠시 후 층계에서 불확실한 소리들이 올라왔다. 자크가 허둥지둥 달려가 보니 두 사내가 어둠 속에서 아무 말없이 싸우고 있었다. 에르네스트는 얻어맞아도 아프지도 않은지 쇳덩이같이 단단한 주먹으로 후려치기만 했고 잠시 후 앙투안이 계단 밑으로 굴러 떨어졌다가 입에 피를 흘리며 일어나서 미친 사람처럼 가버리는 에르네스트를 끊임없이 바라보면서 손수건을 꺼내어 피를 닦았다. 집 안으로 다시 돌아온 자크는 부엌에서 굳어진 얼굴로 꼼짝도 않고 앉아 있는 어머니를 보았다. 그 역시 아무 말도 하지 않은 채 가만히 앉았다.[a] 이윽고 중얼중얼 욕을 하면서 에르네스트가 들어와서 누이에게 성난 눈길을 던졌다. 저녁 식사는 평소와 다름없이 했지만 어머니는 먹지 않았다. 먹으라고 권하는 그녀의 어머니에게 그저 〈배가 안 고파요〉라고만 했다. 식사가 끝나자 그녀는 자기 방으로 들어갔다.

* 무력한 사랑의 눈물.

a 훨씬 앞으로 옮길 것 — 싸움 뒤시앵이 아님.

밤새도록, 자크가 잠을 깨보면 어머니가 침대에서 돌아눕는 소리가 들리곤 했다. 그 이튿날부터 어머니는 다시 검은색이나 회색 옷차림으로, 가난하고 단정한 복장으로 되돌아왔다. 자크가 보기에 이젠 영원히 가난과 고독과 다가오는 노년 속에 자리 잡고 들어앉은 어머니가 전보다 더해진 그 망각과 방심 때문에 그 전과 다름없이, 아니 그 전보다 더욱 아름답게만 보였다.[a]

오랫동안 자크는 딱히 무엇 때문인지는 알 수 없었지만 그의 삼촌을 원망하고 있었다. 그러나 동시에 그를 원망할 수가 없다는 것을 알고 있었고, 가난과 신체적 불구, 그리고 온 집안 식구들이 살면서 느끼는 최소한의 욕구 등을 생각해 보면 그것이 만사의 변명이 될 수는 없다 해도 어쨌든 그 피해자들인 그 사람들에게는 아무것도 나무랄 수가 없음을 알고 있었다.

그들은 속마음은 그렇지 않으면서 다만 그들이 서로에게 자신들이 빠져 있는 옹색하고 잔혹한 궁핍의 대표자들이기 때문에 서로를 아프게 하고 있는 것이었다. 그리고 어쨌든 그는 삼촌이 우선 할머니에 대하여, 다음으로는 자크의 어머니와 그 아이들에 대하여 품고 있는 거의 동물적인 애착을 조금도 의심할 수가 없었다. 그로서는 통 공장에 사고가 나던 날 그것을 확실히 느꼈다.[b] 실제로 그는 매주 목요일마다 통 공장에 가곤 했다. 숙제가 있으면 부랴부랴 해치워 버리

a 과연 노년이 다가오고 있었으니까 말이다 — 그 당시 자크는 어머니가 늙었다고 생각했는데 실제로 그녀는 지금의 그의 나이가 될까 말까 했었다. 그러나 젊음이란 무엇보다도 수많은 가능성들을 한데 모아 놓은 것인 데다가 또 인생을 풍부한 것으로만 여기고 있었던 그로서는……(빗금으로 지운 대목 — 프랑스어판 편집자주).

b 화내는 장면들 앞에, 아니 심지어는 에르네스트의 초상을 그리는 시작 부분에 통 공장 이야기를 갖다 놓을 것.

고 나서 옛날에 친구들과 놀려고 골목길로 달려 나갈 때처럼 신이 나서 공장으로 부리나케 달려가는 것이었다. 공장은 연병장 옆에 있었다. 그것은 폐물들과 낡은 쇠테, 광재, 꺼진 모닥불 따위가 어지럽게 널린 일종의 안마당 같은 곳이었다. 그 한쪽 면에는 규칙적으로 석재 기둥들을 세워 떠받쳐 놓은 일종의 벽돌 지붕이 만들어져 있었다. 대여섯 명의 공원들이 그 지붕 밑에서 작업을 했다. 원칙적으로 각자에게는 자기 자리, 즉 벽에 붙여서 만들어 놓은 작업대가 있었다. 작업대 앞에는 작은 술통 큰 술통들을 올려놓을 수 있는 빈 공간과 옆자리와 갈라놓는 등받이 없는 일종의 벤치 같은 것이 마련되어 있고 그 벤치 위에는 상당히 넓은 틈이 만들어져 있어서 거기에 술통의 바닥판을 끼워 넣고서 고기 다지는 기계[a]와 흡사하면서도 끝이 뾰족한 쪽이 양쪽 손잡이를 잡고 있는 사람을 향하도록 된 연장을 이용하여 손으로 그 나무판을 톺아 내게 되어 있었다. 실제에 있어서 이러한 작업장 배치 상태는 얼른 보아서는 뚜렷하게 눈에 들어오지 않았다. 물론 작업의 방식은 처음부터 정해져 있었지만 차츰 벤치들의 자리가 옮겨지고 작업대 사이에 쇠테들이 쌓이고 대못 통들이 이리저리 굴러다니다 보니 오랫동안 유심히 살펴보아야, 다시 말해서 이곳에 오랫동안 드나들어 보아야 비로소 각각의 공원들이 항상 일정한 구역 안에서만 움직이고 있다는 것을 알아차릴 수가 있는 것이었다. 삼촌의 도시락을 갖다 주러 공장에 미처 도착하기도 전에 자크는 통널들을 한데 모은 술통 둘레에 쇠테를 끼워 넣느라고 끌 위로 망치를 두드리는 소리를 알아들을 수가 있었다. 공원들이 끌의 한쪽 끝을 망치로 두드리는가 하면 쇠테의 주위를 따라 얼른 반대편 끝을

a 그 연장의 이름을 확인할 것.

돌려놓고 있었던 것이다. 그는 또 더 크고 더 간격이 뜬 소리가 들려오면 작업대의 바이스에다가 쇠테들을 끼워 놓고 끝을 구부리고 있다는 것을 짐작으로 알 수 있었다. 망치 소리가 요란하게 울리는 가운데 그가 작업장에 도착하면 모두들 즐거운 인사말을 건넸고 다시 망치들이 춤을 추기 시작했다. 여기저기를 기운 푸른색 작업복에 톱밥이 잔뜩 덮인 슬리퍼, 소매 없는 플란넬 저고리, 아름다운 머리털에 대팻밥과 먼지가 내려앉지 말라고 쓴 다 낡은 셰샤 모자 차림의 에르네스트는 그의 뺨에 뽀뽀를 해주고 나서 자기를 좀 도와 달라고 청했다. 때때로 자크는 넓은 쪽으로 고정시켜 주는 모루 위에다가 쇠테를 세운 채 붙잡아 주었고 그러는 동안에 삼촌은 양쪽 팔로 번갈아 망치를 내리쳐서 리벳을 둥글렸다. 자크의 양손 안에서 쇠테가 진동했고 망치로 내리칠 때마다 손바닥이 파이는 것만 같았다. 혹은 에르네스트가 벤치의 한쪽 끝에 말 타듯 양 다리를 벌리고 앉으면 자크는 마찬가지로 반대편 쪽 끝에 앉아서 두 사람을 갈라놓는 술통 바닥판을 꼭 붙잡았고 에르네스트는 그 끝을 톱았다. 그러나 그가 특히 좋아하는 것은 작은 통널들을 안마당 한가운데로 날라 와서 에르네스트가 중간에 쇠테를 끼워 고정시키면서 그 통널들을 대충 한데 모을 수 있도록 하는 일이었다. 양쪽 끝이 터진 술통의 한가운데다가 에르네스트가 대팻밥을 긁어모았고 거기에 불을 붙이는 일은 자크가 맡았다. 불은 나무보다 쇠를 팽창시키므로 그때를 이용하여 에르네스트가 연기 속에서 눈물을 흘리며 끌과 망치로 세게 두드려 쇠테를 더 깊숙이 밀어 넣었다. 쇠테가 완전히 들어가면 자크는 안마당 저 안쪽에 있는 펌프로 가서 커다란 나무 물통에 물을 가득 길어 왔고 사람들이 뒤로 물러서면 에르네스트가 술통에다 물을 세차게 끼얹었는데 이렇게 하면 쇠테가 식으면서 수축하여

김이 요란하게 솟아오르는 가운데 물에 젖어 눅눅해진 나무를 단단하게 물어 주는 것이었다.[a]

일꾼들은 하던 일을 중단하고 간단한 식사를 하기 위하여 겨울에는 대팻밥을 태우는 모닥불 가에, 여름에는 지붕 그늘에 모였다. 그중에 아랍인 잡역부 암데르는 엉덩이 부분이 주름져 늘어지고 가랑이는 종아리께에서 깡똥하게 잘린 아랍식 바지와 누더기가 다 된 메리야스 위에 낡은 저고리를 받쳐 입고 셰샤 모자를 쓰고 있었는데 자기도 에르네스트의 조수였을 때는 같은 일을 했다고 해서 이상한 억양이 섞인 말씨로 자크를 〈내 동료〉라고 불렀다. 주인 〔 〕[1] 씨는 실제로는 익명의 더 큰 통 공장에서 주문받은 것을 몇몇 조수들과 함께 만들어 납품하는 옛 통장이 출신이었다. 항상 슬픈 얼굴에다가 감기가 걸려 있는 이탈리아 노동자. 그리고 특히 쾌활한 다니엘은 언제나 자크를 자기 옆에 불러다 놓고 우스갯소리를 하거나 쓰다듬어 주었다. 자크는 거기서 빠져나와 톱밥이 뒤덮인 앞치마를 두르고 날씨가 더울 때는 맨발에 흙과 대팻밥투성이인 형편없는 가죽 끈 샌들을 신은 채 작업장 안을 이리저리 돌아다니면서 톱밥 냄새, 그보다 더 신선한 대팻밥 냄새를 기분 좋게 맡았고 불 가로 가서 거기서 나오는 달콤한 연기를 자근자근 씹듯이 음미하거나 혹은 물속에 박아 고정시킨 나무토막에다가 술통 바닥판 깎는 연장을 조심스럽게 시험해 보기도 했는데 그럴 때면 날렵한 손놀림을 과시하여 모든 공원들이 입을 모아 칭찬을 하는 것이었다.

그가 바보같이 바닥이 젖은 신발을 신고 벤치에 올라가 앉

a 술통을 끝낸다.

1 판독 불가능한 이름.

은 것은 바로 이런 휴식 시간 동안이었다. 그가 갑자기 앞으로 미끄러지면서 벤치가 뒤로 넘어졌다. 그가 온몸의 무게로 벤치 위로 쓰러지는 순간 그의 오른쪽 손이 벤치 밑에 치였다. 그는 곧 손에 저릿한 통증을 느꼈지만 달려오는 공원들 앞에서 웃으면서 벌떡 일어났다. 그러나 그 웃음이 채 사그라지기도 전에 에르네스트가 몸을 던지듯이 달려들어 그를 두 팔에 안더니 작업장 밖으로 튀어 나가 숨이 끊어질 듯 뛰면서 더듬더듬 소리쳤다. 「병원으로, 병원으로.」 그제야 그는 자신의 오른손 가운뎃손가락 끝이 더럽고 보기 흉한 굵은 반죽처럼 완전히 으깨져 있는 것을 알아보았다. 갑자기 심장이 멈추는 듯하면서 그는 기절해 버렸다. 5분 후에 그들은 자기네 집 맞은편에 있는 아랍인 병원에 와 있었다. 〈괜찮은 거죠, 의사 선생님. 괜찮은 거죠, 네?〉 하고 얼굴이 백지장처럼 하얘진 에르네스트가 말했다. 〈밖에 나가서 기다려요. 얘는 아주 의젓하게 참을 거예요〉 하고 의사가 말했다. 과연 의젓하게 참아야 할 일이 기다리고 있었다. 오늘날까지도 대강 꿰맨 자국이 남아 모양이 이상한 자크의 가운뎃손가락은 그것을 증언하고 있었다. 그러나 상처에 여러 바늘을 꿰맨 후 붕대를 감고 나서 의사는 강심제 한 잔을 마시게 하면서 그의 의젓한 참을성을 칭찬해 주었다. 그런데도 에르네스트는 여전히 그를 안아서 길을 건네주려고 했으며 집 안의 층계에서는 흐느끼면서, 아플 정도로 그를 꼭 껴안으며 뺨에 키스를 해대기 시작했다.

〈엄마, 누가 노크를 하는데요〉 하고 자크가 말했다.

〈에르네스트야. 문을 열어 줘라. 요즘은 강도들 때문에 문을 잠가 놓고 산단다〉 하고 그의 어머니가 말했다.

문간에서 자크를 보고는 에르네스트가 깜짝 놀라면서 영

어의 〈하우〉와 비슷한 소리를 내면서 고함을 치더니 허리를 쭉 펴면서 그를 껴안았다. 머리가 완전히 하얗게 되긴 했지만 그는 아직도 고르고 균형 잡힌 얼굴에 놀라울 정도의 젊음을 간직하고 있었다. 그러나 굽은 다리는 더욱 휘어져 있었고 등은 완전히 굽은 채로 에르네스트는 두 팔과 두 다리를 벌리고 걸었다. 〈잘 지내요?〉 하고 자크가 그에게 말했다. 그래 자크는? 네, 별일 없어요. 건장하구나. (카트린을 손가락으로 가리키며) 얘가 와서 좋겠네. 할머니가 죽고 아이들이 떠난 뒤로 동생과 누이는 같이 살고 있었는데 어느 한쪽이 없으면 잠시도 살 수가 없었다. 그는 누군가가 돌봐주지 않으면 안 될 처지였으니 그런 면에서 누이는 그에게 식사며 빨래를 해주고 필요할 때는 병간호도 하는 아내나 마찬가지였다. 그녀는 아이들이 생활비를 대주므로 돈이 아니라 옆에 있어 줄 사람이 필요했다. 그래서 함께 살아온 여러 해 동안 에르네스트가 나름대로 보살펴 주었다. 그렇다, 그들은 살이 아니라 피를 나눈 남편과 아내로서, 둘 다 불구로 인하여 사는 것이 그토록 힘들어진 가운데 서로 도우면서, 비록 짧은 토막말이나 간간이 던지며 무언의 대화를 이어 가는 것이 고작이지만 정상적인 부부들보다도 서로의 마음속을 더 잘 읽으면서 한데 뭉쳐서 살아왔다. 〈그래, 그래. 언제나 엄마는 자크, 자크 한단다〉 하고 에르네스트가 말했다. 〈그러니까 여기 있잖아요〉 하고 자크가 말했다. 그렇다, 과연 그는 여기 와 있었다. 옛날처럼 그들 가운데 와 있었다. 그들에게 말은 한마디도 하지 못하고 있지만 적어도 그들만은 변함없이 소중하게 여기며, 이 세상의 사랑받을 자격이 있는 수많은 사람들을 제대로 사랑하지 못하고 말았던 그에게 사랑하는 것을 허락해 주니 더욱 사랑이 깊어짐을 느끼며 거기 있었다.

「다니엘은요?」
「잘 있어, 나처럼 늙었지. 형 피에로는 감옥에 가고.」
「왜요?」
「노동조합 때문이라대. 내 생각엔 그가 아랍인들과 한패 같아.」
그리고 갑자기 불안한 표정이 되면서 말했다.
「그런데 강도들, 그거 잘하는 거야?」
「아니오. 다른 아랍인들은 좋지만, 강도들은 안 돼요.」
「그래, 나도 너의 어머니한테 그랬지만 사장들이 너무 심해. 너무 했지. 그렇지만 강도질은 안 돼.」
「그럼요. 그렇지만 피에로를 위해서 어떻게 손을 좀 써야죠.」
「알았어, 다니엘한테 말하지.」
「그리고 도나는요?」(가스 회사에 다니는 권투 선수 말이었다.)
「죽었어. 암이야. 모두 다 늙었어.」
그렇다, 도나는 죽었다. 그의 어머니의 언니인 마르그리트 이모도 죽었다. 일요일 오후면 할머니가 그 집으로 그를 데리고 가곤 했는데 끔찍하게도 따분했었다. 다만 마차꾼인 이모부만은 예외여서, 그 역시 방수포를 씌운 탁자 위에 시커먼 커피 사발들을 올려놓고 컴컴한 부엌에 둘러앉아 대화를 늘어놓는 것이 너무나 따분해진 나머지 그를 가까운 마구간으로 데리고 가곤 했다. 밖에서는 하오의 태양이 거리를 뜨겁게 달구고 있는데도 어둑어둑한 그곳에서는 말 털과 짚과 말똥 냄새가 났고 고삐의 쇠사슬이 나무로 된 사료 통을 긁는 소리가 들리면서 말들이 속눈썹 긴 눈을 그들 쪽으로 돌리는 것이었다. 그러면 키가 크고 야위고 긴 콧수염을 길렀으며 그 자신에게서도 밀짚 냄새가 나는 미셸 이모부가 그를 번쩍 들어서 말 잔등에 올려놓았다. 말은 태연하게 먹이통 속에 머리를 처박은 채 또다시 귀리를 씹고 있었고 그동안 아이는 이모부가 그에게 갖다 준 몇 개의 카룹을 달게 씹고 빨면서 그의 머릿속에서는 언제나 말과 관계되어 생각나는 그 이모부에 대하여 정다움이 가슴속으로 차오르는 것을 느꼈다. 부활절 월요일 시디페뤼크 숲으로 온 가족이 다 같이 무나 파티를 하러 간 것도 그와 함께였다. 미셸은 당시 그들이 살고 있는 동네와 알제 시내 중심가 사이를 오가는 승합 마차 한 대를 빌렸다. 등받이가 서로 맞닿는 좌석들을 만들고 산울타리를 친 일종의 커다란 우리 같은 것에다가 말들을 맨 것으로 미셸은 자기 마구간에서 골라 온 놈을 그 선두에 세웠다. 그리고 무나라고 부르는 조잡한 브리오슈 빵과 오레이에트라는 가볍고 바삭바삭한 과자를 커다란 빨래 바구니들에 가득 담아서 그 승합 마차에 실었다. 나들이를 떠나기 전 이틀 동안 마르그리트 이모 집에서 집안의 모든 여자들이 다 모여서 그것들을 만들었다. 우선 밀가루로 뒤덮인 식탁의 방수포 위에다가 밀가루 반죽을 펴 놓고 롤러로 밀어 식탁보 전체를 덮을 만큼 넓게 늘린 다음 회양목 룰렛으로 과자 모양을 뜨고 아이들이 그것들을 조리 접시에 담아 오면 부글부글 끓는 커다란 기름 냄비 속에 던져 넣었다가 건져서 큰 빨래 바구니에다가 조심스럽게 늘어놓는 것이었다. 그래서 그 바구니들에서는 그윽한 바닐라 냄새가 솟아올라 시디페뤼크까지 가는 동안 줄곧 바다로부터 해안 도로에까지 올라오는 물보라 냄새와 뒤섞인 채 그들을 따라왔고 네 필의 말들이 그 냄새를 삼켜 대는 가운데 미셸[a]은 그 위에 올라앉아 날리던 채찍을 이따끔씩 가까이 있는 자크에게 건네주곤 했는데

a 오를레앙빌의 지진 동안에 미셸을 복귀시킬 것.

자크는 바로 눈 밑에서 네 개의 커다란 엉덩이가 요란한 방울 소리를 내면서 좌우로 흔들거리거나 꼬리가 위로 쳐들리면서 양쪽으로 쩍 갈라지는 모습을 황홀하게 바라보고만 있었다. 그는 말이 머리를 아래위로 흔들 때면 발굽 쇠에 불꽃이 번쩍 일고 방울이 요란한 소리를 내는 한편 보기 좋게 생긴 말똥이 엉덩이에서 만들어져 땅바닥으로 떨어지는 것을 보았다. 숲속에서 다른 사람들이 나무들 사이에 빨래 바구니들과 마른 행주 따위를 벌여 놓는 동안 자크는 미셸을 도와 말들을 짚단으로 비벼 주고 나서 헝겊으로 된 여물통을 목에 매달아 주었는데 말들은 그 속에서 열심히 턱을 놀려 씹어 먹으면서 그 친근한 큰 눈을 감았다 떴다 하거나 못 견디겠다는 듯 한쪽 발로 파리를 쫓았다. 숲에는 사람들이 가득했다. 내남없이 먹어 댔고 여기저기에서 아코디언이나 기타 소리에 맞추어 춤을 추었다. 바로 옆에서는 바다가 으르렁거렸다. 수영을 할 수 있을 만큼 충분히 더운 적은 한번도 없었지만 맨발로 첫 번째 파도를 밟고 다니기에는 충분할 만큼 따뜻했다. 한편 다른 사람들은 낮잠을 자고 햇빛이 어느샌가 부드러워지면서 하늘이 더욱더 넓어졌는데 그 너무나도 넓어진 하늘 때문에 아이는 가슴속에서 눈물과 동시에 그 멋진 삶에 대한 기쁨과 감사의 커다란 외침이 솟구쳐 오르는 것을 느끼는 것이었다. 그러나 마르그리트 이모는 죽고 없었다. 그렇게도 아름답고 언제나 옷 잘 입던 이모가. 너무 예쁘게 차려입는다고 사람들은 말했었다. 그러길 잘했지. 왜냐하면 당뇨병으로 의자에 앉아 꼼짝도 못한 채 버려진 아파트 안에서 몸이 퉁퉁 붓기 시작하여 너무나 비대하고 부풀어 오른 나머지 숨도 제대로 못 쉬게 되고 보기에 무서울 정도로 추악한 모습으로 딸들과 아들의 시중을 받고 있었는데 구두장이인 절름발이 아들은 이러다가 어머니의 숨이 멎어 버리는 것이 아닌가 하고 가슴을 졸이면서 지켜보고 있었으니 말이다.[ab] 그 여자는 인슐린 주사를 너무 맞아서 더욱 뚱뚱해졌고 아닌 게 아니라 결국은 숨을 쉴 수 없게 되고 말았다.[c] 할머니의 여동생이며 일요일 오후의 음악 연주에 참가하곤 했던 잔 아주머니도 죽었다. 그는 하얗게 회칠을 한 그의 농가에서 전쟁미망인이 된 세 딸들에 둘러싸인 채 언제나 오래전에 죽은 남편 얘기를 하면서 오래 버티었다.[d] 그의 남편인 조제프 아저씨는 언제나 마온 사람들 애기밖에 하지 않았는데, 진정한 농부 족장답게 모방할 수 없을 만큼 고상한 표정과 더불어 불그레한 아름다운 얼굴 위의 허연 머리칼과 심지어 식탁에서까지도 쓰고 있던 그 챙 넓은 펠트 모자 때문에 자크는 늘 그를 우러러보았었다. 그렇지만 그에게도 식사 도중에 가볍게 엉덩이를 들썩하면서 상당히 소리가 큰 실례를 방출하는 수가 있었는데, 그럴 때면 그는 자기 아내의 담담한 나무람에 직면하여 정중하게 사과를 하는 것이었다. 그리고 할머니네 이웃인 마송 집안사람들도 다 죽었다. 우선 노파가 먼저 가고 다음에 큰 누나인 키 큰 알렉상드라가, 그리고 귀가 불쑥 나오고 곡예사로 알카자르 영화관에서 아침나절에 노래를 부르던 형 〔 〕[1]이 죽었다. 모두, 그렇다, 그의 형 앙리가 치근거렸던, 아니 치근거리는 정도가 아니었던 가장 나이 어린 처녀 마르트까지도 죽었다.

이제 아무도 그들에 대하여 이야기하지 않았다. 어머니도

a 제2부 제6장.

b 그리고 프랑시스도 죽었다(마지막 주들을 참조할 것).

c 드니즈는 열여덟 살에 집안 식구들을 떠나서 방종한 생활을 하다 — 스물한 살에 부자가 되어 돌아오고 지니고 있던 패물을 팔아 그의 아버지의 마구간 전체를 새로 단장하나 — 전염병으로 죽는다.

d 딸들은?

1 판독 불가능한 이름.

삼촌도 더 이상 죽고 없는 친척들에 대한 이야기는 하지 않았다. 그가 자취를 찾아갔던 아버지에 대해서도 또 다른 사람들에 대해서도. 그들은 이제 더 이상 가난에 쪼들리지 않았지만 습관이 들어서, 그리고 또 삶의 고통을 견디어 온 사람들 특유의 불신 때문에 여전히 궁핍을 먹고 살았다. 그들은 동물적으로 삶을 사랑하고 있었지만, 삶이란 또한 그 뱃속에 가지고 있는 줄도 몰랐던 불행을 규칙적으로 낳아 놓곤 한다는 것도 경험으로 알고 있었다.[a] 그런데다가 지금 그의 주위에 말없이, 추억마저 비우고 오직 몇 가지 알 수 없는 영상들에만 충실한 채 허리가 굽어져 가지고 앉아 있는 그들 두 사람은 이제 다 같이 죽음의 바싹 가까이에서, 다시 말해서 항상 현재 속에서 살고 있었다. 그는 결코 그들의 입을 통해서 그의 아버지가 어떤 사람이었는지를 알게 되지는 못할 것이었다. 그리고 오로지 그들이 자신들의 존재 그 자체만에 의하여, 가난하지만 행복했던 한 어린 시절로부터 온 신선한 샘물을 그의 내면에 다시 솟아나게 해준다 해도 그의 내면에서 샘솟아 나오는 그토록 풍부한 추억들이 과연 진정으로 그의 어린 시절에 충실한 것인지는 확신할 수가 없었다. 반대로 그는 저 두세 가지의 유별난 이미지들만으로 만족해야 한다는 것을 확신할 수 있었다. 그 이미지들이야말로 그를 그들과 하나가 되게 하고 그들과 융합시키고 그가 그토록 여러 해 동안 되고자 노력했던 것을 지워 버리고서 마침내 그를, 그토록 여러 해 동안 그의 가족들을 통하여 소멸하지 않은 채 부지해 왔고 그의 진정한 고귀함이 되어 주고 있는 그 무명의 맹목적인 존재로 되돌아가게 해주는 것이었다.

가령 몹시 더웠던 그 저녁들의 이미지가 그렇다. 그때는

a 그렇다면 그들은 괴물들인가? (아니다 괴물은 그였다.)

저녁을 먹고 나서 집안 식구들이 모두 대문 앞 포도 위에 의자들을 내려다 놓았고 먼지로 뒤덮인 무화과나무들에서 덥고 먼지 자욱한 공기가 내려오는 가운데 동네 사람들이 앞으로 지나갔다 지나왔다 했고, 자크는[a] 어머니의 깡마른 어깨에 머리를 기대고서 의자를 약간 뒤로 기울인 채 나뭇가지 사이로 여름 하늘의 별들을 바라보고 있었다. 또 어느 성탄절 저녁의 이미지도 있다. 그날 밤 자정이 넘어서 그들은 에르네스트만 빠진 채 마르그리트 이모 집에서 돌아오다가 집 대문에서 가까운 식당 앞에 한 남자가 쓰러져 있고 그 주위에서는 또 다른 한 남자가 춤을 추고 있는 것을 보았다. 술에 취한 그 두 남자는 술을 더 마시겠다고 우겨 댔었다. 금발의 허약한 젊은이인 식당 주인은 좋은 말로 거절하고 그들을 내보냈다. 그들은 임신 중인 여주인을 발로 찼다. 그래서 주인이 총을 쐈다. 총알이 남자의 오른쪽 관자놀이에 가 박혔다. 이제 그는 상처 입은 쪽으로 머리를 땅에 붙이고 쓰러져 있었다. 알코올과 두려움에 취한 또 한 사람은 그의 주위에서 춤을 추고 있었고 식당 문을 닫는 동안 경찰이 도착하기 전에 사람들은 모두 도망을 쳐버렸다. 그리하여 그들 식구들이 서로 몸을 꼭 붙이고 서 있었던 동네의 그 후미진 구석에서 어린아이를 품에 꼭 껴안고 있는 두 여자, 금방 내린 비로 번들거리는 포도 위로 떨어지는 드문 불빛, 젖은 길 위에서 자동차가 길게 미끄러지는 소리, 전혀 딴 세상인 이 같은 장면에는 관심도 없이 그저 유쾌하기만 한 승객들을 가득 싣고서 불을 환하게 켠 채 가끔씩 시끄럽게 도착하는 전차, 이런 것들이 자크의 공포에 질린 가슴속에다 다른 모든 것들은 다 사라졌어도 지금껏 없어지지 않고 남아 있는 하나의 이미지

a 보잘것없지만 밤의 아름다움을 자랑으로 여기는 왕자.

를 새겨 놓은 것이다. 즉, 하루 종일토록 순진무구함과 탐욕 속에서 거침없이 뛰어다녔던 그 동네, 그러나 날이 저물어 길거리에 어둠이 깃들기 시작할 때면, 나직한 발소리와 어렴풋한 목소리를 내면서 어떤 이름 모를 그림자가 하나 피에 젖은 영광인 양 약방집 전등의 붉은 불빛에 젖은 채 불쑥 나타날 때면, 그리하여 갑자기 겁이 난 아이가 식구들이 있는 곳을 찾아 가난한 자기 집을 향하여 달려갈 때면, 돌연 신비하고도 불길해지던 동네의 감미롭고도 좀처럼 지워지지 않는 그 이미지를 말이다.

중복된 6. 학교[1]

[a]그 사람은 그의 아버지와 알고 지낸 적이 없었지만 다소 신화적인 형태로 아버지 이야기를 자주 했고 어느 경우에든 적절한 순간에는 그 아버지 노릇을 대신 해주었다. 그렇기 때문에 자크는 그를 결코 잊지 못했다. 얼굴도 본 적이 없는 아버지인지라 그의 무게를 실감해 본 적이 없으면서도 마치 우선은 어렸을 적에, 그 뒤에는 살아오는 동안 줄곧, 자신의 어린 시절 속에 개입했을 아버지의 신중하면서도 결정적인 단 한 가지 행동을 무의식적으로 알아차리기라도 했다는 듯이 말이다. 왜냐하면 초등 교육 수료반 때 그의 담임선생님이었던 베르나르 씨는 어느 한순간 그 아이의 운명을 바꾸어 놓기 위하여 그의 인간적 무게를 송두리째 실어서 힘을 썼고 또 실제로 그 운명을 바꾸어 놓았기 때문이다.

지금 베르나르 씨는 여기 자크 앞에 있었다. 카스바 구역의 거의 발밑에 있는 로비고 모퉁이 동네에 위치한 그의 조

1 부록 1 293~294면, 저자가 육필 원고의 68과 69면 사이에 끼워 놓은 낱장 II를 참조할 것.

a 6장과의 연결 부분?

그마한 아파트 안이었다. 그 동네는 도시와 바다가 다 내려다보이며 모든 인종과 모든 종교의 소상인들이 모여 살고 있는 거리로 집집마다 양념 냄새와 가난의 냄새가 자욱했다. 그는 늙어서 머리숱이 적어졌으며 지금은 유리처럼 변한 뺨과 손의 세포 조직 뒤에서 검버섯이 핀 모습으로 거기에 앉아 있었다. 몸도 전보다 더 굼뜨게 움직이는 형편이라 카나리아가 한 마리 짹짹거리고 있는 시장통으로 면한 창문 곁 등나무 의자에 가서 앉아야 비로소 편안해 하는 눈치였다. 나이 때문에 마음이 약해진 탓인지 이젠 속에 품은 감정을 내색하기도 했는데 전 같았으면 어림도 없는 일이었다. 그러나 아직도 몸은 꼿꼿했고 목소리는 힘차고 단호하여 마치 교실 앞쪽에 버티고 서서 〈두 사람씩 줄 맞추어라, 두 사람씩. 다섯이 아니라 둘씩이라니까!〉 하고 호령하던 때와 마찬가지였다. 그 명령이 떨어지면 혼잡이 가라앉으면서 베르나르 선생님을 무서워하면서도 동시에 존경하는 학생들은 교실 밖 벽을 따라 2층 복도에 정렬하기 시작했고 마침내 줄을 맞추어 부동자세를 취한 학생들이 모두 조용해지면 〈자 이제 들어가라, 이 오합지졸들아〉 하는 한마디가 동작이나 훨씬 더 은근한 활기의 신호가 되어 그들을 풀어놓아 주는 것이었다. 그러면 단단한 체격에 옷차림은 우아하고, 약간 빠졌지만 반드럽게 빗어 넘긴 머리칼 밑으로 얼굴 윤곽이 굳세고 고르며 콜로뉴 화장수 냄새가 그윽하게 풍기는 베르나르 선생님은 유쾌하고도 엄격한 표정으로 학생들을 보살피는 것이었다.

학교는 이 오래된 동네의 비교적 새로운 구역, 70년 프로이센-프랑스 전쟁 직후에 지은 2~3층 건물들과 더 근래에 들어서기 시작하여 마침내 자크네 집이 있는 동네의 간선 도로와 석탄을 하역하는 부두가 있는 알제의 내항(內港)을 서로 이어 놓게 된 창고들 가운데 있었다. 그래서 자크는 하루에 두 번씩 이 학교에 갔다. 네 살 때 처음으로 이 학교의 유치원부에 다니기 시작했는데 그때의 기억이라곤 아무것도 없고 생각나는 것은 다만 지붕 덮인 안마당 저 안쪽에 있는 어두운 색깔의 돌로 된 세면대에서 어느 날 머리를 거꾸로 처박고 넘어졌다가 선생님들이 대경실색하여 달려오는 가운데 눈두덩이 찢어져 피를 흘리면서 일어났던 일뿐이었다. 그는 그때 처음 바늘로 꿰매는 경험을 했는데 솔직히 말해서 실을 뽑는 즉시 다른 쪽 눈두덩을 또다시 꿰매지 않으면 안 되었다. 그의 형이 그에게 눈을 다 덮는 중절모자와 걸음걸이를 불편하게 하는 낡은 외투를 입힐 생각을 해낸 결과 그가 타일 바닥의 떨어져 나간 석재에 머리를 박고 또다시 피를 흘렸기 때문이었다. 그래도 그는 벌써 그보다 한 살이나 그 이상으로 나이가 많은 피에르와 함께 유치원에 다니고 있었다. 피에르는 그 역시 전쟁미망인으로 우체국에 다니는 어머니와 철도에서 일하는 두 삼촌과 함께 가까운 거리에 살았다. 두 집안은 막연하게 친한 편이어서 이 동네 사람들끼리 대게 그러했듯이 서로 내왕하는 일은 거의 없지만 서로를 존중하고 있었으며, 서로 돕겠다는 마음은 있으면서도 거의 그럴 기회가 없는 그런 사이였다. 그래서 바지 입은 사내 구실도 알고 형으로서의 의무를 자각한 피에르에게 아직도 어린애 옷차림인 자크를 맡겨서 함께 유치원에 다니기 시작한 첫날 이래 아이들만 진짜 친구가 되었다. 그 후 그들은 자크가 아홉 살에 들어간 초등교육 수료반까지 일련의 클래스들을 함께 이수했다. 5년 동안 줄곧 그들은 같은 코스를 네 번 같이 다녔다. 하나는 금발이고 다른 하나는 갈색 머리, 하나는 느긋한 성격이고 다른 하나는 팔팔한 성격이지만 출신이나 운명은 형제요, 둘 다 모범생이고 똑같이 지칠 줄 모르는 운동 선수였다. 자크가 어떤 과목에서는 더 우수했지만 처신이나 덤벙거리는 성격, 그리고 온갖 멍청한 짓의 원인이 되는 자기 과시욕이 탈인지라 결국은 더 생각이 깊고 은근한 피에르가 늘 판정승이었다. 그 결과 그들은 번갈아 가며 반에서 1등을 했지만 집안 식구들과는 반대로 그걸 자랑으로 여기며 즐거워한다는 것은 생각조차 해본 일이 없었다. 그들의 즐거움은 딴 데 있었다. 아침이면 자크는 집 아래서 피에르를 기다렸다. 그들은 청소부들, 더 정확히 말해서 늙은 아랍인이 무릎에 상처 난 말을 매어 가지고 몰고 다니는 수레가 지나가기 전에 출발했다. 포도는 지난밤의 습기로 축축이 젖어 있었고 바다에서 불어오는 바람에서 소금 맛이 났다. 시장으로 통하는 피에르네 거리엔 쓰레기통이 잔뜩 늘어서 있었다. 가난하고 맵짠 그 동네 가정에서 버려도 좋다고 여길 만큼 하찮은 것들 속에서 그래도 아직 더 건질 만한 걸 찾아보겠다고 허기진 아랍인들이나 무어인들, 때로는 늙은 스페인 거지들이 새벽에 갈고리로 들쑤셔 놓은 쓰레기통들이었다. 그 쓰레기통들의 뚜껑은 대개 젖혀져 있으므로 아침 그 시간쯤에는 동네의 맹렬하고 비쩍 마른 고양이들이 잠시 전 거지들의 자리를 차지하고 있었다. 그래서 두 아이의 목표는 쓰레기통 뒤로 살금살금 다가가서 통 속으로 들어가 있는 고양이 머리 위로 갑자기 뚜껑을 쾅 닫아 버리는 일이었다. 이러한 묘기는 쉬운 것이 아니었다. 가난한 동네에서 태어나 자란 고양이들이라 자신들의 생존권을 보호하는 데 이골이 난 짐승 특유의 경계심과 기민함을 갖추고 있기 때문이었다. 그러나 때때로 매우 식욕을 돋우지만 오물 더미 속에서 끄집어내기 힘든 어떤 진귀한 물건에 정신이 팔린 나머지 어떤 고양이 한 마리가 불시에 걸려드는 경우가 있었다. 뚜껑이 쾅 하고 닫혀 버리고 나면 고양이는 겁에 질려 소리를 내지르면서 등과 발톱을 미친 듯이 놀린 끝에 그 양철 감옥의 지붕을 쳐들어 올리고 겁에 질려 털을 곤두세운 채 몸을 빼내 마치 꽁무니에 개 떼들이 쫓아오기라도 하는 듯이 달아나는 것이었고, 자신들의 잔혹성을 별로 의식하지 못하는 이 학대꾼들은 낄낄대고 웃음을 터뜨렸다.[a]

솔직히 말해서 이 학대꾼들에는 모순된 면이 없지 않았다. 왜냐하면 그들은 동네 아이들이 갈루파[1](스페인 말로는……)라는 별명을 붙인 개잡이꾼들에게도 마찬가지의 혐오감을 가지고 못살게 굴었으니까 말이다. 시청 직원인 이 사람 역시 대충 같은 시각에 활동했지만 필요한 경우에는 오후 순회도 했다. 그는 유럽식 복장을 한 아랍인으로 보통은 말 두 필이 끌고 무표정한 늙은 아랍인이 모는 이상한 마차 뒤쪽에 올라타고 있었다. 마차의 몸체는 일종의 육면체꼴의 나무통이고 그 양쪽에 길이로 단단한 철책을 친 칸막이 우리들이 두 줄로 만들어져 있었다. 그 칸막이 우리는 모두 열두 개였는데 그 하나하나 속에 개가 한 마리씩 들어가면 철책과 우리의 안쪽 벽 사이에 끼여서 꼼짝 못하도록 되어 있었다. 마차 뒤쪽의 작은 발판 위에 올라서 있는 개잡이꾼은 칸막이 우리들의 지붕 높이 정도에 코가 닿는 위치여서 자신의 사냥터를 감시할 수가 있었다. 학교에 가는 아이들, 요란한 꽃무늬가 찍힌 면 플란넬 가운 차림으로 빵이나 우유를 가지러 가는 주부들, 조그만 상품 진열대를 접어서 어깨에 메고 다른 한 손에는 팔 물건들이 담긴 큰 밀짚 광주리를 들고 시장으로 장사하러 나가는 아랍 상인들로 붐비기 시작하는 축축한 길들을 누비며 마차는 천천히 동네를 돌아다녔다. 그러다가 갑자기 개잡이꾼이 신호를 하면 늙은 아랍인이 고삐를 뒤로 잡아당기면서

a 이국 정서를 지닌 완두콩 수프.

1 이 말의 기원은 이런 일을 처음으로 하기 시작했고 실제로 이름이 갈루파였던 사람에게서 온 것이었다.

마차가 멈췄다. 겁에 질린 시선으로 끊임없이 뒤쪽을 흘끔거리면서 어떤 쓰레기통을 미친 듯이 뒤지거나 아니면 잘 얻어먹지 못한 개들 특유의 바쁘고 불안한 표정으로 벽에 붙어서 다급하게 뛰어가는 그 비참한 사냥감이 개잡이꾼의 눈에 띈 것이다. 그럴 때면 갈루파는 끝부분에 달린 쇠사슬이 손잡이를 따라 둥근 고리를 통하여 미끄러지게 된 소 힘줄 채찍을 마차 꼭대기에서 집어 들었다. 그는 유연하고 신속하면서도 소리 내지 않는 전문 사냥꾼의 걸음으로 짐승을 향하여 나아가 옆으로 바싹 다가서는 것이었는데, 제대로 된 집안에서 양육하는 개의 표시인 목걸이를 달지 않고 있는 것이 확인되면 갑작스럽고 놀라울 정도로 민첩하게 개한테로 달려들어 철사와 가죽의 올가미로 작동하는 그의 병기를 목에다 걸어 매는 것이었다. 짐승은 대번에 목이 졸려 미친 듯이 버둥거리면서 분명치 않은 신음소리를 내질렀다. 그러나 사내는 재빨리 〔개를〕 마차까지 끌고 와서 철책 문을 열고는 점점 더 세게 목을 죄면서 들어 올려 우리 속에 처넣은 다음 철책 사이로 올가미의 손잡이를 다시 빼냈다. 개를 일단 사로잡아 놓고 나면 그는 사슬을 좀 더 여유 있게 늦추어 이제는 갇힌 상태가 된 개의 목을 풀어 주었다. 적어도 개가 동네 아이들의 보호를 받지 못할 때는 일이 이런 식으로 이루어졌다. 모든 아이들이 다 갈루파에 맞서서 동맹을 했으니 말이다. 그들은 이렇게 붙잡은 개들이 시의 개 수용소로 끌려가서 사흘 동안 갇혀 있다가 그동안 아무도 찾으러 오는 이가 없으면 죽음을 당한다는 것을 알고 있었다. 비록 그러한 사실을 모른다 하더라도, 겁에 질려 철책 안에 갇힌 온갖 종류의 크고 작은 불쌍한 짐승들을 실은 채 마차 뒤로 신음소리와 죽도록 짖어 대는 소리를 흘리며 성공적인 순찰을 마치고 돌아가는 그 죽음의 수레의 딱한 광경은 그 아이들의 마음속에 분노를 자아내기에 충분했다. 그래서 칸막이를 한 마차가 동네에 나타나기만 하면 어린아이들은 서로서로에게 위험을 알렸다. 그들은 자신들도 동네의 골목골목에 퍼져서 개들을 찾아 나섰다. 그러나 이번에는 그 무시무시한 올가미에서 멀리 떨어진 시내의 다른 구역으로 개들을 쫓아 버리기 위해서였다. 피에르와 자크가 여러 번 당했던 것처럼 만약에 그런 예비 조치들을 취했는데도 불구하고 개잡이꾼이 그들의 눈앞에서 돌아다니는 개를 발견할 경우 전략은 항상 동일했다. 즉, 자크와 피에르는 사냥꾼이 사냥감에 충분히 접근하기 전에 〈갈루파, 갈루파〉 하고 고함을 치기 시작했는데 그 소리가 어찌나 날카롭고 끔찍했는지 개는 전속력으로 달아나서 순식간에 잡을 수 없는 곳으로 벗어나는 것이었다. 그 순간 두 아이들 자신은 단거리 경주 실력을 보여 주지 않으면 안 되었다. 개를 한 마리 더 잡을 때마다 장려금을 받는 그 딱한 갈루파가 미칠 듯이 화가 나서 소 힘줄 채찍을 휘두르면서 그들을 쫓아오기 때문이었다. 어른들은 갈루파를 방해하거나 그를 이예 불러 세워 놓고 개들을 잘 돌봐 달라고 부탁함으로써 아이들의 도망을 도왔다. 동네의 노동자들은 모두가 사냥꾼들이어서 대개는 개를 좋아하는지라 그같이 해괴한 업자를 결코 좋게 생각할 수 없었다. 에르네스트 삼촌 말마따나 〈게으름뱅이 녀석!〉이었던 것이다. 이 모든 소란이 벌어지고 있는 동안 마차 저 위에서 말들을 몰던 늙은 아랍인은 말없이 무표정하게 내려다보고만 있었고 말이 길어지면 태연히 담배를 한 대 말았다. 고양이를 잡았건 개를 살려 주었건, 그러고 나면 아이들은 겨울엔 짧은 외투를 바람에 날리며, 여름엔 가죽 끈으로 엮은 샌들(므바스라 부르는) 소리를 요란하게 내며 학교와 공부를 향하여 서둘러 갔다. 시장을 건너질러 가다가 과일 진열대로 눈길을 주면 그들로서는 기껏해야 가장 싼 것을, 그것도 아주 조금 맛볼 수 있을 뿐인 서양모과, 오렌지, 귤, 살구, 복숭아, 귤[1] 등이 계절에 따라 산처럼 쌓여 있었다. 책가방도 벗지 않은 채 물줄기로 반들반들해진 큰 분수대 위에서 등 짚고 뛰어넘기 놀이를 서너 판 하고 티에 대로의 창고들을 따라 달려가다가 껍질을 원료로 리큐어를 만들기 위하여 오렌지를 벗기는 공장에서 오렌지 냄새가 확 끼쳐 오는 것을 온 얼굴에 그대로 다 받고 나서 정원과 빌라들이 늘어선 골목길을 올라가다가 마침내 아이들 무리가 와글와글 떠들어 대면서 문이 열리기를 기다리고 있는 오므라 거리에 이르렀다.

그다음은 수업이었다. 베르나르 선생님이 맡고 있는 그 수업은 자신의 직업을 열정적으로 좋아한다는 단순한 이유 때문에 언제나 흥미진진했다. 밖에는 태양이 엷은 황갈색의 벽을 아우성치듯 때리고 교실 안은 노란색과 흰색의 굵은 줄무늬 블라인드의 그늘 속에 잠겨 있는데도 불꽃이 튈 듯이 뜨거웠다. 또 알제리에서 종종 볼 수 있듯이 비가 끝도 없이 내려서 길거리가 어둡고 습기 찬 우물 속같이 변해 버릴 수도 있었다. 그래도 교실 안에서 딴 데 정신을 파는 사람은 거의 없었다. 오직 소나기 철에 파리들만이 때때로 아이들의 정신을 딴 데로 돌려놓곤 했다. 일단 붙잡혀서 잉크병 속으로 착륙하게 되면 파리들은 책상 한구석에 뚫은 구멍의 작은 원뿔형 사기 잉크병 속에 가득 찬 보랏빛 진창 속으로 빠져서 보기 흉한 최후를 맞게 되어 있었다. 그러나 베르나르 선생의 교육 방법은 품행의 면에서는 한 치의 양보도 할 줄 모르지만 반대로 수업만은 생생하고 흥미진진하게 진행되는 것이었으므로 파리들까지도 충분히 제압할 수 있었다. 그는 항상 적절한 순간에 보물이 가득 든 그의 장 안에서 수집 광석들,

1 원문 그대로임.

식물 표본, 나비들, 그리고 표본으로 만든 곤충 등 학생들의 산만해지려는 주의력을 환기시킬 만한 것들을 꺼내 놓을 줄 알았다. 그는 학교에서 유일하게 환등기를 갖추고서 박물학이나 지리에 관한 슬라이드들을 비춰 주었다. 산수 과목의 경우 그는 암산 콩쿠르를 통해서 학생들의 두뇌가 빨리 회전하도록 훈련을 시켰다. 그는 교실에서 모든 학생들이 팔짱을 끼고 앉도록 하고서는 나누기, 곱하기 아니면 가끔씩 좀 복잡한 더하기 문제를 냈다. 1267 더하기 691은 얼마지? 가장 먼저 정답을 말하는 사람은 월말 성적에 점수를 가산받았다. 그 외에는 능숙하고 정확하게 교과서를 활용했다. 교과서들은 언제나 프랑스 본토에서 사용하는 것들이었다. 그리하여 보고 아는 것이라고는 지중해 지역의 동남풍인 시로코 바람과 먼지, 굉장하지만 금방 뚝 그치는 소나기, 해변의 모래와 햇빛을 받아 불타오르는 듯한 바다뿐인 그 아이들은 보닛 모자와 양모 목도리를 두르고 나막신을 신은 채, 굴뚝에서 연기가 피어오르는 것을 보고 완두콩 수프가 화덕에서 끓고 있음을 알 수 있는 집의 눈 덮인 지붕이 보일 때까지 살을 에는 듯한 추위 속에서 아이들이 눈 덮인 길 위로 나뭇단을 끌고 돌아가는, 그들에겐 신화(神話)와도 같은 이야기들을 교과서에서 읽고 있었다. 자크에게 그런 이야기들은 바로 이국 풍정(風情) 그 자체였다. 그는 그것들을 꿈꾸었고 작문을 할 때는 자기가 한번도 본 일이 없는 세계의 묘사를 잔뜩 늘어놓았으며 끊임없이 할머니에게 20년 전 알제 지방에 딱 한 시간 동안 내린 적이 있다는 눈에 대해서 질문을 퍼부었다. 그에게 있어서 이런 이야기들은 강력한 학교 정서의 일부를 이루는 것이었는데 거기에 자양분을 공급하는 것은 또한 자〔尺〕와 필통의 니스 냄새, 힘겹게 공부를 하면서 그가 오랫동안 자근자근 씹곤 했던 가방 멜빵의 들큰한 맛, 특히 뚜껑에 유리 튜브가 박혀 있는 색이 진한 큰 병으로 아이들의 잉크병에다 잉크를 채우는 당번이 될 때면 자크는 튜브의 구멍에 대고 흐뭇한 기분으로 냄새를 맡곤 했는데 그때 보라색 잉크에서 나던 쌉쌀하고 새큼한 냄새, 인쇄 잉크와 풀의 기분 좋은 냄새가 풍겨 나오는 어떤 책들의 반드럽고 윤기 나는 지면의 부드러운 촉감, 그리고 끝으로 비 오는 날이면 교실 저 안쪽에서 양모 외투들로부터 올라오던, 나막신을 신고 양모 보닛 모자를 쓴 아이들이 따뜻한 집을 향하여 눈길을 뚫고 달려가는 저 낙원 같은 세계의 전조(前兆)와도 같았던, 그 젖은 양털 냄새 같은 것들이었다.

오직 학교만이 자크와 피에르에게 그런 기쁨을 주었다. 그리고 그들이 학교에서 그토록 정열적으로 좋아했던 것은 아마도 그들의 집에서는 찾을 수 없는 그 무엇이었을 것이다. 집에서는 가난과 무지로 인하여 삶이 안으로 닫혀 버린 것처럼 더욱 견디기 어렵고 더욱 음울했으니까 말이다. 가난이란 출구가 없는 요새와 같은 것이다.

그러나 단순히 그것만은 아니었다. 왜냐하면 방학이 되어 이 지칠 줄 모르는 아이를 좀 맡겨 두려고 할머니가 그를 다른 50여 명의 아이들 및 몇 사람의 지도 교사와 함께 밀리아나에 있는 자카르 산중으로 여름학교를 보냈을 때 자크는 아이들 중에서 자기가 가장 비참하다는 느낌을 받았으니 말이다. 그들은 거기서 기숙 시설을 갖춘 학교에 들어가 편안하게 먹고 자며 하루 종일 친절한 간호사들의 보호를 받으면서 놀거나 산책을 했는데 저녁이 되어 그늘이 빠른 속도로 산비탈을 올라가고 사람이 수시로 드나드는 지역으로부터 1백여 킬로미터나 되는 산속에 멀리 떨어진 그 작은 마을의 침묵 속에서 옆에 있는 병영으로부터 나팔소리가 소등을 알리는 서글픈 곡조를 울려 보내기 시작할 때면 아이는 가슴속에서 가없는 절망이 솟구쳐 오르는 것을 느끼면서 어린 시절의 아무것도 가진 것 없는 가난한 집이 그리워 소리 없이 절규하고 있었던 것이다.[a]

그렇다, 학교는 그들에게 단순히 가정생활로부터의 도피 장소를 제공하는 것만이 아니었다. 베르나르 선생님의 반에서는 적어도 학교는 어른들에게보다는 아이에게 훨씬 더 근원적인 내면의 굶주림, 즉 발견에의 굶주림을 채워 주고 있었다. 다른 반에서도 물론 아이들에게 많은 것들을 가르쳐 주었을 것이다. 그러나 거위들의 배를 채우듯이 이미 다 만들어 놓은 음식을 갖다 주면서 제발 그냥 입에 넣고 삼키기만 하라고 했을 것이다. 제르맹 선생님[1]의 반에서 그들은 처음으로 자신들이 세상에 존재한다는 것을, 자신들이 가장 높은 배려의 대상이 되고 있음을 느끼고 있었다. 어른들은 그들이 나름대로 세상을 발견해 나갈 자격이 있다고 판단한 것이다. 더군다나 그들의 선생님은 단순히 그가 월급을 받고 가르치도록 되어 있는 것만을 가르친 것이 아니라 개인적인 삶 속에서 그들을 단순 소박하게 맞이하여 주었으며 그들과 함께 그 삶을 살았고 그들에게 자신의 어린 시절과 그가 사귀었던 어린이들의 이야기를 해주었으며 자신의 사상이 아니라 자신의 견해를 설명했다. 그는 예를 들어서 당시 많은 그의 동료들과 마찬가지로 반교권주의적인 입장이었지만 교실에서 단 한 번도 종교에 대하여, 또 어떤 선택이나 신념의 대상이 되는 것이면 어느 것에 대해서나 절대로 비방을 하는 법이 없었다. 그렇지만 도둑질, 밀고, 무례함, 불결 등 토론의 여지가 없는 것은 그만큼 더 강하게 배척했다.

a 더 길게 늘여서 세속 학교를 찬양할 것.

1 여기서 저자는 교사의 실제 이름을 밝히고 있다.

그러나 그는 특히 아직도 가까운 과거이며 자신이 4년 동안이나 치렀던 전쟁에 대하여, 군인들의 고통, 그들의 용기, 인내, 그리고 휴전의 행복에 대하여 그들에게 이야기해 주었다. 네 학기를 끝내고 나서 방학을 맞아 그들을 돌려보내기 전에, 그리고 때때로 시간이 남을 때 그는 도르즐레스의 『나무 십자가』[a]에서 발췌한 긴 대목들을 그들에게 읽어 주는 습관이 있었다. 자크의 경우 그런 독서는 또다시 이국 풍정의 문을 열어 주었다. 그러나 이번에는, 얼굴도 못 본 아버지인지라 그저 막연하게만 그와 관련시켜 생각해 본 것이지만, 공포와 불행이 감도는 이국 풍정의 세계였다. 그는 선생님이 성심성의껏 읽어 주는 이야기에 성심성의를 다하여 귀를 기울였을 뿐이었다. 그것은 또다시 그에게 눈과 귀한 겨울에 대하여 이야기하고 있었지만 또한 진창에 빠져서 뻣뻣해진 무거운 천의 옷을 입고 이상한 언어를 말하며 머리 위로 포탄과 로켓과 총알이 날아다니는 참호 속에서 지내는 괴상한 사람들에 대해서도 이야기했다. 그와 피에르는 매번 더 절박하게 조바심치며 책 읽어 주는 시간을 기다렸다. 사람들마다 아직도 입에 올리는 그 전쟁(그리하여 다니엘이 자기 나름대로 마른 전투 이야기를 할 때면 자크는 말없이, 그러나 귀를 쫑긋 세워서 듣는 것이었다. 그는 직접 전쟁을 했는데 지금 생각해도 어떻게 살아 돌아왔는지 알 수가 없었다. 그때 그들 알제리 보병들은 저격병으로, 그리고 나중에는 돌격조로 배치되었다고 했다. 그들 앞에는 아무도 없었는데 걸어가다가 산비탈의 중턱에 이르자 갑자기 기관총 사수들이 하나씩 하나씩 쓰러지고 골짜기는 피와 엄마를 부르는 사람들의 아우성으로 가득했다. 정말이지 끔찍했다), 살아남은 사람은

a 그 책을 볼 것.

누구나 잊을 수가 없는 그 전쟁, 그들 주변에서 결정되는 모든 것 위로, 그리고 만약 베르나르 선생님이 수업 내용을 바꾸기라도 하는 날에는 그들도 따분하고 실망스러운 느낌으로 들었을, 다른 교실에서 읽는 동화들 말고 더 매혹적이고 더 특별한 무슨 이야기가 없을까 해서 궁리해 보는 모든 계획들 위로, 그림자처럼 떠돌고 있는 그 전쟁 이야기를. 그러나 선생님은 수업 내용을 바꾸지 않고 계속했고 흥미진진한 장면들이 무시무시한 묘사들과 교차해 가는 동안 차츰차츰 이 아프리카의 아이들은 그들 사회의 일부를 이루고 있는 X, Y, Z……라는 인물들과 사귀게 되었다. 마치 오랜 친구라도 되는 양 아이들끼리 입에 올리며 이야기하게 된 그 인물들이 너무나도 실감 나고 생생하게 살아 있는 것같이 느껴진 나머지 적어도 자크로서는 그들이 비록 전쟁 속에서 살기는 했지만 그 전쟁에 희생이 될 수도 있다고는 한시도 상상할 수 없었다. 그리하여 한 해가 끝나 가는 어느 날 책*의 끝에 이르러 한결 더 나직한 목소리로 D.가 죽는 대목을 읽어 준 베르나르 선생님이 자신의 감동과 추억에 잠긴 채 말없이 책을 덮고서 놀라움과 침묵에 빠져 있는 교실 안으로 눈을 들었을 때 맨 앞줄에 앉아서 그를 빤히 쳐다보고 있던 자크가 눈물로 뒤범벅이 된 얼굴로 좀처럼 그칠 것 같지 않은 끝없는 흐느낌에 어깨를 들썩거리고 있는 것이 보였다. 〈그만 해라 애야, 그만 해라 애야〉 하고 베르나르 씨가 들릴까 말까 한 목소리로 말하면서 자리에서 일어나 교실 쪽으로 등을 돌린 채 장 안에 책을 갖다 꽂았다.

〈잠깐만 있어 봐라, 애야〉 하고 베르나르 선생님이 말했다.

* 소설.

그는 힘겹게 일어나서 더 낭랑하게 우는 카나리아 새장의 창살 위로 집게손가락의 손톱을 넣었다. 「아! 카지미르, 배가 고프구나, 그래서 아빠를 찾는 거지.」 그러고 나서 그는 방의 저 안쪽 벽난로 옆에 놓인 조그만 학생용 책상을 향하여 〔비칠거리며 걸어갔다〕. 어떤 서랍 속을 휘저어 놓다가 닫더니 또 다른 서랍을 열고서 무엇인가를 꺼냈다. 「자, 이건 너한테 주는 거야.」 자크는 식료품 가게에서 쓰는 갈색 포장지로 쌌을 뿐 겉에 아무런 글씨도 쓰지 않은 책 한 권을 받았다. 책을 펴보기도 전에 그는 그게 베르나르 선생님이 교실에서 읽어 주시곤 했던 바로 그 판본의 『나무 십자가』라는 것을 알았다. 〈아니요, 아니요, 이건……〉 하고 그가 말했다. 그는 너무 과분한 것이라고 말하려 한 것이었다. 그는 마땅한 말을 찾을 수가 없었다. 베르나르 씨는 늙은 머리를 저었다. 「마지막 날 넌 눈물을 흘렸지, 기억나나? 그날부터 이건 네 거야.」 그리고 그는 뒤로 돌아서서 갑자기 붉어진 두 눈을 감추었다. 그는 다시 책상 쪽으로 가더니 이윽고 두 손을 뒤로 한 채 자크에게로 와서 그의 코앞에 짧고 도톰한 자[a]를 하나 내밀며 웃으면서 말했다. 「보리사탕 기억나지?」 「아, 베르나르 선생님, 그걸 여태 간직하고 계셨군요! 그런 거 지금은 금지된 거 아시잖아요.」 「체, 그 당시에도 금지됐었지. 그렇지만 내가 그걸 쓰는 걸 너도 봤잖아!」 자크는 과연 그 증인이었다. 베르나르 선생님은 체벌에 찬성이었다. 사실 통상적인 벌은 그냥 벌점을 주는 것으로 월말에 가서 학생이 받은 점수에서 그만큼을 제하여 전체 석차가 낮아지게 하는 것이었다. 그러나 심한 경우, 베르나르 선생님은 다른 동료 교사들이 흔히 쓰는, 위반 학생을 교장 선생님한테 보내는 방법엔 전혀 관심

a 여러 가지 벌.

이 없었다. 그는 변함없는 의식 절차에 따라 손수 처리했다. 〈이 한심한 로베르 녀석아〉 하고 그는 조용하게, 유쾌한 기분을 잃지 않은 채 말했다. 「보리사탕 맛을 좀 봐야겠다.」 교실 안에서는 아무 반응이 없었다(있다면, 한쪽에서 받는 벌이 다른 한쪽에서는 기쁨으로 느껴지게 마련이라는 사람 마음의 변함없는 법칙에 따라 속으로 몰래 웃는 것뿐이었다[a]). 아이는 하얗게 질려서 자리에서 일어났다. 그러나 대개는 침착하려고 노력했다. (어떤 아이들은 벌써 눈물을 삼키고 책상 밖으로 나와서 칠판 앞 베르나르 선생님이 서 있는 곳 옆의 사무용 책상 쪽으로 걸어 나갔다.) 여전히 의식 절차에 따라 로베르 혹은 조제프가 자발적으로 사무용 책상에 가서 〈보리사탕〉을 들고 와 제사장에게 올렸다.

보리사탕이란 잉크 자국이 잔뜩 나고 칼로 새기고 파내어서 모양이 일그러진 붉은색의 짧고 도톰한 자였다. 베르나르 선생님이 아주 오래전에 이름도 잊어버린 어떤 학생에게서 압수한 것이었다. 학생이 그 자를 베르나르 선생님께 바치면 선생님은 대개 빈정대는 표정으로 그걸 받고서 그제야 두 다리를 벌렸다. 아이는 자기의 머리를 선생님의 무릎 사이에 집어넣도록 되어 있었고 선생님은 허벅지를 꽉 죄면서 머리통을 꽉 고정시켰다. 그리고 이렇게 하여 엉덩이를 갖다 바치면 베르나르 선생님은 자로 다스리는 매를 지은 죄에 따라 달라지는 수만큼 양쪽 엉덩이에 고루 나누어 갖다 안기는 것이었다. 이러한 벌에 대한 반응은 학생에 따라 달랐다. 어떤 녀석들은 매를 맞기도 전에 신음소리부터 냈는데 그러면 선생님은 태연한 표정으로 너무 앞서 간다고 지적했고 또 다른 녀석들은 솔직하게 손으로 엉덩이를 막았고 그러면 선생님

a 혹은 한쪽이 받는 벌이 다른 한쪽을 희희낙락하게 만든다.

은 무심하게 한 대 후려쳐서 그 손을 치우게 했다. 또 다른 녀석들은 자로 매를 맞아 얼얼해진 나머지 사납게 반항했다. 그리고 또 자크도 여기에 속하지만, 아무 말없이 부르르 떨면서 매를 감수하고 나서 굵은 눈물을 삼키면서 제자리로 돌아가는 녀석들도 있었다. 그렇지만 전체적으로 볼 때 이런 벌은 가혹하다는 생각 없이 받아들여졌는데 그것은 우선 그들 대부분이 집에서 매를 맞고 있어서 그들에게는 징벌이 자연스러운 교육 방식으로 느껴졌기 때문이었고 다음으로는 선생님의 공평무사함이 절대적이어서, 항상 같은 것이긴 하지만 어떤 종류의 잘못을 저지르면 문제의 속죄 의식을 치르게 되는지 누구나 미리부터 알고 있었기 때문이었다. 벌점 정도로 그치는 행위의 한계를 넘어선 학생들은 누구나 자기들이 어떤 벌을 받게 될지를 알고 있었고 판결은 전자에게나 후자에게나 진정 어린 공평무사함에 입각하여 적용되었다. 베르나르 선생님이 눈에 보이게 아꼈던 자크도 다른 사람들과 똑같이 당했고 심지어 선생님이 다른 학생들이 보는 앞에서 공공연하게 편애했던 바로 다음 날 벌을 받아야 했던 적도 있었다. 자크가 칠판 앞에 나가 서서 질문에 맞는 대답을 하자 베르나르 선생님이 그의 뺨을 쓰다듬어 주었는데 바로 그때 교실 안에서 어떤 목소리가 〈귀염둥이〉 하고 소곤거렸다. 베르나르 선생님은 자크를 자기에게로 끌어당겨 세우고서 좀 심각한 어조로 말했다. 「그래, 내겐 코르므리에 대하여 편애의 감정이 없지 않다. 여러분들 중에 전쟁으로 아버지를 잃은 사람에겐 다 그러듯이 말이다. 나는 그들의 아버지와 함께 전쟁에 나가 싸웠는데 나는 살아 돌아왔다. 나는 여기서 최소한 죽은 동지들을 대신해 보려고 애쓰는 중이다. 그러니 이젠 내게 아끼는 〈귀염둥이〉가 있다고 말하려거든 해라!」 모두가 입을 다물고 고요한 가운데 이 연설을 들었다.

밖으로 나오자 자크는 누가 그를 〈귀염둥이〉라고 불렀는지 물었다. 사실 그런 모욕적인 말을 듣고도 반응을 보이지 않는다면 그것은 체면이 깎이는 일이었다. 〈나야〉 하고 키가 큰 금발에 상당히 무기력하고 특색 없는 뮈노즈가 말했다. 평소에 별로 나서지 않지만 언제나 자크에게는 반감을 나타내던 아이였다. 「좋아, 그럼 빌어먹을 너희 엄마다.」[a] 이것 역시 즉각적으로 싸움으로 이어지게 마련인 의식적인 욕이었다. 지중해 연안 지방들에서는 옛날부터 어머니와 조상들에 대한 욕이 가장 심각한 것이기 때문이다. 그래도 뮈노즈는 망설였다. 그러나 의식은 의식이니까 다른 아이들이 나서서 그 대신 말했다. 「푸른 들로 가자.」 푸른 들이란 학교에서 멀지 않은 일종의 공터였는데 여기저기 변변치 않은 풀 무더기들이 헌데처럼 자라고 낡은 쇠테, 깡통, 썩은 술통 따위가 어지럽게 널려 있는 곳이었다. 바로 거기서 〈한판 승부〉가 벌어지는 것이었다. 한판 승부란 간단히 말해서 칼 대신에 주먹을 쓰는, 그러나 적어도 그 정신에 있어서는 동일한 의식 절차에 따르는 결투였다. 실제로 그것은 누가 부모나 조상을 모욕했거나, 국적이나 인종을 헐뜯었거나 그 사실이 적발되었거나 의심받았을 경우, 혹은 도둑질을 했거나 그랬다고 의심받았을 경우, 또는 아이들 세계에서 매일같이 생길 수 있는 더욱 불가해한 이유들로 해서 어느 한쪽 편의 명예가 손상당할 우려가 있을 경우 분쟁을 종결짓는 데 그 목적이 있었다. 학생들 중 어떤 한 사람이 모욕을 당해서 그 모욕을 씻지 않으면 안 된다고 판단할 때, 아니 특히 남이 그의 입장에서 판단할 때 (그리고 본인도 그걸 의식할 때) 정해진 공식은 〈네 시에 푸른 들에서〉였다. 일단 공식을 발표하고 나면 흥분은

a 그리고 빌어먹을 너희 조상이다.

가라앉고 일체의 논평이 중지되었다. 쌍방은 친구들을 데리고 자리를 떴다. 그다음 수업 시간 동안에 이 소식은 해당 선수들의 이름과 더불어 의자에서 의자로 전해졌고 친구들은 그들을 흘끔흘끔 곁눈질했으며 따라서 선수들은 사내다운 침착함과 결의를 억지로 꾸며 보이는 것이었다. 그러나 속으로는 딴판이었다. 그리하여 가장 용감한 아이도 격렬하게 맞붙어야 할 순간이 다가오고 있다는 고민 때문에 공부가 잘되지 않았다. 그러나 상대편 친구들이 선수를 비웃고, 공식 인정된 표현처럼 〈허벅지가 죄어들게〉 겁을 낸다고 손가락질을 해서는 안 될 일이었다.

자크는 뮈노즈에서 시비를 걸어서 사내로서의 의무는 다했지만 어쨌든 폭력적 상황 속에 놓여서 자신도 폭력을 써야만 할 때는 매번 그렇듯이 어지간히도 허벅지가 죄어들었다. 그러나 결단은 내려졌고 마음속에서 단 한순간도 물러선다는 것은 생각해 본 일이 없었다. 그건 당연한 이치였다. 그는 또한 행동에 들어가기 전에 그의 가슴을 죄는 저 가벼운 구역질도 싸우는 순간에는 자신의 노여움에 휩쓸려 사라지리라는 것을 잘 알고 있었다. 사실 노여움은 전술적으로 도움이 되기도 하지만 불리하게 작용하기도 해서 그 결과 그는…….[1]

뮈노즈와 싸우는 저녁 행사는 의식 절차에 따라 진행되었다. 선수 보좌역으로 변신하여 벌써부터 선수의 책가방을 들고 다니는 응원단을 대동하고서 쌍방의 전사들이 가장 먼저 푸른 들로 들어갔고 그 뒤에 싸움을 구경하러 온 모든 사람들이 따랐다. 그들은 결국은 전장에서 쌍방을 둘러싸고서 그들의 외투와 저고리를 벗겨서 선수 보좌역들의 손에 넘겨주

1 이 대목은 여기서 그치고 있다.

었다. 이번에는 성질 급한 자크가 별로 자신도 없으면서 먼저 앞으로 나서는 바람에 뮈노즈는 뒤로 물러섰다. 그는 되는 대로 물러서며 상대의 훅을 서툴게 피하다가 자크의 뺨을 아프게 한 대 치고 말았다. 그 때문에 치민 자크의 분노는 구경꾼들의 고함, 웃음과 응원으로 인하여 더욱 맹목적이 되었다. 그는 뮈노즈에게 달려들며 빗발치듯 주먹을 퍼부어 그를 꼼짝도 못하게 만들었고 다행스럽게도 그 불쌍한 친구의 오른쪽 눈에 분노의 훅을 명중시킴으로써 상대는 완전히 균형을 잃고 무참하게 엉덩방아를 찧으며 주저앉았다. 한쪽 눈에서는 눈물이 흘렀고 다른 한쪽 눈은 금방 부르터 오르기 시작했다. 눈언저리에 시커먼 멍이 들게 해놓았으니 완벽한 적시의 일격이었다. 여러 날 동안 승리자의 개선을 가시화시켜 주고 그 자리에서 구경하던 관중들의 환호를 자아냈으니 말이다. 뮈노즈가 즉시 일어나지 못하자 친한 친구인 피에르가 권위자인 양 나서서 자크가 이겼다고 선언하면서 그의 저고리를 입히고 이투로 몸을 감싼 다음 찬미자들의 행렬에 에워싸인 그를 데리고 갔다. 한편 뮈노즈는 여전히 울면서 몸을 일으키고 아연실색한 작은 그룹에 둘러싸인 채 옷을 주워 입었다. 그렇게도 완벽하게 이길 줄은 몰랐다가 너무나 빨리 찾아온 승리에 얼떨떨해진 자크에게는 주위에서 축하해 주는 말이나 벌써부터 미화되고 있는 무훈담(武勳談)이 잘 들리지도 않았다. 만족한 기분을 느끼고 싶었고 또 자존심상 어느 면은 만족스럽기도 했다. 그러나 푸른 들에서 나오면서 뮈노즈 쪽으로 고개를 돌렸다가 자기가 때린 사람의 어쩔 줄 몰라 하는 얼굴을 보자 돌연 어떤 어두운 슬픔의 감정으로 그의 가슴이 찢어질 듯했다. 이리하여 그는 남을 이긴다는 것은 남에게 지는 것 못지않게 쓰디쓴 것이기 때문에 전쟁이란 좋지 못하다는 것을 깨달았다.

그의 교육을 완성시켜 주기 위해서 세상은 즉시, 성공 뒤에는 가끔 실패가 온다는 이치를 그에게 깨우쳐 주었다. 과연 그 이튿날 그는 친구들이 감탄해 마지않으며 몰려들어 밀쳐 대는 가운데 잘난 체하며 뽐내고 있었다. 수업이 시작되어 출석을 불렀을 때 뮈노즈의 대답이 없자 자크의 옆자리에 앉아 있던 아이들은 야유 섞인 비웃음과 승리자에 대한 눈인사로 그 결석에 대한 반응을 보였고 자크는 자기 친구들에게 뺨을 커다랗게 부풀리면서 눈을 끔뻑 해보였고 베르나르 선생님이 보고 있는 줄도 모르고 그로테스크한 제스처에 열중했는데 선생님의 목소리가 크게 울리면서 교실 안이 돌연 조용해지자 그 짓은 딱 그쳐 버렸다. 〈이 한심한 귀염둥이야, 너도 다른 사람들과 마찬가지로 보리사탕 맛을 좀 봐야겠다〉 하고 선생님이 시치미를 떼고 조롱하며 말했다. 그 의기양양했던 아이는 자리에서 일어나 형벌용 기구를 찾아 가지고 베르나르 선생님 주변에 감도는 신선한 미안수 냄새 속으로 돌아온 다음 마침내 그 불명예스러운 형벌의 자세를 갖추었다.

뮈노즈 사건은 이 실천 철학의 교훈만으로 결말이 나게 되어 있지 않았다. 그 소년의 결석이 이틀 동안 계속되자 자크는 겉으로 으스대는 표정이었지만 막연히 불안한 기분이 들었다. 그런데 사흘째 되는 날 키 큰 학생 하나가 교실로 들어오더니 교장 선생님이 코르므리 학생을 찾으신다고 베르나르 선생님에게 전하는 것이었다. 교장 선생님이 부르신다면 필시 심각한 케이스일 수밖에 없었다. 선생님은 숱 많은 눈썹을 쳐들면서 그냥 〈빨리 가 봐라, 꼬마 녀석아. 네가 바보 같은 짓을 저지른 게 아니길 바란다만〉이라고 말했다. 자크는 다리에 힘이 쭉 빠지는 것을 느끼며 후추나무 두 그루를 심어 놓았지만 그 그늘만으로는 염천(炎天)의 더위에 가당치도 않은 시멘트 안마당 위의 회랑을 따라 키 큰 학생이 인도

하는 대로 회랑의 반대편 끝에 있는 교장 선생님의 사무실까지 갔다. 안으로 들어서자 제일 먼저 그의 눈에 보인 것은 교장 선생님의 책상 앞에 어떤 부인과 얼굴을 잔뜩 찌푸리고 있는 신사에게 둘러싸여 서 있는 뮈노즈였다. 눈이 붓고 완전히 감겨져서 얼굴이 일그러져 있긴 했지만 그는 친구가 살아 있는 것을 보니 안도감이 느껴졌다. 그러나 그는 그런 안도감을 음미할 겨를이 없었다. 〈친구를 때린 것이 너냐?〉 하고 발그레한 얼굴에 목소리가 힘찬 키 작고 대머리인 교장 선생님이 말했다. 〈네〉 하고 풀이 죽은 목소리로 자크가 말했다. 〈말씀드렸잖습니까, 선생님. 앙드레는 깡패가 아니에요〉 하고 부인이 말했다. 〈저희들끼리 싸웠습니다〉 하고 자크가 말했다. 「난 알 바 없어. 나는 일체의 싸움을, 심지어 학교 밖에서까지도 금지하고 있다는 거 너도 알지. 넌 친구에게 상처를 입혔어. 그보다 더 심하게 상처를 입힐 수도 있었어. 일차 경고의 뜻에서 넌 일주일 동안 쉬는 시간마다 벽을 보고 벌을 선다. 또다시 그런 짓을 하면 퇴학이다. 벌을 받게 된 사실을 학부형에게 알리겠다. 이제 교실로 돌아가도 좋다.」 자크는 아연실색하여 꼼짝도 않고 가만히 서 있었다. 〈가라니까〉 하고 교장 선생님이 말했다. 〈그래 어떻게 됐나, 팡토마군?〉 하고 자크가 교실로 돌아가자 베르나르 선생님이 말했다. 자크는 울고 있었다. 「자, 어디 말해 봐.」 아이는 쉬엄쉬엄 처음에는 벌 받은 이야기를, 다음에는 뮈노즈의 부모가 고소했다는 사실을 전했고 결국은 싸웠다는 사실을 털어놓았다. 「왜 싸웠나?」 「저를 〈귀염둥이〉라고 불렀기 때문이에요.」 「두 번째 또?」 「아니오, 여기 교실에서요.」 「아! 그게 그였구먼! 그렇다면 넌 내가 너를 충분히 편들어 주지 않았다고 느낀 거로군.」 자크는 진심을 다하여 베르나르 선생님을 쳐다보았다. 「아니에요! 오 그게 아니라, 선생님은…….」 그리고 그는 진짜로 울음을 터뜨렸다. 〈자리에 가 앉아〉 하고 베르나르 선생님이 말했다. 〈억울합니다〉 하고 아이가 울면서 말했다. 〈억울할 거 없어〉 하고 그가 부드러운 목소리로 말했다.[1]

이튿날 쉬는 시간에 자크는 운동장과 친구들이 왁자지껄 떠드는 소리를 등진 채 안마당 저 안쪽에서 벽을 향하여 벌을 서기 시작했다. 그는 무게 중심을 다른 쪽 다리로 바꾸곤 하면서[a] 자기도 같이 가서 뛰어 놀고 싶어 미칠 것만 같았다. 가끔 뒤를 돌아보면 베르나르 선생님이 그는 보지도 않은 채 동료들과 함께 운동장 한구석을 거니는 것이 보였다. 그러나 이틀째 되는 날 그가 미처 보지도 못한 사이에 선생님이 등 뒤에 와서 목을 부드럽게 툭툭 쳤다. 「얼굴 표정이 그게 뭐야, 이 근시안아. 뮈노즈도 벌을 서고 있어. 자, 내가 허락하는 것이니 봐도 돼.」 마당의 반대쪽에 뮈노즈가 혼자 실쭉한 얼굴을 하고 있었다. 「너의 한패들이 네가 벌을 서는 일주일 동안은 재하고 안 놀겠다는 거야.」 베르나르 선생님이 웃었다. 「그것 봐, 너희들은 둘 다 벌을 받은 거야. 그래야 정당하지.」 그리고 그는 자크 쪽으로 고개를 수그리고서 사랑에 넘치는 웃음을 웃으며 말했다. 「아니, 이 꼬마 녀석아, 겉으로 봐서야 혹을 넣는 주먹이 그렇게 센 줄 누가 알았겠냐!」 이 말을 듣자 벌 받던 아이의 가슴속에서 애정의 물살이 솟구쳐 올랐다.

오늘 카나리아에게 말을 건네고 있는 그 사람, 마흔 살이나 된 그를 〈애야〉 하고 부르는 그 사람을 자크는 한시도 잊지 않고 사랑해 왔다. 심지어 오랜 세월과 두 사람을 갈라놓

1 이 대목은 여기서 그치고 있다.

a 선세임*M'sieur*, 재가 발길질을 했어요.

는 먼 거리, 그리고 마침내 제2차 세계 대전으로 인하여 처음에는 얼마간, 나중에는 완전히 그와 떨어져 아무런 소식도 듣지 못하게 되었을 때조차도 그랬다. 그러던 중 1945년 사병 외투 차림의 나이 든 재향 군인 한 사람이 파리에 있는 그의 집을 찾아와 벨을 눌렀다. 또다시 군에 입대했던 베르나르 선생님이었다. 「전쟁을 하려고 해서가 아니라 히틀러와 싸우기 위해서였어. 얘야, 너도 싸웠지, 오, 순종인 줄은 알고 있었어. 너희 어머니를 잊지는 않았겠지, 잊어선 안 돼. 좋은 일이야. 너희 엄마는 이 세상에서 최고야. 이제 난 알제로 돌아간다. 날 찾아오너라.」 그리하여 자크는 15년 전부터 매년 그를 찾아가 보곤 했다. 매년 찾아가 오늘처럼 문간에 서서 그의 손을 잡은 채 가슴 뭉클해져서 서 있는 그 늙은 남자에게 떠나기 전에 작별의 키스를 하는 것이었다. 더욱더 큰 발견들을 하라고 그를 정든 땅에서 뿌리 뽑아 그 무거운 책임을 혼자 다 짊어지고 바깥세상으로 나가도록 내몬 사람이 바로 그분이었다.[a]

초등학교를 졸업할 때가 가까운 무렵이었는데 베르나르 선생님이 자크와 피에르, 그리고 모든 과목에서 골고루 성적이 우수한 일종의 신동인 프뢰리(〈종합 기술 학굣감이야〉 하고 선생님은 말하곤 했다)와 재능은 덜하지만 열심히 노력해서 좋은 성적을 올리곤 했던 잘생긴 소년 상티아고 이렇게 네 사람을 불렀다. 다른 아이들이 다 나가고 교실이 텅 비자 선생님은 말했다. 「자, 너희들은 내가 가르친 가장 우수한 학생들이다. 나는 너희들을 중고등학교 장학생 선발 시험에 응시시키기로 결정했다. 시험에 합격하면 장학금을 받게 되고 대학 입학 자격 시험까지 중고등학교 전 과정을 이수할 수 있게 된

a 장학금.

다. 초등학교가 학교들 중에서 제일 좋은 학교다. 그러나 그것만으로는 별로 소용이 없다. 중고등학교에 가면 모든 문이 다 열린다. 나는 그 문으로 들어가는 사람들이 기왕이면 너희들처럼 가난한 아이들이었으면 좋겠다. 그러나 그러자면 내겐 너희들 부모님의 허락이 필요하다. 어서 가봐라.」

그들은 어리둥절해져서 서로 의논할 생각도 못 한 채 헤어져서 돌아갔다. 집에는 할머니 혼자서 부엌 식탁의 방수포 위에서 렌즈 콩을 골라 담고 있었다. 그는 어쩔까 하고 망설이다가 이윽고 어머니가 돌아올 때까지 기다리기로 했다. 어머니는 눈에 띄게 피곤한 모습으로 돌아와서 부엌일 할 때의 앞치마를 두르고 와서 할머니가 렌즈 콩 고르는 일을 도왔다. 자크가 자기도 돕겠다고 하자 먹는 렌즈 콩을 돌과 분간하기가 쉬운 흰색의 큰 사기 접시를 건네주었다. 접시에다 코를 박은 채 그는 문제의 소식을 전했다. 〈그게 도대체 무슨 소리냐? 대학 입시는 몇 살에 치는 거지?〉 하고 할머니가 물었다. 〈6년 후에요〉 하고 자크가 대답했다. 할머니가 자기 앞에 있던 접시를 밀어 놓으면서 〈들었어?〉 하고 카트린 코르므리에게 말했다. 그녀는 듣지 못했다. 자크가 금방 했던 이야기를 다시 한 번 천천히 반복해 주었다. 「아, 네가 똑똑하니까 그러는구나.」「똑똑하건 안 하건 내년에는 애를 견습공으로 넣어야 해. 그래야 주급이라도 타오지.」 〈그렇군요〉 하고 카트린이 말했다.

밖에서는 낮의 해와 더위가 한풀 꺾여 가고 있었다. 공장이 완전 가동되는 이 시간에는 동네가 텅 비고 고요했다. 자크는 거리를 내다보았다. 그는 어떻게 해야 할지 알 수가 없었다. 아는 것은 오직 베르나르 선생님 말에 따르고 싶다는 것뿐이었다. 그러나 아홉 살밖에 안 된 그는 할머니의 말씀을 거역할 수도 없었고 할 줄도 몰랐다. 그러나 할머니도 망설이는 빛이 완연했다.「그럼 그 뒤엔 뭐가 되고 싶은데?」「몰라요. 어쩌면 베르나르 선생님처럼 교사가 될지도 모르죠.」「그래, 6년 뒤에 말이지!」할머니는 렌즈 콩을 더 천천히 골랐다.「아이고! 안 되겠어, 우린 너무 가난해. 베르나르 선생님한테 우린 못 한다고 그래라.」

그 이튿날 다른 세 아이들은 자크에게 자기들 집에서는 허락했다고 알려 주었다.「그런데 너는?」〈모르겠어〉하고 말하고 나자 자기는 친구들보다도 더 가난하다는 느낌 때문에 그의 가슴이 미어지는 듯했다. 수업을 마치고 나서 그들 네 사람이 모두 남았다. 피에르, 프뢰리, 그리고 상티아고가 그들의 답을 전했다.「그래 이 녀석 너는?」「모르겠어요.」베르나르 선생님이 그를 쳐다보았다.〈좋아〉하고 그는 다른 아이들을 향하여 말했다.「그렇지만 수업을 마치고 나서 저녁에 나하고 같이 공부를 해야 돼. 내가 알아서 하겠다. 이제 그만 가도 좋아.」그들이 나가자 베르나르 선생님은 자기 의자에 앉으면서 자크를 가까이 오라고 했다.「그래서?」「할머니가 우리 집은 너무 가난해서 저는 내년에 일을 해야 한대요.」「그럼 너희 어머니는?」「결정은 할머니한테 달렸어요.」〈나도 알아〉하고 베르나르 선생님이 말했다.「잘 들어. 할머니를 이해해야 돼. 할머니는 사는 게 힘들어. 여자 둘이서 너와 네 형을 키웠고 지금처럼 어엿한 아이들로 만들어 놓았지. 그러니 할머니는 겁이 난 거야, 당연하지. 장학금이야 받는다 해도 너를 좀 더 도와줘야 할 형편인 거지. 하여간 6년 동안은 네가 집에다가 돈을 벌어다 주지는 못하거든. 알겠어?」자크는 선생님을 바라보지 않은 채 고개를 끄덕였다.「좋아. 그렇지만 어쩌면 할머니한테 설명은 해드릴 수 있겠지. 가방을 메라, 내가 너하고 같이 가봐야겠다!」〈우리 집에요?〉하고 자크가 말했다.「그럼, 너희 어머니를 다시 만나 보게 되었으니 잘됐지.」

잠시 후 자크가 얼떨떨한 눈으로 바라보는 가운데 베르나르 선생님은 그의 집 문을 두드렸다. 할머니가 앞치마에 손을 닦으면서 나와서 문을 열었다. 앞치마 끈을 너무 꼭 잡아매서 늙은 여자의 배가 톡 튀어나와 보였다. 할머니는 교사를 보자 얼른 손을 올려 머리를 매만졌다. 〈아이고 할머니, 늘 그러시듯 한창 일하시는 중이시군요. 대단하십니다〉 하고 베르나르 선생님이 말했다. 할머니는 교사를 방으로 들어오게 했다. 방을 지나야 식당으로 들어갈 수 있었다. 그를 탁자 옆에 앉게 한 다음 컵과 아니스 술을 내왔다. 「그러실 것 없습니다. 얘기나 잠시 나누다 가려고 왔답니다.」 그는 할머니에게 우선 아이들에 대하여, 그리고 농장에서의 생활, 그의 남편에 대해서 물었고 자기 자신의 아이들에 대해서도 이야기했다. 바로 그때 카트린 코르므리가 돌아왔다가 당황해 하면서 베르나르 씨를 〈스승님〉이라고 불렀고 다시 자기 방으로 가서 머리를 빗고 새 앞치마를 두르고서 돌아와 탁자에서 약간 물러난 자리의 의자 한끝에 앉았다. 〈너는 밖에 나가 놀아라〉 하고 베르나르 씨가 자크에게 말했다. 〈이해하시겠죠, 내가 이제 저 애 칭찬을 할까 하는데 옆에서 들으면 진짠 줄 알 거란 말이에요……〉 하고 그가 할머니에게 말했다. 자크는 밖으로 나와서 층계를 한달음에 뛰어 내려온 뒤 현관문 아래 서서 기다렸다. 그는 한 시간 뒤에도 그곳에 서 있었다. 벌써 거리에는 활기가 돌기 시작했고 무화과나무들 사이로 하늘이 초록빛으로 변해 가고 있는데 베르나르 씨가 계단을 내려와서 등 뒤에 불쑥 나타났다. 그는 자크의 머리를 쓰다듬었다. 〈자! 일이 잘 됐다. 너희 할머니 참 좋으신 분이구나. 그리고 너희 어머니는…… 아! 절대로 어머니를 잊으면 안 된다〉 하고 그가 말했다. 〈선생님〉 하고 돌연 할머니가 복도에 나타났다. 그녀는 한 손으로 앞치마를 잡아들고 눈을 닦았다. 「한 가지 잊은 게 있어서요……. 자크한테 과외 수업을 해주신다고 하셨죠.」 「물론이죠. 저하고 하자면 저 녀석 혼 좀 날 테니 두고 보십시오.」 「그렇지만 우리는 과외비를 낼 돈이 없는데요.」 베르나르 씨는 할머니를 가만히 쳐다보았다. 그는 자크의 어깨를 붙잡고 있었다. 〈걱정 마세요〉 하고 그는 자크를 잡고 흔들었다. 「애가 이미 다 냈답니다.」 그는 벌써 가고 없었고 할머니는 자크의 손을 잡고 아파트로 올라갔다. 생전 처음으로 할머니는 일종의 절망적인 애정을 다하여 그의 손을 아주 힘주어 꼭 쥐고 있었다. 〈얘야, 얘야〉 하고 할머니는 말했다.

한 달 동안 매일같이 수업이 끝난 뒤 베르나르 씨는 네 아이들을 두 시간 동안 붙잡아 놓고 공부를 시켰다. 저녁이면 자크는 피곤하면서도 흥분된 상태로 집에 돌아와서 또 숙제를 하기 시작했다. 할머니는 슬픔과 긍지가 한데 섞인 심정으로 그를 바라보곤 했다. 〈머리가 좋단 말이야〉 하고 에르네스트는 확신에 찬 어조로 말하면서 자신의 머리통을 주먹으로 쳤다. 〈그래, 하지만 우린 어떻게 되는 거지?〉 하고 할머니는 말하곤 했다. 어느 날 저녁 그녀는 소스라쳐 놀랐다. 「저 아이 첫 영성체는 어떻게 하지?」 사실 이 집안에서 종교는 전혀 중요한 것이 못 되었다.[1] 아무도 미사에 참석하지 않았고 아무도 십계명을 내세우지 않았고 가르치지도 않았다. 아무도 초월자의 보상이나 벌을 암시하는 말을 하지 않았다. 할머니 앞에서 죽은 사람에 대한 이야기를 하면 〈아이고 그 사람 이제 방귀도 못 뀌게 됐네〉 하고 말하는 것이었다. 적어도 할머니가 애정을 느꼈던 사람이 죽었을 경우에는 고인이

1 원고의 여백: 판독 불가능한 세 줄.

벌써 오래전부터 죽을 나이가 되어 있었다 하더라도 〈가엾어라, 아직 젊었었는데〉 하고 말했다. 그의 경우 그것은 무분별해서가 아니었다. 주변에서 죽는 사람들을 많이 보았으니까 말이다. 그녀의 두 아이들, 남편, 사위, 그리고 전쟁에 나갔던 모든 조카들. 그러나 죽음은 바로 노동이나 가난만큼이나 그녀에겐 익숙한 것이었다. 그녀는 죽음을 생각하는 것이 아니라 이를테면 죽음을 살고 있었다. 사실 문명의 절정에 이르러서야 꽃피게 마련인 그 장례 신앙은 일반적인 알제리 사람들도 눈앞의 관심사나 집단적인 운명 때문에 갖지 못하고 있지만 할머니에게는 그들에게보다도 더 눈앞의 궁핍이 절실했다.[a]

앞서 간 사람들과 마찬가지로 그들에게 있어서 죽음은 극복해야 할 시련이었고, 결코 내놓고 말은 하지 않지만 그들이 인간의 가장 중요한 덕목으로 삼고 있는 용기를 보여 주려고 노력하는 세계, 그러나 당분간은 잊어버린 채 밀리하려고 노력하는 세계였다(그래서 장례식은 하나같이 우습고 재미있는 모습인 것이었다. 모리스 사촌의 경우?). 이러한 일반적인 태도에다 자크 집안의 경우 가난으로 인한 저 끔찍한 소모는 그만두고라도 격렬한 투쟁과 매일의 노동을 추가해 놓고 생각해 본다면 종교가 들어설 자리는 찾기 어려워진다. 감각적 차원에서 살고 있는 에르네스트 삼촌에게 있어서 종교는 그의 눈에 보이는 것, 즉 신부와 성대한 예식을 의미했다. 타고난 희극적 재능을 활용하여 그는 기회를 놓치지 않고 라틴어 비슷하게 의성어들을 길게 뽑아 분위기를 잡으면서 미사 집전 광경을 흉내 냈고, 끝에 가서는 종소리가 날 때 머리를 숙이는 신자들과 그때를 틈타서 슬쩍 미사주를 마시

a 『알제리에서의 죽음』.

는 사제의 흉내를 한꺼번에 내곤 했다. 한편 카트린 코르므리로 말하자면 그녀의 부드러움을 접하면 누구나 신앙을 생각하게 되는 유일무이한 경우였다. 그러나 부드러움이야말로 그녀의 모든 신앙이었다. 그녀는 부정하는 일도 긍정하는 일도 없이 자기 동생이 장난을 할 때는 약간 웃었지만 사제들을 만나면 〈신부님〉이라고 불렀다. 그녀는 한번도 하느님에 대한 이야기를 하지 않았다. 솔직히 말해서 자크는 어린 시절 동안 줄곧 한번도 누가 그 말을 입 밖에 내는 것을 본 적이 없었다. 그리고 그 자신 거기에 한번도 신경을 써본 일이 없었다. 신비스럽고도 빛나는 현실의 삶만으로도 그의 마음을 온통 가득 채우기에 충분했다.

사정이 이러했는데도 집안에서 종교 의식을 따르지 않고 장례식이라도 치르게 되면 역설적이게도 할머니나 심지어는 삼촌 쪽에서 심심치 않게 사제가 없는 것을 개탄하는 것이었다. 〈개나 다름없지〉 하고 그들은 말하는 것이었다. 그것은 종교가 대다수의 알제리 사람들에게서처럼 그들에게는 사회생활의, 오직 사회생활만의 일부였기 때문이다. 누구는 프랑스 사람이듯이 누구는 가톨릭 신자인 것이었다. 그러자면 불가피하게 몇 가지 의식에 따르지 않으면 안 되었다. 사실로 말하자면 그 의식들은 정확하게 세례, 첫 영성체, 혼배 성사(결혼을 할 경우), 그리고 종부 성사 네 가지였다. 당연히 사이가 멀리 뜨는 이들 의식들 사이사이에 사람들은 딴 일에, 무엇보다도 죽지 않고 살아가는 일에 몰두하는 것이었다.

그러므로 앙리가 그랬듯이 자크도 이제 그의 첫 영성체를 맞게 될 참이었다. 앙리는 의식 그 자체가 아니라 그에 따른 사회적 결과에 대해서 가장 좋지 못한 추억을 지니고 있었다. 특히 영성체 후에는 여러 날 동안 완장을 차고 그에게 약간의 금전적 선물을 하도록 되어 있는 친구 및 친척들을 찾아다녀야 했는데 아이가 거북한 기분으로 그 돈을 받아 가지고 오면 할머니가 그 돈을 회수했다가 앙리에게는 아주 적은 몫만을 돌려주고 영성체에 〈돈이 많이 들었다〉는 이유로 나머지는 그대로 당신이 챙기는 것이었다. 그러나 이 의식은 열두 살 될 무렵에 치르는 것으로 아이는 우선 2년 동안 교리 공부를 하지 않으면 안 되었다. 그러므로 자크는 그의 첫 영성체를 상급 학교 2학년이나 1학년 때 가야 비로소 하게 되어 있었다. 그러나 할머니는 바로 그걸 생각하고서 깜짝 놀란 것이었다. 그녀는 상급 학교에 대하여 막연하면서도 약간 겁을 먹은 관념을 지니고 있어서 초등학교 때보다 열 배는 더 공부를 해야 하는 곳쯤으로 생각하고 있었다. 왜냐하면 거기서 공부를 하고 나면 훨씬 나은 지위에 오를 수 있고 또 그녀의 머릿속에서는 그 어떤 물질적인 향상도 더욱 많이 일을 하지 않고는 불가능한 것으로 여겨지기 때문이었다. 할머니는 자신이 온갖 희생을 미리부터 받아들인 터이므로 전심전력을 다하여 자크의 성공을 바라고 있는데 교리 공부를 하게 되면 그만큼 학교 공부 시간이 줄어드는 것이라고 상상했다. 〈안 돼, 넌 학교와 교리 강좌에 동시에 갈 수는 없어〉 하고 할머니는 말했다. 〈좋아요, 그럼 첫 영성체는 안 하겠어요〉 하고 자크가 말했다. 사람들을 찾아다니는 고역과 그로서는 견딜 수 없는 일인 돈을 받는 굴욕에서 벗어날 수 있다는 생각을 한 것이었다. 할머니가 그를 건너다보았다. 「왜? 어떻게 해결하는 방법이 있을 거야. 옷 입어라. 신부를 찾아가 보자.」 그녀는 자리에서 일어나 결심한 듯 자기 방으로 갔다. 다시 돌아왔을 때 할머니는 집에서 입던 긴 윗도리와 작업복 치마를 벗고 목까지 단추를 잠근 단벌 외출복 〔 〕[1] 차

1 판독 불가능한 한 단어.

림이었고 머리에는 검은 머플러를 쓰고 있었다. 띠 모양의 흰 머리가 머플러의 가장자리로 나와 있었고 맑은 두 눈과 꽉 다문 입으로 인하여 결의에 찬 표정이 뚜렷했다.

현대적 고딕식의 아주 보기 싫은 건물인 생샤를르 성당의 성기실(聖器室)에서 옆에 세운 자크의 손을 잡은 채 할머니는 신부와 마주앉아 있었다. 예순 살쯤 된 뚱뚱한 남자로 얼굴은 동글동글하고 약간 무르며 굵은 코, 선량한 웃음이 깃든 두꺼운 입, 그리고 머리털이 은빛으로 덮인 그는 두 무릎을 벌려 팽팽해진 옷자락 위로 두 손을 모아 잡고 앉아 있었다. 〈이 아이가 첫 영성체를 받았으면 합니다〉 하고 할머니가 말했다. 「썩 좋은 생각이십니다, 부인. 훌륭한 교인을 만들어야지요. 나이는 몇 살인가요?」「아홉 살이요.」「일찍부터 교리 문답 강의를 듣게 하는 것은 잘한 생각이십니다. 3년 안에 그 성스러운 날을 맞을 준비가 완전히 될 겁니다.」〈안 돼요. 당장 해야 됩니다〉 하고 할머니가 딱 잘라 말했다. 「당장이요? 아니 영성체는 다음 달인데 이 아이는 교리 공부를 2년 동안 한 뒤라야 제단 앞에 설 수 있는 걸요.」 할머니가 사정을 설명했다. 그러나 신부는 중고등학교 공부와 종교 공부를 병행시키지 못한다는 주장을 결코 수긍할 수 없었다. 참을성 있게 그리고 선의를 다하여 그는 자신의 경험을 얘기했고 예를 들어 보였는데……. 할머니가 그만 자리에서 벌떡 일어났다. 「그렇다면 영성체는 못 받는 거죠. 가자 자크야.」 이렇게 말하고 그녀는 아이를 끌고 출구를 향했다. 그러나 신부가 얼른 그들의 뒤를 따라갔다. 「기다리세요, 부인, 기다리시라니까요.」 그는 그녀를 부드럽게 자리로 다시 데리고 와서 이치를 따져 설득하려고 노력했다. 그러나 할머니는 고집불통으로 고개를 젓고만 있었다. 「당장 하든가 아니면 아예 그만두겠어요.」 결국 신부가 양보했다. 속성으로 종교 교육을 받은 다음 자크가 한 달 뒤에 영성체를 받는 것으로 합의를 보았다. 사제는 머리를 절레절레 흔들며 그녀를 문까지 배웅하고서 아이의 뺨을 쓰다듬었다. 〈가르쳐 주는 내용을 똑똑히 들어야 해〉 하고 그가 아이에게 말했다. 그리고 그는 어딘가 슬픈 표정으로 그를 바라보았다.

그래서 자크는 베르나르 선생님의 과외 공부와 목요일 토요일 저녁 교리 강좌를 겹쳐서 들었다. 장학생 선발 시험과 첫 영성체가 동시에 다가오고 있어서 하루 일과가 과중했으므로 놀러 나갈 여유가 없었다. 심지어, 특히 일요일은 공책을 덮고 나면 장차 그의 교육을 위해서 집안사람들이 치르게 될 희생과 그가 여러 해 동안 집안을 위해서는 아무것도 하지 못한다는 사실 등을 들먹이면서 할머니가 집안일이나 심부름을 시켰다. 〈하지만 나는 시험에 떨어질 수도 있어요. 시험이 어려우니까요〉 하고 자크가 말했다. 그런데 어느 의미에서 그는 떨어지기를 바라는 때가 없지 않았다. 그의 어린 자부심으로서는 사람들이 끊임없이 들먹거리는 그 희생의 중압감이 너무 무겁게 느껴졌던 것이다. 할머니는 어리둥절해져서 그를 쳐다보았다. 그런 가능성은 한번도 생각해 보지 않았던 것이다. 이윽고 그녀는 어깨를 으쓱하면서 말의 앞뒤야 맞건 말건 〈부디 그러기만 바란다, 엉덩이에 불이 날 테니〉 하는 것이었다. 교리 강좌는 교구의 보좌 신부가 맡았다. 길고 검은 법복을 입은 인상은 키가 큰 정도가 아니라 끝이 없을 것만 같았고 몸이 깡마르며 매부리코에 뺨이 쑥 들어간 인물이었는데, 늙은 신부가 부드럽고 선량한 만큼이나 그는 매몰찼다. 그가 가르치는 방식은 암송이었다. 비록 원시적이긴 했지만 그 방법은 그가 정신적인 인격 지도를 담당한 그 투박하고 고집스러운 어린것들에게는 진정 유일한 방법일지도 몰랐다. 문답식으로 지도하는 것이 필요했다. 「하느님은 어떤 분이신가요?」[a] 그 어린 초심자들에게 이런 말들은 철저하게 무의미한 것이었다. 자크는 기억력이 탁월했으므로 무슨 뜻인지도 모르면서 태연하게 암송했다. 다른 아이가 암송할 때는 그는 몽상에 잠기거나 까마귀 떼들을 멍하니 바라보거나 다른 친구들과 함께 갖가지 찡그린 표정을 지으며 장난을 했다. 바로 그런 찡그린 표정을 짓다가 어느 날 그는 키 큰 신부에게 들키고 말았는데 신부는 그것이 자기를 겨냥한 것으로 오해한 나머지 자신의 성스러운 위엄을 얕보지 못하도록 만드는 것이 좋겠다고 판단하여 아이들이 모두 모인 자리에 자크를 불러 놓고 뼈마디가 튀어나온 자신의 긴 손으로 다짜고짜 그의 뺨을 철썩 후려갈겼다. 자크는 그 힘에 하마터면 쓰러질 뻔했다. 〈이제 네 자리로 돌아가라〉 하고 신부가 말했다. 아이는 눈물 한 방울 흘리지 않은 채(일생 동안 그를 울게 한 것은 선량한 마음씨와 사랑이었지 절대로 악이나 학대는 아니었다. 그런 것은 오히려 그의 마음과 결심을 더욱 굳혀 주었다) 그를 쳐다보고 나서 자리로 돌아갔다. 왼쪽 뺨이 얼얼했고 입 안에 피 맛이 났다. 혀끝으로 더듬어 본 결과 따귀를 맞은 뺨의 안쪽이 찢어져 피가 난다는 것을 알 수 있었다. 그는 피를 삼켰다.

교리 강좌의 나머지 기간 동안 그는 방심한 상태가 되어 신부가 그에게 말을 하면 원망도 친근감도 느끼지 못한 채 태연히 그를 바라보면서 하느님과 그리스도의 희생과 관계된 질문과 답을 한 군데도 틀리지 않은 채 암송했으며 자신이 암송하고 있는 장소와는 백 리나 떨어진 곳에서 결국은 그게 그것인 그 두 가지 시험을 꿈꾸고 있었다. 공부 속으로나 끝도 없이 이어지는 똑같은 꿈속으로나 한결같이 깊숙하

a 교리 문답책을 찾아볼 것.

게 빠져 든 채, 그 써늘하고 보기 싫은 성당에서 앞으로도 수 없이 치러질 저녁 미사들, 그러나 지금까지 멍청한 가곡들밖에 들어 본 것이 없는 그로서는 처음 들어 보는 음악을 오르간이 들려주는 그 미사들에만은 어쩐지 감동이 되어 영문도 모른 채 가슴 울렁이면서 그는 성구들과 성의들의 흐릿한 빛 속에서 황금빛 광채가 깃든 꿈들을 더욱 짙고 더욱 깊게 좇으며 마침내 신비를 찾아서, 그러나 교리 강좌에서 명명하고 엄격하게 규정했던, 그가 몸담아 살고 있는 헐벗은 세계의 단순한 연장에 불과한 성부 성자 성신과는 아무 상관도 없는 그 어떤 이름 모를 신비를 찾아서 달려가는 것이었다. 당시 그가 잠겨 있던 진정 어리고 내면적이며 어렴풋한 신비의 세계는 오직 그의 어머니의 은근한 미소나 침묵의 일상적인 신비를 확대시켜 줄 뿐이었다. 저녁이 되어 그가 집의 식당으로 들어가면 집 안에 혼자뿐인 어머니는 석유램프도 켜지 않고 어둠이 차츰차츰 방 안으로 몰려들도록 버려 둔 채 자신은 더욱 어둡고 더욱 견고한 하나의 형체가 되어 창밖으로 길거리의 활기 찬, 그러나 그녀에게는 침묵에 싸여 있는 움직임들을 물끄러미 내다보고 있었다. 그때 아이는 가슴이 죄어드는 것을 느끼면서, 어머니와 어머니의 속에는 있으나 이 세상과 대낮의 천박함에는 더 이상 속해 있지 않은 그 무엇을 향한 절망적인 사랑이 가득 차오르는 것을 느끼며 문턱에 발걸음을 멈추고 서 있었다. 이윽고 첫 영성체 날이 왔다. 자크가 그때의 기억으로 간직하고 있는 것은 거의 없었다. 기껏해야 남들이 잘못이라고 말해 준 몇 가지 행동들, 다시 말해서 별것 아닌 일들만을 고백했던 그 전날의 고해 성사 정도가 전부였다. 「죄가 되는 생각을 한 적이 없는가?」 〈네, 있습니다〉 하고 아이는 되는 대로 말했지만 어떻게 하여 생각이 죄가 될 수 있는지 알 수가 없었다. 그리고 그는 그 이튿날까지만 해도 죄가 되는 생각, 혹은 한층 더 분명한 것으로, 학생들이 흔히 쓰는 말 속에 잔뜩 들어 있는 외설스러운 욕을 자신도 모르는 사이에 하게 되지나 않을까 하고 걱정하며 지내다가 영성체를 거행하는 날 아침까지는 적어도 그럭저럭 그런 말들을 안 하고 참아 냈다. 그날 세일러복에 완장을 차고 미사 경본과 작고 흰 구슬로 된 묵주 등 가장 덜 가난한 친척들(마르그리트 아주머니 등)이 선물한 그 모든 것을 갖추고서, 기둥과 기둥 사이에 서 있는 부모들의 넋을 잃은 눈길을 받으며 촛불을 들고 줄지어 서 있는 아이들 속의 한가운데 줄에서 자기 촛불을 쳐들고 있을 때, 우레와 같이 터져 나오는 음악은 그의 몸을 얼어붙게 하는 동시에 두려움과 유별난 열광으로 가득 채웠는데 그 속에서 그는 처음으로 자신의 힘과 승리와 삶의 무한한 역량을 느꼈다. 그 열광은 의식이 계속되는 동안 줄곧 그를 사로잡으면서 영성체의 순간까지도 포함하여 눈앞에서 일어나고 있는 모든 것을 잊은 채 넋을 놓게 만들었다. 그 상태는 집으로 돌아올 때와 친척들이 평소보다 더 〔풍성한〕 식탁 주위에 초대받은 식사 때에도 마찬가지였다. 음식은 별로 많이 먹지 못한 채 마시기만 하는데 습관이 된 회식자들이 차츰차츰 흥분하여 마침내 거나한 기분이 방 안을 가득 채우면서 자크의 열광을 파괴하고 심지어 그를 너무나도 어리둥절하게 만든 나머지 디저트가 나올 무렵 전체적인 흥분이 절정에 달하는 순간 드디어 그는 울음을 터뜨리고 말았다. 〈왜 그러니?〉 하고 할머니가 말했다. 「모르겠어요, 모르겠어요.」 그러자 짜증을 참다못한 할머니가 그의 뺨을 때렸다. 〈이러면 네가 왜 우는지 알게 될 거다〉 하고 그녀는 말했다. 그러나 식탁 저 너머로 그에게 슬프고 정다운 미소를 보내고 있는 어머니를 바라보면서 그는 사실 그 까닭을 알고 있었다.

〈일이 잘됐군. 자 그럼 이제 공부를 해야지〉 하고 베르나르 씨가 말했다. 또다시 며칠간의 힘겨운 공부. 그리고 베르나르 씨의 집에서 마지막 수업이 있었다. (아파트 묘사?) 다시 어느 날 아침 자크네 집에서 가까운 전차 정거장에서 네 사람의 학생이 책받침, 자, 필통을 지참하고 베르나르 씨 주위에 모여 서 있었고 한편 자크는 그의 집 발코니에서 앞으로 몸을 수그리고 손짓을 하고 있는 어머니와 할머니를 보았다.

시험을 치는 장소인 고등학교는 만의 주변에 형성된 반원형의 도시 정반대편 끝, 옛날에는 부유하고 음산한 곳이었으나 스페인 이민들로 인하여 알제에서도 가장 서민적이고 생기에 찬 구역으로 변한 동네에 있었다. 고등학교 자체는 거리를 굽어보는 거대한 사각형의 건물이었다. 건물로 들어가려면 옆으로 난 두 군데의 계단과 정면의 넓고 거창한 계단을 통하게 되어 있었고 중앙 계단 양쪽으로는 바나나 나무와[1]가 심어진 보잘것없는 정원이 꾸며져 있으며 그 둘레에는 학생들이 들어가지 못하도록 철책이 쳐져 있었다. 중앙 계단을 올라가면 측면으로 난 두 개의 계단이 한데 합쳐지는 회랑(回廊)이 나타나고 거기에는 중요한 행사가 있을 때나 사용하는 거창한 문이 나 있었다. 평소에는 그 옆에 유리를 끼운 수위실 쪽으로 난 훨씬 작은 문을 이용하도록 되어 있었다.

창백한 안색과 침묵으로 미루어 불안해하고 있는 것이 완연한 몇몇 사람 이외에는 대부분의 학생들은 거리낌 없는 태도를 취함으로써 떨리는 속마음을 감추고 있었다. 제일 먼저 온 그 학생들 속에 섞인 채 베르나르 씨와 그의 학생들이 기다리고 있는 곳도 바로 그 회랑 안이었다. 그들의 앞에는 아직 선선한 이른 아침의 굳게 닫힌 문과 잠시 후 해가 떠오르

1 원고의 이 부분에 아무 낱말도 나타나 있지 않음.

면 먼지로 뒤덮이겠지만 아직은 축축한 상태인 길거리가 있었다. 반 시간은 실히 먼저 온 그들은 선생님 옆에 바싹 붙어 선 채 아무 말이 없었다. 선생님 역시 아무 할 말이 생각나지 않는지 갑자기 곧 돌아오겠다면서 자리를 떴다. 과연 잠시 후에 테가 위로 말린 모자와 그날 특별히 착용한 각반 등 언제 보아도 차림새가 우아한 선생님이 박엽지(薄葉紙)로 싸서 손에 들 수 있도록 그 끝을 그냥 나선형으로 돌돌 만 두 개의 꾸러미를 양손에 들고 돌아오는 것이 보였다. 그가 가까이 왔을 때 그들은 종이에 기름이 여기저기 묻어 있는 것을 보았다. 〈크루아상이다. 한 개는 지금 먹고 또 한 개는 열시에 먹도록 남겨 둬라〉 하고 베르나르 씨가 말했다. 그들은 감사하다고 인사하고 먹었다. 그러나 딱딱하고 소화가 잘 되지 않는 밀가루 음식이라 목에 잘 넘어가지 않았다. 〈서두르면 안 돼. 문제의 내용과 작문의 주제를 잘 읽어야 해. 여러 번 읽으라고. 시간은 충분하니까〉 하고 교사가 반복해서 말했다. 그렇다, 그들은 여러 번 되풀이하여 문제를 읽을 것이고 선생님이 시키는 대로 할 것이었다. 무엇이든 모르는 것이 없고 옆에만 있으면 인생에 거칠 것이 없는 선생님이니 그가 지도하는 대로 따르기만 하면 되는 것이었다. 그때 작은 문 옆에서 웅성웅성하는 소리가 났다. 이제는 전원이 다 모인 60여 명의 학생들이 그쪽을 향해서 다가갔다. 관리인이 문을 열고 나서 명단을 읽었다. 자크의 이름은 가장 먼저 호명된 사람들 중에 들어 있었다. 그때 그는 선생님의 손을 잡고 있다가 잠시 주저했다. 〈가봐라, 얘야〉 하고 베르나르 씨가 말했다. 자크는 떨면서 문 쪽으로 걸어가다가 문턱을 넘어서는 순간 선생님을 돌아보았다. 그는 거기 크고 든든한 모습으로 서 있었다. 그는 자크에게 태연하게 미소를 지어 보였고 머리를 끄덕끄덕했다.[a]

정오에 베르나르 씨는 출구에서 그들을 기다리고 있었다. 그들은 그에게 답안의 초안을 보였다. 오직 상티아고만이 문제를 풀 때 실수를 했다. 〈네 작문은 아주 훌륭하다〉고 그는 자크를 돌아보며 짤막하게 말했다. 한시에 그는 그들을 다시 데리고 왔다. 네시에도 그는 여전히 거기에 와서 그들이 쓴 답안을 검토했다. 〈자, 이젠 기다리는 거다〉 하고 그가 말했다. 이틀 후 또다시 그들 다섯 사람은 다 같이 아침 열시에 그 작은 문 앞으로 모였다. 문이 열렸고 관리인이 또다시 이번에는 훨씬 간단한 명단을 읽었다. 합격자들이었다. 와글와글 하는 소리 때문에 자크는 자기 이름을 부르는 소리를 듣지 못했다. 그러나 누군가 그의 목뒤를 즐겁게 툭 치는가 했는데 베르나르 씨가 그에게 말하는 소리가 들렸다. 「장하다, 꼬마야. 합격이다.」 오직 착한 상티아고만이 떨어졌다. 그들은 방심한 듯한 슬픔의 표정으로 그를 바라보았다. 〈괜찮아, 괜찮아〉 하고 그는 말했다. 그리고 자크는 어디가 어딘지, 어떻게 된 영문인지 알 수가 없었다. 그들 네 사람은 다 같이 전차를 타고 돌아왔다. 「너희들 부모님들을 찾아가 보아야겠다. 우선 코르므리네 집이 가장 가까우니까 거기부터 들른다.」 그런데 집의 가난한 식당 안에는 지금 여자들이 가득했다. 거기에는 할머니와 그 기회에 하루 휴가를 얻은(?) 어머니, 그리고 이웃인 마송 집안 여자들이 모여 있었는데 자크는 선생님의 허리께에 딱 붙어 서서 그 든든한 몸의 뜨거운 열기가 전해 오는 가운데 마지막으로 그의 미안수 냄새를 맡고 있었다. 할머니는 이웃집 여자들 앞에서 얼굴이 환하게 빛나고 있었다. 〈감사합니다, 베르나르 선생님, 감사합니다〉 하고 그녀는 말했고 그동안 선생님은 아이의 머리를 쓰다듬었다.

a 장학생 선발 시험 과목을 참조할 것.

「네겐 이제 더 이상 내가 필요 없게 되었구나. 학식이 더 많으신 선생님들을 만나게 될 테지. 그렇지만 내가 어디 있는지 아니까 도움이 필요할 때는 언제든지 찾아오너라.」 그는 떠났고 자크는 그 여자들 한가운데 길을 잃은 채 혼자 남았다. 이윽고 그는 창가로 달려가서 마지막으로 그에게 인사를 하고는 이제부터는 그를 혼자 남겨 놓는 선생님을 바라보았다. 그러자 시험에 합격했다는 기쁨 대신에 엄청난 아픔이 그의 어린 가슴을 쥐어뜯는 것을 느꼈다. 마치 그 합격에 의해서 그는 그의 것이 아닌 낯선 세계, 마음으로 모든 것을 다 아시는 저 선생님보다 다른 선생님들이 더 유식하다는 사실이 도무지 믿어지지 않는 세계 속으로 던져지기 위하여 저 가난의 순진무구하고 진정 어린 세계, 사회 속의 섬처럼 안으로 닫혀 있으되 가난이 가족과 유대감을 대신하는 세계로부터 이제 막 떨어져 나왔음을 미리부터 알게 되었다는 듯이. 이제부터 그는 도움을 받지 않고 배우고 이해해야 하며, 그에게 구원의 손길을 내밈어 주던 하나뿐인 그분의 도움 없이 마침내 어른이 되어야 하고, 가장 비싼 대가를 지불하고 드디어 혼자 일어서지 않으면 안 될 것이었다.

7. 몽도비 : 식민지와 아버지

[a]이제 그는 어른이 되어 있었고……. 본에서 몽도비로 가는 길 위에서 J. 코르므리는 자동차를 타고 가다가 소총들을 삐죽삐죽 내민 채 천천히 달리고 있는 지프들과 마주쳤는데…….

「베이야르 씨이신가요?」

「네.」

자신의 작은 농가 문간에 서서 자크 코르므리를 바라보고 있는 사람은 키는 작지만 어깨가 둥글고 땅딸막했다. 그는 왼손으로 열린 문을 붙잡고 바른손으로는 문틀을 꽉 움켜잡고 있었다. 그 때문에 집으로 들어오는 길을 열어 놓고도 그 길을 막고 있는 형국이었다. 로마 사람 같은 인상을 주는 그의 희끗희끗하고 드문 머리카락으로 미루어 보아 그는 40세가량 되어 보였다. 그러나 맑은 눈에 윤곽이 고르고 구릿빛 나는 얼굴, 카키색 바지에 감싸인 약간 굼뜨지만 비만하지도 배가 나오지도 않은 몸, 가죽 끈으로 엮은 샌들, 그리고 주머니 달린 푸른색 셔츠 차림은 그를 훨씬 젊게 보이도록 했다.

a 자동차, 말, 기차, 배, 비행기.

그는 가만히 서서 자크의 설명에 귀를 기울였다. 이윽고 그는 〈들어오세요〉 하면서 옆으로 비켜났다. 가구라고는 갈색 궤짝 하나와 나무를 구부려 만든 우산걸이가 전부였다. 하얗게 회벽을 칠한 작은 복도로 자크가 걸어 들어가는 동안 그의 등 뒤에서 그 농가 주인의 웃음소리가 들렸다. 「요컨대 성지 순례로군요! 하기야 솔직히 말해서 그럴 때지요.」〈왜요?〉 하고 자크가 물었다. 〈식당으로 들어가요. 거기가 제일 서늘하니까요〉 하고 농가 주인이 말했다. 식당의 반은 베란다였는데 부드러운 밀짚 블라인드들이 하나만 빼고 모두 다 내려져 있었다. 식탁과 연한 색깔의 목재 찬장 말고는 방 안의 가구는 등나무 의자들과 덱체어뿐이있다. 자크는 뒤를 돌아보고서 자기가 방 안에 혼자라는 것을 알아차렸다. 그는 베란다로 나가 보았다. 블라인드들 사이의 빈 공간을 통해서 후추나무들을 심어 놓은 정원과 나무들 사이에서 번쩍거리는 두 대의 선명한 붉은색 트랙터가 보였다. 그 너머로는 아직 견딜 만한 연한시이 햇빛 아래 포도밭의 고랑들이 보였다. 잠시 후 농가의 주인이 아니스 술병, 유리컵 그리고 얼음에 채운 물병을 쟁반에 담아 들고 들어왔다.

그는 우윳빛 액체를 가득 채운 컵을 들어 올렸다. 「조금만 늦게 왔으면 여기서 아무것도 못 찾을 뻔했소이다그려. 어쨌든 뭘 좀 물어볼 만한 프랑스 사람은 하나도 없었을 겁니다.」「당신네 농가가 내가 태어난 집이라고 알려 준 것은 늙은 의사였어요.」「그래요. 그 농가는 생타포트르 영지의 일부였지만 우리 부모님이 전쟁 뒤에 그걸 샀어요.」 자크는 자기 주위를 둘러보았다. 「당신이 여기서 태어난 건 절대로 아닐 겁니다. 우리 부모님이 전부 새로 지은 집이니까요.」「그분들이 전쟁 전에 우리 아버지와 아는 사이였나요?」「그럴 것 같지 않은데요. 부모님은 튀니지 국경 지방에 정착했다가 나중엔 문명한 곳 가까이 가서 살고 싶어졌던 거예요. 그분들에게 솔페리노만 해도 문명이 발달한 곳이었죠.」「그곳의 그 전 관리인 얘기를 못 들어 봤나요?」「이 고장 분이시니 잘 아시겠지만 여기선 아무것도 그냥 두는 게 없어요. 때려 부수고 새로 짓지요. 미래만 생각하고 나머지는 다 잊어버리는 거예요.」〈알았습니다. 공연히 실례만 했군요〉 하고 자크가 말했다. 〈아니요, 반가웠어요〉 하고 상대편이 말했다. 그는 미소를 지어 보였다. 자크는 자기 잔을 비웠다. 「댁의 부모님들은 국경 가까운 곳에 그대로 사시나요?」「아니요, 거긴 금지 구역이에요. 댐 옆이니까요. 우리 부모님을 모르시는 게 분명하군요.」 그 역시 잔에 남은 것을 비웠다. 그리고 그 대목에 이르자 더 열을 올려 얘기할 것이 생각났다는 듯이 웃으며 말했다. 「늙은 식민지 개척자죠. 구식의. 파리 사람들이 욕하는 사람들, 있잖아요. 아버지가 항상 무자비했던 건 사실이에요. 나이 예순 살. 그렇지만 〔말상〕으로 생겨 가지고 청교도처럼 키가 크고 바싹 말랐지요. 족장 타입이죠. 그 밑에서 일하는 아랍인 노동자들을 지독하게 혹사시켰어요. 그리고 공평하게시리 자기 자식들한테도 마찬가지였고요. 그래서 작년에 거길 비울 때 대판 싸움이 벌어졌지요. 그 지방은 사람이 살 수 없을 지경이 되었던 거예요. 총을 옆에 두고 자야 할 판이었죠. 라스킬 농장이 공격을 받았을 때, 생각나세요?」〈아니요〉 하고 자크가 말했다. 「왜 있잖아요, 아버지하고 아들 둘이 칼에 찔려 죽고 어머니와 딸은 오랫동안 강간당하고 나서 죽은……. 간단히 말해서…… 도지사가 멋도 모르고 농부들이 모인 자리에서 〔식민지〕 문제, 아랍인들을 다루는 방식을 재고할 필요가 있다, 이제는 지난 일을 청산하고 다시 시작하지 않으면 안 된다는 말을 했다지 뭡니까. 그러자 영감이 이 세상 누구도 내 땅에 와서 이래라저래라 할 수는 없다고 받아 버렸지요. 그렇지만 그날 이후 그는 입을 열지 않았고 밤에도 가끔 일어나 밖으로 나가곤 했어요. 어머니가 덧문으로 내다보니 농장을 가로질러 걸어가더래요. 땅을 비우고 철수하라는 명령이 도착했을 때 아버지는 아무 말도 하지 않았어요. 포도 수확이 끝나고 포도주를 저장통에 넣고 난 뒤였습니다. 그는 포도주 저장통들을 열더니, 옛날에 자신이 그 물길을 돌려놓았던 소금기 있는 샘물 쪽으로 가서 그 물이 다시 자기 땅으로 곧장 흘러들게 만들어 놓고 나서 트랙터에 쟁기를 달았어요. 그러곤 사흘 동안 모자도 쓰지 않은 채 아무 말도 없이 트랙터 핸들을 붙잡고 소유지 전체의 포도나무를 모조리 다 뽑아 버렸습니다. 한번 상상을 해보세요, 바싹 마른 영감이 트랙터 위에 올라앉아 덜커덩거리면서, 딴 놈들보다 유난히 굵은 포도나무 그루터기가 하나 보습 날에 완전히 뽑히지 않을 때면 액셀러레이터 페달을 힘껏 밟아 대는 꼴을 말입니다. 이렇게, 심지어 식사 때가 되어도, 멈출 줄 모르는 거예요. 어머니가 빵과 치즈와 [수브르사드]를 갖다 주면 매사에 그렇듯이 침착하게 씹어 삼키고는 마지막 남은 빵 덩어리를 던지면서 또다시 액셀러레이터를 밟았어요. 이런 식으로 아침에 해 떠서부터 해 질 때까지, 지평선 끝 산마루 쪽으로건 금방 소식을 듣고 와서 그 역시 멀찍이서 아무 말없이 하는 대로 보고만 서 있는 아랍인들 쪽으로건 눈길 한번 주지 않은 채 계속이었어요. 누군가의 기별을 받고 젊은 대위 한 사람이 찾아와서 왜 그러는지 물으니까 저쪽에서는 이렇게 대답했어요. 〈젊은이, 우리가 여기 와서 해놓은 것이 죄가 된다니 지워 없애야지.〉 모든 것이 끝나서 집으로 돌아온 그는 저장통에서 새어 나온 포도주로 흥건히 젖은 마당을 건너질러 가서 보따리를 싸기 시작했습니다. 아랍인 노동자들이 마당에서 기다리고 있었지요. (거기는 또 이유는 알 수 없으나 대위가 보낸 순찰병이 얌전한 중위와 함께 와서 명령을 기다리고 있었어요.) 〈주인님, 이제 어떻게 할까요?〉 〈내가 자네들이라면 산으로 들어가 싸울 준비를 하겠네. 저들이 이길 거야. 프랑스엔 이제 더 이상 사람이 없어.〉」

농가 주인이 웃었다. 「어때요, 화끈하죠?」

「당신과 함께 살고 계신가요?」

「아니오. 알제리 얘긴 아예 꺼내지도 못하게 해요. 마르세유의 현대식 아파트에 사세요. 방 안에서 맴돌고만 있다고 엄마가 편지에 썼더군요.」

「그럼 당신은요?」

「오, 나야 그냥 여기 있는 거죠, 끝까지요. 어떤 일이 있어도 난 여기서 떠나지 않을 거예요. 가족은 알제로 보냈으니 난 여기서 죽을 겁니다. 파리 사람들은 이런 거 이해 못 해요. 우리 말고 유일하게 이해할 수 있는 사람들이 누군 줄 아세요?」

「아랍인들이죠.」

「맞았어요. 우린 서로 이해하도록 되어 있어요. 우리나 마찬가지로 멍청하고 짐승 같지만 인간적으로 같은 피예요. 아직 좀 더 서로 죽이고 걷어차고 고문하고 하겠죠. 그러고 나면 인간적으로 살아가기 시작할 겁니다. 그런 고장인 걸요. 아니스 술 좀 더 하겠어요?」

「약하게요.」

얼마 후 그들은 밖으로 나왔다. 자크는 이 고장에 그의 부모와 아는 사이였던 사람이 아직도 남아 있을지 물었다. 베이야르 생각으로는 그가 태어날 때 왔었고 바로 솔페리노에 은퇴하여 사는 늙은 의사 말고는 아무도 없다는 것이었다. 생타포트르 농장은 두 번씩이나 주인이 바뀌었고 많은 아랍인 노동자들이 두 번의 전쟁 때 죽었으며 다른 많은 노동자들이 또 태어났다. 「여기선 모든 게 변해요. 빨리 변하고 모두 잊어버리고……」 그렇긴 하지만 탐잘 노인이라면 혹시……. 그는 생타포트르 농장들 중 하나의 경비였다. 1913년에 그는 스무 살쯤 되었을 것이다. 어쨌든 자크는 그가 태어난 고장 구경이라도 할 수 있을 것이다.

북쪽만 빼고 그 고장은 멀리 있는 산들에 둘러싸여 있었다. 정오의 열기 때문에 산은 거대한 돌과 광채 나는 구름의 덩어리 같아 보였고 그 사이로는 옛날에 늪지대였던 세이부즈의 평원이 북쪽으로 바다에 이르기까지 더위로 뿌옇게 된 하늘 아래 황산구리 용액을 뿌려서 푸르게 변한 잎사귀들이 벌써 까맣게 익은 포도송이들과 더불어 질서 정연한 포도밭을 펼쳐 놓고 있는 가운데 여기저기에 드문드문 줄지어선 사이프러스 나무나 유칼립투스나무 그늘 아래는 몇 채의 집들이 아늑하게 들어앉아 있었다. 그들이 농장의 길을 따라가는 동안 떼어 놓는 발걸음마다 빨건 먼지가 일었다. 그들의 앞, 산들이 뻗어 있는 곳까지 공간은 진동하고 햇빛은 윙윙거리는 소리를 내며 쏟아지고 있었다. 그들이 한 무더기의 플라타너스나무들 뒤에 있는 어느 조그마한 집에 이르렀을 때는 이미 몸이 땀으로 흠뻑 젖어 있었다. 눈에 보이지는 않았지만 개가 한 마리 미친 듯이 짖어 댔다.

상당히 황폐해진 그 조그마한 집은 뽕나무로 짠 문이 꼭 잠겨 있었다. 베이야르가 노크를 했다. 개 짖는 소리가 더욱 요란해졌다. 그 소리는 집의 반대편 닫혀 있는 작은 뜰에서 들려오고 있는 것 같았다. 그러나 사람이 움직이는 기척은 없었다. 〈온 천지에 불신뿐이구먼. 저 안에 사람이 있어요. 그렇지만 대답 않고 기다리는 거죠〉 하고 농장 주인이 말했다.

〈탐잘! 나 베이야르요〉 하고 그가 소리쳤다.

「6개월 전에 사람들이 저 사람 의붓아들을 잡으러 와서 산에 숨은 사람들에게 보급품을 대주고 있는지 물었어요. 그리곤 그 사람 소식이 끊어졌죠. 한 달 뒤 탐잘한테 전하는 말인즉, 아마도 그 사람이 탈옥을 하려고 했는지 총살시켰다는 거였어요.」

「아. 그래 정말 산에 숨은 사람들에게 보급품을 대줬었나요?」

「그럴지도 모르고 아닐지도 모르죠. 도리 없잖아요, 전쟁인데. 어쨌든 이 인심 좋은 고장에서 문을 열어 주는 데 시간이 걸리는 까닭은 알 만한 거죠.」

아닌 게 아니라 바로 그때 문이 열리고 있었다. 키가 작고 〔 〕[1] 머리에는 챙이 넓은 밀짚모자를 썼으며 조각을 대고 기운 푸른색 양복을 입은 탐잘이 베이야르에게 미소를 지으며 자크를 쳐다보았다. 「친구라네. 이 집에서 태어난 사람이야.」 〈들어와, 차나 마시지〉 하고 탐잘이 말했다.

탐잘은 아무것도 기억나지 않는다고 했다. 아, 참. 집안의 어떤 아저씨한테서 몇 달 동안 와 있었던 농장 감독 얘기를 들은 적은 있었다. 전쟁 직후였다. 〈아니, 전쟁 직전이죠〉 하고 자크가 말했다. 직전인가, 그럴 수도 있을 것이다. 그때 그는 아주 어렸었으니까. 그래 당신 아버지는 어떻게 되었는데? 전쟁에 나갔다가 죽었다. 〈멕툽〉[2] 하고 탐잘이 말했다. 「그렇지만 전쟁은 나빠.」 〈전쟁이야 항상 있던 건데 뭘. 그러나 사람은 곧 평화에 길이 들지. 그래서 그게 정상인 줄 아는 거야. 아니지, 그건 정상이 아냐, 전쟁이 정상이지〉[a] 하고 베이야르가 말했다. 〈사람들이 미쳤어〉 하고 탐잘이 말하고 옆방에서 외면하고 있는 여자의 손에서 차 쟁반을 받아 가지고

1 판독 불가능한 두 단어.

2 아랍 말로 〈그건 책에 씌어 있다(운명이다)〉의 뜻.

a 발전시킬 것.

왔다. 그들은 뜨거운 차를 마신 다음 포도밭을 건너질러 가는 그 후끈거리는 길로 다시 접어들었다. 〈택시를 타고 솔페리노로 돌아가야겠습니다. 의사한테 식사 초대를 받았어요〉 하고 자크가 말했다. 「나도 불청객 노릇 좀 해야겠군요. 기다려요. 먹을 것을 가지고 나올 테니.」

그 후 알제로 돌아오는 비행기 안에서 자크는 그가 수집한 정보들을 정리해 보려고 애를 썼다. 사실 정보래 봐야 아주 조금밖에 되지 않았고 그 어느 것도 그의 아버지와 직접적으로 관계된 것은 아니었다. 이상하게도 어둠이 거의 측정할 수 있을 만큼 빠른 속도로 땅에서 올라와서 마치 그 두꺼운 어둠 속으로 직접 뚫고 들어가는 나사못처럼 아무런 움직임도 없이 곧장 나아가고 있는 비행기를 덥석 물어 버리는 것 같았다. 그러나 어둠은 자크의 불안감을 더욱 가중시켜서 그는 비행기와 암흑에 이중으로 갇힌 느낌이었고 숨을 쉬기가 어려웠다. 호적부와 거기에 적힌 두 사람의 증인들 이름이 눈에 선했다. 파리 거리의 간판들에서 많이 볼 수 있는 아주 프랑스적인 이름들이었다. 늙은 의사는 아버지의 도착과 그 자신의 출생에 대한 이야기를 들려준 다음, 아버지에게 그런 수고를 해주겠다고 나서는 사람들 중 그냥 아무나 골랐던 것인데 마침 솔페리노의 두 상인이 증인이 된 것이라고 그에게 말했다. 그들이 파리 변두리에서 흔히 볼 수 있는 이름을 가진 것은 사실이었다. 그러나 솔페리노가 1848년 2월 혁명파들이 와서 세운 고장이고 보면 놀라울 것도 없었다. 〈정말이라니까요. 우리 증조부 증조모도 그랬어요. 그렇기 때문에 우리 영감한테 어딘가 혁명 당원 같은 데가 있는 거예요〉 하고 베이야르가 말했었다. 그리고 그는 이곳에 처음 온 조상들 중 할아버지는 포부르 생드니의 목수였고 할머니는 세탁공이었다고 덧붙였다. 당시 파리에는 실업자가 매우 많아서 들썩거렸고 제헌 의회는 해외 이주단을 보내기 위하여 5천만 프랑의 예산을 가결했다.[a] 그래서 각자에게 집과 2 내지 10헥타르의 땅을 준다는 것이었다. 「지원자가 많으리란 건 짐작이 가죠. 천 명도 넘었지요. 모두가 다 약속의 땅을 꿈꾸고 있었고요. 특히 남자들이 그랬어요. 여자들이야 낯선 건 무서우니까. 그러나 남자들이야 뭐! 혁명을 괜히 한 게 아니잖아요. 꼭 산타클로스를 믿는 꼴이었다죠. 그런데 그들에게 산타클로스는 아랍인들이 입는 외투였어요. 그래서 그들 나름의 산타클로스를 갖게 된 거죠. 떠난 게 49년이고 맨 처음으로 집을 지은 것이 54년 여름이었어요. 그런데 그 사이에……」

이제 자크는 숨 쉬기가 좀 편해졌다. 첫 번째 어둠이 맑아지면서 뒤에 한 무리의 별들을 남겨 놓은 채 썰물처럼 물러갔다. 이제는 하늘에 별들이 가득했다. 오직 발밑의 요란한 엔진소리만이 그의 머릿속을 어지럽혔다. 그는 카룹과 가축사료를 파는 늙은 상인을 머릿속에 떠올려 보려고 애를 썼다. 그 사람은 그의 아버지를 알았고 막연히나마 기억이 난다면서 〈말수가 적었어. 말수가 적은 사람이었지〉 하고 자꾸만 되풀이해서 말하는 것이었다. 그러나 소음에 정신이 얼떨떨해져서 그는 기분 나쁜 무감각 상태에 빠져 드는 느낌이었다. 그 상태 속에서 그는 거대하고 적대적인 고장 뒤로 사라져서 그 마을과 그 평원의 이름 없는 역사 속으로 녹아들고 있는 아버지를 다시 떠올려 상상해 보려고 애썼으나 소용없는 일이었다. 의사의 집에서 주고받은 대화 속에서 나온 세세한 일들은 파리 출신의 식민자들을 솔페리노로 실어 가는 저 거룻배들만큼이나 느릿느릿한 속도로 그의 머릿속에서

a 48(저자가 동그라미로 테를 둘러 놓은 숫자 — 프랑스어판 편집자주).

되살아나고 있었다. 그만큼이나 느릿느릿한 속도로. 그 무렵에는 기차가 없었어. 없었고말고. 아니, 있었지만 리옹까지밖에 가지 않았지. 그래서 예선마(曳船馬)들이 끄는 거룻배 여섯 척에 나누어 타고, 물론 시립 악단이 연주하는 「라 마르세예즈」 및 「출발의 노래」와 성직자들의 축도 속에, 아직 존재하지는 않지만 배에 타고 있는 승객들이 장차 신명 나게 건설하게 될 마을 이름을 수놓은 깃발을 펄럭였다. 거룻배는 벌써 표류하고, 파리는 미끄러지며 흘러 사라지려고 했다. 그대들이 하려는 일에 신의 축복이 있기를. 바리케이드에서 강하고 모질게 버티었던 사람들도 미어지는 듯한 가슴으로 입을 다물고 있었고 그 옆에 바싹 붙어 있는 그들의 아내들은 겁을 집어먹고 있었다. 그리고 배 밑바닥에서 밀짚을 넣은 매트리스를 깔고 부드러운 소리와 더러운 물이 머리 높이에서 출렁거리는 가운데 누워 자야만 했다. 그러나 우선 번갈아 가면서 붙잡고 있는 침대 시트 뒤에서 여자들이 옷을 갈아입었다. 그의 아버지는 이 모든 것과 무슨 관계가 있다는 것인가? 아무 관계도 없었다. 그러나 백 년 전 늦가을의 운하들을 따라 끌려가다가 개암나무 버드나무들이 흐린 하늘 아래 호위하는 가운데 마지막 낙엽들로 뒤덮인 작은 강 큰 강 위로 한 달 동안이나 표류하고 여러 도시들에서 공식 취주 악단의 환영도 받았다가 새로운 떠돌이 부대를 가득 실은 채 낯선 고장으로 내몰렸던 그 거룻배들이 그가 찾으러 떠났던 〔퇴락하고〕 뒤죽박죽인 추억들보다는 생브리외의 사자에 대하여 그에게 더 많은 것을 가르쳐 주는 것이었다. 이제 모터의 회전 속도가 달라졌다. 발아래 저 어두운 덩어리들, 무너져서 날이 선 어둠의 토막들이 바로 카빌리아였다. 오랫동안 야성적이고 피비린내 나던 그 나라의 야성적이고 피비린내 나는 부분, 그곳을 향하여 지금부터 백 년 전 48년의 노동자들이 쾌속 범선에 빽빽이 실려서 떠났었다. 〈《르 라브라도르》호, 그게 이름이었어, 상상을 좀 해보라고. 모기들과 태양을 향해 가는 《르 라브라도르》호를 말이오〉 하고 늙은 의사가 말했다. 어쨌든 그 〈르 라브라도르〉호는 회전판을 바쁘게 놀려 노한 미스트랄 바람이 쳐들어 올리는 얼음같이 찬 물을 휘저었고, 다섯 낮 다섯 밤 동안 모든 갑판은 극지의 삭풍에 쓸리고, 배 밑창 깊숙한 곳에서 정복자들은 죽을병이 든 채 서로서로의 몸 위에 토하며 차라리 죽는 게 낫겠다고 울부짖다가 마침내 본[1)] 항구에 입항했고, 아내와 아이들과 가구들을 이끌고 유럽의 수도를 떠나 그토록 먼 곳으로부터 5주일 동안의 방황 끝에 먼 곳이 푸르스름하고 거름과 양념과 〔 〕[1]로 이루어진 이상한 냄새만 맡아도 마음이 불안해지는 이 땅 위로 어질어질하며 내려서는 그 푸르딩딩한 모험가들을 모든 주민들이 부두에 나와서 음악으로 맞이했다.

자크는 좌석에서 몸을 뒤척였다. 그는 반쯤 잠이 들었었다. 그는 한 번도 본 일이 없고 키가 큰지 작은지도 알지 못하는 아버지를 보았다. 그 본 항구의 부두에서 기중기들이 여행 동안 무사히 견딘 보잘것없는 가구들을 실어 내리고 잃어버린 가구들 때문에 말다툼이 벌어지고 있을 때의 그 이민들 가운데서 아버지를 본 것이다. 그는 거기, 단호하고 우울한 표정으로 어금니를 꽉 물고 있었다. 따지고 보면 그것은 거의 40년 전 똑같은 가을 하늘 아래 포장마차를 타고 그가 본에서 솔페리노로 온 바로 그 길이 아니었던가? 그러나 당시에는 길이 닦여 있지 않았었다. 여자들과 아이들은 군용 수송차에 빼곡 빼곡 올라타고 남자들은 걸어서 늪지대의 평원

1) 도시 이름.

1 판독 불가능한 한 단어.

이나 가시가 많은 관목 지대를 눈대중으로 가로질러 가노라면 아랍인들이 여기저기 무리지어 멀찍이 물러선 채 적의에 찬 눈으로 바라보고 거의 끊임없이 카빌리아 개 떼들이 짖어 대며 따라오는데 어느덧 하루해가 저물어 40년 전 그의 아버지가 찾아갔던 바로 그 고장에 이르는 것이었다. 편편하지만 멀리 고원 지대가 에워싸고 있는 그곳은 인가 하나 없고 농사짓는 땅뙈기 하나 없이 몇 안 되는 땅 색의 군용 텐트들만 덮여 있는 헐벗고 인적 없는 공간에 불과했다. 그들에게는 그야말로 황량한 하늘과 위험한* 땅 사이의 세상 끝이었다. 그래서 여자들은 밤이면 피곤과 두려움과 실망으로 눈물을 흘렸다.

비참하고 적대적인 장소로의 똑같은 도착, 똑같은 사람들, 그리고 그 후에, 그리고 또 그 후에. 오! 아버지에게 그것이 어떠했는지 자크로서는 알 수 없었지만 다른 사람들에게는 모두 마찬가지였다. 히죽히죽 웃어 대는 군인들 앞에서 정신을 차리고 텐트 속에 자리를 잡지 않으면 안 되었다. 집은 나중에 두고 볼 일이었다. 집은 차차 짓고 그러고 나서 땅과 일을 나누어 줄 것이었다. 그 신성한 일이 모든 것의 구원이 될 것이었다. 〈당장은 아니고, 일은……〉 하고 베이야르가 말했다. 비, 엄청나고 사납고 다할 줄 모르는 알제리의 비가 일주일 동안 쏟아졌고 세이부즈 강이 범람했다. 물이 넘쳐서 텐트 가까지 왔으므로 그들은 거대한 텐트 속에서 불결하고 무질서하게 뒤섞인 원수 같은 형제가 되어 밖으로 나가지도 못하고 지냈는데 악취를 모면하기 위하여 속이 빈 갈대들을 꺾어다가 기대 놓고 안에서 밖으로 오줌을 누었다. 비가 그치자 즉시, 실제로 목수의 지휘 아래 일을 시작하여 가벼운 가

* 미지의.

건물을 지었다.

〈아! 우직한 사람들〉 하고 베이야르가 웃으며 말했다. 「그 사람들이 자기네 오두막집들을 봄에 다 짓고 나자 이번에는 콜레라에 걸린 거예요. 우리 집 영감 이야기로는 목수 할아버지는 딸과 아내를 그 병으로 잃었다니 그 여자들이 여행길 나서기를 망설일 만도 했어요.」〈정말 그렇군〉 하고 의사가 이리저리 걸어다니며 말했다. 그는 언제나 각반을 차고 몸을 꼿꼿하게 세우고 있어서 거만한 인상이었는데 자리에 가만 앉아 있질 못했다. 「하루에 열 명씩이나 죽었대요. 더위는 철 이르게 찾아와서 바라크 안은 견딜 수 없도록 더웠어요. 그러니 위생 상태가 어땠겠어요? 요컨대 하루 열 명씩이나 죽어 나가는 거예요.」 군인인 그의 동료 의사들은 완전히 손을 들었다. 사실 이상한 의사들이었다. 그들은 약을 완전히 다 써버려서 남은 것이 없었다. 그래서 한 가지 아이디어를 생각해 냈다. 피를 덥히기 위해서 춤을 추어야 한다는 것이었다. 그리하여 밤마다 일이 끝나고 나면 식민자들은 장례식 사이사이에 바이올린 소리에 맞추어 춤을 추었다. 그런데 글쎄 그게 맞아떨어진 것이다. 더운데 열이 나니까 그 사람들은 흘릴 수 있는 땀은 다 흘렸다. 그 결과 전염병이 멎었다. 「그거 깊이 연구해 볼 아이디어네.」 그렇다, 그것은 아이디어였다. 덥고 습기 찬 밤, 병자들이 잠자고 있는 가건물들 사이에 서투른 바이올린 악사가 상자 위에 걸터앉고 그 옆에 있는 등불 주위에는 모기들과 벌레들이 잔뜩 몰려들어 앵앵거리는데 긴 옷이나 모직 양복을 입은 정복자들이 가시덤불을 쌓아 크게 피워 놓은 모닥불 주위에서 춤을 추고 한편 캠프의 사방에는 경비병이 지키면서 검은 갈기 달린 사자들, 가축 도둑, 아랍인 무리, 때로는 기분 전환과 양식이 필요한 다른 프랑스 식민자들의 강탈로부터 이 포위된 사람들을 지키고 있었다. 그 뒤에 가서야 드디어 가건물들뿐인 마을에서 멀리 떨어져 여기저기 흩어져 있는 몇 뙈기의 땅들을 나누어 주었다. 그리고 나중에 흙벽을 쌓은 마을을 건설했다. 그러나 알제리 전체가 다 그랬듯이 거기서도 이민자들의 3분의 2는 곡괭이도 쟁기도 만져 보지 못한 채 이미 죽고 없었다. 다른 사람들은 들에서도 계속 파리 사람 행세를 했으며, 밭을 갈아도 오페라 모자를 쓰고 어깨에 총을 메고 입에는 파이프를 물고, 화재 때문에 시가는 절대로 안 되고 뚜껑이 달린 파이프만이 허락되었지만, 주머니엔 키니네를 넣고서, 키니네는 본의 카페에서 몽도비의 주보(酒保)에서 일용품처럼 팔고 있었으니까, 자 위하여! 비단옷을 입은 아내를 동반한 채, 밭을 갈았다. 그러나 주위에는 언제나 총과 군인들이 지키고 있었고, 심지어 세이부즈 강에서 빨래를 하는 데도 옛날에는 태평스럽게 살롱을 차린 듯 수다를 떨며 아르쉬브 거리의 공동 세탁장에서 느긋하게 일하던 그 여자들을 위해서 에스코트가 필요했다. 그리고 남에게 점령당하기를 거부하여 무엇이건 눈에 보이기만 하면 보복하려 드는 적의 고장에서 건설하고 일하며 살자니 마을 자체도 툭하면 밤에 공격을 받았다. 51년의 폭동 때는 두건 달린 외투를 입은 수백 명의 말 탄 사람들이 성벽 주위에서 빙빙 돌다가 마을 사람들이 대포로 보이게 하려고 겨냥해 놓은 난로 굴뚝들을 보고서 도망을 치기도 했다. 그런데 비행기가 오르락내리락하는 지금 자크의 머릿속에는 왜 어머니 생각이 떠올랐을까? 본으로 가는 길 위에서 수레가 진창 속에 빠지자 임신한 여자를 남겨 둔 채 식민자들이 도움을 청하려고 갔는데 돌아와 보니 여자의 배가 갈라져 있고 유방은 도려져 나갔더라는 이야기가 생각났던 것이다. 〈전쟁 때였거든〉 하고 베이야르가 말했다. 「공평하게 말해야지. 그 사람들 대가족 전체를 굴속에 가둬 버렸었다고, 암 그랬고 말고, 정말 그랬다니까. 그리고 그 사람들은 베르베르 족을 닥치는 대로 잡아서 불알을 잘라 버렸어요, 그러니까 베르베르 족은 또……. 이런 식으로 거슬러 올라가면 최초의 범죄자까지 가게 되는데 아시다시피 그 이름이 카인이라, 그 후부터는 전쟁이야. 인간은 끔찍해, 특히 사나운 태양 아래서는.」

그리고 점심 식사 후에 그들은 그 고장 전체에 널린 다른 수백 군데의 마을들과 똑같은 마을을 거쳐 갔다. 19세기 말엽 부르주아 스타일의 작은 집들 수백 채가 협동조합, 농업금고, 축제관 등 큰 건물들과 더불어 직각으로 교차하는 여러 개의 가로들에 퍼져 있었는데 그 모든 것이 철재 골조의 음악당을 향하여 집중되고 있었다. 회전목마나 거대한 지하철 입구와 모양이 흡사한 그곳에서는 여러 해 동안 축제날이면 시청의 브라스 밴드나 군악대가 연주를 했고 한편 나들이 옷차림을 한 부부들이 더위와 먼지 속에서 땅콩을 까먹으면서 어슬렁거렸다. 그런데 오늘은 일요일이었는데도 군의 심리전 부대가 음악당에 마이크를 설치해 놓았다. 군중의 대부분은 아랍인이었다. 그러나 그들은 광장 주위를 돌아다니는 것이 아니라 꼼짝도 하지 않고 서서 연설들 사이사이에 흘러나오는 아랍 음악에 귀를 기울이고 있었고, 군중 속에 섞인 프랑스인들은 모두가 서로 닮은 모습으로, 옛날에 〈라브라도르〉호를 타고 이곳으로 온 사람들이나, 똑같은 조건 속에서 똑같은 고통을 안은 채 가난과 핍박을 피하여 또 다른 곳으로 찾아갔다가 고통과 돌무더기만 만났던 사람들과 마찬가지로, 똑같이 어두운 표정으로 미래 쪽만 바라보고 있었다. 어머니의 조상들인 마온의 스페인 사람들처럼, 혹은 71년 프로이센-프랑스 전쟁 후 독일의 지배를 거부하고 프랑스를 선택한 저 알자스 사람들처럼. 그리하여 그들에게는 죽었거나 감옥에 갇힌 71년의 반란자들[1)]에게서 뺏은 땅이 주어졌다. 반역자들의 체온이 따뜻하게 남아 있는 그 자리를 차지하는 협력 거부자, 따라서 박해받은 사람이며 동시에 박해자인 그 사람들한테서 그의 아버지는 태어났는데 40년 후, 이번에는 그 아버지가 스스로의 과거를 좋아하지 않아서 그 과거를 부정하는 사람들과 마찬가지로 어둡고 골똘한 표정으로 애오라지 미래만을 바라보며, 식민지의 작은 공동묘지들의 닳아빠지고 이끼가 퍼렇게 낀 묘석 밖에는 아무런 흔적도 남기지 않은 채 이 땅에서 살고 있고 살았던 모든 사람들처럼, 그 역시 이민이 되어 이 장소에 도착했던 것이다. 묘석이라면 베이야르가 가고 난 뒤에 끝으로 자크가 늙은 의사와 함께 찾아가 본 무덤의 그것도 다를 바 없었다. 한쪽에는 최근의 장례 유행에 따라 우리 시대의 경건한 마음이 갈 곳 몰라 미아가 되는 중고품 시장에서 이것저것 긁어다 모아 장식한 흉측한 새 묘지들. 다른 한쪽에는 해묵은 사이프러스 나무들 저 안쪽, 솔잎 솔방울 떨어져 덮인 오솔길 사이나 괭이밥과 노란 꽃들 발밑에 피는 축축한 벽들 바싹 가까이 땅과 거의 구별되지 않도록 해묵은 묘석들이 있었는데, 그 위에 새겨진 글씨들은 판독할 수 없을 지경이 되어 있었다.

지난 1세기가 넘는 세월 동안 거대한 무리들을 이룬 수많은 사람들이 이곳으로 와서 땅을 갈았고 어떤 곳은 점점 더 깊게, 어떤 곳은 가벼운 흙먼지만 불어와도 덮여 버릴 만큼 점점 더 시답잖게 밭고랑을 팠다. 그리하여 이 지역은 잡초 우거진 원초(原初)의 모습으로 되돌아갔다. 그리고 그들은 자식들을 낳아 놓고 사라졌다. 이렇게 그들의 아들들도 마찬가지였다. 그리고 또 그들의 아들과 손자들 역시 오늘 자크

1) 1871년 파리 코뮌에 가담했던 사람들.

자신이 그렇듯이 과거도 윤리도 교훈도 종교도 없는 채 이 땅 위에 서 있는 자신을 발견하는 것이었고 또 그렇게 된 것을, 그것도 밝은 햇빛 속에서 어둠과 죽음을 앞에 두고 고통에 사로잡힌 채 그렇게 된 것을, 행복해 하고 있었다. 그 모든 세대의 사람들, 서로 다른 고장에서 지금은 어느새 황혼의 기미가 떠오르는 이 기막힌 하늘 아래로 찾아왔던 그 모든 사람들은 자신의 세계를 안으로 닫은 채 아무 자취도 남기지 않고 사라져 버렸다. 그들 위에는 엄청난 망각이 드리워졌다. 사실 이 땅이 베풀어 주는 것은 바로 그것, 다가오는 어둠으로 죄어드는 가슴속에 고통만 가득 안고 마을 가는 길로 다시 접어든 그 세 사람의 머리 위로 밤과 함께 내려오고 있는 바로 그것이었다. 그들의 마음을 가득 채우는 그 고통은 이른 저녁이 바다 위에, 기복이 심한 저 산들 위에, 그리고 높은 고원 위에 내릴 때 모든 아프리카 사람들을 사로잡는 고통*이었고, 저녁이 그와 똑같은 효과를 자아내어 신전과 제단들을 솟아나게 만드는 그리스 땅 델포이의 산허리 위에서와 마찬가지의 고통이었다. 그러나 아프리카의 땅 위에서는 신전들은 파괴되고 오직 가슴을 짓누르는 저 견딜 수 없이 감미로운 무게만 남았다. 오, 그들은 얼마나 철저하게 죽었는가! 그리고 그들은 아직도 얼마나 더 죽어 가게 될 것인가! 침묵에 잠긴 채, 그리고 모든 것에 등을 돌린 채. 마치 그의 아버지가 고아원에서 병원까지, 피치 못할 결혼을 거쳐 완전히 본의 아닌 한 일생을 마친 다음, 마침내는 전쟁이 그를 죽여 땅속에 묻어 이제는 가족과 자식에게도 영원한 미지인으로 그 역시 같은 종족인 인간들의 결정적 고향이요 뿌리 없이 시작한 일생의 종착역인 저 엄청난 망각으로 되돌아갈 때

* 불안.

까지, 그를 중심으로, 그의 의사와는 상관없이 구축된 한 일생을 마친 다음, 그의 살과 피의 고향에서 멀리 떨어져 모든 것에 등을 돌린 채 영문 모를 비극 속 침묵에 잠기듯이. 그러고 나면 당시의 도서관들에는 주워 온 아이들을 그 고장의 식민지화에 이용하기 위해 작성한 그 많은 연구 보고서들. 그렇다, 그곳에서는 모두가 덧없는 도시들을 건설해 놓고 나서 자신의 마음속에서도 남들의 가슴속에서도 영원히 죽고 마는 주워 온 아이들인 것이다. 마치 인간들의 역사가, 가장 해묵은 대지 위를 끊임없이 전진해 가고 나서 그렇게도 보잘것없는 흔적들만을 남겨 놓은 그 역사가, 기껏해야 발작적인 폭력과 살인, 갑작스러운 증오의 폭발, 그 고장의 강들처럼 갑자기 불어났다가 갑자기 말라 버리는 피의 물결이 전부였다가, 그 역사를 진정으로 만든 사람들의 추억과 더불어 끊임없이 내리쬐는 햇볕에 모두 증발해 버리듯이 말이다. 이제 바로 그 땅 자체에서 어둠이 솟아 나와 언제나 변함없이 떠 있는 지 기막힌 하늘 밑의 산 것 숙은 것 가리지 않은 채 모든 것을 송두리째 뒤덮기 시작했다. 그렇다, 재〔灰〕 속에 얼굴을 파묻은 채 계속 잠들어 있을 그의 아버지를 그는 끝내 알지 못하게 될 것이었다. 그 사람에게는 어떤 불가사의가 하나, 그가 알아내고자 했던 불가사의가 하나 있었다. 그러나 결국 거기에는 오직 이름도 없고 과거도 없는 사람들을 만드는 가난의 불가사의가 있을 뿐이었고 그것이 바로 그들로 하여금 영원히 자신을 망가뜨림으로써 세계를 만들었던 저 이름 없는 사자들의 엄청난 무리 속으로 돌아가게 하는 것이었다. 그의 아버지와 〈라브라도르〉의 사람들에게 공통된 것은 바로 그것이었으니 말이다. 지금 어마어마한 침묵이 뒤덮기 시작하는 모래와 바다 사이의 저 광대한 섬과 더불어 사엘 지역에 사는 마온 출신 사람들, 고원 지대에 사는 알자스 출신의 사람들의 그것, 다시 말해서 혈통과 용기와 노동과 잔혹하면서도 동시에 관대한 본능 그 모든 차원에서의 익명성. 그리고 이름 없는 그 고장, 군중과 이름 없는 가정으로부터 벗어나고자 했던 그, 그러면서도 비천함과 익명성을 집요하게 요구하는 그 누군가를 내면에 지니고 있는 그 역시 똑같은 종족에 속해 있었다. 오른쪽에서 헐떡거리며 걷고 있는 늙은 의사와 동행하며 어딘지도 모른 채 어둠 속을 걸으며, 광장에서 들려오는 한줄기 음악에 귀를 기울이고 야외 음악당 주위 아랍인들의 단단하면서도 무표정한 얼굴, 베이야르의 웃음과 고집 센 얼굴을 머릿속에 떠올리며, 그리고 또 폭발의 소리가 들리자 파랗게 질리던 어머니의 얼굴을 가슴을 쥐어뜯는 듯한 정다움과 슬픔과 함께 머릿속에 떠올리며, 그가 오랜 세월의 어둠을 뚫고 걸어가는 그 망각의 땅에서는 저마다가 다 최초의 인간이었다. 또 그 땅에서는 그 역시 아버지 없이 혼자서 자랐을 뿐, 이야기를 해도 좋을 만한 나이가 되기를 기다렸다가 아버지가 아들을 불러서 집안의 비밀을, 혹은 오랜 옛날의 고통을, 혹은 자신이 겪은 경험을 이야기해 주는 그런 순간들, 우스꽝스럽고 가증스러운 폴로니어스조차 레어티스에게 말을 함으로써 돌연 어른이 되는 그런 순간들을 그는 한번도 경험해 보지 못했었다. 열여섯 살이 되어도 스무 살이 되어도 아무도 그에게 말을 해주지 않았고 그는 혼자서 배우고 혼자서 있는 힘을 다하여, 잠재적 능력만을 지닌 채 자라고, 혼자서 자신의 윤리와 진실을 발견해 내고 마침내 인간으로 태어난 다음 이번에는 더욱 어려운 탄생이라고 할, 타인들과 여자들에게로 또 새로이 눈뜨지 않으면 안 되었다. 이 고장에서 태어나 뿌리도 신앙도 없이 살아가는 법을 하나씩하나씩 배우려고 노력하는 모든 사람들이, 결정적인 익명성으로 변한 나머지 자신들이 이 땅 위에 왔다가

간 단 하나의 거룩한 흔적인, 지금 공동묘지 안에서 어둠에 덮여 가는 저 명문을 읽을 수도 없는 묘석들마저 없어져 버릴 위험이 있는 오늘, 모두 다 함께 다른 사람들의 존재에 눈뜨며 새로이 태어나는 법을, 자신들보다 먼저 이 땅 위를 거쳐 갔고 이제는 종족과 운명의 동지임을 인정해야 마땅할, 지금은 제거되고 없는 정복자들의 저 엄청난 무리들에 눈뜨며 새로이 태어나는 법을 배우지 않으면 안 되듯이.

이제 비행기는 알제를 향하여 하강하고 있었다. 자크는 병사들의 무덤이 몽도비*의 그것들보다 더 잘 보존되어 있던 생브리외의 작은 공동묘지를 생각했다. 지중해는 내 마음속에서 두 개의 세계를 갈라놓고 있었다. 추억들과 이름들이 정연한 공간 속에 간직되어 있는 세계가 그 하나이고 모래바람이 광대한 공간들 위에서 인간들의 자취를 지워 버리는 세계가 그 다른 하나다. 그는 무명(無明)에서 벗어나려고 했으며 가난하고 무지하고 아집에 사로잡힌 삶에서 벗어나려고 했었다. 그는 말 한마디 없이 항상 눈에 보이는 것 이외에는 아무런 다른 계획이 없는 그 맹목적인 인내의 차원에서는 살 수가 없었다. 그는 세계를 돌아다녔으며 존재들을 세우고 창조하고 불태웠으며 그의 하루하루는 터질 듯이 가득했었다. 그렇지만 그는 이제 생브리외와 그것이 대표하는 것이 자신에게는 아무것도 아니었다는 것을 마음속 깊이 알고 있었다. 그리하여 그는 자신이 이제 막 보고 온 비바람에 닳고 퍼런 이끼가 끼여 있는 무덤들을 생각하면서, 죽음이 그를 진정한 고향으로 다시 데려다 주는가 하면 이번에는 이 세상의 첫 아침 빛 내리비치는 행복한 바닷가에서 아무런 도움도 받지 않고 보살핌도 없이 가난 속에서 자라고 뜻을 세운 다

* 알제.

음 혼자서 기억도 신앙도 없이 자기 시대의 인간 세계와 그 끔찍하고도 열광적인 역사에 접근하고자 했던 그 괴물 같고 〔진부한〕 인간의 추억을 그 엄청난 망각으로 뒤덮여 버리는 것을 이상한 쾌감을 느끼면서 받아들이는 것이었다.

제2부

아들 혹은 최초의 인간

1. 중고등학교

[a]그해 10월 1일, 큼직한 새 신발 때문에 걸음걸이가 어색하고, 아직도 길이 들지 않은 저고리는 답답한 느낌인 채 니스와 가죽 냄새가 채 없어지지도 않은 가방을 든 자크 코르므리[b]는 피에르와 함께 동력차의 앞쪽에 서 있었다. 바로 옆에 있는 운전사가 기어를 1단에 넣는 즉시 그 육중한 차가 벨쿠르 정거장을 출발하는 것을 보자 그는 그 신비스런 중고등학교란 곳으로 처음 등교할 때 조금이라도 더 오래 그를 배웅하려고 거기서 몇 미터 떨어진 창가에 아직도 몸을 숙이고 있는 어머니와 할머니를 보기 위하여 고개를 돌렸지만 옆자리에 있는 사람이 「조간 알제리」 신문의 안쪽 면을 펴서 보고 있었기 때문에 그들을 볼 수가 없었다. 그래서 그는 앞쪽으로 고개를 돌리고서 동력차가 규칙적으로 먹어 들어가고 있는 강철 레일과 그 레일 저 위로 신선한 아침 공기 속에서 진

a 중고등학교 등교와 그 이후의 순서대로 시작할 것인가, 아니면 괴물같이 된 어른을 소개하고 나서 그다음에 중고등학교 등교에서 병에 걸리기까지의 시기로 돌아올 것인가.

b 아이의 신체 묘사.

동하고 있는 전선들을 바라보았다. 가슴이 찡해 오는 것을 느끼면서, 아주 드물게 원정을 갈 때(시내 중심가로 갈 때는 〈알제 간다〉는 표현을 썼을 정도니까) 이외에는 한번도 진짜로 떠난 적이 없었던 집과 그 해묵은 동네를 등진 채 마침내 점점 더 속력을 내는 차에 실려 가는 동안 그는 거의 그의 몸에 착 달라붙다시피 하고 있는 피에르의 정다운 어깨를 느끼고 있음에도 불구하고 낯선 세계 속에서 장차 어떻게 처신해야 할 것인지를 알 수 없어 불안 가득한 고독감을 억누를 수가 없었다.

사실 아무도 그들에게 충고해 줄 사람이 없었다. 피에르와 그는 자신들이 외톨이라는 것을 금방 알아차렸다. 차마 또 베르나르 씨를 찾아가서 성가시게 할 형편도 아니었거니와 그분 역시 자신이 아는 바 없는 중학교에 대하여 무슨 말을 해줄 수 있는 처지가 못 되었다. 그들의 집안사람들은 더욱 철저하게 무지했다. 자크네 집안 식구들에게 있어서 예컨대 라틴어란 전혀 아무런 의미도 없는 말이었다. 옛날 옛적에 아무도 프랑스 말을 쓰지 않던 오랜 시대들이 계속 되었다든가(인간이 동물과 다름없었던 시대라면야 그들도 충분히 상상할 수 있었지만) 관습과 언어가 전혀 다른 여러 문명들(이 말 자체가 그들에겐 아무런 의미가 없었다)이 계속 이어져 왔다든가 하는 사실들은 그들에게까지 전해지지 못했다. 영상도, 글로 쓰인 것도, 말을 통한 정보도, 평범한 대화에서 생기는 피상적인 교양도 그들과는 아무 상관이 없었다. 신문도 없고 자크가 가져오기 전까지는 책도 없었고 라디오 역시 없이, 있는 것이라고는 직접적으로 소용에 닿는 물건들뿐이고 청하는 사람들이라고는 식구들뿐이며 서로 헤어지는 일이라곤 거의 없고 만나는 사람이라고는 언제나 무지한 같은 집 식구들뿐인 이 집안에서 자크가 학교에서 가져오는 것은 도

무지 소화할 수 없는 것이었기에 가족들과 그 사이에는 침묵이 점점 크게 자리 잡아 갔다. 학교에서조차도 그는 어찌 할 수 없는 수줍음 때문에 집안 얘기라면 입을 꾹 다물 수밖에 없었고 그 수줍음을 간신히 이겨 냈을 때조차도 너무나도 이상해서 알아듣게 설명을 할 재간이 없는 자기 가족들 얘기는 꺼낼 수가 없었다.

그들을 외톨이로 만들어 놓는 것은 심지어 계급의 차이조차도 아니었다. 이민과 신속한 축재(蓄財)와 떠들썩한 몰락으로 이루어진 그 고장에서는 계급 간의 경계는 인종 간의 경계만큼 뚜렷한 것이 아니었다. 만약 그 아이들이 아랍인이었다면 그들이 느끼는 감정은 더 고통스럽고 더 씁쓸했을 것이다. 더군다나 초등학교에서는 아랍인 친구들이 있었지만 중고등학교에서 아랍인 학생은 극히 예외에 속했고 그들은 언제나 유지들의 자식들이었다. 그렇다, 그들을 외롭게 만드는 것은, 피에르의 집안보다 그 특이성이 더 유난했으므로 피에르보다는 자크가 더했지만, 그것은 그 집안사람들을 전통적인 가치나 관습에 결부시켜서 생각할 수가 없다는 점이었다. 학년 초의 가정 환경 조사에서 그는 분명 아버지가 전사하여 국가가 보호하는 아동이라고 대답할 수 있었고 그거야 요컨대 있을 수 있는 사회적 여건이기에 누구나 다 이해할 수 있는 일이었다. 그러나 그 나머지 일들에 있어서는 어려움이 시작되었다. 그들이 나누어 받은 인쇄물 서류의 경우, 그의 부모의 직업란에 무엇이라고 써넣어야 할지 알 수가 없었다. 처음에 그는 〈가정부〉라고 써넣었고 피에르는 〈우체국 직원〉이라고 썼다. 그런데 피에르가 가정부란 직업이 아니라 그저 집을 보면서 살림살이를 하는 여자를 일컫는 말이라고 그에게 박아 말했다. 「아냐, 엄마는 남의 집 집안일을 해주고 있는 거야. 특히 앞에 있는 잡화점 주인집 일을 해

주는 거야.」〈그럼 내 생각엔 하녀라고 써야 될 거 같은데〉 하고 피에르가 망설이며 말했다. 너무나 쓰이는 일이 드문 그 표현은 아예 집안에서 한번도 들어 본 적이 없었으므로 그런 생각은 한번도 머릿속에 떠오른 일이 없었다. 또 그의 집에서는 아무도 어머니가 남을 위해서 일한다는 느낌을 가져 본 적이 없었다. 그녀는 우선 그의 아이들을 위해서 일하고 있는 것이었다. 자크는 그 표현을 써넣기 시작하다가 멈추었고 갑자기 수치심을 느끼는 것과 동시에 수치심을 느낀다는 사실 자체가 또 수치스러워졌다.

아이란 그 자신만으로는 아무것도 아니다. 부모가 그를 대표하는 것이다. 그는 부모에 의하여 규정된다. 즉, 세상 사람들의 눈에 규정되는 것이다. 바로 그 부모를 통해서 아이는 진짜로 자신이 판정된다는 것을, 돌이킬 수 없이 판정된다는 것을 느낀다. 자크가 이제 막 발견한 것은 바로 세상의 판정이었고 또 그 당시 자신의 못된 심사에 대한 스스로의 판정이었다. 어린 그는 어른이 되고 나면 특별히 훌륭한 인격자가 아니더라도 그런 못된 감정을 느끼지 않게 된다는 사실을 몰랐던 것이다. 사람은 그의 집안에 의해서보다는 그 자신의 됨됨이에 의해서 좋게 혹은 나쁘게 평가되니까 말이다. 심지어 어른이 되었을 때의 아이를 보고서 그 집안의 좋고 나쁘고를 판단하는 경우도 있기 때문이다. 그러나 자신이 이제 막 발견한 것으로 해서 괴로워하지 않으려면 자크에게는 예외적일 만큼 영웅적인 순수함을 지닌 마음이 필요했을 것이다. 마찬가지로 그 발견으로 인하여 알게 된 자신의 인간 됨됨이에 분노와 수치심을 느끼지 않으려면 거의 불가능할 정도의 겸허함이 필요했을 것이다. 그에게는 그중 어느 것도 없었고 그 같은 상황 속에서 그나마 의지할 것은 모질고 졸렬한 자존심뿐이었으므로 흔들림 없는 글씨로 서류에다가

〈하녀〉라고 써가지고 그런 것에는 별로 주의도 하지 않는 것 같은 복습 교사에게로 시치미를 떼고서 갖다 주었다. 그렇게 하고서도 자크는 결코 자기 집안의 형편이 달라지기를 바라지 않았으며 비록 절망적으로밖에 사랑할 수 없다 할지라도 있는 그대로의 어머니가 이 세상에서 가장 사랑하는 존재임에는 변함이 없었다. 도대체 한 가난한 아이가 아무것도 부러워하는 것이 없으면서도 때로는 수치스럽게 느낄 수가 있다는 것을 어떻게 설명할 수 있단 말인가?

또 다른 어떤 기회에 신앙이 무엇이냐는 질문을 받고 그는 〈가톨릭〉이라고 대답했다. 그러면 신앙 강좌에 등록할 것이냐는 물음에 할머니가 걱정하시던 기억이 나서 아니라고 대답했다. 그러자 복습 교사는 약간 빈정거리는 듯이 〈그럼 요컨대 교회에는 안 나가는 가톨릭 신자구먼〉 하고 말했다. 자크는 자기 집의 구체적인 사정도, 집안 식구들이 종교를 대하는 기이한 방식도 도무지 설명을 할 수가 없었다. 그는 확실하게 〈네〉 하고 대답했는데 그 덕분에 웃음을 샀고 가장 난처해진 순간에 깡 좋은 녀석이라는 평판을 얻었다.

또 어느 날은 국어 선생님이 학생들에게 교내의 생활 수칙과 관련된 인쇄물을 나누어 주고 나서 학부모의 사인을 받아 오라고 시켰다. 무기에서부터 트럼프며 화보 잡지들에 이르기까지 학생들이 학교에 가지고 오면 안 되는 것을 모두 열거한 그 인쇄물은 벌써 어찌나 세련된 문체로 작성되어 있었는지 자크는 그 내용을 간단하고 쉬운 말로 어머니와 할머니에게 요약해서 설명해 주지 않으면 안 되었다. 오직 어머니만이 인쇄된 종이 밑쪽에 서투른 대로나마 사인을 할 수 있었다.[a] 그녀는 남편이 전사한 후 3개월마다 전쟁미망인에게

a 기억의 환기.

지급되는 연금을 받게* 되었는데 행정 기관, 즉 이 경우는 국고 담당자 — 카트린 코르므리는 그저 금고에 간다고 말했는데, 그녀에게 금고란 별다른 의미가 없는 고유 명사에 불과했지만 반면에 아이들에게는 무한정의 재원을 보유한 신화적인 장소로서 그의 어머니가 들어가서 가끔씩 얼마 안 되는 돈이라도 건져 내올 수 있는 곳으로 인식되고 있었다 — 는 매번 그녀에게 사인을 요구했으므로 처음 몇 번은 애를 먹다가 이웃집 사람(?)이 미망인 카뮈 부인[1]의 사인 모델을 만들어 주고 그대로 베껴 쓰도록 가르쳐 준 다음부터는 그럭저럭 그렇게 그려 내면 받아 주었다. 그런데 그 이튿날 아침 자크는 아침 일찍 문을 여는 어떤 가게를 청소해 주기 위하여 그보다 훨씬 더 일찍 집을 나간 어머니가 그 인쇄물에 사인하는 것을 잊어버렸음을 알아차렸다. 할머니는 사인을 할 줄 몰랐다. 더군다나 할머니는 동그라미들을 그린 표를 만들어 놓고서 거기다가 한 번 혹은 두 번 빗금을 긋느냐에 따라 돈의 단위, 십, 백 단위를 알아볼 수 있게 하는 방법으로 셈을 하고 있는 형편이었다. 자크는 그의 인쇄물을 사인 없이 도로 가지고 가서 어머니가 사인을 잊어버렸다고 말했다. 집에 사인을 해줄 사람이 아무도 없느냐는 질문에 없다고 대답하자 선생님은 의외라는 듯이 놀랐는데 그것을 보고서야 그는 이런 경우가 지금까지 생각해 왔던 것만큼 흔한 일은 아니라는 것을 알게 되었다.

그는 아버지의 직장 때문에 어쩌다가 알제로 오게 된 프랑스 본토의 아이들로 해서 더욱 갈피를 잡을 수 없게 되었다. 그로 하여금 가장 생각을 많이 하게 만든 것은 조르주 디디

* 수령하게.

1 원문 그대로임.

에였다.[a] 국어와 독서 시간에 취미가 같다는 것을 알고 서로 가까워져서 아주 정다운 우정으로까지 발전하게 된 아이였는데 사실은 그 때문에 피에르가 질투를 느끼기도 했다. 디디에는 매우 열심히 교회에 나가는 가톨릭계 장교의 아들이었다. 그의 어머니는 〈음악을 하시고〉, 누이(한번도 만나보지 못했으면서도 자크가 달콤하게 머릿속에 그려 보고 있는 터인)는 수를 놓고, 디디에는 자신의 말에 따르건대 성직 쪽으로 나가려 하고 있었다. 매우 똑똑한 그는 신앙과 도덕의 문제에 대해서는 타협을 몰랐고 그 방면에 있어서는 단호한 확신을 가지고 있었다. 다른 아이들은 사실 입에 담는 것만큼 머릿속으로 분명히 알고 있는 것도 아니면서 지칠 줄도 모르고 상스러운 표현을 신이 나서 내뱉는 것이었는데 그가 그런 표현을 입에 담거나 자연적인 신체 기능이나 생식 기능에 대한 암시를 하는 것은 한번도 볼 수 없었다. 그들 사이에 우정이 싹트게 되었을 때 그가 자크에게 처음으로 요구한 것은 바로 절대로 상스러운 말을 쓰지 말라는 것이었다. 그와 같이 있을 때 그런 말을 안 쓰는 것쯤은 자크로서 어려울 것이 없었다. 그러나 다른 아이들과 어울리다 보면 대화 속에서 상스러운 소리가 쉽게 다시 튀어나오는 것이었다(벌써부터 나타나고 있는 그의 다면적인 성질 덕분에 장차 아주 여러 가지 일들이 손쉬워지고 그는 온갖 언어들을 말할 수 있게 되며 온갖 계층에 골고루 다 적응하며 모든 역할을 다 할 수 있게 된다. 다만 한 가지……). 자크가 프랑스의 중류 가정이 어떤 것인지를 알게 된 것은 바로 디디에를 통해서였다. 그 친구는 프랑스에 가족이 사는 집이 있었고 그곳에서 방학을 보내곤 했다. 그는 자크에게 끊임없이 그 집 이야기

a 나중에 죽을 때 다시 등장한다.

를 하거나 거기서 편지를 보냈다. 그 집 다락방에는 집안 식구들의 편지와 기념품과 사진들을 간직해 둔 해묵은 궤짝들이 잔뜩 들어차 있었다. 그는 그의 조부모, 증조부모, 그리고 트라팔가르에서 해병이었던 조상의 역사를 알고 있었다. 그리하여 그의 상상 속에 생생하게 살아 있는 그 긴 역사는 또한 그에게 매일매일의 행동을 위한 본보기와 규범을 제공하는 것이었다. 〈우리 조부께서 말씀하시기를……. 아버지께서 원하시는 것은……〉, 이런 식으로 그는 자신의 엄격함과 부서지기 쉬운 순수성의 근거를 댔다. 프랑스에 대해서 이야기할 때 그는 〈우리들의 조국〉이라고 했고 그 조국이 요구할 수 있는 희생을 미리부터 받아들이는 것이었는데(〈너희 아버지는 조국을 위해서 전사하셨어〉 하고 그는 자크에게 말하곤 했다……), 반면에 자크에게 있어서 조국이라는 개념은 별다른 의미가 없는 것이어서 자신이 프랑스인이라는 것, 그러므로 자연히 몇 가지 의무는 져야 한다는 것을 알고 있었지만 그에게 프랑스란 그저 각자가 등에 업고 내세우거나 가끔 각자에게 요구하기도 하는 명분일 뿐이었다. 그것은 어느 면 그가 집 밖에서 남들이 입에 담는 소리를 들은 그 하느님과도 비슷한 것이었다. 하느님은 필시 선과 악을 분배하는 최고의 존재여서, 우리는 그에 대하여 영향을 끼칠 수 없지만 반대로 그는 인간의 운명을 마음대로 할 수 있는 것이었다. 그런데 그가 마음속으로 느끼고 있는 그 같은 감정은 또한 그와 함께 살고 있는 여자들이 느끼는 감정이기도 했다. 〈엄마, 조국[a]이 뭐야?〉 하고 어느 날 그가 말했다. 〈모르겠구나. 몰라〉 하고 어머니가 말했다. 「프랑스야.」「아! 그렇구나.」 그제야 그녀는 안심이 되는 눈치였다. 한편 디디에는 그것이

a 1940년 조국의 발견.

무엇인지 알고 있었고 그에게는 여러 세대에 걸친 가문이나 그가 태어난 역사 깊은 나라가 강력하게 존재하고 있어서 잔 다르크를 그냥 잔이라는 이름만으로 불렀으며, 마찬가지로 그에게 있어서 선과 악은 자신의 현재와 미래의 숙명처럼 명백히 규정되어 있었다. 그런데 자크는, 그리고 정도는 덜하지만 피에르는 자신들이 과거도 가족들의 집도 편지와 사진들이 가득 들어 있는 다락방도 없는 전혀 다른 종류의 인간인 것 같은 느낌이었다. 지붕에 눈이 덮인 그 어느 알 수 없는 나라의 이름뿐인 시민으로 되어 있지만 실제로 그들은 까딱도 않고 떠 있는 잔혹한 해 아래서, 예를 들어서 도둑질하지 말라, 어머니와 아내를 보호하라고는 하면서도 여자들이라든가 윗사람들과의 관계…… (등등)의 숱한 문제들에 대해서는 묵묵부답인 가장 초보적인 도덕관만 갖추고서, 태양과 바다 혹은 가난이라는 무심한 신들의 보호를 받으며, 매일같이 현재의 삶이 너무나도 무궁무진해 보이는 바람에 미래의 삶은 상상조차 하지 못한 채, 하느님이 외면하고 하느님을 알지 못하는 아이들로 자라고 있었다. 그래서 사실 자크가 디디에에 대하여 그토록 깊은 애착을 느끼는 것은 아마도 자신의 성실한(백 번도 더 글로 읽기는 했지만 자크가 성실성이라는 말을 처음으로 들어 본 것은 디디에의 입을 통해서였다) 열정에 송두리째 마음을 빼앗긴 채 절대에 매혹되어 있으면서도 정다운 애정을 보일 줄 아는 그 아이의 마음 때문이었겠지만 그것은 또한 그의 눈에 비친 낯설고 이상한 면 때문이기도 했다. 자크에게 있어서 그의 매력은 그야말로 이국적인 것으로 변해서, 훗날 자크가 어른이 된 뒤에 외국 여자들을 보면 억누를 수 없을 만큼 마음이 끌리게 되듯이, 그만큼 더 그를 사로잡는 것이었다. 가정과 조국과 종교의 아들인 그는 자크에게 기이하고 알 수 없는 비밀을 가슴속 깊이 감춘 채 열대 지방에서 돌아온 저 햇빛에 그을린 모험가들 같은 매혹을 지닌 것으로 느껴졌다.

그러나 카빌리아의 양치기는 헐벗고 햇빛에 파먹힌 산 위에서 황새 떼가 지나가는 것을 보고 그 새들이 기나긴 여행을 하기 위하여 떠나온 저 북쪽 나라를 머릿속에 그려 보면서 하루 종일 꿈을 꿀 수는 있지만 저녁이 되면 유향나무들이 돋아난 고원으로, 긴 옷을 입은 가족들에게로, 그가 뿌리 내린 가난한 오두막집으로 돌아온다. 그와 마찬가지로 자크도 부르주아 전통(?)이라는 기이한 미약(媚藥)들에 취할 수는 있었지만 실제로는 그와 가장 닮은 친구인 피에르에게 여전히 가장 큰 애착을 느끼고 있었다. 매일 아침 6시 15분이면(일요일과 목요일은 제외) 자크는 자기 집 층계를 네 계단씩 껑충껑충 건너뛰며 내려간 다음 무더운 철에는 습기 속에서, 겨울에는 반코트를 스펀지처럼 불어나게 하는 찬비 속에서 달음박질쳐 분수를 돌아 피에르네 골목으로 들어갔다. 걸음을 늦추지 않고 뛰어서 3층으로 올라가서는 부드럽게 현관문에 노크를 했다. 너그러운 성격의 미인인 피에르 어머니가 문을 열어 주면 곧장 빈약한 가구가 갖추어진 식당이 나타났다. 식당 저 안쪽으로는 양쪽으로 각각 방으로 통하는 문이 하나씩 나 있었다. 하나는 피에르가 어머니와 함께 쓰는 방이었고 다른 하나는 거칠고 말없이 늘 미소를 짓는 철도공인 두 삼촌이 쓰고 있었다. 식당 오른쪽의 공기도 빛도 안 통하는 작은 방은 부엌과 변소로 사용되고 있었다. 피에르는 한결같이 준비가 덜 된 상태였다. 그는 방수포가 씌워진 식탁 앞에, 겨울철이면 석유램프를 켜놓은 채 커다란 갈색의 번들거리는 질그릇 사발을 양손에 들고 앉아서 그의 어머니가 이제 막 부어 준 뜨거운 카페오레를 입천장을 데지 않고 들이키느라 애를 쓰고 있었다. 〈불어서 식혀 마셔라〉 하고 그의 어머니는 말하곤 했다. 그가 숨을 헐떡거리고 쩝쩝대면서 들이키는 동안 자크는 땅바닥에 딛고 있던 다리를 바꾸어 디디면서 그를 바라보고 있었다.[a] 마침내 식사를 끝낸 피에르는 또 촛불이 켜진 부엌으로 들어가야 했는데 거기에는 양철 개수대 위에 물 한 컵과 두툼한 리본 같은 특수 치약이 묻힌 칫솔이 기다리고 있었다. 그는 잇몸에 고름이 생기는 병이 있었던 것이다. 그는 반코트를 꿰어 입고 책가방을 메고 모자를 쓴 다음 모든 것이 다 갖추어지면 그제야 칫솔로 이빨을 세차게 오래도록 닦고 나서 양철 개수대에다가 요란한 소리를 내면서 입안에 든 것을 뱉어 냈다. 치약 냄새가 카페오레 냄새에 섞였다. 약간 구역질이 난 자크는 조바심을 냈고 상대가 그걸 느끼도록 만들었다. 이렇게 되면 골을 내는 일이 심심치 않게 생기는데 이것은 우정을 더욱 단단하게 만드는 접착제이기도 했다. 이제 그들은 말 없이 거리로 내려가서 웃지도 않고 전차 정거장까지 걸어갔다. 또 어떤 때는 반대로 서로 쫓고 쫓기며 가방을 럭비공처럼 던지고 받아 가면서 깔깔대거나 달음박질을 치기도 했다. 정거장에 이르면 그들은 빨간 전차를 기다리면서 두세 사람 되는 운전사들 중에서 누구의 차를 타게 될 것인지를 점쳐 보는 것이었다.

그들은 뒤쪽에 달린 두 대의 객차 칸은 아주 우습게 보면서 맨 앞자리로 가기 위해서 동력차 위로 간신히 기어 올라갔다. 차가 시내 중심가로 가는 노동자들로 터져 나갈 듯했고 또 그들의 책가방이 걷는 데 거치적거렸기 때문이었다. 앞쪽에서 그들은 승객이 한 사람씩 내릴 때마다 쇠와 유리로 된 벽과 높고 좁은 기어 박스에 바싹 가까이 다가갔다. 기어 박스 꼭대기에는 커다랗게 튀어나온 강철 턱이 각각 중립과

a 고등학교 교모.

차례로 1, 2, 3단 그리고 후진을 표시하고 있는 원판을 따라 레버의 손잡이가 돌아가게 되어 있었다. 유일하게 그 레버를 조작할 권리를 가진 사람은 운전사들뿐이었고 머리 위에는 그들에게 잡담을 하지 말라는 경고문이 붙어 있고 보니 그들은 이 두 아이들에게 반쯤은 신과 같은 존재였다. 그들은 거의 군복에 가까운 제복에 가죽 챙이 달린 모자를 착용하고 있었다. 아랍인 운전사들만 예외로 셰샤 모자를 썼다. 두 아이들은 그들을 생김새에 따라 구별했다. 애정 영화의 주연배우 같은 얼굴에 어깨가 연약하게 생긴 〈인상 좋고 키 작은 젊은이〉가 있었고 키가 크고 선이 굵고 건장한 아랍인으로 언제나 정면을 똑바로 노려보고 있는 〈갈색 곰〉이 있었다. 그리고 〈동물들의 친구〉는 생기 없는 얼굴에 눈이 맑고 손잡이 위로 몸을 구부정하게 굽히고 있는 늙은 이탈리아인으로 한 번은 부주의한 개를 또 한 번은 뻔뻔스럽게도 선로 위에다가 똥을 누고 있는 개를 피하려고 전차를 거의 정지시킨 일로 해서 그런 별명을 얻었다. 또 〈조로〉는 더글러스 페어뱅크스 같은 얼굴과 작은 콧수염을 달고 있는 커다란 순대였다.[a] 〈동물들의 친구〉는 또한 아이들의 마음의 친구이기도 했다. 그러나 아이들의 열광적인 존경을 독차지하는 이는 〈갈색 곰〉이었다. 그는 두 다리로 탄탄하게 버틴 채 꼿꼿이 서서 추호도 흔들림 없이 그의 시끄러운 기계를 전속력으로 운전했는데 엄청나게 큰 왼쪽 손은 레버의 나무 손잡이를 굳게 잡고 주행 상태가 허용하는 즉시 기어를 3단으로 밀어붙이고 오른쪽 손은 변속 기어 박스 오른편 큼직한 브레이크 바퀴 위에 얹어놓은 채 언제라도 레버를 중립으로 갖다 놓고 동력차가 선로 위로 무겁게 미끄러지면 몇 바퀴씩 힘차게 돌릴 준비가

a 밧줄과 우표.

되어 있었다. 모퉁이를 돌거나 선로 바꾸기를 할 때 큼직한 용수철로 동력차 꼭대기에 고정시킨 긴 장대가 툭하면 홈이 파진 쇠바퀴로 물고 있던 전선을 이탈하면서 전선이 떨리고 불꽃이 튀는 소리가 요란한 가운데 위로 벌떡 일어서는 일이 생기는 것도 〈갈색 곰〉이 운전할 때였다. 그럴 때면 차장이 전차 밖으로 튀어 나가서 장대 끝에 고정되어 있다가 동력차 뒤의 주철 상자 속으로 자동적으로 감기는 긴 줄을 낚아채 가지고 용수철의 저항을 제압할 만큼 온 힘을 다하여 잡아당겨 장대를 뒤쪽으로 오게 한 다음 천천히 일으켜 세우면서 불꽃이 번쩍번쩍 이는 가운데 전깃줄이 바퀴의 홈 안으로 들어가 물리도록 하려고 애를 쓰는 것이었다. 아이들은 동력차 밖으로 몸을 내밀거나 겨울철이면 유리창에 코를 붙인 채 그 조작 과정을 계속 지켜보다가 일이 마침내 성공적으로 완료되면, 운전수에게 직접 말을 거는 규칙 위반을 하지 않은 채 귀띔하려고 딴 쪽을 향하여 됐다고 소리를 쳤다. 그러나 〈갈색 곰〉은 여전히 무표정하기만 했다. 그는 규칙에 따라 차장이 동력차 뒤쪽에 달려 있는 가는 끈을 잡아당겨 그에게 출발 신호하기를 기다렸다가 비로소 앞에 있는 종을 쳤다. 그제야 그는 더 이상 조심하지 않고 전차를 마구 내몰았다. 그러면 앞쪽에 몰려 있던 아이들은 비가 오거나 햇빛 반짝이는 아침을 뚫고 강철길이 발아래로 머리 위로 휙휙 지나가는 것을 바라보았고 전차가 어떤 마차를 전속력으로 추월하거나 혹은 반대로 헐떡거리며 달리는 어떤 자동차와 한동안 속도 경주를 할 때면 신이 나서 좋아했다. 정거장에 멈출 때마다 전차는 아랍인, 프랑스인 노동자 승객들의 일부를 비우고 시내 중심이 가까워 감에 따라 옷차림이 더 나은 승객들을 태운 다음 종소리가 나면 다시 출발하여 반원형으로 길게 누운 도시의 한쪽 끝에서 다른 쪽 끝으로 누비고 가다가 마침내

지평선 저 안쪽 푸르고 큰 산들에까지 활짝 트인 항구와 광대한 만의 공간으로 불쑥 나서는 것이었다. 세 정거장만 더 가면 아이들이 내리는 종점인 총독부 광장이었다. 삼면에 회랑을 이루면서 나무와 집들이 에워싸고 있는 광장은 하얀 회교 사원, 그리고 항구 쪽으로 터져 있었다. 그 한가운데에는 날뛰는 말 위에 올라탄 오를레앙 공의 조각상이 녹청을 뒤집어쓴 채 서 있었다. 온통 시커멓게 된 그 청동상에는 날 궂은 때면 빗물이 줄줄 흘렀는데(사람들이 빠뜨릴세라 꺼내곤 하는 얘기로는 조각가가 재갈 사슬 새기는 것을 잊어버려서 그만 자살을 하고 말았다는 것이었다) 그러는 동안 말의 꼬리에서는 그 기념상 주위의 철책으로 둘러싸인 좁은 잔디밭으로 끝도 없이 물줄기가 흘러내렸다. 광장의 나머지 부분에는 번들거리는 타일이 덮여 있었고 전차에서 그 위로 뛰어내린 아이들은 학교까지 5분이면 가는 밥아죤 거리를 향하여 길게 미끄럼을 타면서 내달았다.

밥아죤 가는 양쪽으로 엄청나게 크고 네모난 기둥들이 받치고 있는 아케이드들이 촘촘히 늘어서 있어서 더욱 좁아 보였고 이 동네와 도시의 가장 높은 지대를 연결하는, 회사가 다른 전차가 간신히 다닐 수 있는 공간이 남아 있을 뿐이었다. 더운 날이면 짙은 푸른색 하늘이 마치 타는 듯이 뜨거운 뚜껑처럼 골목을 덮었고 그래서 아케이드 아래의 그늘은 서늘했다. 비 오는 날이면 골목은 온통 축축하게 젖어 번들거리는 깊은 돌 구덩이였다. 아케이드를 따라 줄곧 상점들이 이어지고 있었는데, 포목 도매상은 정면을 어두운 색조로 칠했고 밝은 색 포목 더미가 그늘 속에서 은근하게 빛을 발했으며, 향료 상점에서는 정향(丁香)과 커피 냄새가 났고, 작은 구멍가게들에서는 아랍인 상인이 기름과 꿀이 뚝뚝 떨어지는 과자들을 팔고 있었고, 어둡고 깊숙한 카페에서는 그 시간쯤이면 커피 끓이는 기구에서 김이 무럭무럭 났고(한편 저녁 시간이면 세찬 램프 불빛 아래 남정네 손님들이 바닥에 흩어 놓은 톱밥을 밟아 대면서 단백광의 액체가 가득 든 컵들과 층층이부채꽃, 안초비, 잘게 썬 셀러리, 올리브, 감자튀김, 땅콩 따위가 담긴 작은 접시를 늘어놓인 카운터 앞에 서로 밀치듯 모여들어서 카페 안은 소음과 목소리로 넘쳤다), 끝으로 관광객을 위한 잡동사니 상점에는 넓적한 진열장에 몰취미한 동방의 채색 유리 세공품들, 그 양쪽에 세워 둔 회전 진열대에는 그림엽서, 그리고 색깔이 요란한 무어식 머릿수건들을 늘어놓고 팔았다.

아케이드 중간쯤에 있는 어느 한 잡동사니 상점은 항상 유리벽 저 뒤 그늘이나 전등불 밑에 앉아 있는 뚱뚱한 남자가 주인이었는데 덩치가 엄청나게 크고 뿌옇고 굵은 돌이나 해묵은 나무 둥치를 쳐들면 그 밑에 나타나는 동물들처럼 눈이 툭 튀어나왔으며 특히 머리털이 하나도 없는 순수 대머리였다. 그런 특징 때문에 학생들은 그에게 〈파리 스케이트장〉과 〈모기 경기장〉이란 별명을 붙여 놓고서는 문제의 곤충들이 그 머리통의 훤한 표면을 돌아다니다가 커브를 틀 때면 균형을 유지하지 못하고 미끄러진다고 주장했다. 저녁때가 되면 흔히 그들은 마치 찌르레기 떼들처럼 지나는 길에 그를 구경하러 가게 앞으로 몰려와서 그 가엾은 사람의 별명을 소리쳐 불러 대면서 문제의 파리들이 미끄러지는 소리랍시고 〈즈즈 즈즈 즈즈〉 하고 흉내를 내는 것이었다. 뚱뚱한 상인은 아이들에게 욕을 퍼부었고 한두 번은 그들을 쫓아갈 엄두를 내기도 했으나 이내 포기하지 않으면 안 되었다. 돌연 그는 아이들이 사납게 내지르는 고함과 조롱을 한 몸에 받으면서 아무 말도 못 한 채 가만히 앉아만 있었으므로 저녁이면 점점 대담해진 아이들이 드디어는 그의 코앞에까지 와서 소리를 질러 댔다.

그런데 어느 날 저녁에 갑자기 상인에게 매수당한 아랍인 청년들이 기둥 뒤에 숨었다가 내달아 나와서 아이들을 잡으려고 쫓아왔다. 그날 저녁 자크와 피에르는 예외적일 만큼 몸놀림이 빨랐던 덕분에 호된 벌은 모면할 수 있었다. 자크는 다만 머리 뒤통수를 첫 바람에 한 대 맞았지만 기습당해 놀랐던 정신을 추슬러 상대를 따돌리고 도망칠 수 있었다. 그러나 그들 친구들 중 두셋은 심각하게 연방으로 따귀를 맞았다. 그 후 학생들은 가게를 습격하고 주인을 신체적으로 가해하려는 모의를 했지만 사실상 그 개탄스러운 계획을 실천에 옮긴 적은 없었으며 그들의 희생자를 못살게 구는 짓도 그만둔 채 마음 크게 먹고서 맞은편 인도 쪽으로 지나다니는 습관을 붙였다. 〈겁을 먹었구먼〉 하고 자크가 씁쓸한 기분으로 말하곤 했다. 〈하기야 우리가 잘못한 거지〉 하고 피에르가 말했다. 「우리가 잘못한 거고 또 얻어맞을까 봐 겁을 먹은 거야.」 훗날 그는 그때의 일을 기억하면서 사람들은 권리를 존중하는 척하지만 실제로는 오직 힘 앞에서만 머리를 숙인다는 것[a]을 (진정으로) 깨달았다.

밥아준 가는 중간쯤에서 한쪽 편 아케이드를 잃는 대신 생트빅투아르 교회를 얻으면서 넓어졌다. 그 조그만 교회는 옛날 회교 사원이 있던 자리를 차지했다. 하얗게 회칠을 한 그 정면에는 언제나 꽃들이 바쳐져 있는 일종의 봉헌소(?) 같은 것이 오목하게 마련되어 있었다. 훤히 트인 인도에는 꽃 가게들이 나 있었는데 아이들이 지나갈 시간이면 벌써 꽃들이 진열되어 계절에 따라 붓꽃, 카네이션, 장미 혹은 아네모네들이, 끊임없이 꽃에 물을 주어 위쪽 전에 녹이 슬은, 높은 깡통들 속에 꽂혀 있었다. 같은 쪽 인도에는 조그마한 아랍식

a 남들과 마찬가지로 그 역시.

튀김 가게도 하나 있었는데 가게라고는 하지만 사실은 불과 세 사람 정도가 간신히 들어갈까 말까 한 작은 구석일 뿐이었다. 그 작은 공간의 한구석에는 화덕을 파놓았는데 화덕 가장자리는 푸른색과 흰색의 도자기로 되어 있었으며, 그 위에서는 뜨거운 기름이 담긴 거대한 냄비가 소리를 내며 끓고 있었다. 화덕 앞에는 아랍 바지 차림의 이상한 인물이 책상다리를 한 채 더운 대낮의 더운 시간에는 웃통을 벗고, 또 그렇지 않은 다른 날 낮에는 핀으로 목깃을 세워 채운 서양식 양복저고리를 입고 앉아 있었는데, 면도로 민 맨머리, 깡마른 얼굴과 이가 빠진 입 때문에 안경 안 쓴 간디 같아 보이는 그는 손에 붉은색 법랑 국자를 들고서 기름 속에서 동그란 튀김들이 익어 가는 것을 지켜보고 있었다. 튀김이 하나 다 되면, 즉 극도로 얇은 밀가루 반죽의 가운데가 투명하고 바삭바삭해지는 한편 가장자리가 노랗게 튀겨지면(말갛게 익은 감자튀김처럼) 그는 조심스럽게 국자로 튀김을 떠서 거의 기름 밖으로 꺼내듯이 하면서 국자를 냄비 위에서 서너 번 흔들어 기름을 털어 낸 다음 구멍 뚫린 선반들에 유리를 씌워 만든 자기 앞의 진열대 위에 올려놓았다. 거기에는 벌써 한쪽에 미리 만들어 놓은 꿀 바른 작은 막대기 튀김이, 다른 한쪽에 납작하고 동그란 기름 튀김[a]이 나란히 늘어놓여 있었다. 피에르와 자크는 그런 과자를 몹시 좋아하여 둘 중의 하나에게 예외적으로 약간의 돈이 있을 때는 가던 길을 잠시 멈추고서 기름이 배면 금방 투명해지는 종이에 튀김을 받기도 했고 상인이 자기 옆 화덕 한구석에 놓인 단지 속, 표면에 자잘한 튀김 조각들이 떠 있는 짙은 색의 꿀에 한 번 담갔다가 건네주는 막대기 과자를 사먹기도 했다. 아이들은 그 기

a 즐라비아스, 마크루드.

막힌 것들을 받아 가지고 옷을 더럽히지 않으려고 상체와 머리를 앞으로 숙인 채 여전히 학교를 향하여 뛰면서 깨물어 먹었다.

매학기 개학을 하고 나서 얼마 후, 제비 떼의 출발이 이루어지는 것도 바로 생트빅투아르 교회 앞에서였다. 실제로 골목의 저 위쪽 길이 넓어진 그곳에는 심지어 옛날에 전차 운행에 사용되다가 지금은 쓸모가 없어졌는데도 치워 버리지 않고 있는 고압선들까지 합쳐서 아주 여러 가닥의 전깃줄들이 매여 있었다. 첫 추위가, 하기야 한번도 얼음이 어는 법이 없으니 상대적인 추위지만 그래도 여러 달 동안 더위가 무겁게 짓누르던 다음이어서 현저하게 느껴지는 첫 추위가 오면 평소에 바닷가의 대로들이나 학교 앞 광장 위, 혹은 가난한 동네의 하늘에 날아다니며 때로는 무화과, 바다에 뜬 쓰레기, 금방 눈 짐승의 똥을 향하여 날카로운 소리를 내며 내리꽂히곤 하던 제비들이[a] 처음에는 전차를 마중 가듯이 좀 더 낮게 날면서 복도처럼 좁은 밥아준 거리로 외롭게 나타났다가 단번에 높이 솟아올라 집들 위의 하늘로 사라져 버렸다. 어느 날 아침 갑자기 그들은 수천 마리씩 떼를 지어 나타나 생트빅투아르 작은 광장의 전깃줄이란 전깃줄 위에는 모두 서로서로 몸이 닿을 만큼 촘촘하게 끼여 앉아 약식 상복 같은 모가지 위로 머리를 까딱까딱 하기도 하고 꼬리를 톡톡 치며 두 발을 약간 옮겨 놓아 새로 온 놈에게 자리를 내주기도 하고 그 작은 배설물로 인도를 뒤덮기도 하면서, 아침부터 줄곧 모두가 하나로 간간이 재잘대는 소리가 섞인 짹짹거림만으로 길바닥 저 위에서 그칠 줄 모르는 비밀회의를 하는데 그 소리가 차츰차츰 높아지면서 저녁이 되어 아이들이 돌

a 그르니에가 묘사한 알제리의 참새들 참조.

아가는 전차 쪽으로 달음박질칠 때쯤이면 거의 귀가 아플 지경이 되다가 그 무슨 눈에 보이지 않는 명령을 받았는지 그 수천 개의 작은 머리들과 검고 흰 꼬리들이 잠이 든 새들의 몸 위로 가만히 수그러지면서 그 시끄럽던 소리가 돌연 딱 멈추어 버리는 것이었다. 2, 3일 동안 조그만 무리들을 이루어 사엘의 구석구석에서, 때로는 그보다 더 먼 곳에서 도착한 새들이 처음부터 와 있던 다른 새들 사이에 조금씩 조금씩 끼여 앉으려고 애를 쓰는가 하면 차츰차츰 주력 부대의 양쪽이 길을 따라 건물 벽의 턱 끝마다 자리를 잡고는 행인들의 머리 위로 점차 날개 치는 소리와 지저귐소리를 높여 가다가 마침내는 귀가 아파질 정도로 발전하는 것이었다. 그러다가 어느 날 아침, 마찬가지로 갑자기 거리가 텅 비어 버렸다. 밤에, 동 트기 바로 전에 새들이 다 함께 남쪽으로 떠나 버린 것이다. 아이들에게는 그때부터 때 이른 겨울이 시작되었다. 왜냐하면 그들에겐 아직도 더운 저녁 하늘에 제비들의 날카로운 지저귐소리가 들리지 않는 여름이란 결코 있을 수 없기 때문이었다.

밥아준 거리는 끝에 가서 왼쪽과 오른쪽에 중고등학교와 병영이 마주 보며 서 있는 커다란 광장에 이르게 되어 있었다. 중고등학교는 가파르고 음습한 길들이 언덕을 따라 기어오르고 있는 아랍 도시에 등을 돌리고 있었다. 병영은 바다에 등을 돌리고 있었다. 학교 저 너머로는 마랭고 공원이 시작되고 있었다. 병영 저 뒤로는 가난하고 반은 스페인계인 바벨우에드 거리였다. 7시 15분이 좀 못 되어 피에르와 자크는 전속력으로 층계를 뛰어 올라간 다음 정문 옆에 붙은 수위실의 작은 문을 통하여 이미 와글와글 모여 있는 아이들 가운데로 들어갔다. 양쪽에 우등상장들이 게시되어 있는 정면 큰 계단을 전속력으로 달려 올라가서 유리벽의 회랑에 의하여 큰 마당과 분리되어 있는 층계참에 이르면, 그 왼쪽에 위층으로 올라가는 계단이 보였다. 거기에 있는 어떤 기둥 뒤에는 지각생들을 지키고 있는 코뿔소가 있었다(코뿔소는 코르시카 출신의 키 작고 신경질적인 학생감으로 카이저수염 때문에 그런 별명을 얻어 가지게 되었다). 이리하여 그때부터는 전혀 다른 생활이 시작되는 것이었다.

피에르와 자크는 〈가정형편〉으로 인하여 반기숙생 장학금을 받았다. 따라서 그들은 학교에서 하루 종일을 보냈고 구내식당에서 점심을 먹었다. 수업은 요일에 따라 여덟시 혹은 아홉시에 시작했지만 7시 15분에 기숙생들에게 아침 식사가 주어졌고 반기숙생들도 같이 식사를 할 권리가 있었다. 두 아이들의 가족들은 도대체 무슨 권리라고는 가져 본 것이 거의 없었으므로 차례가 온 권리를 포기한다는 것은 생각도 할 수 없는 일이었다. 그리하여 자크와 피에르는 희고 둥근 그 커다란 구내식당에 7시 15분이면 도착하는 드문 반기숙생들 가운데 속하게 되었다. 거기에는 벌써 신잠에서 깬 기숙생들이 양철 판을 씌운 길쭉한 식탁에 커다란 사발과 굵직굵직하게 잘라 놓은 마른 빵이 가득 쌓인 아주 큰 바구니들을 앞에 놓고 자리 잡고 있었다. 그동안 대다수가 아랍인인 보이들이 거친 천으로 된 앞치마들을 두른 채 구부정한 주둥이가 달린, 옛날에는 번쩍거렸을 큰 커피포트들을 들고서 사발마다 커피보다는 치커리를 더 많이 탄 액체를 부어 주었다. 이렇게 권리 행사를 하고 나면 아이들은 15분 뒤 자습실로 갔고 거기서 정규 수업이 시작되기 전에, 마찬가지로 교내에서 기거하는 복습 교사의 감독을 받으며 자습을 했다.

초등학교와 비교할 때 가장 큰 차이는 교사들의 수가 매우 많다는 점이었다. 베르나르 씨는 무엇이나 다 알고 있어서 똑같은 방식으로 모든 과목을 다 가르쳤다. 중고등학교에서는 선생님이 과목마다 바뀌었고 수업 방법이 사람마다 달라졌다.[a] 그래서 비교가 가능했고 학생들은 좋아하는 선생님과 좋아하지 않는 선생님을 선택해야만 했다. 그런 각도에서 본다면 초등학교 교사는 아버지에 더 가까워서 거의 아버지의 자리를 차지했고 아버지나 마찬가지로 불가피하며 꼭 필요한 존재였다. 따라서 실제로 그를 사랑하느냐 않느냐 하는 문제는 아예 생길 수가 없었다. 대부분의 경우 그에게 절대적으로 매여 있기 때문에 그를 사랑하는 것이다. 혹시 아이가 그를 사랑하지 않을 경우에도 의존과 필요는 남게 마련인데 그것은 사랑과 거의 비슷한 것이었다. 반대로 중고등학교에서 선생님들은 선택이 가능한 삼촌들과 비슷했다. 학생들은 그 선생님들을 사랑하지 않을 수가 있었다. 이리하여 옷차림이 매우 우아하고 말씨가 권위적이며 험한 어떤 물리 선생의 경우, 여러 해를 보내는 동안 두세 번씩이나 되풀이하여 수업을 담당했지만 자크도 피에르도 도무지 〈보아 줄 수가〉 없었다. 사랑받을 가능성이 가장 큰 사람은 아이들이 만나는 기회가 다른 선생님들보다 더 많은 국어 교사였는데 과연 자크와 피에르는 거의 모든 수업 시간에서 그에 대한 애착을 느꼈다.[b] 그렇지만 그에게 의지할 수는 없는 것이, 그는 그 아이들에 대하여 아는 바가 전혀 없었고 수업이 끝나면 그는 알 수 없는 자신의 생활 속으로 떠나가 버렸고 아이들 역시 중고등학교 교사가 가서 거주할 가능성이 전혀 없는 그 먼 동네로 다시 돌아갔기 때문이었다. 사실 그 아이들은 자기들이 타고 다니는 전차 칸에서 교사고 학생이고 간에 누구를 만나게 되는 일이 한번도 없었다. 그 전차는 낮은 동네로

a 베르나르 씨는 사랑받는 동시에 존경받았다. 중고등학교의 선생님들은 기껏해야 존경을 받았을 뿐, 학생들은 감히 사랑할 엄두는 낼 수 없었다.

b 어느 교사라고 말할 것인가? 그리고 더 발전시킬 것인가?

다니는 붉은색 전차(C. F. R. A.)였는데 비하여 반대로 우아하다고 알려진 윗동네들에는 T. A.라고 하는 다른 선의 녹색 전차가 다니고 있었다. 게다가 T. A. 전차는 학교까지 오는데 비하여 붉은색 전차는 총독부 광장에서 섰으므로 아래쪽으로 해서 학교까지 〔 〕[1]했다. 형편이 그런 정도였으므로 아이들은 하루가 끝나고 학교 정문에서, 혹은 조금 더 떨어진 총독부 광장에서 즐거운 친구들 그룹과 헤어져 가장 가난한 동네들을 향해서 떠나는 붉은색 전차 쪽으로 걸어갈 때 그 뚜렷한 구별을 느낄 수가 있었다. 그러나 그들이 느꼈던 것은 자신들의 열등감이 아니라 분명 구별이었다. 그들은 다른 곳 사람들일 뿐이었다.

반대로 교실에서 공부하는 낮 동안에는 구별이 없어졌다. 수업 시간에 입는 가운은 더 혹은 덜 우아할 수도 있었지만 생긴 것은 비슷비슷했다. 유일한 경쟁은 수업 시간 중의 지능과 운동 경기 중의 신체적인 기민성 경쟁뿐이었다. 그 두 가지 경쟁에서 두 아이는 결코 끝으로 처지는 편이 아니었다. 초등학교에서 받은 단단한 훈련 덕분에 그들은 입학 첫 해부터 상위권에 드는 우월성을 보일 수 있었다. 단 한 군데도 틀린 곳이 없는 철자법, 확고한 계산, 숙련된 기억력, 그리고 특히 모든 종류의 인식에 대하여 머릿속에 주입된 〔 〕[2] 존중 의식 등은 적어도 학교생활 초기에 있어서는 주된 성공의 조건이었다. 툭하면 우등생 명단에서 탈락하게 만드는 자크의 차분하지 못한 성격만 아니었다면, 피에르가 라틴어만 좀 더 열심히 했더라면 그들의 승리는 완전했을 것이다. 어느 경우에든 그들은 선생님들의 격려를 받는 존중의 대상이

1 판독 불가능한 한 단어.

2 판독 불가능한 한 단어.

되었다. 운동 시합으로 말하면 특히 축구가 그러했는데 자크는 첫 쉬는 시간부터 장차 여러 해 동안 그의 열광적인 취미가 될 대상을 발견하게 되었다. 시합은 구내식당에서의 점심시간 뒤와 기숙생, 반기숙생 그리고 감독을 받으며 방과 후 수업을 하는 통학생의 경우 네시의 마지막 수업 시간 다음 쉬는 시간에 했다. 그때가 되면 한 시간 동안의 오락 시간이 주어지므로 아이들은 두 시간 동안 다음 날의 숙제를 할 수 있는 자습 시간 전[a]에 간식을 먹거나 긴장을 풀며 쉴 수가 있었다. 자크의 경우 간식은 생각도 할 수 없는 일이었다. 축구 열성파들과 함께 그는 굵은 기둥들이 늘어선 회랑(작문을 잘하는 모범생들이 이야기를 나누며 걸어다니는)으로 사면이 둘러싸인 시멘트 바닥의 마당으로 급히 달려 나갔다. 거기에는 네댓 개의 벤치들이 늘어놓여 있고 굵직한 무화과나무들도 심어져 철책에 둘러싸여 있었다. 두 편이 마당을 나누어 차지하고 골키퍼들은 양쪽 끝 기둥 사이에 자리 잡았으며 큼직하고 스펀지 고무로 속이 찬 가죽공이 한가운데 놓였다. 심판 같은 것은 없었고 첫 공을 차는 것과 더불어 고함소리와 달음박질이 시작되었다. 이미 반에서 가장 우수한 우등생들과 대등하게 이야기할 수 있었던 자크가, 우수한 머리는 없지만 기운찬 두 다리와 무진장의 호흡 능력을 타고난 열등생들에게서도 존중과 사랑을 받게 된 곳은 바로 그 경기장이었다. 피에르는 선천적으로 날렵했지만 운동 시합엔 끼지 않았다. 그는 상급 학교로의 진학 과정이 덜 순조로웠는지 자크보다 더 키가 커지고 또한 더 금발로 변하면서 몸이 약해졌다.[b] 그런데 자크는 더디게 키가 커서 〈저공비행〉이니 〈땅

a 통학생들이 가고 없기 때문에 사람 수가 별로 많지 않은 수업.
b 더 발전시킬 것.

딸보〉니 하는 그리 아름답지 못한 별명을 얻었지만 그런 것쯤은 아랑곳도 하지 않은 채 발끝에 공을 달고 정신없이 달려 나무와 상대 선수를 차례로 따돌리며 운동장과 인생에서 왕이 된 기분을 만끽했다. 휴식 시간의 끝과 수업 시간을 알리는 북소리가 울리면 문자 그대로 어안이 벙벙해진 채 숨을 헐떡거리고 땀을 흘리며 시멘트 바닥 위에 딱 멈춰 서서 시간이 너무 짧은 것에 화를 내다가 차츰 상황을 다시 깨닫게 되면 그제야 얼굴에 흐르는 땀을 옷소매로 쓱쓱 문질러 닦으면서 친구들과 함께 제자리로 다시 돌아갔고 갑자기 구두 밑창에 박은 징들이 닳았으리라는 데 생각이 미치면 수업 시간이 시작되었는데도 불안하게 그걸 살펴보면서 전날과 얼마나 달라졌으며 징의 뾰족하던 끝이 얼마나 닳아서 반짝이는지를 알아보려고 애를 쓰다가 바로 그 닳은 정도를 측정하기가 어렵다는 점 때문에 오히려 안심을 하는 것이었다. 구두창이 떨어져서 입을 벌린다든가 등이 째졌다든가 굽이 뒤틀렸든가 하는 수습할 수 없는 피해가 생기는 바람에 집에 돌아가 받게 될 대접이 어떨지 뻔하게 보일 때 이외에는 그는 두 시간의 자습 시간 동안 배에 힘을 주고 침을 삼키면서 열심히 공부해서 잘못을 벌충하겠다고 무진 애를 쓰지만 온갖 노력을 다해도 매를 맞게 될 일이 걱정이 되어서 어쩔 수 없이 정신 집중이 잘 되지 않는 것이었다. 그 마지막 자습이 사실 가장 길게 느껴지는 시간이었다. 우선 그것은 두 시간씩이나 되었다. 그리고 밤 아니면 저녁이 시작되려는 때 하는 것이었다. 높은 창문들은 마랭고 공원으로 나 있었다. 나란히 앉아 있는 자크와 피에르 주위에 있는 학생들은 수업과 놀이에 지치고 마지막 공부에 열중하여 평소보다 더 조용했다. 특히 학년 말 무렵이면 공원의 큰 나무들과 화단, 그리고 무더기로 서 있는 바나나나무들 위로 저녁 빛이 내리덮었다.

도시의 소음이 멀고 나직해짐에 따라 하늘은 녹색으로 변해 가면서 긴장이 풀리는 것이었다. 날이 몹시 덥고 창문이 하나 열려 있을 적이면 작은 정원 위에서 마지막 제비들이 내는 날카로운 소리가 들렸고 고광나무와 큰 목련 냄새가 흘러 들어와서 잉크와 자에서 나는 더 새큼하고 쌉쌀한 냄새를 적셔 놓았다. 자크는 이상하게 가슴이 죄어드는 것을 느끼며 복습 교사가 자기도 대학교 숙제를 하면서 좀 조용히 하라고 소리칠 때까지 몽상에 잠겨 있었다. 마지막 북소리가 들릴 때까지 기다리지 않으면 안 되었다.

[a]7시가 되면 학교 밖으로 돌진, 밥아준 거리를 따라 떠들썩한 무리들의 달음박질이 시작되었다. 모든 상점들에는 불이 켜져 있었고 인도에는 회랑 아래로 사람들이 너무나 많아서 때로는 차도의 선로 사이로 달려가다가 전차가 나타나면 다시 회랑 안으로 퇴각하지 않으면 안 되었다. 그러다 보면 마침내 아세틸렌 램프로 불을 밝힌 가판점들과 아랍 상점의 진열대들로 해서 가장자리가 빛나는 총독부 광장이 나타났고 아이들은 거기서 풍기는 아세틸렌 냄새를 기분 좋게 들이마시는 것이었다. 아침에는 그다지 붐비지 않았던 붉은색 전차가 벌써 터질 듯이 가득한 손님들을 실은 채 기다리고 있었다. 그러면 어떤 때는 뒤쪽 객차 계단의 발판 위에 그냥 서 있는 수밖에 없었다. 그것은 금지되어 있으면서도 동시에 허용되고 있는 관행이었다. 그러다가 어떤 정거장에서 손님들이 내리면 아이들은 서로 떨어지거나 적어도 이야기를 나눌 수는 없게 된 채 사람들의 숲을 뚫고 들어가야 했고 팔꿈치와 몸을 천천히 움직여서 어느 난간에 이르게 되면 그제야 어두운 항구에 불빛 총총한 거대한 상선들이 바다와 하늘의

a 남색가들의 공격.

어둠을 배경 삼아 화재로 불타고 난 뒤 불등걸이 되어 고스란히 남은 건물 덩어리들처럼 서 있는 광경을 바라보는 것이었다. 불을 켜고 달리는 커다란 전차들은 그때 시끄러운 소리를 내면서 바다 저 위를 지나 도시의 좀 더 안쪽으로 들어가서 더욱 가난한 집들 사이를 누비다가 벨쿠르 거리까지 왔다. 그때는 벌써 서로 헤어져야 했고 결코 불이 켜져 있는 법이 없는 계단들을 올라가 석유램프의 동그란 불빛이 방의 다른 부분은 어둠 속에 남겨 둔 채 방수포와 식탁 주위의 의자들을 비추는 집으로 돌아가야 했다. 카트린 코르므리는 상을 차리느라고 찬장 앞에서 왔다 갔다 하고, 한편 할머니는 부엌에서 점심에 먹다 남은 스튜를 데우고 형은 탁사 한구석에서 모험 소설을 읽고 있었다. 때로는 므자비트의 반찬 가게로 가서 마지막 순간에 떨어진 소금과 버터 토막을 사오거나 가비네 카페에서 수다를 늘어놓고 있는 삼촌을 불러오지 않으면 안 되었다. 여덟시에 식사를 할 때는 아무 말이 없거나 혹은 삼촌이 어떤 잘 알지 못할 모험 이야기를 꺼내 놓아서 사람들을 웃겼지만 어쨌든 절대로 학교 얘기를 하는 일은 없었다. 할머니가 자크에게 좋은 성적을 받았느냐고 묻고 그가 네 하고 대답하는 때만이 예외였는데 그러고 나면 더 이상 학교 이야기를 하는 사람은 없었다. 어머니는 그가 좋은 성적을 받았다고 했을 때는 머리를 끄덕이며 그 부드러운 눈으로 그를 물끄러미 바라보았지만 언제나 말이 없이 고개를 약간 돌린 채 〈기다려요, 내가 치즈를 가져오겠어요〉 하고 말하는 것이었고 그러고 나면 그녀가 일어나 상을 치우는 식사의 마지막 순간까지 아무 말이 없었다. 자크가 탐독하는 중인 『파르다이앙』이라도 집어 들 양이면 할머니는 〈어미를 좀 도와줘라〉 하는 것이었다. 그는 어머니를 도와주고 나서 램프 밑으로 돌아와 결투와 용기에 대하여 이야기하고 있는 그 큼직한 책을 싹 치워진 방수포 위에 갖다 놓았고 한편 어머니는 의자 하나를 램프 불빛 밖으로 당겨 놓은 다음 겨울에는 창가에 기대어, 여름에는 발코니에 나 앉아 전차, 자동차, 사람들이 돌아다니다가 차츰차츰 그 수효가 드물어지는 것을 바라보았다.[a] 할머니가 또 이튿날엔 5시 30분에 일어나야 하니 일찍 자야 한다고 말하면 그는 우선 삼촌에게, 그리고 끝으로 어머니에게 키스를 했다. 어머니는 다정하면서도 건성인 키스로 응해 주고 나서는 박명(薄明) 속의 그 부동자세로 되돌아가 자신이 앉아 있는 언덕의 저 발아래서 지칠 줄도 모른 채 흘러가고 있는 삶의 흐름과 거리 쪽으로 지칠 줄도 모른 채 시선을 던지고만 있었고, 아들은 목이 컥 막혀 오는 것을 느끼면서 지칠 줄도 모른 채 어둠 속의 그녀를 쳐다보았다. 그로서는 도무지 이해할 수 없는 어떤 불행과 대면한 채 불안 가득한 눈으로 구부리고 있는 그 메마른 등을 바라보는 것이었다.

a 뤼시앵 — 14 EPS — 16 보험.

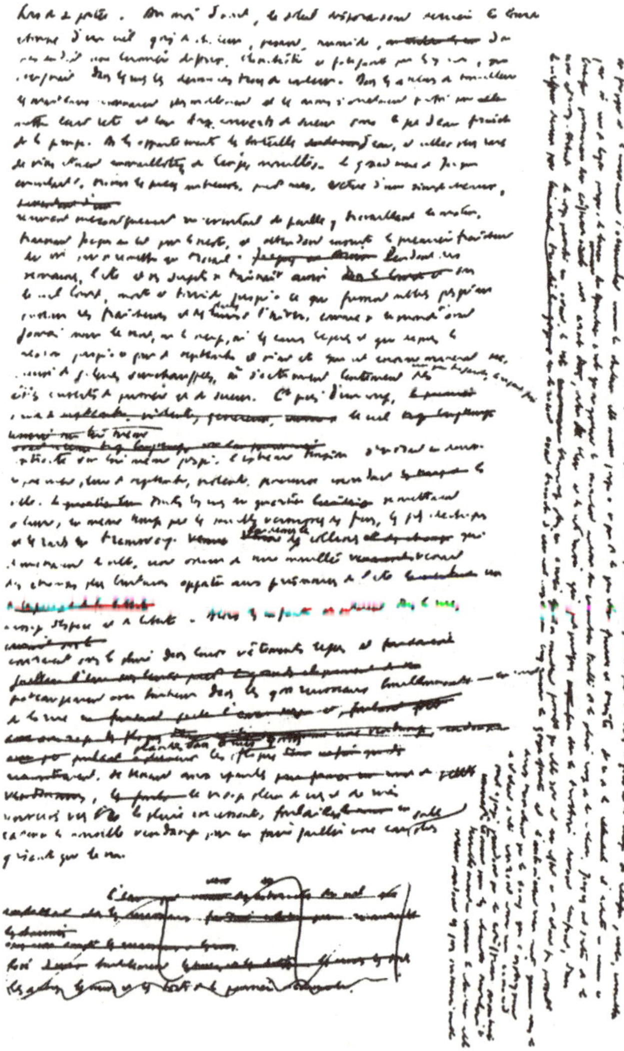

닭장과 암탉 목 따기

학교에서 집을 향해 돌아올 때면 언제나 다시 느끼게 되는 미지와 죽음 앞에서의 고통, 하루가 저물 무렵이면 어느새 빛과 대지를 파먹어 가는 어둠과 같은 속도로 그의 가슴에 가득 차오르는 그 고통은 할머니가 방수포 위에 등피 유리를 벗겨 내려놓고 두 〔발을〕 발끝으로 약간 쳐들며 엉덩이는 탁자의 가장자리에 기댄 채 몸은 앞으로 수그리고 램프갓 밑으로 심지 끝을 좀 더 잘 들여다보기 위해서 고개를 비틀면서 한 손은 램프 밑의 심지를 조절하는 구리 손잡이를 잡고 다른 한 손은 심지가 그을음을 내지 않고 밝고도 참한 불꽃을 만들 때까지 불붙인 성냥개비로 심지를 긁으면서 석유램프에 불을 켤 때에서야 비로소 멎었고 그러면 할머니는 등피 유리를 구리로 된 홈의 파인 이〔齒〕들에 닿아 약간 긁히는 소리가 나는 가운데 제자리에 끼우고 나서 다시 탁자 앞에 꼿꼿이 몸을 세운 채 한쪽 팔만을 들어 노랗고 따뜻한 불빛이 탁자 위에 완벽한 원을 그리며 방수포에 반사된 듯 더욱 따뜻한 빛으로 여자의 얼굴과 탁자 저쪽에서 이 의식에 참가하고 있는 아이의 얼굴을 고르게 비출 때까지 심지를 조절했고 그때서야 맺혔던 그의 가슴은 빛의 밝기가 높아 감에 따라 천천히 풀리는 것이었다.

할머니가 어떤 일로 마당에 나가서 암탉을 한 마리 잡아 오라고 시킬 때 자존심이나 허영심으로 인하여 가끔 그가 극복하려고 애써야 했던 것 역시 그와 똑같은 고통이었다. 그것은 언제나 부활절이나 성탄절같이 중요한 축제 전날이나 더 잘사는 친척이 찾아온 기회에 그를 대접하는 동시에 체면상 집안의 사는 실제 형편을 감추고자 하는 날의 저녁이었다. 과연 중고등학교의 처음 몇 년 동안 할머니는 일요일에 지방으로 장사를 나가는 조제팽 삼촌에게 아랍 암탉들을 몇 마리 구해 오라고 해가지고 에르네스트 삼촌을 시켜서 마당 저 안쪽, 축축한 습기로 질척거리는 땅바닥에 바로 대고 조잡한 닭장 하나를 만들고는 거기다가 대여섯 마리의 닭들을 키웠는데 그것들이 알을 낳아 주고 때로는 피를 주었다. 할머니가 처음으로 그중 한 마리를 잡기로 결정했을 때 식구들은 모두 식탁에 앉아 있었는데 그녀는 제일 큰 아이에게 해치울 닭을 잡아 오라고 시켰다. 그러나 루이[1]는 책임을 피한 채 자기는 무서워서 못 한다고 딱 잘라서 말했다. 할머니는 비웃으면서 시골구석에 살아도 세상의 무엇 하나 무서운 게 없었던 자기 시대 아이들만 못한 요사이의 저 부자 아이들을 욕했다. 「자크, 재가 더 용감해, 내가 안다고. 네가 갔다 오너라.」 솔직히 말해서 자크는 조금도 자신이 더 용감하다고 생각해 본 적이 없었다. 그러나 일단 그런 말이 나온 이상 물러설 수는 없는 일이어서 첫날 저녁에는 닭장으로 갔다. 캄캄한 데를 더듬어 계단을 내려가서 여전히 어둡기만 한 복도를 따라 왼쪽으로 돌고 마당으로 통하는 문을 찾아 열어야 했

1 자크의 형은 때로는 앙리로, 또 때로는 루이로 불린다.

다. 어둠이 복도 안보다는 덜했다. 마당으로 내려가는 미끄럽고 이끼 낀 네 개의 계단이 눈에 들어왔다. 오른쪽 이발사 집과 아랍인 집이 들어 사는 작은 독채의 덧문에서 빛이 인색하게 흘러나오고 있었다. 맞은편 땅바닥이나 똥이 잔뜩 묻은 창살 위에서 잠이 든 짐승의 희끄무레한[a] 덩어리가 보였다. 닭장에 이르러 몸을 쭈그리고 손가락을 머리 위 굵은 철망 속으로 뻗어 건들거리는 닭장에 손을 대자마자 나직하게 닭들이 꼬꼬댁거리는 소리와 동시에 미지근하고 구역질나는 배설물 냄새가 확 풍겨 오기 시작했다. 그는 땅바닥에 닿는 산울타리 문을 열고 몸을 숙여 그 안으로 손과 팔을 들이밀었는데 땅바닥인지 더러운 막대기인지가 만져지는 바람에 겁이 나 가슴이 죄어들고 구역질이 나서 얼른 손을 뺐고 그 순간 날개와 발을 푸덕거리는 소리가 터져 나오면서 닭들이 온 사방으로 나는지 뛰는지 난리를 치기 시작했다. 그러나 가장 용감하다고 지명을 받았으니 결심을 단단히 하지 않을 수 없었다. 하지만 어둡고 더러운 그 구석에서 짐승들이 피우는 그 소란 때문에 그의 가슴속에는 고통이 가득 밀려들면서 뱃가죽이 당겼다. 그는 잠시 기다리면서 머리 위의 깨끗한 어둠과 또렷하고 고요한 별들이 가득한 하늘을 바라보았다. 이윽고 앞으로 몸을 던져 아무 다리나 손에 닿는 대로 움켜잡아 비명과 공포로 가득한 짐승을 작은 문 쪽으로 낚아채고는 다른 손으로 두 번째 발을 붙잡아 닭을 거칠게 닭장 밖으로 잡아당겼는데 그 바람에 벌써 깃털의 일부가 문턱에 쓸려서 뜯어져 나가고 닭장 전체가 겁에 질려 꼬꼬댁거리는 날카로운 소리로 가득 찼고 갑자기 어둠 속에 뚜렷이 눈을 뜨며 드러나는 사각(四角)의 빛 속에서 늙은 아랍인이 경계하

a 변형된.

는 눈초리로 나타났다. 〈저예요, 타하르 씨, 할머니가 암탉을 잡아 오랬어요〉 하고 억양 없는 목소리로 아이가 말했다. 〈아, 너구나. 알았다. 난 또 도둑인 줄 알았지〉 하며 그는 안으로 들어갔고 마당은 다시 어둠 속으로 가라앉았다. 그 순간 자크는 뛰어갔고 닭은 미친 듯이 버둥거리면서 복도의 벽과 층계의 난간에 마구 부딪쳤고 손바닥에 닭 가죽의 두껍고 써늘한 비늘이 와서 닿는 감촉을 느끼면서 구역질과 무서움에 제정신이 아닌 채 그는 집의 층계참과 복도를 더욱 빨리 달려 마침내 승리자처럼 식당 안으로 불쑥 들어섰다. 승리자가 머리는 헝클어지고 무릎은 마당의 이끼에 퍼렇게 물들고, 닭은 몸에서 가능한 한 멀리 해서 붙잡은 채 공포에 하얗게 질린 얼굴로 문간에 뚜렷한 모습을 드러낸 것이었다. 할머니가 형에게 말했다. 「그것 봐라. 잰 너보다 더 어리지만 널 부끄럽게 만들었어.」 자크가 당연한 긍지로 가슴 부풀어 오르는 것을 기다리는데 할머니가 억센 한 손으로 암탉의 두 다리를 나꿔챘다. 닭은 마치 이제부터 용서 없는 손아귀 속에 들어가 있음을 알아채기라도 했는지 갑자기 조용해졌다. 그의 형은 그를 쳐다보지도 않은 채 디저트를 먹고 있었다. 다만 멸시의 뜻으로 그를 향하여 한 번 인상을 썼을 뿐인데 그게 자크의 만족감을 더하게 해주었다. 사실 그 만족감은 잠시뿐이었다. 사내다운 손자를 가진 것에 흐뭇해진 할머니가 그 보상으로 닭의 목을 따는 구경을 하도록 그를 부엌으로 불러들인 것이었다. 그녀는 벌써 큼직한 푸른색의 앞치마를 두르고 한 손으로는 여전히 암탉의 다리를 붙잡은 채 땅바닥에다 속이 오목한 흰색의 큰 사기 접시 한 개와, 에르네스트 삼촌이 길고 검은 돌에다가 정기적으로 갈아 댄 나머지 날이 닳아서 매우 좁고 길쭉해져서 지금은 번쩍거리는 실날같이 된 긴 부엌칼을 함께 준비해 놓고 있었다. 「거기 서 있어라.」

자크는 부엌 저 안쪽의 정해 준 곳에 자리 잡았고 한편 할머니는 닭도 아이도 나갈 수 없도록 입구를 막고 자리를 잡았다. 허리는 개수대에 〔왼쪽〕 어깨는 벽에 기대고서 그는 소름이 끼치는 것을 느끼면서 제물을 다루는 제사장의 정확한 손놀림을 바라보았다. 과연 할머니는 입구 왼쪽 나무 탁자 위에 놓인 조그만 석유램프의 불빛 바로 밑으로 접시를 밀어놓았다. 그녀는 암탉을 땅바닥에 내려놓더니 오른쪽 무릎을 땅에 붙여 닭의 두 다리를 고정시키고 날개가 푸덕거리지 못하게 두 손으로 꽉 누른 다음, 왼쪽 손으로 머리를 움켜쥐어 접시 위로 해서 뒤쪽으로 잡아당겼다. 그러고 나서 면도날처럼 날카로운 식칼로 그녀는 천천히 사람 같으면 결후(結喉) 부분에 해당하는 곳을 끊어서 목을 따고 머리를 비틀더니 연골부에 칼날을 깊숙이 찔러 넣어 끔찍한 소리가 나는 순간 갈라진 곳을 열고 전신에 무시무시한 경련이 훑고 지나가는 중인 짐승을 꼼짝 못하게 꽉 붙잡고 있었는데 한편으로는 하얀 접시에 새빨간 피가 흘러내렸고 자크는 마치 자기 자신의 피가 전신에서 다 빠져나가기라도 하는 듯 다리를 후들거리면서 그 광경을 바라보고 있었다. 그렇게 끝도 없는 것 같은 한동안이 지나자 할머니가 〈접시를 치워라〉 하고 말했다. 짐승은 더 이상 피를 흘리지 않았다. 자크는 피 색깔이 벌써 짙어지고 있는 접시를 탁자 위에 조심스럽게 올려놓았다. 할머니는 깃털이 광채를 잃고 흐릿해지는 두 눈 위로 벌써 둥글고 주름진 눈꺼풀이 내리 덮이는 암탉을 접시 옆에 던졌다. 자크는 발가락들이 한데 오므라들고 벼슬이 흐릿하고 물렁물렁해져서 축 늘어진, 요컨대 죽어 꼼짝도 않는 시체를 바라보다가 이윽고 식당으로 들어갔다.[a] 〈난 그런 거 눈 뜨고

a 다음 날, 불에 그슬리는 생닭 냄새.

못 봐〉 하고 첫날 저녁에 그의 형이 분노를 억지로 참으면서 그에게 말했었다. 「구역질 나.」 〈아냐〉 하고 자크는 자신 없는 목소리로 말했다. 루이는 적대적인 동시에 탐색하는 듯한 표정으로 그를 쳐다보았다. 그러자 자크가 몸을 쭉 펴며 일어섰다. 그는 고통 속으로, 어둠과 끔찍한 죽음과 대면하여 맛보았던 그 까닭 모를 공포 속으로 문을 닫아걸어 잠그면서 자존심, 오로지 자존심 속에서만 용기에의 의지를 찾으려고 애를 썼다. 그 용기에의 의지가 결국은 그에게 용기 그 자체로 구실을 하는 것이었다. 〈넌 겁이 났던 것뿐이라고〉 하고 마침내 그는 말했다. 〈그래, 이담부터는 자크가 닭장에 가도록 해라〉 하고 할머니가 방 안으로 들어오며 말했다. 〈좋아요, 좋아. 용감한 애니까〉 하고 에르네스트 삼촌이 신이 나서 말했다. 얼어붙은 듯이 서서 자크는 약간 뒤에 떨어져서 굵은 나무 공을 받치고서 양말을 꿰매고 있는 그의 어머니를 바라보았다. 어머니도 그를 바라보았다. 「그래, 잘했다. 용감하구나.」 그리고 어머니는 다시 거리를 내다보았다. 자크는 그녀를 뚫어지라고 바라보면서 죄어드는 가슴속에 또다시 불행이 자리 잡는 것을 느꼈다. 〈가서 자거라〉 하고 할머니가 말했다. 자크는 작은 석유램프도 켜지 않은 채 식당에서 들어오는 빛으로 방 안에서 옷을 벗었다. 그는 형을 건드리지도 방해하지도 않으려고 두 사람이 쓰는 침대의 가장자리에 누웠다. 피곤과 놀라움 때문에 기진맥진하여 금방 잠이 들었지만 가끔 벽 쪽으로 가서 잠을 자려고 그를 타넘어 가는 형 — 그는 자크보다 늦게 일어나니까 — 이나 어둠 속에서 옷을 벗느라고 장에 부딪치곤 하고 또 살금살금 침대로 올라가는 어머니 때문에 잠을 깨곤 했다. 어머니는 너무나도 옅은 잠이 들어서 꼭 잠자지 않고 깨어 있는 것만 같았다. 그래서 자크는 가끔 정말 그럴지도 모른다는 생각이 들어서 어머니를 불러 볼까 하는 마음도 없지 않았지만 아무튼 듣지 못할 거라고 속으로 생각하면서 어머니와 동시에 아무런 소리도 내지 않고 마찬가지로 가볍게 가만히 깨어 있으려고 무진 애를 썼지만 빨래와 집안일로 힘든 하루를 보낸 후의 어머니가 이미 그렇게 되었듯이 그는 완전히 잠 속으로 곯아떨어지고 말았다.

목요일과 방학

오직 목요일과 일요일에만 자크와 피에르는 그들의 세계를 되찾을 수 있었다(자크가 벌과를 받을 때, 다시 말해서 — 자크가 벌이라는 한마디 말로 간단히 요약하여 설명하고 나서 어머니에게 사인을 받은 학생감의 통지서가 지적하고 있듯이 — 방과 후에도 못 가고 여덟시부터 열시까지 두 시간 동안 — 더 심각한 경우에는 더러 네 시간 동안 — 을 학교에 붙잡힌 채 대개는 쉬는 날에까지 동원되어 그곳에 와 있는 것에 잔뜩 화가 나 있는 복습 교사의 감독 하에 특별 교실에서 다른 벌 서는 학생들 가운데 섞여서 유난히도 무의미한 숙제[a]를 하고 있어야 되는 때는 예외였다. 피에르는 중고등학교 8년 동안 단 한 번도 벌과를 받은 적이 없었다. 그러나 자크는 너무 수선스럽고 너무 허영심이 많기도 해서 남들의 눈에 보이는 재미로 바보 같은 짓을 해가지고 여러 번의 벌과를 받는 것이었다. 할머니에게는 벌이 품행하고만 관계가 있을 뿐이라는 것을 아무리 설명해 보아야 소용이 없어서

a 중고등학교에서는 〈도나드〉가 아니고 〈카스타뉴(주먹질 싸움)〉이다.

그녀는 공부를 잘 못하는 것과 행동이 얌전치 못한 것을 서로 구별하지 못했다. 할머니 생각에는 공부 잘하는 모범생은 당연히 품행이 방정하고 얌전해야 하는 것이었다. 마찬가지로 품행이 좋으면 곧 공부도 잘하게 되는 것으로 생각했다. 바로 이렇게 하여 적어도 하급 학년 동안에는 목요일에 벌과만 받는 것이 아니라 전날인 수요일에 그 말을 전해 들은 할머니에게 혼나는 일이 하나 더 추가되는 것이었다).

벌을 받지 않는 목요일과 일요일이면 아침나절은 장보기와 집안일에 할애되었다. 그러고 나면 피에르와 장[1]은 같이 밖에 나가 놀 수 있었다. 날씨가 좋은 철에는 사블레트 해변이나 조잡하게 닦은 축구장과 쇠공 놀이를 위한 코스가 마련되어 있는 넓은 공지인 연병장이 좋았다. 그래서 대개의 경우 프랑스 및 아랍인들로 자연스럽게 만들어진 팀과 헝겊 공을 가지고 축구 시합을 할 수가 있었다. 그러나 한 해의 나머지 계절에는 두 아이는 피에르의 어머니가 우체국을 그만두고 세탁 반장으로 취직해 있는 쿠바[a] 상이군인 병원으로 가곤 했다. 쿠바는 알제의 동쪽 어떤 전차 종점[b]에 있는 야산의 이름이었다. 사실 도시는 거기서 끝이었다. 그러고는 조화로운 고원들과 비교적 풍부한 물, 거의 기름지다고 할 수 있는 초원, 그리고 가끔 키 큰 사이프러스 나무와 갈대가 울타리를 이루곤 하는 붉고 육질 좋은 땅의 들과 더불어 사엘의 정감 어린 시골이 시작되는 것이었다. 별로 힘들게 일하지 않아도 포도나무, 과목, 옥수수가 잘 자랐다. 공기가 상쾌했고 게다가 도회지와 저지대에서 온 사람에게는 몸에 좋다는 말이 있었다. 재산이나 수입을 조금만 모으게 되면 알제의 여름을 피하여 공

1 자크를 말함.
a 그것이 병원의 이름인가?
b 화재.

기가 온화한 프랑스로 가는 알제 사람들은 어떤 곳의 공기가 약간 서늘하기만 해도 금방 〈프랑스 공기〉라고 했다. 이리하여 쿠바에서도 프랑스의 공기를 숨 쉬고 있었다. 팔다리를 잃은 사람들을 유숙시키기 위하여 전쟁 직후에 설립한 그 상이군인 병원은 전차 종점에서 5분 거리에 있었다. 그것은 옛날에 수도원이었던 곳으로 광대하고 매우 복잡한 건축 구조를 이루고 있으며 하얗게 회칠을 한 두꺼운 벽들, 지붕이 덮인 회랑들, 그리고 구내식당과 업무 공간이 들어 있는 궁륭 천장의 서늘한 큰 방들이 여러 개의 날개에 나뉘어 배치되어 있었다. 피에르의 어머니인 마를롱 부인이 이끄는 세탁반은 그 큰 방들 중 하나에 들어 있었다. 자기가 감독하는, 한 사람은 아랍인 여자, 다른 한 사람은 프랑스 여자 그렇게 두 직원과 더불어 그녀가 우선 그 아이들을 맞아들이는 곳은 바로 뜨겁게 달군 다리미들과 축축한 빨래 냄새가 나는 그 방이었다. 그녀는 아이들 각자에게 빵 한 조각과 초콜릿을 주고 나서 그 신선하고 힘찬 그의 아름다운 두 팔을 걷어붙이면서 〈이걸 주머니에 넣어 두었다가 네 시에 먹도록 하고 정원에 나가 놀아라. 난 일이 바빠〉 하고 말하는 것이었다.

아이들은 우선 회랑과 안마당을 돌아다녔다. 그리고 대개의 경우 거추장스러운 빵과 손가락 사이에서 줄줄 녹는 초콜릿을 처치해 버리기 위하여 간식을 즉시 먹어 치웠다. 그들은 팔이나 다리가 하나 없거나 자전거 바퀴가 달린 작은 휠체어에 올라앉은 불구자들을 만나곤 했다. 얼굴이 깨졌거나 장님이 된 사람은 없고 오직 깨끗한 옷차림에 흔히 훈장을 달고 셔츠나 저고리의 소매, 혹은 바지의 한쪽 가랑이를 얌전하게 접어서 보이지 않는 성한 쪽 부분 어딘가에 핀으로 꽂은 불구자들일 뿐이었다. 그래서 끔찍한 인상이 아니었다. 그들의 수는 많았다. 첫날의 놀라움이 지나가자 아이들은 그들을 자신들이 발견하는 즉시 이 세계의 질서 속에 편입시키는 모든 새로운 것들과 마찬가지로 생각했다. 마를롱 부인은 그 사람들이 전쟁에서 팔이나 다리를 잃은 것이라고 그들에게 설명했다. 그런데 전쟁이야말로 그들 세계의 한 부분이었고 그들은 늘 그 이야기밖에 듣는 것이 없었으며 전쟁은 그들 주위의 너무나 많은 것들 위에 영향을 미치고 있어서 거기서 팔다리를 잃어버릴 수도 있다는 것, 심지어 전쟁이란 팔다리를 잃어버리는 삶의 한 시기라고 정의할 수 있다는 것을 어렵지 않게 이해할 수가 있었다. 그렇기 때문에 그 절름발이들의 세계가 아이들에게는 전혀 슬프게 느껴지지 않았다. 어떤 사람들은 말이 없고 우울해 보이는 것이 사실이었다. 그러나 대다수는 젊고 웃음 가득하며 심지어 자기들의 불구를 가지고 농담까지 했다. 〈난 다리가 한 짝뿐이야〉 하고 금발에 얼굴이 억센 사각형이며 건강미가 넘치는 어떤 사람이 말했다. 그는 세탁반에 자주 얼굴을 내밀었다. 「그렇지만 넌 내 발에 궁둥짝을 걷어차일 수도 있어.」 그러고 나서 그는 오른쪽 손을 지팡이에 의지하고 왼쪽 손으로는 회랑의 난간을 잡은 채 몸을 쳐들어 하나밖에 없는 발을 그들 쪽으로 날리는 것이었다. 아이들은 그와 함께 웃고 놀다가 〈다리야 날 살려라〉 하고 도망을 쳤다. 그들에겐 자기들만이 유일하게 달음박질치고 두 팔을 사용할 수 있다는 것이 당연하게 여겨졌다. 단 한 번 축구를 하다가 발목을 삐어서 며칠 동안 한쪽 발을 질질 끌고 다녀 본 적이 있는 자크는 목요일에 만나는 불구자들이 일생 동안 두고두고 달음박질을 칠 수도, 달리는 전차에 뛰어오를 수도, 공을 찰 수도 없다는 생각을 얼핏 해 보았다. 그는 인간이라는 기계 장치가 지닌 기적적인 면과 동시에 자기 자신도 불구자가 될 수 있다는 생각에 갑자기 놀랐지만 곧 잊어버렸다.

그들은* 우선 양철 판으로 덮인 커다란 테이블들이 어둠 속에서 흐릿하게 빛나고 있는 구내식당과 다음으로는 어마어마하게 큰 그릇들, 가마솥들, 냄비 등에서 남은 음식 냄새가 끈질기게 흘러나오는 주방을 끼고 걸어갔다. 건물의 마지막 날개에서 그들은 흰 나무 벽장과 더불어 회색빛 담요들로 덮인 침대가 두세 개씩 갖추어진 방들을 볼 수 있었다. 그러고는 바깥 계단을 통해서 정원으로 내려갔다.

상이군인 병원은 거의 전부가 방치된 상태인 거대한 공원에 둘러싸여 있었다. 몇몇 환자들은 집 주위에 있는 마른 갈대들의 커다란 울타리에 에워싸인 조그만 채전(菜田)은 물론이고 여러 장미나무 숲과 화단들을 전사하는 일을 맡고 있었다. 그러나 그 너머 옛날에는 아주 멋들어진 곳이었을 공원은 손을 놓은 상태였다. 엄청나게 큰 유칼립투스나무, 종려나무, 야자나무, 아래쪽 가지들이 더 멀리 뿌리를 내리면서 그늘과 비밀이 가득한 식물의 미로를 만들고 있는 거대한 등치의 고무나무,[a] 빽빽하고 단단한 사이프러스 나무, 힘찬 오렌지나무, 그 덩치가 엄청난 핑크색과 흰색의 협죽도(夾竹桃) 숲이 굽어보는 가운데 자갈들이 진흙에 덮이면서 다 지워져 가는 오솔길들이 뒤죽박죽으로 얽힌 고광나무, 재스민, 참으아리속, 꽃시계넝쿨, 그 자체가 밑둥치 쪽으로 양탄자를 이루며 억세게 자란 클로버와 괭이밥과 잡초에 발목이 잡혀 있는 인동덩굴 숲 따위들에 온통 뒤덮여 있었다. 이 항내 나는 밀림 속을 돌아다니고 나무에 기어 올라가고 풀밭에 엎드려 코를 대보며 뒤엉킨 넝쿨들을 주머니칼로 자르면서 통로를 만들며 앞으로 나아가고 그 속에서 두 다리는 얼룩덜룩하

* 아이들.

a 다른 큰 나무들.

게 무늬가 찍히고 얼굴에는 물이 잔뜩 묻은 채 다시 밖으로 나오는 것은 도취 그 자체였다.

그러나 무시무시한 독약들을 제조하는 일 역시 오후의 큰 부분을 차지했다. 아이들은 개머루넝쿨로 뒤덮인 어떤 벽에 기대어 만들어 놓은 오래된 벤치 아래 아스피린 통, 알약 병, 혹은 낡은 잉크병, 깨어진 식기 조각, 이 빠진 사발 등 그들의 실험실을 구성하는 일체의 도구들을 잔뜩 쌓아 놓았다. 거기, 아무도 보는 이 없는 공원의 저 빽빽한 숲속에 외로이 떨어져 앉아서 그들은 신비의 묘약을 준비하고 있었다. 그 바탕이 되는 재료는 협죽도였다. 그 이유는 간단해서, 협죽도 그늘은 저주를 담고 있으므로 무모하게 그 발치에서 잠을 자는 사람은 영원히 잠에서 깨어날 수 없다는 이야기를 그들은 주위에서 자주 들었기 때문이었다. 그래서 제철이 되면 돌 두 개를 겹쳐 가지고 협죽도의 잎과 꽃을 오랫동안 으깨어 해로운(몸에 안 좋은) 죽을 만들었는데 그 모양을 보기만 해도 무시무시한 죽음을 약속할 만했다. 그 죽을 대기 중에 방치해 두면 곧 유난히 소름끼치는 무지갯빛 광채를 내는 것이었다. 그러는 동안 아이들 중 하나는 달려가서 헌 병에 물을 가득 담아 왔다. 이번에는 사이프러스 열매를 갈았다. 사이프러스는 공동묘지에 자라는 나무라는 어정쩡한 이유로 해서 아이들은 그것의 해로운 작용을 확신하고 있었다. 그러나 땅에 떨어진 마른 열매들은 건조하고 단단하여 상태가 안 좋아 보이므로 나무에 달린 것을 따서 썼다. 그리하여 그 두 가지 죽을 헌 사발에 담아 섞고 물을 탄 다음 더러운 손수건으로 받쳐 걸렀다. 아이들은 이렇게 하여 만든 수상쩍은 녹색의 즙을 무시무시한 독약에 대하여 기울일 수 있는 최대한의 주의를 다하여 다루었다. 그들은 아스피린 넣었던 통이나 다른 약병에 그것을 담은 후 액체에 손이 닿지 않도록 주의하면서 뚜껑을 닫았다. 그 나머지는 점점 더 강한 일련의 독약들을 만들기 위하여 주워 모을 수 있는 모든 장과(漿果)들의 즙과 섞어서 정성스럽게 번호를 붙인 다음 그것이 발효하여 결정적으로 무서운 약효를 가진 영약들이 되도록 하기 위하여 다음 주일까지 돌벤치 밑에 나란히 늘어놓아 두었다. 이 음산한 작업이 끝나면 자크와 피에르는 수집된 그 무서운 약병들을 황홀한 눈길로 바라보면서 퍼런 죽으로 얼룩진 돌에서 풍기는 씁쌀하고 새큼한 냄새를 흐뭇한 기분으로 맡아 보는 것이었다. 사실 이 독약들은 딱히 그 누구를 위한 것이 아니었다. 그 화학자들은 자기들이 죽일 수 있는 사람들의 수를 추산해 보다가 때로는 낙관론을 밀고 나가서 자신들이 도시 전체를 완전히 비워 버리기에 충분한 양을 제조했다고 추정하기도 했다. 그렇지만 그들은 한번도 그 신비스러운 마약들이 어떤 친구나 미워하는 선생님을 제거할 수 있으리라는 생각은 해본 일이 없었다. 그러나 그것은 실제로 그들이 미워하는 사람이 아무도 없었기 때문이었다. 이것은 그들이 어른이 되었을 때 그들 자신과 그들이 몸담아 살게 될 사회에다 같이 매우 난처한 점이 될 것이었다.

그러나 가장 신명 나는 날은 바람 부는 날이었다. 공원으로 면한 집의 한쪽은 옛날에 테라스였던 부분으로 그 돌로 된 난간이 떨어져 나가서 붉은색 타일을 붙인 넓은 시멘트 바닥 저 밑 잡초 위에 뒹굴고 있었다. 3면이 트인 테라스에서는 공원과 공원 저 너머 쿠바 산과 사엘의 고원을 갈라놓고 있는 골짜기가 내려다보였다. 테라스가 놓여 있는 방향이 방향인지라 알제에서는 언제나 굉장히 거센 동풍이 이는 날들이면 테라스는 옆구리에 정통으로 바람을 맞게 되어 있었다. 그런 날이면 아이들은 가장 가까이 있는 종려나무들 쪽으로 달려갔다. 그 밑에는 항상 긴 종려나무 가지들이 말라서 굴러다니고 있었다. 그들은 따가운 가시들을 없애고 또 양쪽 손으로 잡을 수 있도록 하기 위하여 그 가지들의 밑쪽을 긁었다. 그런 다음 종려나무 가지들을 뒤에 끌면서 테라스로 달려왔다. 바람은 미친 듯이 불면서 드높은 가지들을 광란하듯 흔들어 대는 키 큰 유칼립투스나무에 씽씽댔고 종려나무들의 머리를 뒤헝클어 놓는가 하면 고무나무의 반들거리는 넓은 잎사귀들을 종이 소리를 내며 구겨 놓고 있었다. 그때 테라스 위로 올라가면서 야자나무 가지들을 끌어올리고 바람에 등을 돌려 대어야 했다. 아이들은 삑삑거리는 소리를 내는 마른 종려 가지를 손아귀에 움켜잡고서 한 부분은 자신들의 몸으로 방어하다가 갑자기 휙 돌아섰다. 그러면 단번에 종려 가지가 그들의 몸에 착 달라붙으면서 거기서 나는 먼지와 짚 냄새가 확 끼쳐 오는 것이었다. 이때 놀이의 묘미는 종려 가지를 점점 더 높이 쳐들면서 바람을 거슬러 나가는 데 있었다. 바람에 종려 가지를 손아귀에서 뺏기지 않고 테라스의 반대쪽 끝까지 가서 앞으로 내민 한쪽 다리에 전신을 의지한 채 손끝에 종려 가지를 쳐들어 올리고 서서 노한 바람과 힘을 겨루며 최대한 오랫동안 성공적으로 싸우면서 버티는 사람이 이기는 것이었다. 거기, 나무들이 소용돌이치는 공원과 고지대 저 위에, 엄청나게 큰 구름 떼들이 전속력으로 달려가는 하늘 아래, 전신을 뻗고 서서 자크는 그 고장의 저 끝에서 온 바람이 종려나무 가지와 자신의 팔을 따라 내려와서 자신을 힘과 환희로 가득 채우는 것을 느끼면서 끊일 줄 모르는 기나긴 고함을 지르고 있었는데 너무나 힘겨운 노력으로 인하여 두 팔과 어깨가 끊어질 것만 같아 마침내 종려 가지를 놓아 버리면 폭풍이 노호하면서 단번에 그것을 앗아 가버리는 것이었다. 그리하여 저녁에 어머니가 가벼운 잠을 자고 있는 방 안의 침묵 속에서 피로에 지칠 대로 지친 몸으로 자리에 누워 그는 일생을 두고 사랑하게 될 그 바람의 소용돌이와 분노가 아직도 자신의 내면에서 절규하고 있는 소리에 귀를 기울이는 것이었다.

목요일은 또한 자크와 피에르가 시립 도서관에 가는 날이기도 했다. 자크는 항상 손에 들어오는 책이면 무엇이나 정신없이 탐독했고 살아가고 놀이를 하고 몽상할 때와 똑같은 탐욕으로 그 책들을 머릿속으로 삼켰다.[a] 그러나 독서를 통해서 그는 순진무구한 어떤 세계로 도피할 수 있었다. 거기서는 부와 가난이 둘 다 완전한 비현실이었기 때문에 똑같은 흥미의 대상이었다. 『불굴의 사나이』는 그와 그의 친구들이 그 마분지 표지가 회색으로 변하고 까슬까슬 보푸라기가 일고 책장의 귀가 말리고 찢어질 때까지 서로 빌려 보는 커다란 삽화 잡지 선집이었는데 그 책은 우선 어떤 희극적이거나 영웅적인 세계로 그를 데려다 줌으로써 그의 마음속에 잠재하는 즐거움과 용기라는 가장 중요한 두 가지 목마름을 만족시켜 주었다. 아이들이 믿어지지 않을 정도로 많은 무협 소설들을 탐독하고 『파르다이앙』에 나오는 인물들을 쉽사리 자신들의 일상생활과 뒤섞어서 생각하는 것을 보고 판단해 본다면 영웅주의와 무용담에 대한 취향이 그 두 아이들에게 있어서 얼마나 대단한 것이었는지를 알 수 있다. 그 방면에 있어서 그들의 위대한 작가는 과연 미셸 제바코였고 르네상스, 특히 로마나 피렌체의 왕궁, 그 제왕과 교황의 영화 한가운데서 비수와 독약이 활개 치는 이탈리아 르네상스가 이 두 어린 귀족이 유난히 좋아하는 왕국이었다. 이들은 피에르가 사는 먼지 노랗게 뒤덮인 골목길에서 〔 〕[1]으로 번들거리는

a 그들을 그들의 환경으로부터 떼어 놓다.
1 판독 불가능한 한 단어.

긴 자들을 뽑아 들고 소리 높이 서로에게 결투를 신청하고 쓰레기통들 사이에서 혈기 넘치는 결투를 벌이다가 손가락 여기저기에 오랫동안 그 흔적을 남겨 가지는 것이었다.[a] 이 무렵 그들이 다른 책을 마주칠 기회는 전혀 없었다. 왜냐하면 이 동네에서는 책을 읽는 사람이 거의 없었고 아이들 스스로는 가끔 가다가 책 가게에 굴러다니는 통속적인 것들밖에는 책을 살 수가 없었기 때문이었다.

그러나 대강 그들이 중고등학교에 들어갈 무렵 동네에는 자크가 사는 거리와 좀 더 점잖은 동네들이 시작하는 고지대 중간 지점쯤에 시립 도서관이 하나 들어서게 되었다. 그 고지대에는 알제의 습기 차고 비탈진 곳에 억세게 자라는 향초들을 조그만 정원에 가득 심어 놓은 빌라들이 여학생들만 받는 기독교 기숙학교인 생트오딜 학교의 공원을 에워싸고 있었다. 자크와 피에르가 그들의 가장 심오한 감동(이에 대해서는 아직 이야기할 때가 아니므로 나중으로 미루겠다)을 맛본 것은 바로 자기들 동네에서 그토록 가깝고도 먼 그 거리에서였다. 그 두 세계(하나는 먼지투성이에 나무 한 그루 없고 모든 공간이 주민과 돌들의 차지였고 다른 하나는 꽃과 나무들이 이 세상의 진정한 사치를 안겨 주는 곳이었다) 사이의 경계는 양편에 멋진 플라타너스 가로수들이 심어져 있는 상당히 널찍한 대로였다. 과연 그 길의 한쪽 편에는 빌라들이 늘어서 있었고 다른 한쪽은 값이 싼 작은 공동 주택들이었다. 시립 도서관은 바로 그 시장 거리에 자리 잡고 있었다.

도서관은 일주일에 세 번 문을 열었는데 그중에 목요일 방과 후의 저녁과 목요일의 아침나절 전체가 포함되어 있었다.

a 사실 그들은 누가 달타냥이나 파스푸알이 되느냐 하는 문제 때문에 싸우는 것이었다. 부득이한 경우에도 누구 한 사람 아라미스, 아토스, 혹은 포르토스가 되겠다는 사람이 없는 것이다.

몇 시간 동안 그 도서관에서 무보수로 자원 봉사를 하는, 신체적으로 별로 볼품이 없는 어떤 여교사가 흰색 나무로 짠 상당히 넓은 책상 저편에 앉아서 책의 대출을 담당하고 있었다. 방은 사각형이었고 벽은 흰색 나무 책장의 선반들과 검은색 천으로 제본한 책들로 완전히 뒤덮여 있었다. 그곳에는 또 사전이나 알파벳순으로 된 목록을 잠시 참고하고자 하는 사람들을 위하여 조그만 테이블 하나와 그 주위에 몇 개의 의자들이 마련되어 있었다. 그곳은 대출만 하는 도서관이었는데 자크도 피에르도 목록함을 들춰 보는 일은 한번도 없었다. 책장들의 선반 앞으로 돌아다니면서 책의 제목을 보거나 더 드문 경우이긴 하지만 저자의 이름을 보고 책을 골라서 장서 번호를 적은 다음 도서 대출을 요청하는 푸른색 카드에 옮겨 적는 것이 그들의 방법이었기 때문이다. 책을 대출하기 위해서는 그저 집세를 낸 영수증을 가져가 보이고 얼마 안 되는 사용료를 내면 되었다. 그러고 나면 접게 되어 있는 열람증을 받게 되고 책을 대출받을 적에는 그때마다 젊은 여교사가 정리하는 장부와 동시에 거기에 기록하게 되어 있었다.

도서관에는 대부분의 소설책들이 소장되어 있었지만 그중 상당 부분이 열다섯 미만에게는 대출 금지여서 따로 꽂혀 있었다. 그리고 두 아이들의 순전히 직관적인 독서 방식 때문에 그 나머지 책들 가운데서도 진정한 선택은 하지 못하는 형편이었다. 그러나 문화의 세계에 있어서 우연히 가장 나쁜 방법은 아니어서 이것저것 닥치는 대로 읽어 제치는 이 두 식탐가들은 최악의 것과 더불어 최상의 것도 함께 삼켰으며 게다가 어느 것 하나 머릿속에 담아 둘 생각은 하지 않았고 또 실제로 거의 아무것도 머릿속에 담아 두지 않았다. 다만 이상하면서도 강력한 감동이 여러 주일, 여러 달, 여러 해에 걸쳐 그들의 마음속에 일상의 현실로는 환원할 수 없는 영상과 추억들, 그러나 꿈과 몽상을 현실의 삶과 마찬가지로 치열하게 사는 이 뜨거운 가슴의 소년들에게는 분명 현실 못지않게 실감 나는 영상들과 추억들의 세계를 생겨나게 하고 자라나게 하는 것이었다.[ab]

그 책들 속에 담긴 내용은 따지고 보면 별로 중요하지 않았다. 중요한 것은 그들이 도서관에 들어가면서 우선 받게 되는 느낌이었다. 그곳에서 그들이 보게 되는 것은 검은색의 책들이 아니라 문간에 발을 들여놓는 순간 자기 동네의 편협한 삶에서 그들을 낚아채 가는 어떤 공간과 다양한 지평이었다. 그리고 이윽고 그들이 빌릴 수 있는 두 권의 책을 받아 옆구리에 꼭 끼고 그 시간이면 어느새 어둑어둑해진 대로로 걸어 나와 커다란 플라타너스나무의 열매들을 발밑에 밟으며 그 책들에서 맛보게 될 감미로운 맛을 예측도 해보고 벌써부터 지난 주의 그것과 비교도 해보다가 큰 골목에 이르러 자신들의 즐겁고 탐욕스러운 희망을 북돋우어 줄 어떤 구절(가령 〈그는 범상치 않은 정력을 지닌 사람이었다〉 같은)을 골라 보려고 이제 막 켜진 가로등의 불완전한 불빛 아래서 그 책들을 펴보기 시작하는 그런 시간이 오는 것이었다. 그들은 얼른 헤어져 집의 식당으로 달려가서는 석유램프 불빛 아래 방수포 위에다가 책을 펴 놓았다. 손가락에 긁히는 거친 책의 제본 부분에서 강한 풀 냄새가 풍겨 올라왔다.

책이 어떤 방식으로 인쇄되어 있는지만 보아도 독자는 벌써 그 책에서 얻게 될 재미가 어떤 것인지 알 수가 있었다. 피에르와 자크는 세련된 저자들과 독자들이 좋아하는 여백이 많고 널찍하게 조판된 책을 별로 좋아하지 않았다. 그게 아

a 『키예』 사전의 책장들, 마룻바닥 냄새.
b 선생님, 잭 런던이란 사람의 책 재미있나요?

니라 아무리 오랫동안 많이 먹어도 바닥이 나지 않는, 엄청난 식욕을 가진 사람들을 유일하게 만족시켜 줄 수 있는 저 엄청난 양의 어떤 시골 요리처럼 촘촘하게 조판된 행을 따라 자잘한 활자들이 가득히 달리고 단어와 문자들이 빽빽이 들어찬 페이지들이 더 좋았다. 그들에게 세련이란 아무 소용이 없었다. 그들은 아는 것이 아무것도 없었으므로 뭐든지 다 알고 싶었다. 그들은 잘 쓴 책이건 험하게 쓴 글이건 상관하지 않았고 오직 글의 내용이 알기 쉽게 분명하게 씌어 있고 격렬한 삶으로 가득 차 있기만 하면 되었다. 그런 책이야말로, 아니 그런 책들만이 그들에게는 머리 밑에 고이고 무거운 잠을 자도 될 만큼 근거가 있는 꿈을 줄 수 있었다.

더군다나 책은 한 권 한 권마다 인쇄에 사용된 종이에 따라 섬세한, 혹은 은밀한 그 나름의 냄새가 있었다. 그 냄새는 너무나도 특이해서 자크는 당시 파스퀘 사에서 발행하던 보급판 넬송 총서의 책은 눈을 감고도 가려낼 수가 있었다. 그리고 그 냄새들 하나하나는 독서를 시작하기도 전에 자크를 이미 〔지켜진〕 약속의 세계로 데려가는 것이었다. 그 세계 속에 발을 들여놓게 되면 벌써 그가 앉아 있는 방은 어둠 속에 잠기고 그의 동네 자체와 그곳의 소음, 도시와 세계가 모두 지워져 버리는 것이어서 미친 듯한 열광 및 탐욕과 더불어 독서가 시작되는 즉시 그 모든 것들은 완전히 사라지면서 아이는 완벽한 도취경 속으로 빠져 드는 것이었다. 그 바람에 무엇을 시키려고 몇 번씩이나 되풀이하여 불러도 아이는 도무지 거기서 헤어나질 못하는 것이었다.[a] 「자크, 상을 차려라, 벌써 세 번째다.」 그는 드디어 텅 비고 흐릿해진, 그러면서도 마치 독서에 중독된 것처럼 약간 혼란된 눈빛으로 상을

a 발전시킬 것.

차렸다. 그러고는 마치 한번도 책에서 눈을 뗀 적이 없었다는 듯이 다시 책을 집어 들었다. 「자크, 식사를 해야지.」 마침내 그는 음식을 먹었다. 그러나 덩어리가 큰 데도 그 음식이 그에게는 책 속에서 볼 수 있는 음식만큼 실감 나고 단단하지 못해 보이는 것이다. 그리고 그는 상을 치웠고 다시 책을 집어 들었다. 때때로 그의 어머니가 늘 앉는 구석으로 가기 전에 그에게 다가오기도 했다. 〈여긴 도서관이네〉 하고 어머니가 말했다. 그녀는 아들의 입에서 들어 보긴 했지만 아무런 의미도 없는 그 단어를 잘 발음하지 못했지만 그래도 책의 표지는 알아보았다.[a] 〈응〉 하고 자크가 고개도 들지 않은 채 대답했다. 카트린 코르므리가 그의 어깨 위로 몸을 수그렸다. 그녀는 불빛 아래 보이는 이중의 직사각형을, 규칙적으로 반복되고 있는 줄들을 가만히 들여다보았다. 그녀 역시 냄새를 맡아 보았고 때로는 책이란 것이 무엇인지 좀 더 잘 알아보아야겠다는 듯이, 그녀로서는 이해할 수 없지만 자기 아들이 그렇게도 자주 여러 시간 동안 그녀로서는 알 수 없는 삶을 발견하고 마치 모르는 여자를 보듯이 그녀에게 그 이상한 눈길을 던지며 되돌아 나오는 그 신비스러운 기호들의 세계에 좀 더 가까이 다가가 보려는 듯이, 빨랫물에 곱은 주름진 손가락으로 책장 위를 쓸어 보기도 했다. 모양이 일그러진 그 손이 소년의 머리를 부드럽게 쓰다듬었지만 그는 아무 반응이 없었다. 그녀는 한숨을 짓고 나서 그에게서 떨어진 자기 자리로 가 앉았다. 「자크, 가서 자거라.」 자크는 자리에서 일어나 책은 내려놓지 않고 옆구리에 낀 채 다음 날 수업을 위한 가방을 챙기더니 이윽고 책을 베개 밑에 밀어

a 집에서 (에르네스트 삼촌이) 그에게 조그만 하얀 나무 책상 하나를 만들어 주었다.

놓고 나서 술 취한 사람처럼 깊은 잠 속으로 빠져 들어갔다.

이와 같이 여러 해 동안 자크의 생활은 서로 이을 수 없는 두 가지 삶으로 불균형하게 나누어졌다. 12년 동안은 북소리를 들으면서 아이들과 스승들의 사회 속에서 놀이와 공부에 파묻힌 채 지내고, 낮 생활의 두세 시간 동안은 해묵은 동네의 집, 가난한 사람들의 잠 속으로 빠져 들어가서야 비로소 진정으로 다시 만나게 되는 어머니 곁에서 지냈다. 그는 삶의 가장 오래된 초년기를 사실상 그 동네에서 보냈지만 현재와 더 많은 미래의 삶은 중고등학교에 있었다. 그 결과 어떤 의미에서 보면 결국 그 동네는 저녁, 잠 그리고 꿈과 다름없는 것이었다. 도대체 그 동네라는 것이 존재하기라도 하는 것인가? 그것은 어느 날 의식을 잃어버린 아이의 눈에 돌연 사막으로 변해 버리던 그것이 아닐까? 시멘트 바닥에 넘어져서……. 하여간 학교에서는 그 어느 누구에게도 어머니와 가족들에 대한 이야기를 할 수가 없었다. 집에서는 그 어느 누구에게도 학교 이야기를 할 수가 없었다. 대학 입학 자격 시험까지 남은 그 모든 세월 동안 그 어느 친구도 그 어느 선생님도 결코 그의 집에 오지는 않았다. 그리고 어머니와 할머니로 말할 것 같으면 그들은 결코 학교에 오는 법이 없었다. 다만 1년에 단 한 번, 7월 초의 시상식 때만은 예외였다. 사실 그날이 되면 그들은 성장을 한 학부형과 학생들의 무리에 섞여서 큰 문으로 해서 학교로 들어갔다. 할머니는 큰 나들이 때 입는 검은색 옷과 머릿수건 차림이었고 카트린 코르므리는 갈색 베일과 검은 밀랍 포도가 장식된 모자를 쓰고 갈색 여름 드레스에 그녀가 지닌 단 하나뿐인 세미 하이힐을 신었다. 자크는 당통 칼라에 소매가 짧은 흰색 셔츠와 처음에는 짧은, 나중에는 긴, 그러나 언제나 어머니가 전날 밤에 정성스럽게 다린 바지를 입고서 두 여자들 사이에서 걸어가

다가 오후 한시경 그들을 붉은색 전차 쪽으로 이끌고 가서 동력차의 좌석에 앉힌 다음 자기는 앞쪽에 가 서서 기다리면서 유리벽을 통하여 가끔씩 그에게 미소를 지어 보이는 어머니를 바라보았다. 어머니는 차를 타고 가는 동안 줄곧 모자가 잘 씌어져 있는지 스타킹이 흘러내리지 않는지 혹은 가느다란 줄 끝에 매달린 작은 성모상 금메달이 제자리에 있는지 확인하곤 했다. 총독부 광장에 내리면 아이가 1년에 단 한 번 두 여인들 사이에서 밟아준 거리를 따라 걸어가는 일상적 코스가 시작되었다. 자크는 어머니가 이 특별한 날을 위하여 넉넉히 바른 〔랑프로〕 로션 냄새를 맡곤 했고 할머니는 꼿꼿하고 당당하게 걸어가면서 딸이 발이 아프다고 하소연하면 호되게 꾸짖었고(「그 나이에 너무 작은 구두를 신고 오더니 아파도 싸지」), 한편 자크는 자기 생활에 그토록이나 중요한 몫을 차지하게 된 상점들과 상인들을 바라보며 지칠 줄도 모르고 그들에게 손가락질을 해보이는 것이었다. 학교에는 정문이 열려 있고 거창한 중앙 계단에는 꼭대기에서 맨 아래까지 화분들이 장식되어 있었는데 제일 먼저 온 학부모들과 학생들은 그리로 올라가기 시작했다. 사회적인 의무나 즐거움이 별로 없고 정각에 가지 못할까 봐 겁을 집어먹는 가난한 사람들이 늘 그렇듯[a] 코르므리 집안 식구들은 당연히 넉넉하게 앞당겨 와 있었다. 이리하여 그들은 상급 학년들의 안뜰에 이르게 되었는데 거기에는 무도회나 연주회를 여는 회사에서 빌려 온 의자들이 잔뜩 열 지어 놓여 있고 한편 저 안쪽 큰 벽시계 밑에는 뜰을 가로로 다 막고 있는 연단에 소파와 의자들이 늘어놓이고 그곳 역시 푸른 화초들로 장식되어 있

a 운명적으로 가진 것이 별로 없는 사람들은 어쩐지 자기 자신이 잘못해서 그런 처지에 놓인 것이라는 생각을 떨쳐 버릴 수가 없어서 그런 일반적인 죄의식에다가 자질구레한 불찰까지 추가해서는 안 되겠다고 느끼는 것이다.

었다. 여자들이 대다수였으므로 안뜰은 차츰차츰 밝은 차림들로 가득해졌다. 가장 먼저 온 사람들은 나무 아래 그늘진 자리들을 차지했다. 다른 사람들은 가는 밀짚으로 엮고 가장자리에 붉은색 양털 술이 달린 아랍 부채들로 부채질을 했다. 참석자들의 머리 위에는 하늘의 푸른색이 응고하면서 찌는 듯한 더위에 점점 더 단단해지고 있었다.

오후 두시에 위쪽 회랑의 보이지 않는 곳에 자리 잡은 군악대가 「라 마르세예즈」를 연주하기 시작하자 참석자 전원이 일어섰고 교장과 그해의 당직 대리인인 공식 내빈(일반적으로 총독부의 고위 관리)을 선두로 선생님들이 사각모자에 전공에 따라 천의 색깔이 다른 긴 예복을 입고 입장했다. 또 다른 행진곡이 울려 퍼지면서 선생님들이 착석했고 곧바로 공식 내빈이 연단에 나서서 프랑스 전체와 특히 교육 문제에 대하여 자신의 견해를 말했다. 카트린 코르므리는 아무 말도 못 들으면서도 경청했고 조바심이나 따분하다는 표시를 조금도 나타내지 않았다. 할머니는 듣고 있었지만 별로 이해하지는 못했다. 〈말을 잘하네〉 하고 그녀가 딸에게 말했고 딸은 자신 있는 표정으로 동감을 표시했다. 거기에 용기를 얻어 할머니는 왼쪽에 앉은 남자와 여자를 바라보았고 그들이 미소를 짓자 머리를 끄덕여서 자신이 금방 한 말을 확인해 보였다. 첫해에 자크는 자기 할머니 혼자만 늙은 스페인 여자들이 쓰는 검은색 수건을 쓰고 있는 것을 보고 거북해졌다. 사실 그 부끄러움은 줄곧 그의 마음속에서 사라지지 않았다. 그가 머뭇거리다가 할머니에게 모자 얘기를 꺼냈다가 그런데 낭비할 돈은 없으며 더군다나 수건을 쓰면 귀가 시리지 않아 좋다는 대답을 듣자 어쩔 수 없는 일이라고 마음을 정해 버렸다. 그러나 할머니가 시상식 때 옆자리 사람들에게 말을 걸었을 때 그는 자신의 얼굴이 홍하게 붉어지는 것을 느꼈다. 공식 내빈 다음으로 대개는 본토에서 그해에 부임한 가장 젊은 교사가 전통적으로 엄숙한 연설을 맡게 되어 있었다. 그 교사가 일어섰다. 연설은 반 시간에서 한 시간까지 계속될 수 있었는데 그 젊은 대학인은 기회를 놓치지 않고 문화와 섬세한 인문주의적 암시들을 종횡무진으로 섞어 놓는 것이었으며 그로 인하여 연설은 알제리 청중들에게 문자 그대로 이해 불능이 되고 말았다. 날이 덥다 보니 주의가 산만해졌고 부채들은 더욱 빠른 속도로 흔들렸다. 심지어 할머니까지도 딴 데를 쳐다보면서 따분한 기색을 내보였다. 오직 카트린 코르므리만이 주의를 기울이면서 끝도 없이 그녀의 머리 위로 쏟아지는* 박학과 지혜의 빗줄기를 눈썹 하나 까딱하지 않은 채 받고 있었다. 한편 자크는 발을 구르면서 피에르와 다른 친구들을 눈으로 찾았고 은근한 신호로 그들에게 아는 체를 하면서 얼굴 찡그림의 긴 대화를 시작했다. 떠나갈 듯한 박수가 마침내 끝을 내준 연사에게 감사의 뜻을 나타냈고 이어서 우등생 호명이 시작되었다. 호명은 상급반에서부터 시작되었으므로 처음 몇 해 동안은 두 여자들이 자기 자리에 앉은 채 오후 내내 기다리고 나야 겨우 자크네 반 차례가 왔다. 오직 우등생만이 눈에 보이지 않는 악대의 팡파르로 축하를 받았다. 점점 더 나이가 어려지는 우등생들은 자리에서 일어나 마당을 따라 앞으로 나가서 연단으로 올라가 공식 내빈 및 교장과 축하가 곁들인 악수를 하는 영광을 얻었다. 공식 내빈과 교장은 (책들이 가득 담긴 바퀴 달린 상자들이 놓여 있는 연단 밑에서 학생보다 먼저 올라간 관리인에게서 책을 받아) 학생에게 책 꾸러미를 건네주었다. 그러고 나서 우등생은 박수 소리가 울려 퍼지는 가운데 음악에

* 미끄러지는.

맞추어 책을 옆구리에 끼고 활짝 웃으면서 감격의 눈물을 닦고 있는 행복한 학부모를 눈으로 찾으며 다시 내려왔다. 하늘은 푸른색이 엷어지면서 바다 저 위 어딘가 보이지 않는 갈라진 틈으로 그 열기를 다소 잃어 가고 있었다. 우등생들이 올라가고 내려오고 팡파르가 이어지며 마당은 조금씩 비어 갔고 하늘이 초록색으로 변해 가기 시작할 무렵 자크네 반 차례가 왔다. 자기 반 이름이 불리자 그는 즉시 개구쟁이 짓을 그치고 심각한 표정을 지었다. 자신의 이름을 부르는 소리를 듣자 그는 머릿속이 와글거리는 것을 느끼며 자리에서 일어났다. 그의 뒤에서 제대로 듣지 못한 어머니가 할머니에게 〈코르므리라고 그랬어요?〉 하고 묻는 소리가 간신히 들릴까 말까 했다. 〈그래〉 하고 얼굴이 상기된 채 할머니가 대답했다. 그가 거쳐 지나가는 시멘트 길, 연단, 공식 내빈의 시곗줄이 달린 조끼, 교장 선생님의 사람 좋은 미소, 때로는 연단 위의 수많은 사람들 가운데 어디선가 선생님 한 분이 던지는 친절한 시선, 그리고 벌써부터 통로에 나와 서 있는 두 여자들에게로 음악 연주 속에 돌아오는 길, 놀란 듯한 기쁨의 시선으로 그를 바라보고 있는 어머니, 그제야 그는 두꺼운 우등생 명부를 들여다볼 수 있었고 할머니는 옆자리 사람들에게 이것 보라는 듯한 시선을 던졌으며, 이리하여 그 끝도 없는 오후를 보낸 뒤에 마침내 모든 것이 아주 빨리 진행되었다. 그리고 자크는 어서 집으로 돌아가서 상으로 받은 책들[a]을 들여다보고 싶은 생각뿐이었다.

그들은 보통 피에르와 그의 어머니와 함께 돌아왔는데[b]

a 『바다의 노동자들』.

b 그 여자는 학교도 학교 생활의 어느 일면도 본 적이 없었다. 그는 학부모를 위하여 마련한 학예회를 딱 한 번 구경한 적이 있었다. 학교란 그런 것이 아니라, 그건…….

할머니는 은근히 두 무더기의 책들의 높이를 견주어 보는 것이었다. 집에 돌아오면 자크는 우선 할머니가 시킨 대로 이웃과 집안사람들에게 보여 줄 수 있도록 우등생 명부를 꺼내 자크의 이름이 있는 면들의 한끝을 접어놓았다. 이윽고 그는 자기의 보물들을 골고루 점검해 보았다. 그가 그 일을 다 끝내지도 않았는데 어머니는 벌써 옷을 벗고 실내화로 바꿔 신은 채 무명 블라우스의 단추를 채우면서 자기의 의자를 창가로 끌어당기고 있었다. 어머니는 그에게 미소를 지었다. 〈공부 잘했다〉 하고 말하면서 자크를 바라보며 머리를 끄덕였다. 그 역시 어머니를 바라보았다. 그는 무엇인가를 기다리고 있었다. 그런데 이제 어머니는 앞으로 1년 동안은 보지 못할 학교로부터 멀리 떨어진 곳에서, 낯익은 자세로 거리를 향해 돌아 앉아 있었고 한편 어둠이 방 안으로 밀려들면서 얼굴을 모르는 행인들만이 지나가는 거리* 저 위에 첫 번째 가로등들이 켜지고 있었다.

어머니는 그때 학교를 겨우 조금 보았을까 말까 한 다음 아주 떠나와 버렸지만 자크는 밑도 끝도 없이 가족과 동네로 돌아온 다음 다시는 밖으로 나갈 수 없게 되어 버렸다.

적어도 하급 학년 시절 몇 년은 방학 역시 자크를 집안으로 돌려보내 주었다. 그들 집안에서는 아무에게도 휴가라는 것이 없었다. 남자들은 1년 내내 쉬지 않고 일했다. 오직 기업체에 고용되어 있다가 작업 중 사고가 났을 때 회사가 그런 종류의 위험에 대비한 보험에 들어 있을 경우에만 그들에게 여가가 돌아왔고 그때에도 휴가는 병원이나 의사의 진찰실에서 보냈다. 예컨대 에르네스트 삼촌은 너무나 지쳤다고 느껴질 때면 손바닥 살을 일부러 두껍게 한 꺼풀 대패로 밀

* 포도.

어 가지고 그의 말마따나 〈보험에 드는〉 것이었다. 한편 여자들, 그리고 카트린 코르므리로 말하자면 끊임없이 일만 했다. 그 이유인즉, 그들에게 휴식이란 모든 식구들에게 돌아가는 식사가 더욱 가벼워지는 것을 의미하기 때문이었다. 그 무엇도 보상해 주지 않는 실직은 그들이 가장 무서워하는 재앙이었다. 피에르네건 자크네건 일상생활에 있어서는 언제나 누구보다도 더 관대한 사람들인 이 노동자들이 일자리 문제에 관한 한 언제나 이탈리아인, 스페인인, 유대인, 아랍인, 그리고 결국은 이 세상 사람 모두가 자기네 일자리를 훔쳐 간다고 욕을 퍼부어 대는 외국인 혐오증 환자들이었다. 프롤레타리아 이론을 내세우는 지식인들에게는 분명 어이없는 태도이겠지만 매우 인간적이고 용서할 만한 것이었다. 이 뜻하지 않은 민족주의자들이 다른 민족주의자들과 서로 가지려고 다투는 대상은 세계나 특권의 지배가 아니라 종속의 특권이었다. 이 동네에 있어서의 노동은 덕목이 아니라 어떤 필연성이었다. 그 필연성은 사람을 먹여 살리기 위하여 결국은 죽음으로 이끌고 가는 것이었다.

어느 경우건, 그리고 알제리의 여름이 아무리 견디기 힘들다 하더라도, 한편에서는 관리들이나 형편이 넉넉한 사람들이 잔뜩 배를 타고 프랑스의 〈맑은 공기〉 속으로 피로를 풀기 위하여 떠날 때도(그리고 프랑스에 갔다가 돌아올 때 사람들은 8월 염천에도 물이 콸콸 흐르는 기름진 초원들에 대한 기막히고 믿어지지 않는 이야기들을 잔뜩 가지고 왔다) 가난한 동네의 생활에는 전혀 아무것도 변한 것이 없었고 시내 중심가처럼 거리가 반쯤 텅 비어 버리기는커녕 그 반대로 아이들이 와글와글 거리로 쏟아져 나오는 바람에 인구가 불어나는 것만 같았다.[a]

구멍 뚫린 운동화, 싸구려 바지 그리고 목둘레가 둥글게 파진 작은 무명 메리야스 차림으로 바싹 마른 길거리들을 돌아다니는 피에르와 자크에게 있어서 방학이란 우선 더위였다. 비가 마지막으로 온 것이 가장 늦어야 4월 아니면 5월이었다. 몇 주일 몇 달을 두고 점점 까딱도 않고 한자리에 박힌 채 점점 뜨거워지기만 하는 해는 건물의 벽들을 말리고 비틀고 볶았고 칠과 돌과 기와를 가는 먼지로 빻아 놓아 그것이 바람이 부는 대로 날려서 길거리, 상점들의 진열대, 모든 나뭇잎들을 뒤덮었다. 그래서 7월에는 동네 전체가 일종의 회색과 노란색[b] 미로같이 되어 낮에는 모든 집의 모든 덧문들이 꽁꽁 닫힌 채 인적이 없어지고 그 위에 햇빛만 거칠게 군림하면서 집 문턱에 엎드린 개와 고양이들을 후려치고 인간들은 그 무서운 사정권 안에 들지 않기 위하여 벽을 쓸며 다니는 것이었다. 8월이 되면 해는 더위 때문에 잿빛이 되어 무겁고 축축해진 하늘의 둔탁한 솜뭉치 뒤로 자취를 감추고 거기서 흐릿하고 뿌옇고 눈에 피로감을 주는 빛이 흘러 내려와 거리마다 마지막 남은 색채의 자취들을 지워 버렸다. 술통 공장들에서는 망치의 놀림이 더욱 무디어졌고 일꾼들은 때때로 일손을 멈추고 땀에 젖은 머리와 웃통들을 시원한 펌프 물줄기 밑에 갖다 댔다.[c] 아파트 안에서는 물병과 드문 경우지만 술병들에 젖은 수건을 씌워 놓았다. 자크의 할머니는 간단한 셔츠만 걸치고 밀짚 부채를 기계적으로 설렁설렁 부치면서 그늘진 이 방 저 방을 맨발로 돌아다니면서 아침에는 일을 하고 낮에는 자크를 침대로 이끌고 가서 낮잠을 자고 그 후 저녁때의 첫 서늘한 기운이 돌 때에야 비로소 다시 일을 시작했다. 여러 주일 동안, 마치 이 세상엔 바람도 눈도 가벼운 물도 있어 본

a 최고의 장난감 회전목마 유용한 선물들.

b 갈색.

c 사블레트 해변? 그리고 그 밖의 여름 소일거리들.

적이 없었다는 듯이, 천지 창조 이후 9월의 그날까지 있는 것이라곤 오직 끓는 듯이 데워진 회랑들이 뚫린 그 거대하고 메마른 광물 덩어리와 그 속에서 좀 정신이 혼란된 채 눈을 한군데 박고 먼지와 땀에 뒤덮여 가지고 천천히 움직이는 존재들뿐이라는 듯이, 여름과 그 신민(臣民)들은 이렇게 무겁고 축축하고 찌는 듯한 하늘 아래서 겨울의 서늘함과 물*의 기억마저 잊혀질 지경이 되어 어정거리는 것이었다. 그러다가 극단적인 긴장 상태에 이를 만큼 수축된 하늘이 갑자기 둘로 갈라졌다. 격렬하고 넉넉한 9월의 첫 비가 도시를 흥건히 적셨다. 니스칠을 한 듯한 무화과 나뭇잎들, 전깃줄 그리고 전차의 선로들과 동시에 동네의 거리란 거리는 모두 번들거렸다. 도시를 굽어보는 산언덕 너머로 더 먼 곳의 들에서 젖은 흙냄새가 건너오면서 그 여름의 수인(囚人)들에게 드넓은 공간과 자유의 메시지를 전하는 것이었다. 그제야 아이들은 거리로 튕겨 나와 가벼운 옷차림으로 거리를 달리며 골목길에 끓어오르는 탐스런 시냇물 속에 신이 나서 뒹굴기도 하고 큰 물 웅덩이 속에 어깨를 맞잡고 둥글게 둘러서서 웃음과 고함이 가득한 얼굴로 끝없이 내리는 비를 향하여 고개를 젖힌 채 박자 맞추어 발을 구르며 새로운 포도 수확 노래를 부르면서 포도주보다도 더 취하게 하는 더러운 물을 솟구치게 했다.

아 그렇다, 더위는 끔찍했다. 그리하여 흔히 거의 모든 사람들을 미치게 했고 날이 갈수록 더욱 신경이 곤두서게 하여 마침내는 어떤 반응을 보이거나 소리치거나 욕을 퍼부을 힘도 의욕도 없게 만들어 그 짜증이 더위 그 자체처럼 쌓이고 쌓였다가 마침내 사납고 슬픈 그 동네 이곳저곳에서 돌연 폭발했다. 이리하여 가령 어느 날 산언덕의 붉은 진흙을 깎아

* 비.

서 만든 공동묘지 언저리, 마라부라고 부르는 아랍 동네의 거의 경계에 있는 리옹 가에서 자크는 먼지 자욱이 뒤집어쓴 무어인의 이발관으로부터 푸른색 작업복 차림에 머리는 빡빡 밀어붙인 어떤 아랍인 하나가 몸은 앞으로 내밀고 머리는 그럴 수 없다 싶을 만큼 뒤로 바짝 젖힌 이상한 자세를 한 채 눈앞의 길바닥으로 나서는 것을 보았다. 아닌 게 아니라 그럴 수 없는 일이었다. 면도를 하다가 미쳐 버린 이발사가 앞에 내민 목을 그 긴 면도칼로 단번에 확 잘라 버렸는데 앉은 사람은 그 부드러운 칼날이 지나가도 숨이 컥 막히는 피밖에는 아무것도 느끼지 못했다가 목이 덜 잘린 오리처럼 밖으로 뛰쳐나왔고 그동안 다른 손님들에게 제지당한 이발사는 그 끝도 없는 것 같던 여러 날 동안의 더위처럼 끔찍한 소리로 고함을 질러 대는 것이었다.

그때 하늘의 폭포에서 쏟아진 물은 나무와 지붕과 벽과 거리거리의 여름 먼지를 사납게 씻어 냈다. 이렇게 하여 진흙투성이가 된 그 흙탕물은 빠른 속도로 시냇물을 넘쳐 나게 했고 하수구에서 사납게 꾸르륵거리는가 하면 거의 해마다 하수구 자체를 터뜨려 길을 물바다로 만들어 놓고 자동차들과 전차가 지나갈 때면 한 쌍의 누런 날개인 양 널찍한 측면 윤곽을 펼치면서 솟구쳐 올랐다. 이렇게 되면 바다 자체도 해변과 항구 근처가 흙탕물로 변했다. 그 후 첫 번 해가 나면 집들과 거리와 도시 전체에서 김이 무럭무럭 났다. 더위가 되살아날 수도 있지만 더 이상 기승을 부리지는 않았다. 하늘이 더 넓게 열렸고 숨결은 더욱 푸근해졌으며 어떤 물기의 가능성이 보이면서 가을과 개학[a]의 기별이 찾아 들었다. 〈여

a 학교에서 — 정기 승차권 — 〈매달마다 갱신하기〉 — 〈정기권 승객〉이라고 대답할 때의 그 흐뭇한 기분, 그것을 확인할 때의 자랑스러움.

름이 너무 길었어〉 하고 할머니는 가을비와 자크의 개학을 똑같은 한숨으로 맞이하면서 말했다. 찌는 듯한 한나절 동안 덧문을 닫은 방 안에서 줄곧 따분하게 서성거리기만 하는 자크의 모습이 그녀의 짜증을 더하게 했던 것이다.

할머니는 도대체 아무것도 하지 않고 빈둥거리기만 하도록 1년의 한철을 특별히 지정해 놓은 것을 이해할 수가 없었다. 〈난 한번도 휴가 같은 건 가져 본 적이 없다〉 하고 그녀는 말하곤 했는데 사실이었다. 할머니는 학교도 여가도 경험해 본 적이 없었고 어렸을 때부터 일했고 쉬는 법 없이 일만 했다. 더욱더 큰 이득을 위한 것이기에 그녀는 손자가 몇 년 동안 집에 돈을 벌어 오지 않는 것은 참고 받아들였다. 그러나 방학 첫날부터 그녀는 그 허송하는 석 달에 대하여 곰곰이 생각해 보기 시작했다. 그리하여 자크가 3학년에 올라가자 그는 아이에게 방학 동안의 일거리를 얻어 줄 때가 되었다고 판단했다. 〈이번 여름에는 일을 해야겠다〉 하고 학년 말이 되자 할머니는 말했다. 「집에 돈을 좀 벌어 와야지. 그렇게 아무것도 하지 않고 지낼 수는 없는 것 아니냐.」[a] 사실 자크는 수영, 쿠바에서의 탐험, 운동, 벨쿠르 거리를 쏘다니기 그리고 그림책, 통속 소설, 베르모 연감, 생테티엔 병기 공장에서 발간하는 무궁무진한 쇼핑 카탈로그 읽기[b] 등 할 일이 아주 많다고 여기고 있었다. 집안 심부름과 할머니가 시키는 자질구레한 일들은 그만두고라도 말이다. 그러나 할머니에겐 그런 모든 것이 바로 아무것도 하지 않는 것을 의미했다. 왜냐하면 아이가 집에 돈을 벌어 오지도 않고 그렇다고 학기 중에처럼 공부를 하는 것도 아니기 때문이었다. 그녀의 눈에 이런 무상(無償)의 상황

a 어머니의 참견 — 애가 피곤해질 텐데요.
b 그전의 독서들은? 고지대 동네는?

은 온갖 지옥의 불이 번쩍거리는 꼴로 보이는 것이었다.

실제에 있어서 일은 그렇게 간단한 것이 아니었다. 물론 신문의 토막 광고에서 보조 점원이나 심부름꾼 자리를 찾을 수도 있었다. 그리고 베르토 부인이 이발소 옆에서 버터 냄새(식용유에 길이 든 코와 입천장을 가진 사람들에겐 별난)가 물씬 나는 유제품 가게를 열고 있어서 할머니에게 신문 광고를 읽어 주곤 했다. 그러나 사람을 채용하는 주인은 항상 지원자가 최소한 열다섯 살 이상이기를 요구했는데 여간 뻔뻔스럽지 않고서는 열세 살 나이에 비해서 그리 큰 편도 아닌 자크의 나이를 속이기가 어려웠다. 다른 한편 광고를 내는 쪽은 항상 자기 집에서 두고두고 키워 쓸 수 있는 고용인을 머릿속에 그리고 있는 것이었다. 할머니(그 유명한 머릿수건을 포함하여 거창한 나들이 때와 같이 완전 무장을 한)가 자크를 가장 먼저 소개해 본 상대들은 아이가 너무 어리다는 판단이었고 그렇지 않으면 두 달짜리 고용인은 쓰지 않겠다며 딱 부러지게 거절하는 것이었다. 〈계속 일을 하겠다고 그러면 될 것 아니냐〉 하고 할머니가 말했다. 「사실이 아닌 걸요.」 「괜찮아. 네 말을 곧이들을 거야.」 자크의 말뜻은 그런 게 아니었다. 사실 그는 그들이 자기의 말을 믿을 것인가 아닌가 때문에 걱정하는 것이 아니었다. 그러나 그런 식의 거짓말은 목에 걸려서 못 할 것 같았다. 물론 그는 전에 집에서 벌 받는 것을 면하려고, 2프랑을 빼돌리려고, 그리고 훨씬 더 많은 경우 말하는 재미에, 으스대는 재미에 여러 번 거짓말을 했었다. 그러나 집안에서의 그런 거짓말은 용서받을 수 있는 것으로 여겨졌지만 남들에게 거짓말을 하는 것은 치명적이라고 느껴졌다. 어렴풋하게나마 그는 사랑하는 사람들에게 중요한 문제를 가지고 거짓말을 하는 것은 아니라고 느끼고 있었다. 그랬다가는 더 이상 그들과 같이 살 수도 없고 그들을 사랑할 수도 없기 때문이었다. 그를 고용하는 사람들은 그에 대하여 오직 그가 하는 말 밖에는 아무것도 알지 못하므로 그들은 끝내 그를 알지 못하게 되고 따라서 거짓말은 완전해질 것이었다. 〈가자〉 하고 할머니가 머릿수건을 매면서 말했다. 아가의 큰 철물상에서 물건 정리를 하는 어린 심부름꾼을 모집한다고 베르토 부인이 할머니에게 알려 준 날이었다. 철물상은 시내 중심가로 올라가는 비탈에 자리 잡고 있었다. 7월 중순의 해가 상점을 뜨겁게 달구고 있어서 길에서 올라오는 지린내와 콜타르 냄새가 더욱 매캐하게 느껴졌다. 아래층에 좁고도 깊숙한 가게가 쇳조각들과 자물쇠 견본들로 뒤덮인 카운터에 의하여 길이로 양분되어 자리 잡고 있었고 벽들 중 가장 넓은 부분에는 알 수 없는 딱지들을 붙인 서랍들이 설치되어 있었다. 오른쪽 카운터 위에는 주물(鑄物)로 된 철책이 쳐져 있고 그 안에 회계 창구가 마련되어 있었다. 철책 뒤에 앉아 있던 생각에 잠긴 듯한 나이 든 부인이 할머니에게 2층의 사무실로 올라가 보라고 했다. 가게 안쪽의 나무 층계가 과연 가게와 마찬가지 방향과 구조로 된 커다란 사무실로 통해 있었고 거기에는 대여섯 사람의 남녀 직원들이 가운데 놓인 큰 테이블 주위에 둘러앉아 있었다. 한쪽 측면으로 난 문이 사장실로 통하게 되어 있었다.

사장은 후텁지근한 사무실에서 셔츠 바람으로 칼라를 풀어놓은 채였다.[a] 그의 등 뒤에 있는 조그만 창문은 오후 두시인데도 햇빛이 들지 않는 마당 쪽으로 나 있었다. 그는 키가 작고 뚱뚱했고 양쪽 손 엄지손가락을 하늘색의 넓은 멜빵에 끼운 채 숨을 헐떡거리고 있었다. 할머니에게 자리에 앉으라고 권하는 낮고 숨찬 목소리만 새어 나올 뿐 말하는 사람의

a 목 단추, 떼었다 붙였다 할 수 있는 칼라.

얼굴이 잘 분간되지 않았다. 자크는 그 집 전체에 가득 배어 있는 쇠붙이 냄새를 맡았다. 사장이 꼼짝도 않고 가만있는 것이 그에게는 경계하는 태도라고 생각되어 이 힘 있고 무시무시한 인물에게 거짓말을 해야 한다는 생각을 하자 자크는 두 다리가 떨리는 것을 느꼈다. 그러나 할머니는 떨지 않았다. 자크는 이제 곧 열다섯 살이 되니 사회에 나가야겠고 곧 일을 시작해야 할 형편이었다. 사장의 눈에 그는 열다섯 살 먹은 것 같지 않아 보이는데, 그렇지만 똑똑하긴 한지……. 그런데 참 이 아이는 초등 교육 수료증은 있는지? 그건 없고 장학금 수령증이 있었다.[1] 무슨 장학금인가? 중고등학교에 가는 장학금이었다. 그럼 중고등학교에 다닌다는 것인가? 몇 학년인데? 3학년이었다. 그럼 중고등학교를 그만둔다는 얘긴가? 사장은 더욱더 까딱도 않고 가만히 앉아만 있었다. 이제 그의 얼굴이 더 잘 보였다. 그의 동그랗고 뿌연 두 눈이 할머니에게서 아이한테로 옮아갔다. 그의 시선을 받자 자크는 몸을 떨었다. 〈그래요, 집이 너무 가난해서요〉 하고 할머니가 말했다. 사장은 눈에 띄지 않을 만큼 약간 긴장을 풀었다. 「유감이군요. 똑똑한 아인데. 그렇지만 장사 쪽으로 나가도 출세할 수는 있지요.」 출세는 보잘것없는 일에서부터 시작할 수도 있는 것이 사실이었다. 자크는 매일 출근하여 하루 여덟 시간 일하고 월 백 50프랑을 받게 될 것이었다. 내일 당장 시작할 수 있었다. 「그것 봐라, 우리 말을 곧이듣잖니.」 「하지만 그만둘 때는 뭐라고 하죠?」 「나한테 맡겨 둬.」 〈알았어요〉 하고 아이는 체념한 채 대답했다. 그는 머리 위의 여름 하늘을 바라보면서 쇠붙이 냄새와 그늘 속에 묻혀 있던 사무실을

1) 〈초등 교육 수령증〉은 중등학교에 진학하지 않는 학생들이 계속 4년을 더 다녀서 받는 졸업장.

생각했고 그다음 날은 일찍 일어나야겠다는 것, 방학은 시작하자마자 끝이라는 것을 생각했다.

2년 간 계속 자크는 여름 방학 동안에는 일을 했다. 처음에는 철물상에서, 다음에는 해운 중계인 회사에서 일했다. 매번 그는 사직을 해야 하는 날인 9월 15일이 다가오면 겁이 났다.[1]

과연 방학은 이제 끝장이었다. 그 더위 그 권태와 더불어 여름은 다른 때와 마찬가지였는데도 말이다. 그러나 여름은 지난날 그를 전혀 딴사람으로 만들어 놓던 그 하늘, 그 공간, 그 절규를 잃고 말았다. 이제 자크는 가난에 찌든 그 갈색의 거리에서가 아니라 시내 중심가에서 그의 한나절을 보내는 것이었다. 거기서는 부자의 시멘트가 가난뱅이의 회벽을 대신하면서 집들이 더 고상하고 더 쓸쓸한 색깔을 띠고 있었다. 자크가 쇠붙이와 그늘의 냄새가 나는 가게에 들어서는 시간인 아침 여덟시만 되면 그의 마음속에서 불빛이 꺼졌고 하늘이 사라져 버렸다. 그는 회계 담당 부인에게 인사를 하고 2층에 있는 어두컴컴한 사무실로 올라갔다. 중앙에 있는 테이블 주위에 그의 자리는 없었다. 하루 진종일 손으로 말아서 빨고 있는 담배 때문에 수염이 노랗게 된 늙은 경리 직원, 상체와 얼굴이 황소 같고 반쯤 대머리로 서른 가량 된 사내인 경리 보조원, 한층 더 젊은 두 사람의 서기, 그중 하나는 날씬하고 갈색 머리에 곧고 미남형의 프로필에 근육이 발달되어 있었는데 매일 아침마다 사무실 속에 와서 처박히기 전에 방파제에 나가서 수영을 하기 때문에 언제나 젖은 셔츠가 몸에 착 달라붙고 전신에서 그윽한 바다 냄새가 났으며, 뚱뚱하고 늘 웃고 있는 다른 하나는 그 쾌활한 생기를 억누르

1 저자가 동그라미로 둘러싸 놓은 대목.

지 못하는 인상이었고, 끝으로 사장 비서인 라슬랭 부인은 약간 말상으로 면포나 항상 핑크색인 양달령 드레스 차림이 보기에 기분 좋은 반면 세상 전체를 가차 없는 눈길로 훑어보는 타입이었다. 이들만으로도 각자의 서류, 장부 및 기구들로 테이블을 잔뜩 어지럽게 만들기에 충분했다. 그래서 자크는 사장실 문 오른쪽에 놓인 의자에 앉아서 일거리를 줄 때까지 기다렸는데 대개는 계산서나 상담 편지들을 창문 옆에 있는 파일 박스에 분류해 넣는 일이었다. 그는 처음에는 끈이 달린 파일들을 꺼내어 다루고 냄새를 맡는 것이 재미있었지만 처음에 그렇게 기분 좋던 종이와 풀 냄새가 결국 권태의 냄새 그 자체로 변하고 말았다. 그렇지 않으면 긴 덧셈을 한 번 더 검산하라고 시킬 때도 있어서 그는 의자에 앉은 채 무릎 위에 그걸 올려놓고 계산을 했다. 또 어떤 때는 경리 보조원이 일련의 숫자들을 자기와 같이 〈대조해〉 보자고 청하기도 해서 그는 항상 서서 숫자들을 꼼꼼히 짚어 확인하고 저쪽 사람은 동료들에게 방해가 되지 않도록 음산하고 나직한 목소리로 숫자를 꼽아 나갔다. 창문으로는 거리와 맞은편 건물들을 볼 수 있었지만 하늘은 절대로 볼 수 없었다. 자주 있는 일은 아니었지만 때때로 가게 가까이 있는 문방구에 사무용품을 사러 가거나 아니면 우체국에 가서 급한 송금환을 부치는 심부름을 하기도 했다. 큰 우체국은 항구에서 도시의 꼭대기까지 올라가는 드넓은 대로 가의 2백 미터 가량 떨어진 곳에 있었다. 그 대로변에 가면 자크는 탁 트인 공간과 빛을 다시 찾을 수 있었다. 우체국 자체도 거대한 원형 건물 안에 자리 잡고 있어서 세 개의 커다란 문들과 빛이 쏟아져 들어오는 궁륭으로 해서 그 안이 환했다.[a] 그러나 유감스럽게

a 우체국의 여러 가지 업무들?

도 대개 자크에게는 하루 일이 다 끝나서 퇴근하는 길에 우편물을 부치는 일을 시키는 것이어서 이렇게 되면 귀찮은 일거리만 덤으로 더 생기는 셈이었다. 해가 저물어 가기 시작하는 시간에 손님들이 잔뜩 몰려드는 우체국으로 달려가서 창구 앞에 줄을 서야 했으니 그 기다린 만큼 그의 근무 시간이 더 연장되기 때문이었다. 실질적으로 자크에게 있어서 긴긴 여름은 어둡고 광채 없는 날들과 무의미한 일거리로 닳아 없어져 갔다. 〈아무것도 하지 않고 지낼 수는 없잖아〉 하고 할머니는 말했었다. 바로 그 사무실에서야말로 자크는 아무것도 하지 않고 지내는 느낌이었다. 비록 그에게 있어서 바다나 쿠바에서의 놀이와 맞바꿀 수 있는 것은 아무것도 없었지만 그는 일하는 것을 거부하는 것이 아니었다. 그러나 그에게 진짜 일이란 예컨대 통 공장에서의 일처럼 오랫동안 근육을 움직여서 하는 노력, 기민하면서도 정확한 일련의 몸놀림, 단단하고도 가벼운 손놀림이었다. 거기서는 그렇게 노력한 결과가 나타나는 것을 볼 수 있었다. 틈새 하나 없이 깨끗하게 완성된 새 술통처럼 일을 한 사람이 그것을 눈으로 바라볼 수가 있는 것이었다.

그러나 사무실에서 하는 그 일은 어디서 온 것도 아니고 어디에 이르는 것도 아니었다. 팔고 사는 것은 모두가 그 보잘것없고 미미한 행위들 주변을 맴도는 것이었다. 비록 지금까지 가난 속에서 살아왔지만 자크는 그 사무실에서 천박함이 무엇인지를 처음으로 발견했고 잃어버린 빛 속에서 눈물을 흘렸다. 이런 숨 막히는 느낌의 책임이 동료 직원들에게 있는 것은 아니었다. 그들은 그에게 친절했고 어느 것 하나 거칠게 명령하는 법이 없었으며 심지어 그 가차 없는 라슬랭 부인도 그에게는 가끔 미소를 지었다. 그들 서로 간에는 쾌활한 인정과 알제리 사람들 특유의 무관심이 한데 섞인 관계를 유지하면서 별로 말이 없었다. 그들보다 15분쯤 뒤에 사장이 출근할 때나 무엇을 시키려고 혹은 어떤 계산서를 확인하려고 그가 사무실 밖으로 나갈 때(심각한 일이 있을 때는 늙은 경리 직원이나 해당 직원을 사장실로 불러들였다) 마치 그 남자 여자들은 오직 권력과의 관계 속에서만 자기를 규정할 수 있다는 듯이 각자의 성격을 더 잘 드러냈다. 늙은 경리 직원은 무례하고 독립적이었고 라슬랭 부인은 엄한 몽상 속에 잠겨 있고 경리 보조는 반대로 완전한 노예근성을 드러내 보였다. 그러나 하루의 나머지 시간에 그들은 저마다 자기 껍질 속에 웅크리고 들어앉아 있었고 자크는 자기 의자에 앉아서 그에게 할머니가 일이라고 부르는 그 하찮은 몸놀림의 기회를 가져다줄 명령만 기다리고 있었다.[a]

의자에 앉은 채 문자 그대로 부글부글 끓으면서 더 이상 참을 수가 없을 때면 그는 가게 뒤에 있는 마당으로 내려가 시멘트 벽에 에워싸인 채 빛은 들어올까 말까 하고 싸아한 지린내가 진동하는 가운데 구멍이 뻥 뚫어진 변소 칸에 혼자 들어가 앉아 있었다. 그 어두운 장소에서 그는 두 눈을 감고 익숙한 냄새를 맡으면서 몽상에 잠겼다. 그의 내면에서는 피와 인종의 차원쯤에서, 알 수 없고 맹목적인 그 무엇이 꿈틀대고 있었다. 라슬랭 부인이 어느 날 자기 앞에다가 핀이 가득 든 통을 엎질렀기 때문에 그는 무릎을 꿇고서 그 핀들을 주워 담고 있었는데 잠시 고개를 들다가 치마 밑으로 벌어진 두 무릎 사이로 레이스로 짠 속옷에 감싸인 허벅지가 드러난 것을 보았다. 그는 때때로 그 여자의 다리를 그려 보았다. 그는 그때까지 한번도 여자가 치마 밑에 입고 있는 것을 본 적이 없었다. 그 갑작스러운 광경 때문에 입술이 말랐고 미칠

a 여름 대입 자격 고사 이후의 공부 가르치기 — 그의 앞에 있는 돌대가리.

듯이 몸이 떨렸다. 이렇게 그에게 열려진 신비는 그의 끊임없는 경험들에도 불구하고 결코 바닥을 알 수 없는 무궁무진한 세계였다.

하루에 두 번, 정오와 여섯시에 자크는 허둥지둥 밖으로 달려 나가 비탈길을 뛰어 내려가서 발판이란 발판에는 모조리 포도송이처럼 매달린 승객들을 터져 나갈 듯이 싣고 노동자들을 그들의 동네로 데리고 돌아가는 전차에 뛰어올랐다. 무더위 속에서 빽빽하게 들어찬 그 어른들 아이들은 모두 그들을 기다리는 집 쪽으로 돌아서서 혼이 깃들지 않은 노동과 불편한 전차 속에서의 기나긴 왕래 그리고 그 끝에 찾아오는 급한 잠 사이에 나누어진 그 삶에 체념한 채 조용히 땀을 흘리면서 말이 없었다. 어떤 저녁나절에 그들을 바라보노라면 자크는 항상 가슴이 죄어드는 것을 느꼈다. 그때까지 그는 오직 가난의 풍부함과 즐거움밖에 몰랐었다. 그러나 더위와 권태와 피로는 그에게 가난의 저주를, 끝도 없는 단조로움이 날들을 너무 긴 동시에 너무 짧게 만들어 놓는 저 눈물겹도록 멍청한 노동의 저주를 드러내 보이는 것이었다.

해운 중계인 회사에서는 사무실들이 해안 대로 쪽으로 나 있는 데다가 특히 하는 일의 일부가 항구에서 이루어졌기 때문에 여름이 약간 더 즐거웠다. 과연 자크는 알제에 기항하는 모든 국적의 상선들에 골고루 다 승선하도록 되어 있었다. 머리를 뒤로 묶은 얼굴이 불그레한 늙은이인 중계인이 각종 행정 기관을 상대할 때 그 상선들의 대리인 역할을 하는 것이었다. 자크가 선적 서류들을 사무실로 갖다 놓으면 그것들은 곧 번역이 되었다. 비축품 목록과 몇몇 선하 증권들은 일주일 뒤면 영어로 작성되어 있는 것이 보통이지만 세관 당국이나 상품을 수령하는 큰 선박 회사로 그것을 가져가야 하는 경우 자크 자신이 그 번역을 맡았다. 그러므로 자크는 정기적으로 그 서류들을 받으러 아가 하역장으로 가지 않으면 안 되었다. 항구로 내려가는 길들은 더위로 유린되어 황폐한 모습이었다. 길을 따라 설치된 무거운 주철 난간들은 불덩어리처럼 뜨거워서 손을 댈 수 없을 지경이었다. 드넓은 부두에는 옆구리를 부두에 대고 이제 막 기항한 선박들 주위를 제외하고는 햇빛 때문에 온통 텅 빈 상태였다. 상선들 주위에는 하역 인부들이 정강이까지 걷어붙인 푸른 작업복 바지를 입고 볕에 그을린 상체는 벌거벗은 채 분주하게 움직이고 있었다. 그들은 머리에 어깨와 허리를 다 덮는 자루를 뒤집어쓰고 그 위에다 시멘트, 석탄 혹은 모서리가 날카로운 짐짝을 실어 나르고 있었다. 그들은 갑판에서 부두로 통하는 부교(浮橋) 위를 오가기도 하고 혹은 배 밑바닥의 활짝 열린 문을 통해 직접 화물창으로 들어가서 화물창과 부두 사이에 걸쳐 놓은 두꺼운 널판 위로 분주히 걸어다녔다. 부두에서 올라오는 햇빛과 먼지 냄새, 콜타르가 녹고 온갖 철물들이 뜨겁게 달아오르는 갑판의 냄새 저 뒤에서 자크는 각 화물들마다의 특이한 냄새를 알 수 있었다. 노르웨이에서 온 것에서는 나무 냄새가 났고 다카르나 브라질에서 온 것은 커피와 향료 냄새를 함께 실어 왔고 독일 것에서는 기름 냄새가 났으며 영국 화물에서는 쇠붙이 냄새가 났다. 자크는 가교를 따라 올라가서 내용을 읽을 줄도 모르는 선원에게 중계인 증명서를 내보였다. 사람들이 그를 그늘까지도 뜨거운 선실 통로를 따라 담당 직원이나 때로는 선장의 선실로 데리고 갔다.[a] 지나가면서 그는 좁고 헐벗은 그 조그만 선실들을 정신없이 들여다보았다. 그때 그에게는 남자가 꾸려 가는 생활의 기본 요소가 압축되어 있는 그런 선실이 가장 호사스러운 선

a 하역 인부의 사고? 신문을 참고할 것.

실들보다 더 마음에 들었다. 사람들은 그를 친절하게 맞아 주었다. 그 자신이 그들에게 친절하게 미소를 지어 보였고 거친 사내들의 얼굴과 어떤 고독한 삶을 살아가다 보면 누구나 갖게 되는 시선이 좋아서 호감을 나타내 보였기 때문이었다. 때때로 그들 중 하나가 프랑스 말을 조금 할 줄 알아서 그에게 질문을 하기도 했다. 그러고 나서 그는 만족한 기분이 되어 불타는 듯한 부두, 뜨거운 난간 그리고 사무실의 일거리를 향하여 돌아왔다. 다만 그 더운 곳으로 갔다 오는 동안에 너무나 피곤해져서 그는 깊은 잠에 곯아떨어졌고 그리하여 9월이면 몸이 말랐고 신경이 날카로워졌다.

하루에 12시간을 학교에서 보내는 날들이 다가오면 안도감이 생기면서도 동시에 직장을 그만두겠다고 사무실에 말해야 한다는 거북함이 마음속에서 점점 커가는 것이었다. 가장 힘든 것은 철물점에서였다. 그는 비겁하게도 차라리 사무실을 결근하고 할머니가 대신 가서 뭐라고든 설명을 해주었으면 싶었다. 그러나 할머니는 일체의 복잡한 절차를 그만두고 그냥 월급을 탄 다음 아무 설명 없이 사무실에 안 나가면 간단하지 않느냐는 것이었다. 사실 이런 상황과 그로 인하여 꾸며 대는 거짓말에 대한 책임이 할머니에게 있는 만큼 할머니가 가서 벼락같이 화를 내는 사장을 상대하도록 내버려 두는 것이 정상이라는 생각이 들면서도 까닭은 모르겠으나 자크는 그런 식으로 피하는 것에 화가 치밀었다. 더군다나 그는 설득력 있는 할 말도 찾았다. 「그렇지만 사장이 집으로 사람을 보낼 텐데요.」〈그러겠지. 그러거든 너희 삼촌네 공장에 일자리를 얻었다고 말하면 될 것 아냐〉 하고 할머니가 말했다. 죽을 맛으로 자크가 집을 나서고 있는데 할머니가 그에게 말했다. 「우선 월급부터 받으라고. 그러고 나서 사정을 말해.」 저녁이 되어 사장이 자기의 소굴 같은 방으로 직원 하나

하나를 불러서 월급을 주었다. 〈자 받아라 얘야〉 하고 그는 자크에게 월급봉투를 내밀면서 말했다. 자크가 벌써 망설이면서 한 손을 내미는데 저쪽에서 그에게 미소를 지었다. 「아주 잘하고 있어. 부모님한테 가서 그렇게 말씀드려.」 벌써 자크는 말을 꺼내면서 이제 더 이상 출근할 수 없다고 설명했다. 사장은 여전히 그에게 팔을 내민 채 깜짝 놀라 그를 쳐다보았다. 「왜?」 이제 거짓말을 해야겠는데 거짓말이 나오질 않았다. 자크가 아무 말도 못한 채 어찌나 절망적인 표정으로 그러고 있었는지 사장이 저절로 알아들었다. 「학교에 다시 가는 거야?」 〈네〉 하고 자크가 말했다. 그러자 두려움과 절망 가운데 돌연 안도감이 찾아 들면서 눈에 눈물이 고였다. 화가 난 사장이 벌떡 일어섰다. 「처음 여기 찾아왔을 때 이미 알고 있었던 일이지? 그리고 너희 할머니도 알고 있었고?」 자크는 머리를 끄덕여 그렇다고 하는 수밖에 도리가 없었다. 이제는 날카로운 목소리가 사장실을 가득 채웠다. 그들은 정직하지 못했다. 사장 자신으로 말할 것 같으면 정직하지 못한 사람들은 질색이었다. 이런 경우엔 월급을 안 줘도 된다는 걸 알기나 하는가? 너무 바보 같은 짓이 아니고 뭔가. 안 될 일이었다. 월급은 안 주겠다, 할머니보고 오라고 해라. 사실대로 말했더라면 제대로 대접을 받았을 테고 그래도 아이를 쓰기는 썼을 것이다. 그렇지만 이런 식으로 거짓말을 하다니, 아! 〈더 이상 학교에 다니지 못하게 되었어요, 집이 너무 가난해서요〉 하는 말에 그냥 속은 거였다. 〈그렇기 때문이죠〉 하고 어리둥절한 자크가 불쑥 말했다. 「뭐가 그렇기 때문이라는 거야?」 「집이 너무 가난하기 때문이라고요.」 그리고 그는 입을 다물었다. 상대 쪽에서 그를 한참 쳐다보고 나서 천천히 덧붙여 말했다. 「……그래서 그런 짓을 했다, 그런 엉터리 수작을 했다 이거야?」 자크는 이를 꽉 문 채 발밑을 내려다보고 있었다. 침묵이 끝도 없이 흘렀다. 이옥고 사장이 탁자 위에 놓인 봉투를 집어서 그에게 내밀었다. 〈네 돈 받아. 그리고 나가〉 하고 그가 거칠게 말했다. 〈아니에요〉 하고 자크가 말했다. 사장이 그의 주머니에 봉투를 쑤셔 넣었다. 「나가.」 거리에 나서자 이제 자크는 눈물을 흘리면서 주머니 속에서 타는 듯 뜨겁기만 한 그 돈을 건드리지 않으려고 두 손으로 저고리 깃을 꽉 잡은 채 달려갔다.

방학을 즐기지 못하는 권리를 갖기 위하여 거짓말을 하고, 그토록 좋아하는 여름 하늘과 바다로부터 멀리 떨어진 곳에서 일을 하고 나서, 학교 공부를 다시 시작하기 위하여 또 거짓말을 한다는 이 부당함을 생각하니 죽고 싶을 정도로 가슴이 막혔다. 쾌락을 위해서라면 언제든지 거짓말을 할 준비가 되어 있지만 필요를 위한 거짓말에 끌려 들어갈 줄은 모르는 터이고 보니 가장 나쁜 것은 어차피 하지 못하고 만 그 거짓말들이 아니라 무엇보다도 잃어버린 그 즐거움들, 빼앗겨 버린 한철 동안의 햇빛 속에서의 휴식이었다. 그래서 이제는 한 해가 그저 조급한 기상과 음울하고 허둥지둥 보내는 한나절들의 연속에 불과했다. 가난한 생활에 있어서 기막히게 멋진 것은 그가 그토록 넉넉하고 그토록 게걸스럽게 즐기는 그 무엇으로도 바꿀 수 없는 그 부였다. 그런데 그 보물 같은 즐거움의 천 분의 일도 살 수 없을 몇 푼의 돈을 벌기 위하여 그 부를 잃어버려야 했다. 그러나 그는 그렇게 해야 한다는 것을 이해했고 심지어 가장 거센 반항심이 일어나는 가운데서도 마음속에서 무엇인가가 그렇게 한 것을 자랑스러워하고 있었다. 왜냐하면 첫 월급을 받던 날, 집의 식당에서 감자 껍질을 벗겨 물그릇 속에 던져 넣고 있는 할머니, 참을성 많은 개 브리양을 다리 사이에 끼고 앉아서 벼룩을 잡아 주고 있는 에르네스트 삼촌, 이제 막 집에 돌아와서 세탁하려고 받아 온 더러운 빨래 보퉁이를 찬장 한구석에서 끄르고 있는 어머니 앞으로 걸어 나가서 아무 말 없이 테이블 위에 백 프랑짜리 지폐 한 장과 오는 동안 줄곧 손바닥 안에 꼭 쥐고 있었던 굵직한 동전들을 올려놓을 때 비참한 거짓말에 희생한 그 여름들의 유일한 보상을 찾아낼 수 있었기 때문이었다. 아무 말 없이 할머니는 20프랑짜리 동전 하나를 그의 앞으로 밀어 놓고 나머지는 거두어들였다. 그녀는 손으로 카트린 코르므리의 허리께를 건드리고는 이것 좀 보라는 듯이 그에게 돈을 보였다. 「네 아들이야.」 〈네〉 하고 그녀가 말했고 그의 슬픈 두 눈이 어린 둘째 아들을 쓰다듬었다. 삼촌은 이제야 고역이 다 끝났다고 여기는 브리양을 붙잡아 놓은 채 머리를 끄덕했다. 〈좋지 좋아, 너 어른 다 됐구나〉 하고 그는 말했다.

그렇다 그는 이제 어른이었다. 그는 빚진 것을 약간 갚은 것이었다. 집안의 가난을 조금 덜어 주었다는 생각을 하자, 사람이 자유로운 몸이 되어 아무것에도 복종하지 않아도 된다고 느끼기 시작하는 순간에 찾아오게 마련인 거의 매서울 정도의 긍지가 마음속에 차올랐다. 과연 다음번 개학이 되어 그가 고등학교 2학년에 올라가자 그는 4년 전 그를 기다리고 있는 미지의 세계에 대한 생각으로 가슴 죄며 징을 박은 구두를 신고 뒤뚱거리며 이른 새벽 벨쿠르 동네를 떠나던 그 어리둥절한 어린아이가 이제 더 이상 아니었다. 그가 친구들에게 던지는 시선도 그 순진함을 어느 정도 잃었다. 도대체 그때에는 많은 것들이 이미 그를 옛날의 어린아이에게서 밖으로 끌어내기 시작했다. 그리하여 어느 날, 지금까지는 할머니가 때리면 마치 그것이 어린아이의 삶에 있어서 불가피한 의무에 속한다는 듯이 꾹 참고 맞고만 있었던 그가 돌연 폭력과 광란에 미쳐 버린 듯 그녀의 손에서 소 힘줄 회초리를 뺏어 들고 맑고 싸늘한 두 눈만 보면 머리가 돌아 버릴 것만 같은 그녀의 허연 머리를 당장이라도 후려칠 듯한 기세로 대들자 할머니는 사태를 깨닫고서 뒤로 물러나 자기 방으로 들어가 문을 닫아걸면서 물론 그런 몹쓸 자식을 키워 놓은 불행을 눈물로 한탄도 했지만 이제 다시는 자크를 때리지 못하게 되리라는 것을 분명히 깨달았다. 사실 할머니는 다시는 그를 때리지 않았다. 왜냐하면 집에 월급을 벌어 오기 위하여 비썩 마르고 근육질이며 더벅머리에 과격한 눈매를 번뜩이며 여름 내내 일을 했던 그 소년 속에서 과연 옛날의 그 어린아이는 죽어서 이제 막 고등학교 축구부의 정식 골키퍼로 지명되어 다시 태어났고 그보다 사흘 전에는 깜빡하는 바람에 어떤 처녀의 입술을 생전 처음으로 맛보았기 때문이었다.

2. 자신이 생각해도 알 수 없는

아! 그렇다, 그러하였다, 그 아이의 삶은 그러하였다. 헐벗은 필요만이 이어 주는 그 동네의 가난한 섬 속에서, 불구인데다가 무식하기만 한 가족들 속에서, 으르렁대는 젊은 피, 삶에 대한 탐욕스런 갈망, 사납고 굶주린 지성을 가슴에 품고, 광란하던 즐거움은 낯선 세상이 그에게 가하는 돌연한 펀치에 번번이 끊어져 당황스럽기 그지없지만 곧바로 정신 가다듬고 알 수 없는 그 세상 이해하고 알고 동화하려 애쓰며, 슬그머니 빠져나가려 애쓰는 법 없이, 결국은 언제나 태연한 확신 버리지 않고, 자신만만, 그렇지, 자신만 가지면 원하는 건 무엇이나 이룰 수 있으니까, 이 세상 것이라면 이 세상만의 것이라면 어느 것 하나 불가능할 건 없으니까, 선의를 가지고, 치사하지 않게, 세상에 다가가므로 과연 그 세상을 동화시켜 가며, 그 어떤 자리도 욕심 내지 않고 오직 기쁨과 자유로운 인간들과 힘과 삶이 지닌 좋은 것, 신비스러운 것, 결코 돈으로 살 수 없고 사지 않을 모든 것만을 원하기에 도처에서 제자리에 있으려고 준비를 하는(그리고 또한 어린 시절의 헐벗음에 의하여 준비가 되어 있는) 그의 삶은 그러하였다. 심지어 너무나 가난한 나머지 그는 언젠가 요구하지 않아도, 노예가 되지 않아도 돈을 받을 능력이 있게 되도록 준비를 했다. 지금 마흔 살이 되어 그토록 많은 것들 위에 군림하고 있지만 가장 보잘것없는 사람만도 못하다는 것을, 하여간 자신의 어머니에 비긴다면 아무것도 아니라는 것을 그토록 굳게 믿는 자크가 그러하듯이. 그렇다, 그는 바다와 바람과 거리의 놀이 속에서, 짓누르는 여름의 무게에 눌리고 짧은 겨울의 무거운 비를 맞으며, 아버지도 없이, 전해 받은 전통도 없이, 그러나 1년 동안, 꼭 필요했던 바로 그때에 아버지를 얻어 가지며, 어떤 품행과 흡사한 그 무엇을 다듬어 가지기 위해서, 그리고 자신의 고유한 전통을 만들어 가지기 위해서 인간들과 〔 〕[1]의 사물들 사이를 헤치고 그에게 열리는 앎(그 당시 그에게 주어진 상황으로 보아서는 충분했지만 훗날 이 세상의 앎과 맞서기 위해서는 불충분한)을 찾아 그는 그렇게 살아왔었다.

그러나 그 몸짓들, 그 놀이들, 그 대담성, 그 혈기, 가족, 석유램프, 어두운 계단, 바람 속의 종려나무 가지, 바다에서의 탄생과 세례 그리고 끝으로 저 어이없고 고달픈 여름들, 그것이 전부였을까? 그런 것이 분명 있긴 있었다. 오, 있었고 말고. 그건 그러하였다. 그러나 거기에는 또한 존재의 알 수 없는 어떤 몫도 있었다. 마치 땅속 깊이, 바위들의 미로(迷路) 저 안쪽에서 한번도 대낮의 빛을 본 적이 없지만, 어디서 오는 것인지도 알 길 없는, 어쩌면 땅속의 불그레한 중심으로부터 저 깊이 파묻힌 동굴들의 검은 공기를 향하여 바위 속의 모세 혈관을 갖다 대고 빨아들인 것일지도 모르는 은은한 빛을 반사하는 깊은 지하수처럼, 끈적거리고 〔압착된〕 어

1 판독 불가능한 한 단어.

떤 식물들이 일체 생명이 부지할 수 없을 것 같아 보이는 곳에서도 살아남기 위하여 여전히 그들의 자양을 빨아들이는 그 깊은 물처럼, 그 오랜 세월 동안 그의 내면에서 꿈틀거리고 있었던 그 무엇이 또한 있는 것이었다. 겉은 꺼졌지만 속에서는 여전히 타고 있으면서 표면의 금들과 그 거친 식물성 소용돌이의 자리를 바꿔 놓고 그리하여 진흙의 표면이 늪지의 이탄(泥炭)과 같은 움직임을 보여 주는, 저 이탄의 불처럼 그의 내면에 깊숙이 파묻혀 있는 검은 불, 한번도 그친 적이 없으며 그가 아직도 느낄 수가 있는, 그의 내면의 그 맹목적인 움직임이 또한 있는 것이다. 그리하여 그 빽빽하고 알아차릴 수 없는 파동으로부터 아직도 그의 내면에서는 매일매일 마치 그의 사막 같은 고뇌, 가장 비옥한 향수, 헐벗음과 소박함에 대한 돌연한 욕구, 무로 돌아가고 싶은 열망처럼 가장 격렬하고 가장 무시무시한 그의 욕망들이 생겨나고 있는 것이었다. 그렇다, 그 오랜 세월을 거슬러 그 알 수 없는 움직임은, 그가 아주 어렸을 적, 앞에는 광대한 바다, 뒤에는 흔히 내륙이라고들 부르던 산맥과 고원과 사막, 그리고 그 사이에는 너무나 당연하기에 아무도 말하지는 않았지만, 천장이 둥글고 벽에는 회칠을 한 비르망드레의 작은 농장에서 아주머니가 해 질 녘이 되자 방마다 들어가서 두툼한 통나무로 짠 덧문에 그 어마어마한 빗장들이 제대로 질려 있는지를 확인하는 것을 보았을 때 자크 자신이 실감했던 항구적인 위험, 그런 모든 것들과 함께 그 무게를 느낄 수 있었던 그 광막한 고장과 일치하는 것이었다. 마치 아직도 힘의 법칙이 지배하고 있는 곳, 법이란 풍속이 예측하지 못했던 것을 무자비하게 벌하기 위하여 만들어져 있는 곳에 도착하여 최초의 주민이 된 것처럼, 최초의 정복자가 된 것처럼, 던져진 몸임을 실감하는 그 고장, 주변에 매혹적이면서도 불안하고, 가까우면서도 먼 그 백성들이 있어 더불어 살지만, 그리하여 때로는 우정이, 동지애가 싹트지만, 저녁이 돌아오면 그들은 결코 남들은 발 들여 놓지 못하는 그 알 수 없는 자기네 집들로 돌아가 버리고 그 집들을 철통같이 방어하고 있는 그들의 여자들은 만나 본 적도 없고 혹시 길거리에서 만난다 해도 얼굴의 반은 베일로 가리고 하얀 헝겊 위엔 관능적이고 부드럽고 아름다운 두 눈뿐 그게 누구인지 알 수도 없었다. 그들은 그들이 밀집해 사는 동네들에서는 너무나도 수가 많아서 비록 체념하고 피곤한 모습일지라도 그 많은 숫자만으로도 눈에 보이지 않는 위협의 분위기가 감돌게 하는 것이었는데, 거리에서 그 위협의 냄새를 맡게 되는 것은 가령 어느 날 저녁 어느 프랑스인과 아랍인 사이에 싸움이 벌어질 때였다. 그 싸움은 두 사람의 프랑스인 사이나 두 사람의 아랍인 사이에서와 마찬가지 방식으로 벌어졌지만 그것이 받아들여지는 방식이 달랐다. 퇴색한 푸른색 작업복 아니면 비참한 두건 달린 젤라바 옷을 걸친 동네 아랍인들이 계속적으로 이 구석 저 구석에서 천천히 다가오고 그렇게 조금씩 조금씩 응집한 덩어리가 아무런 폭력도 사용하지 않고서 오직 그들의 운집하는 운동만을 통해서 싸움의 증인들에 이끌려 나온 몇몇 프랑스인들을 그 빽빽한 무리에서 밸어 내버리게 되고 싸우고 있는 프랑스인은 뒤로 물러서다가 갑자기 자기 상대와 더불어 어둡고 무표정한 군중과 정면으로 딱 마주서게 되는 것이었다. 이때의 군중은 만약 그 프랑스인이 바로 이 고장에서 크지 않았더라면, 그리고 그곳에서 살 수 있게 해주는 것은 오직 용기뿐임을 알지 못했더라면, 그에게서 일체의 용기를 앗아 가버렸을 그런 군중이었다. 이리하여 그 프랑스인이 마주하게 된 그 군중은 위협적이지만 실은 그 자체의 존재, 그리고 그들로서는 어쩔 수 없이 취한 운동을 통해서밖에는 전혀 조금도 위협을 하는 바가 없는 군중인 것이다. 그리고 대개의 경우 미친 듯 취한 듯 싸우고 있는 아랍인을 만류하여 경찰관이 도착하기 전에 자리를 피하도록 만드는 것도 바로 그들이었다. 싸움이 일어나면 금방 연락을 받고 금방 도착하는 경찰관들은 바로 자크네 창문 앞에서 긴 말 않고 다짜고짜로 싸우는 사람이고 행인이고 할 것 없이 거칠게 차에 주워 싣고는 경찰서로 데려가는 것이었다. 〈불쌍한 것들〉 하고 단단하게 붙잡혀 어깨를 떠밀리며 가는 두 사내를 보고는 할머니가 말했다. 그들이 떠나고 나면 아이에게는 위협과 폭력과 공포만 길바닥에 남아 배회하면서 알 수 없는 고통으로 그의 목구멍의 침을 말리는 것이었다. 그의 내면에 있는 그 어둠, 그렇다 저 찬란하면서도 무시무시한 땅에, 가슴 죄는 저 빠른 저녁들이나 불등걸 같은 대낮들에 그를 비끄러매어 주는 저 알 수 없이 뒤엉킨 뿌리들, 어쩌면 첫 번째 삶의 일상적인 외관을 뒤집어쓰면 더욱 진정해 보이는 어떤 제2의 삶과도 같았던 그 어둠, 그것의 역사는 일련의 알 수 없는 욕망들과 강력하면서도 형언할 수 없는 감각들로 이루어졌으리라. 가령 여러 가지 학교들, 동네의 마구간들, 어머니 손에 담긴 빨래들, 사전이나 정신없이 읽은 책들의 냄새라든가 그의 집 혹은 철물점 화장실의 시큼한 냄새라든가 수업 전이나 후에 혼자서 들어선 써늘한 큰 교실의 냄새, 좋아하는 학우들의 체온, 디디에의 몸에서 항상 풍기는 뜨뜻한 양모(羊毛)나 배설물 냄새, 혹은 키 큰 마르코니의 어머니가 그의 몸에 듬뿍 뿌려 주었는지 교실의 의자에 앉아 있을 적이면 그 친구의 곁으로 더욱 가까이 가고 싶게 하던 그 콜로뉴 미안수 냄새, 피에르가 어떤 아주머니에게서 집어 와서 암내 내는 암캐가 들렀다 간 집 안에 들어선 개들처럼 혼미하고 불안한 기분으로 여럿이 냄새 맡던 그 입술연지 향내, 그 향내를 맡으면서 그들은 여자란 외침과 땀과 먼지뿐인 그들의 세계 속으로 세련되고[a] 섬세한 어떤 세계, 형언할 수 없는 유혹의 세계를 열어 보여 주는 저 베르가모트와 크림의 달콤한 향내 덩어리라고 상상했고 그들이 그 입술연지를 둘러싸고 동시에 온갖 상스러운 소리를 다 내뱉어도 도무지 막아 낼 수 없었던 그 유혹의 세계, 그리고 가장 나긋나긋한 어린 시절 이래 느껴 온 육체와, 바닷가 모래밭에서 행복한 웃음이 터져 나오게 하던 그 육체의 아름다움과, 그칠 줄 모르고 그를 끌어당기는 육체의 따뜻함의 사랑, 뚜렷한 생각도 없으면서 그저 동물적으로, 소유하기 위해서가 아니라, 소유할 줄 모르니까, 그저 그 육체의 광휘(光輝) 속에 들어가 있고 싶고, 엄청난 안심과 신뢰를 가지고 친구의 어깨에 내 어깨를 기대고 싶어서, 또 복잡한 전차 안에서 어떤 여자의 손이 약간 길다 싶은 시간 동안 자기 손에 닿아 있기만 해도 거의 정신이 혼미해질 지경이 되는, 그렇다 살고자 하는 욕망, 그러고도 또 너 많이 살고자 하는 욕망, 이 땅이 지닌 가장 뜨거운 것, 알지 못하는 사이에 그가 그의 어머니에게서 기대하면서도 얻지 못하거나 감히 얻을 엄두를 못 내는 것, 그리하여 개 브리양이 햇빛 따스한 곳에서 그에게 기대어 엎드려 있는 동안 그의 강한 털 냄새를 맡을 때 그 개에게서, 혹은 진한 생명의 열기 없이는 살 수 없는 그로서는 저 진한 생명의 열기가 간직되어 있다고 느껴지는 가장 강하고 가장 동물적인 냄새들 속에서 그가 새삼스레 느끼는 것, 그것에 한데 섞여 들고 싶은 욕망, 그 어둠은 바로 이런 감각들로 이루어진 것이리라.

그의 내면의 그 어둠 속에서 태어나고 있는 저 굶주린 열정, 그의 혼 속에 언제나 깃들어 있었고 심지어 지금도 그의

a 열거된 목록에 더 추가할 것.

존재를 고스란히 간직해 주고 있는 살려는 광기, 다시 만난 가족들 한가운데서, 어린 시절의 영상 앞에서 젊은 시절이 사라져 가고 있다는 저 돌연 끔찍해지는 감정을 더욱 쓰디쓰게 만드는 살려는 광기, 마치 그가 사랑했던 그 여자처럼, 오 그렇다, 그는 마음과 몸을 다 바친 엄청난 사랑으로 그 여자를 사랑했었다, 그렇다, 그 여자와는 욕망도 당당했었다, 그리하여 쾌락의 순간에 그가 그녀로부터 소리 없는 절규와 함께 물러나 왔을 때 세계는 그 불지짐 같은 질서를 되찾고 있었으니, 그리하여 그는 그녀의 아름다움 때문에, 그녀 특유의 너그럽고 절망적인 살려는 광기 때문에 그녀를 사랑했었지만, 그 광기 때문에 그녀는 비록 바로 그 순간에도 시간은 흘러가고 있다는 것을 알고 있으면서도 시간이 흘러갈 수 있다는 것을 거부하고, 그렇다 거부하고, 사람들이 어느 날 자신에 대하여 아직도 젊다고 말하는 것을 원치 않고 그러나 반대로, 젊어 있고 싶어 하고, 언제나 젊어 있고 싶어 하고, 어느 날 그가 웃으면서 젊은 시절은 지나간다고, 해는 저문다고 말했을 때 울음을 터뜨리며 〈오 아냐, 오 아냐, 나는 사랑을 너무나 사랑해〉 하고 그녀는 눈물 글썽이며 말했고, 그리하여 그토록 많은 점에서 총명하고 월등한 그녀는, 어쩌면 진정으로 총명하고 월등하기 때문에 그녀는 실제 있는 그대로의 세계를 거부하고 있었던 것이다. 그녀가 태어난 외국에 잠시 머물기 위하여 가 있던 그 한동안처럼, 그 문상(問喪)의 방문 때처럼, 어떤 아주머니들에 대하여 사람들이 그녀에게 말하기를 〈너는 이제 저분들을 마지막 보는 거야〉라고 했는데, 과연 그 아주머니들의 얼굴, 몸, 그 폐허, 그래서 그녀는 소리치면서 나가 버리려고 했고, 또는 오래전에 돌아가신 증조모가 수놓은 식탁보를 깔아 놓고 가족끼리 회식을 하면서 아무도 그 증조모 생각을 하는 이가 없었는데 오직 그녀만이 젊은 시절의 그 증조모를, 그분의 즐거움들을, 자신과 마찬가지로 그분이 품고 있었을 삶에의 갈망을 생각하고 있었고, 모두들 그녀에게 축하의 말을 하고 둘러앉아 있는 테이블 주위에는 벽에 젊고 아름다운 여자들의 초상화들이 걸려 있었는데 그것은 지금 온통 무너지고 피곤해진 모습으로 그녀에게 축하의 말을 하고 있는 바로 그 여자들의 얼굴이었다. 그래서 얼굴에 피가 솟구쳐 올라 그녀는 도망치고 싶었다. 아무도 늙지 않고 아무도 죽지 않는 고장으로, 아름다움이 영원히 변치 않고 삶이 언제나 야생으로 살아 있으며 광채를 발하는, 있지도 않은 그 고장으로 도망치고 싶었다. 그리고 돌아온 후 그 여자는 그의 품 안에서 눈물을 흘렸고 그는 그녀를 절망적으로 사랑하고 있었다.

그리고 그 역시, 어쩌면 그녀보다도 더, 조상도 기억도 없는 땅, 그에 앞서 이 세상에 왔던 사람들의 소멸이 더욱 완벽했었던 고장, 늙어 가면서도 문명된 나라들 〔 〕[1]에서처럼 우수를 통한 위안을 얻을 수 없는 고장에서 태어났기에, 어쩌면 그녀보다도 더, 단번에 그리고 영영 으깨져 버릴 운명인 고독하고 항상 진동하는 큰 파도처럼, 완전한 죽음과 맞서 있는 순수한 삶의 열정인 그는, 그토록 오랜 세월 동안 세월의 물살 위로 그를 들어 올려 주었고, 가장 모진 상황들을 만나면 그에 버금가는 능력을 갖도록 자양을 제공해 주었던 그 알 수 없는 힘이, 그에게 삶의 이유들을 부여해 주던 그 지칠 줄 모르고 한결같은 너그러움으로 늙어 갈 이유와 반항하지 않고 죽을 이유 또한 그에게 제공하리라는 맹목적인 희망에만 자신을 맡긴 채, 오늘 삶이, 젊음이, 존재들이 어떻게 구해 볼 길도 없이 그의 손아귀에서 빠져나가는 것을 느끼고 있었다.

1 판독 불가능한 한 단어.

낱장 I

4) 배 위에서. 아이와 낮잠 + 14년 전쟁.

*

5) 어머니의 집에서 — 폭탄 테러.

*

6) 몽도비로의 여행 — 낮잠 — 식민지 개척.

*

7) 어머니의 집에서.

어린 시절의 계속 — 그는 어린 시절은 다시 찾지만 아버지는 되찾지 못한다. 그는 자신이 최초의 인간임을 깨닫게 된다. 르카 부인.

*

〈그에게 두세 번 온 힘을 다하여 키스를 해주고 나서, 그를 품에 안았다가 다시 놓아 준 다음 그녀는 마치 자신이 금방 한 애정 표현의 눈금을 재어 본 결과 한 눈금만큼이 모자란다고 마음을 정하기나 한 것처럼 그를 다시 한 번 더 껴안았고 그리고.[1] 그러고 나서는 곧 고개를 돌리더니 그에 대해서도 또 사실 다른 그 무엇에 대해서도 더 이상 생각을 하지 않는 것 같았고 심지어 마치 이제는 그가 그녀의 텅 비고 닫혀 있고 제한된 행동의 세계에 거추장스러운 잉여의 존재나 되는 듯한 이상한 표정으로 가끔 그를 바라보곤 하는 것이었다.〉

1 문장이 여기서 그치고 있다.

낱장 II

어떤 식민이 1869년 변호사에게 이런 편지를 썼다: 〈알제리가 그의 의사들의 진료에 저항하자면 죽기 아니면 살기로 해야 합니다.〉

*

요새 구덩이들이나 성벽으로 둘러싸인 마을들(그리고 사방에 작은 탑들).

*

1831년에 보낸 6백 명의 식민들 중에서 1백 50명이 텐트 속에서 죽었다. 알제리에 고아원 수가 많은 것은 그 때문이다.

*

부파릭에서 그들은 어깨에 총을 메고 주머니엔 키니네를 넣고 밭을 간다. 〈그 사람은 낯짝이 부파릭 같다.〉 1839년에 죽은 사람들의 19퍼센트. 키니네는 음료수처럼 카페에서 팔았다.

*

뷔조는 툴롱 시장에게 20명의 기운찬 약혼녀들을 골라 달라고 편지를 쓴 다음 툴롱에서 자기 휘하의 군인 겸 식민들을 결혼시킨다. 그것이 〈북 치며 하는 결혼〉이라는 것이다. 그러나 실물을 보면 약혼녀들을 더 낫게 바꿀 수 있다. 거기서 푸카가 태어난 것이다.

*

처음에는 공동 작업. 그것은 군사 팔호스나.

*

〈지방적〉 식민지 건설. 셰라가는 〈그라스〉 출신 원예가 66가구에 의하여 식민지로 개척되었다.

*

알제리의 시청들에는 대부분 〈보관 문서가 없다〉.

*

작은 그룹을 이루어 트렁크와 아이들을 데리고 도착한 마온 출신 사람들. 그들의 말은 곧 문서나 마찬가지이다. 절대로 스페인 말을 사용하지 않는다. 그들이 알제리 해안의 부를 일궈 냈다.

비르망드레와 베르나르다의 집.

미티자의 첫 식민인 「의사 토낙」의 이야기.

드 방디코른, 『알제리 식민지 개척의 역사』, 21면 참조.

피레트의 역사, 같은 책, 50면과 51면.

낱장 III

10 — 생브리외[1]

*

14 — 말랑
20 — 어린아이의 놀이들
30 — 알제. 아버지와 그의 죽음(+ 폭탄 테러)
42 — 가족
69 — 제르맹 씨와 학교
91 — 몽도비 — 식민지 개척과 아버지

1 숫자는 원고의 페이지와 일치함.

II

101 — 중고등학교

140 — 자신이 생각해도 알 수 없는

145 — 청소년[2]

2 원고는 144면에서 중단되어 있다.

낱장 IV

연극의 주제 또한 중요하다. 최악의 고통에서 우리를 구해 주는 것은 바로 버림받아서 혼자이긴 해도 〈다른 사람들〉이 불행 속에 빠져 있는 우리를 〈생각하고〉 있지 않을 만큼 혼자는 아니라는 감정이다. 바로 그러한 의미에서 우리의 행복의 순간들은 때로 버림받았다는 느낌이 끝없는 슬픔 속에서도 우리를 팽창시키고 떠받쳐 올려 주는 그런 순간들인 것이다. 또한 그런 의미에서 행복이란 흔히 우리의 불행에 대한 연민의 감정에 불과한 것이다.

가난한 사람들에게서 두드러지게 보이는 것 — 신은 고통의 곁에 치유하는 약을 두었듯이 절망의 곁에는 자기만족을 두었다.[a]

*

a 할머니의 죽음.

젊었을 때 나는 사람들에게 끊임없는 우정이나 항구적인 감동 같은, 그들이 줄 수 있는 것 이상을 요구했다. 이제 나는 그들이 줄 수 있는 것보다 적게 요구할 수 있다. 가령 아무 말 없이 같이 있어 주는 것. 그리하여 그들의 감동, 우정, 고상한 행동이 내 눈에 그 기적 같은 가치를 온통 다 간직하게 되는 것이다. 은총의 완전한 효과.

마리 비통: 비행기

낱장 V

그는 인생에 있어서 왕과도 같아서 빛나는 재능, 욕망, 힘, 기쁨 그 모든 것의 왕관을 쓰고 있었는데, 그는 바로 그 모든 것에 대하여 그녀에게 용서를 빌었다. 그녀는 일상의 나날들과 삶에 복종하는 노예였고 아는 것도 전혀 없었고 원하는 것도 없었고 감히 원할 엄두도 내지 못했지만 그는 잃어버리고 없는, 그리고 오직 유일하게 사람이 살아가는 것을 정당화해 줄 수 있는 하나의 진실을 고스란히 간직하고 있었던 것이다.

쿠바에서 보낸 목요일들
훈련, 스포츠
아저씨
대학 입시
병
오 어머니여, 오 정다운 이여, 사랑하는 아기여, 나의 시대보다도 더 위대하고 당신이 복종했던 역사보다도 더 위대하고 내가 이 세상에서 사랑하는 모든 것들보다도 더 진정하신 이, 오 어머니여, 당신의 진실로부터 도망쳤던 당신의 아들을 용서하여 주십시오.

할머니, 폭군, 그러나 식탁에서는 서서 시중을 들어 주었다.

자기의 어머니를 존중하게 만들고 자기 삼촌을 때리는 아들.

부록 2 최초의 인간(노트와 구상)

겸허하고 무지하고 집요한 삶에 비겨 본다면 그 어느 것도 가치 있는 것은 없다…….

클로델, 『교환』

그리고 또

테러리즘에 대한 대화:

객관적으로 그녀는 (연대적) 책임이 있다.

부사를 바꾸기만 하면 너를 후려치겠다.

무잇을?

서양의 것들 중에서 가장 어리석은 것을 골라 가지진 말아라. 이젠 더 이상 객관적으로 말하지 마라 그렇게 하지 않으면 너를 후려치겠다.

왜?

너의 어머니가 알제오랑을 다니는 기차(전동차)가 오는데 그 앞에 드러누워 있었다고?

나는 이해를 못 하겠다.

기차가 쓰러져서 아이들 네 명이 죽었다. 너의 어머니는 꼼짝도 안 했다. 만약 객관적으로 그녀에게 그래도 책임*이 있다고 한다면, 너는 인질을 총살하는 데 동의하는 것이다.

* 연대 책임.

그녀는 알지 못했다.

그녀도 알지 못했다. 절대로 객관적으로 말하지는 마라.

죄 없이 순진한 사람들이 있다는 것을 인정해라. 안 그러면 너도 죽이겠다.

내가 그럴 수 있다는 것을 너도 알지,

그래, 난 널 봤다.

*

[a]장은 최초의 인간이다.

피에르를 표적으로 사용하여 그에게 과거와 고향과 가족과 윤리(?)를 부여할 것 — 피에르 —디디에?

*

바닷가 모래밭에서의 청소년의 사랑 — 그리고 바다에 내리는 저녁 — 그리고 별 뜬 밤들.

*

생테티엔에서 아랍인과의 만남. 프랑스에 유배당한 두 사람의 우정.

*

징집. 우리 아버지는 조국의 깃발 아래 징집당했을 때 아직 프랑스를 한번도 본 일이 없었다. 그는 프랑스를 보았고 그리고 죽었다.

(나의 가족들처럼 보잘것없는 가족들이 프랑스에 바친 것.)

*

a 『식민지 개척의 역사』 참조.

J.[1] 이미 테러리즘에 반대 입장일 때 사독과 주고받은 말 뒤에는. 그러나 그는 S.[2]를 맡아 준다. 망명권은 신성한 것이니까. 그의 어머니 집에서. 그들의 대화는 어머니 앞에서 오고 갔다. 맨 끝에, 〈저기 좀 봐〉 하고 그의 어머니를 가리키면서 J.가 말했다. 사독이 자리에서 일어나 손을 가슴에 얹은 채 그의 어머니 쪽으로 가더니 아랍식으로 몸을 구부리면서 그의 어머니를 껴안았다. 그런데 J.는 한번도 그가 그런 제스처를 하는 것을 본 적이 없었다. 그는 프랑스화되어 있었으니까 말이다. 「우리 어머니나 마찬가지야. 우리 어머니는 돌아가셨어. 난 저분을 우리 어머니처럼 사랑하고 존경해.」

(그녀는 폭탄 테러 〈때문에〉 쓰러졌다. 그녀는 몸이 불편하다.)

*

또는:

그래요, 난 당신들을 혐오해. 내가 볼 때 세상의 명예는 힘 있는 자들이 아니라 억압당하는 사람들에게서 살아 있는 것 같아. 불명예도 바로 거기에만 있는 거야. 역사 속에서 억압당하는 사람들이 일단 각성하고 나면……. 그때는…….

잘 있어 하고 사독이 말했다.

그냥 여기 있어, 가다가 잡힌다고.

가는 게 나아. 저들은 내가 미워할 수가 있어. 그래서 미움 속에서 저들을 만나는 거야. 너는 내 형제야 그런데 우리는 헤어지는 거야.

……

1) 자크.

2) S는 사독의 머리글자로 짐작됨.

밤 J.가 발코니에 있는데…… 멀리 총소리 두 발 그리고 뛰어가는 소리…….

— 무슨 소리지? 하고 어머니가 말한다.

— 아무것도 아니에요.

— 아! 난 또 네가 걱정돼서 겁이 났지.

그는 어머니에게 몸을 던진다…….

그 후 범인 은닉죄로 체포.

화덕에 음식을 익혀 오라고
심부름을 보냈다.

변소 구멍 속에 떨어진
2프랑

할머니, 그녀의 권위 의식,
그녀의 정력
그가 잔돈을 훔치곤 했다.

*

알제리 사람들에게 있어서의 명예 의식.

*

정의와 윤리를 배운다는 것, 그것은 어떤 정념이 가져오는 영향에 따라서 그 선과 악을 판단하는 것을 의미한다. J.는 여자들에게 빠질 수가 있다 — 그러나 그 여자들이 그의 시간을 다 뺏게 되면…….

*

「이 사람을 비난하고 저 사람을 편들어 주기 위하여 살고 행동하고 느끼는 짓에는 이제 질력이 났다. 다른 사람들이 내게 대하여 제시하는 이미지에 따라서 사는 데 이젠 질력이 났다. 나는 독자성을 결심하고 상호 의존 속에서의 독립을 요구한다.」

*

피에르는 예술가가 될까?

*

장의 아버지는 짐수레꾼으로?

*

마리의 병을 치른 후 P.는 클라망스식의 히스테리를 일으킨다(난 아무것도 사랑하는 것이 없어…….), 그렇게 되자 전락에 응답하는 것은 J. (혹은 그르니에)이다.

*

어머니와 세계를 대립적으로 놓고 볼 것(비행기, 한데 이어지는 가장 먼 두 나라).

*

변호사가 된 피에르. 그것도 이브통[1]의 변호사.

*

「우리가 정직하고 자랑스럽고 강하듯이…… 만약 우리에게 신앙이, 신이 있었다면 그 무엇도 우리를 손상시키지는 못했을 것이다. 그러나 우리에겐 아무것도 없었으니 모든 것을 다 배워야 했고 그 자체의 과실을 지닌 대로나마 명예를 위해서 살 수밖에 없었다…….」

1 어떤 공장에다가 폭탄 장치를 했던 공산당 행동 대원. 알제리 전쟁 중에 처형당함.

*

그것은 〈동시에〉 한 세계의 종말의 역사 — 그 빛의 세월에 대한 그리움이 어른거리는 — 이기도 했을 것이다.

*

필립 쿨롱벨과 티파사의 큰 농장. 장과의 우정. 비행기를 타고 그 농장 머리 위에서 죽은 그. 옆구리에 조종간이 와 박히고 얼굴은 계기판에 으깨진 그를 발견. 유리 조각이 뿌려진 피의 범벅.

*

제목: 유목민들. 이사로 시작하여 알제리 땅에서의 철수로 끝낸다.

*

두 가지 열광: 가난한 여자와 이교(異教) 문명의 세계(지성과 행복).

*

모두가 피에르를 사랑한다. J.의 성공과 교만이 그에게 친밀감을 불러일으키는 것이다.

*

린치 장면: 네 명의 아랍인들이 케수 밑에 던져져 있다.

*

그의 어머니는 그리스도〈이다〉.

*

다른 사람들을 통해서, 그들 모두가 그리는 서로 모순된 초상을 통해서 J.에 대하여 말하고 그를 이끌어 들이고 그를 소개한다.

교양 있고, 스포츠에 능하고, 방탕하고, 고독하고, 최고의 친구이고, 악질이고, 흠 잡을 데 없을 만큼 진실하고 등등.

〈그는 누구를 좋아하는 법이 없다〉, 〈그보다 더 너그러운 마음씨를 가진 사람은 없을 거다〉, 〈싸늘하고 냉담하다〉, 〈진정 어린 사람이고 열정적이다〉, 모두가 그를 정력적이라고 여긴다. 항상 누워서 지내는 그만 빼고.

이런 식으로 인물을 〈키울 것〉.

그가 말을 할 때: 「나는 나의 순수성을 믿기 시작했다. 나는 황제였다. 나는 모든 것, 모든 사람들 위에 군림했고 그들은 내 마음대로였다(등등). 그러다가 내겐 사랑을 할 만한 충분한 인성이 없다는 것을 깨달았고 그래서 자신에 대한 혐오감으로 죽을 지경이었다. 이윽고 나는 남들도 진정으로 사랑을 하는 것은 아님을, 다만 대충 다른 사람들처럼 되어야 한다는 것을 인정하게 되었다.

그러다가 그게 아니다, 충분히 위대해지지 못한 것은 오직 내 잘못이므로 위대해지는 기회가 주어지기를 기다리는 동안은 실컷 절망하자 하고 결심했다.

다시 말해서 나는 황제가 될 때를, 그리고 그것을 즐기지 않을 때를 기다리고 있다 이런 얘기다.」

*

또는:

진실을 가지고 — 〈알면서〉 — 살 수는 없는 법, 그렇게 하는 사람이 있다면 그는 다른 사람들과 갈라서는 것이어서 그들의 환상을 조금도 나누어 가지지 못한다. 그는 괴물이다 — 내가 바로 그렇다.

*

막심 라스테유: 1848년 식민들의 고난. 몽도비 —
몽도비의 역사를 삽입한다?
예 1) 무덤 귀향과 몽도비에서의 〔 〕[1]
1 반복) 1848년의 몽도비 → 1913.

*

그의 스페인적인 면　　　소박함과 관능
정력과 허무.

*

J.: 「아무도 내가 치른 고통은 상상하지 못할 것이다……. 사람들은 큰일을 한 사람들에게 경의를 표한다. 그러나 자신들의 처지에도 불구하고 가장 가증스러운 죄를 짓지 않고 참을 수 있었던 사람들에게 더 높은 경의를 표해야 할 것이다. 그렇다, 나에게 경의를 표하라.」

*

공수 부대 장교와의 대화:

— 넌 말을 너무 잘하는군. 옆방에 가서도 네 혓바닥이 여전히 그렇게 잘 매달려 있는지 어디 좀 보자.

— 좋소, 하지만 당신이 사람을 만나 본 것 같지 않기에

1 판독 불가능한 한 단어.

하는 말인데, 미리 알려 둘 게 있소. 똑똑히 들으시오. 당신 말대로 옆방에 가서 벌어질 일에 대해서는 당신에게 책임이 있는 걸로 간주하겠소. 내가 굻지 않으면 별일 없을 거요. 다만, 언젠가 기회가 오면 난 사람들이 많이 보는 데서 당신의 낯짝에 침을 뱉겠소. 그렇지만 만약에 내가 굻어서 이 위기를 모면하게 된다면 그게 1년 뒤가 될지 20년 뒤가 될지 모르겠으나 난 당신을 죽이겠소, 개인적으로 당신을.

— 이 친구 잘 다뤄라, 독한 놈이다 하고 장교가 말했다.[a]

*

J.의 친구는 〈유럽이 가능해지도록〉 자살한다. 그런데 유럽을 〈만들자면〉, 고의적인 희생자가 필요하다.

*

J.는 동시에 여자 넷을 거느린다. 그래서 〈텅 빈〉 삶을 산다.

*

C. S.: 사람의 영혼이 너무 심한 고통을 받으면 불행에의 갈구가 생겨서 그것이…….

*

콩바 지하 운동사 참조.

*

옆자리 사람의 라디오에서 어리석은 이야기들이 흘러나올 때 병원에서 죽는 암고양이.

a (그는 비무장 상태로 그자를 우연히 만나게 되자 결투를 〔신청했다〕).

— 심장병. 방랑성 사망. 「만약 내가 자살한다면 적어도 내가 주도권을 갖는 거지.」

*

「너만이 내가 자살했다는 걸 알 거야. 넌 내 원칙을 아니까. 난 자살을 혐오했어. 자살이 〈다른 사람들〉에게 한 짓 때문에. 구태여 자살을 해야 한다면 분장을 시켜야 해. 관대한 마음씨 때문이지. 왜 이런 말을 하느냐고? 왜냐하면 넌 불행을 좋아하니까. 이건 너한테 주는 선물이야. 맛있게 음미하라고!」

*

J.: 넘쳐 나는, 늘 새로운 생명력, 존재와 경험의 다양함, 새롭게 갱신하는 힘, 〔충동〕의 힘 (로페) —

*

끝. 그녀는 마디가 굵은 두 손을 그에게로 쳐들어 그의 얼굴을 쓰다듬었다: 「네가 제일 큰 사람이야.」 그의 두 눈 속에 (약간 지쳐 보이는 눈썹 언저리에) 어찌나 지극한 사랑과 찬미가 담겨 있었는지 그의 내면에 있는 어떤 존재 — 진실을 알고 있는 그 — 가 역정을 냈다……. 잠시 후 그는 그녀를 자신의 품에 안았다. 가장 꿰뚫어 볼 줄 아는 그녀가 그를 사랑하니 받아들이지 않으면 안 된다. 그리고 그 사랑을 인정하기 위해서도 그는 자기 자신을 조금은 사랑하지 않으면 안 되었다…….

*

무질Musil의 주제: 오늘날의 세계 속에서 정신의 구원을 찾는 것 — D: 『악령』 속에 나타난 〔사귐〕과 이별.

*

고문. 연대감에 의한 고문자. 나는 지금까지 어떤 인간에게도 가까이 갈 수 없었다 — 이내 우리는 팔꿈치를 맞댄 가까운 사이이다.

*

기독교적인 상태: 순수한 감각.

*

책은 미완성 상태로 〈남겨 두어야 한다〉. 예: 〈그리하여 그를 싣고 프랑스로 돌아오는 배 위에서…….〉

*

질투가 나면서도 그렇지 않은 척하면서 사교적인 인물 노릇을 한다. 그러다가 정말로 질투가 없어져 버렸다.

*

마흔 살이 되어, 그는 누군가 자기에게 갈 길을 가르쳐 주고 나무람이나 칭찬을 해줄 사람이, 어떤 아버지가 필요하다는 것을 인정한다. 권력이 아니라 권위가.

*

X는 어떤 테러리스트가 ……에게 총을 쏘는 것을 본다. 그는 그가 어두운 거리에서 자기 등 뒤로 뛰어오는 소리를 들으면서 가만히 있다가 갑자기 돌아서서 발을 걸며 그를 넘어뜨린다. 그는 무기를 집어 들고 상대를 겨누다가 그래도 차마

그를 넘겨줄 수는 없다는 생각에 그를 으슥한 골목으로 데리고 가서 자신의 저 앞쪽으로 도망가게 하고는 총을 쏜다.

*

수용소에 갇힌 젊은 여배우: 한 가닥 풀잎, 광재들뿐인 그곳에서 처음 본 풀잎, 그리하여 저 날카로운 행복의 감각. 비참하면서도 즐거운. 훗날 그 여자는 장을 사랑한다 — 그가 〈순수〉하기 때문에. 나? 난 너의 사랑을 받을 자격이 없어. 바로 그러니까. 타락했다 하더라도 사랑의 충동을 불러일으키는 사람들은 이 세상의 왕이며 이 세상을 정당화해 주는 사람들이다.

*

1885년 11월 28일: C. 뤼시앵이 우레드파이예에서 출생: C. 밥티스트(마흔세 살)와 코르므리 마리(서른세 살)의 아들. 1909년 (11월 13일) 생테스 카트린 양(1882년 11월 5일생)과 결혼. 1914년 10월 11일 생브리외에서 사망.

*

마흔다섯 살에 생년월일을 비교해 보다가 자기의 형이 결혼 2개월 만에 출생했다는 사실을 발견한다. 그런데 조금 전에 그 결혼식 날 얘기를 할 때 삼촌은 날씬하던 신부의 웨딩드레스 운운했으니…….

*

가구들을 잔뜩 겹쳐 쌓아 놓은 이사 간 낯선 집 방 안에서 둘째 아들을 받아 준 것은 어떤 의사였다.

*

그 여자는 7월 14일에 세이부즈 강의 모기한테 물려 퉁퉁 부어오른 아이를 안고 떠난다. 8월, 징집. 남편은 알제에 있는 자기 부대로 직접 출두한다. 그는 어느 날 저녁 몰래 도망나와서 그의 두 아이에게 키스를 해주고 떠난다. 그 후 다시는 그를 보지 못하다가 사망 통지를 받게 된 것이다.

*

어떤 식민은 자기 땅에서 추방당하게 되자 포도밭을 뒤엎어 버리고 소금기 있는 물을 다시 그 밭으로 흘러들게 한다…….
「우리가 여기 와서 해놓은 것이 죄라니 지워 버려야지…….」

*

엄마(N.에 대하여): 네가 〈합격〉하던 날 — 〈네가 보너스를 받아 오던 날〉.

*

크리클린스키와 금욕적인 사랑.

*

그는 자기가 금방 정부로 삼은 마르셀이 이 나라의 불행에 대하여 아무 관심을 보이지 않는 것에 놀란다. 〈이리 와봐요〉 하고 그녀가 말한다. 그녀가 어떤 문을 연다: 아홉 살 먹은 그의 아들 — 감옥 안에서 운동 신경이 마비된 채 태어남 — 전신 마비로 말을 못 하고 얼굴의 왼쪽 반이 오른쪽 반보다 〈높다〉. 그래서 먹여 주고 씻어 주어야 한다. 그는 다시 문을 닫는다.

*

그는 자기가 암에 걸린 것을 알지만 안다는 말을 하지 않는다. 다른 사람들은 그가 연극을 한다고 믿는다.

*

제1부: 알제, 몽도비. 그리고 그는 자기 아버지 이야기를 해주는 어떤 아랍인을 우연히 만난다. 그와 아랍인 노동자들과의 관계.

*

J. 두에: 수문(水門).

*

전쟁에 나간 베랄의 죽음.

*

그가 Y.와 관계했다는 것을 알게 된 F.의 울부짖는 소리: 「나도 예쁘다고.」 그러자 Y.가 소리 지른다: 「누가 좀 와서 나 좀 데려가 주시오.」

*

그런 사건이 있고 난 뒤, 훨씬 뒤, F.와 M.은 서로 만난다.

*

그리스도는 알제리에 착륙한 적이 없다.

*

그가 그녀에게서 받은 첫 편지와 그녀의 손으로 쓴 자신의 이름을 보며 느끼는 감정.

*

이상적으로 생각할 때 이 책이 처음부터 끝까지 어머니에게 쓴 것이라면 — 오직 맨 마지막에 가서야 그녀가 글을 읽을 줄 모른다는 사실을 독자들이 알게 된다면 — 그렇다, 바로 그것일 것이다.[a]

*

그가 이 세상에서 가장 원하는 것, 즉 그의 어머니가 자기의 생명이요 삶인 그 모든 것을 읽어 주었으면 하는 것, 그것은 불가능한 일이었다. 그의 사랑, 그의 유일한 사랑은 영원히 벙어리일 것이다.

*

그 가난한 가족들을 아무런 흔적도 남기지 않은 채 역사 속에서 사라져 버리는 가난한 사람들의 운명에서 벗어나게 하는 것. 벙어리들.

그들은 나보다 더 위대했고 더 위대하다.

*

처음 태어나던 날 밤에서부터 시작할 것. 제1장, 그리고 제2장: 35년 후 어떤 사람이 생브리외 역에 도착하여 기차에서 내린다.

a T. I. 밑줄로 강조.

*

내가 아버지처럼 여겼던 Gr[1]가 나의 진짜 아버지가 죽어서 묻혀 있는 곳에서 태어났다.

*

마리와 피에르. 처음부터 그는 그녀를 가져 버릴 수가 없었다: 〈그랬기 때문에〉 그는 그녀를 사랑하기 시작했다. 반대로 J.와 제시카의 경우, 즉각적인 행복감. 그랬기 때문에 그는 그녀를 진정으로 사랑하는 데 시간이 걸렸다 — 그녀의 육체가 그녀를 가리고 있었기 때문이다.

*

고원 지대로 지나가는 영구차 〔피가리〕.

*

독일 장교와 어린아이 이야기: 목숨을 바쳐야 할 정도로 가치가 있는 것은 아무것도 없다.

*

『키예』 사전의 책장들: 그 냄새, 도판들.

*

통 공장의 온갖 냄새들: 대팻밥이 톱밥보다 냄새가 더 〔 〕[2] 하다.

1 장 그르니에.
2 판독할 수 없는 한 단어.

*

장, 그의 끊임없는 불만.

*

그는 〈청소년〉 일 때 〈혼자 자기 위해서〉 집을 나간다.

*

이탈리아에서 종교를 발견: 예술을 통해서.

*

제1장의 끝: 그동안 유럽은 대포를 원조해 주고 있었다. 그 대포들은 6개월 뒤에 터졌다. 어머니는 네 살짜리 아이의 손을 잡고, 세이부즈의 모기한테 물려서 퉁퉁 부은 다른 아이는 팔에 안고 알제에 도착했다. 그들은 가난한 동네의 방 세 칸짜리 집에 들어 있는 할머니 댁으로 들어섰다. 「어머니, 저희들을 거두어 주셔서 감사합니다.」 꼿꼿하고 눈이 맑고 모진 할머니는 그녀를 쳐다보며 말했다. 「얘야, 일을 해야 먹고 살지.」

*

엄마: 마치 무식한 뮈쉬낀처럼. 그녀는 그리스도의 생애를 알지 못한다. 아는 것은 십자가에 못 박힌 것뿐이다. 그렇지만 그녀보다 그리스도에 더 가까운 사람이 누가 있겠는가?

*

어느 날 아침 어느 시골 호텔 마당에서 M.을 기다리다가. 그 행복감. 잠정적인 것, 불법인 것 속에서밖에는 느껴 보지 못했던 그 행복의 감정은 불법이기 때문에 결코 지속되지 못했고 대개의 경우 심지어 그의 기분을 망쳐 놓기까지 했었다. 바로 지금처럼, 아침의 가벼운 빛 속에, 아직도 이슬이 반짝이는 달리아 꽃들 가운데서 순수한 상태로 다가드는 아주 드문 경우의 행복감만이 예외인 것이다.

*

XX.의 이야기.

그 여자가 찾아와서 억지를 쓴다. 〈난 자유야〉 등등. 해방된 몸이라는 쇼를 한다. 그러더니 벌거벗고 침대에 들어가 누워서 어떻게든 해보려고 한다……. 결국 좋지 못한 〔 〕[1] 불쌍한 사람.

그 여자는 남편 — 절망한 — 을 떠난다. 남편이 이쪽 남자에게 편지를 쓴다: 〈책임은 당신에게 있소. 계속해서 그 여자를 만나 주시오. 안 그러면 여자는 죽을 거요.〉 과연 분명한 실패: 절대(絶對)에 반해 버렸으니, 이 경우에는 불가능한 것을 키워 보려고 애쓰는 법 — 그리하여 여자가 자살한다. 남편이 찾아온다. 「내가 왜 왔는지 아시겠지요 — 네 — 좋아요. 선택하시오, 내가 당신을 죽이든가 아니면 당신이 나를 죽이든가 — 아니오, 선택하는 짐도 당신이 지시오 — 그럼 죽여 주시오.」 사실 희생자에게 진정으로 아무 책임이 없는 진퇴양난의 전형적인 경우. 그러나 아마도 그 여자는 다른 그 무엇에 책임이 있을 텐데 거기에 대해서 대가를 치르지 않은 것이다. 바보 같은 짓.

*

1 판독 불가능한 한 단어.

XX. 그 여자는 속에 파괴와 죽음의 정신을 가지고 있다. 그녀는 하느님에게 〔바쳐진〕 몸.

*

어떤 나체주의자: 음식, 공기 등등에 대하여 끊임없이 의심을 가지는 상태.

*

점령된 독일:

안녕히 가세요, 오피처 씨

안녕히 가세요, 하고 J.는 문을 닫는다. 자기 자신의 목소리 톤에 놀란다. 그리고 그는 상당수의 정복자들은 오직 정복하고 점령하기가 민망할 때만 그런 목소리를 낸다는 것을 깨닫는다.

*

J.는 존재하지 않고 싶다. 실제로 그렇게 하여, 이름을 버리고 등등.

*

인물: 니콜 라드미랄.

*

아버지의 〈아프리카적〉 슬픔.

*

끝 장면. 자신의 아들을 생브리외로 데리고 간다. 작은 광장에서 서로 마주 보고 선다. 아버지는 어떻게 살아 있는 거죠? 하고 아들이 그에게 말한다. 뭐라고? 네, 아버지는 누구냐고요. 등등. (행복해져서) 그는 자기의 주위에서 죽음의 그림자가 진정하는 것을 느낀다.

*

V. V. 이 시대, 이 도시, 이 나라의 우리네 남자 여자들은 서로 껴안다가 내쳤다가 또다시 받아들였다가 마침내 헤어졌다. 그러나 그동안에도 우리는 함께 싸우고 함께 고통받아야 하는 사람들 특유의 기막힌 이심전심으로 서로 도와 가면서 살았다. 아! 그런 것이 사랑이야 — 모두를 위한 사랑.

*

마흔 살이 되어, 그동안 살아오면서 줄곧 식당에 가면 피가 줄줄 흐르는 상태로 고기를 덜 익게 구워 달라고 주문해 왔었는데 이제야 사실은 자신이 덜 구운 고기가 아니라 잘 구워진 상태의 고기를 좋아한다는 사실을 알아차렸다.

*

일체의 기교와 형식에 대한 관심으로부터 자유로워질 것. 매개를 통하지 않은 직접적인 접촉, 그러니까 순진무구함을 되찾을 것. 여기서 기교를 잊어버린다는 것은 〈바로 자기 자신을 잊어버리는 것〉이다. 덕망 있기 위하여 자기를 버리는 것이 아니라 반대로 자신의 지옥을 받아들일 것. 한층 나은 것을 원하는 사람은 자기를 더 좋아하고, 즐기고자 하는 사람은 자기를 더 좋아한다. 오직 그 결과와 더불어 〈오는 것〉을 받아들이는 사람만이 있는 그대로의 자기를, 자신의 자아를 버린다. 그러므로 그 사람이 직결되어 있는 상태인 것이다.

2차적 의미의 저 순진성을 통하여 고대 그리스 인들의 위대함 혹은 러시아 대가들의 위대함을 되찾을 것. 두려워하지 말 것. 아무것도 두려워하지 말 것……. 그렇지만 누가 와서 나를 도와줄 것인가?

*

오늘 오후 그라스에서 칸으로 가는 길 위에서 어떤 믿을 수 없는 열광 속에서, 그리고 여러 해 동안의 관계를 맺어 오고 난 뒤에 돌연 그가 제시카를 사랑하고 있다는, 마침내 사랑한다는 사실을 발견했을 때 그리하여 이 세상의 그 나머지 것은 그녀에게 비긴다면 그림자 같은 것으로 변할 때.

*

내가 지금까지 말로 하고 글로 쓴 그 어느 것 속에도 나는 없었다. 결혼을 한 것도 내가 아니고 아버지가 된 것도 내가 아니고…….

*

알제리의 식민지 개척에다가 〈주워 온 아이들〉을 투입하기 위한 많은 보고서들. 그렇다, 여기 있는 우리는 모두가.

*

벨쿠르에서 총독부 광장까지 가는 전차. 앞쪽에 전차 운전수와 운전 손잡이들.

*

나는 어떤 괴물의 이야기를 할까 한다.
내가 지금부터 하려는 이야기는…….

*

엄마와 역사: 사람들이 그녀에게 스푸트니크에 대한 소식을 전하니까: 「아이고, 난 저 위에 가 있고 싶진 않아!」

*

〈뒷걸음질 치는〉 장(章). 인질로 잡힌 카빌리아 마을. 무력화된 군인 — 수색, 등등, 그리하여 차츰차츰 식민지 개척의 첫 번째 총성이 울릴 때까지. 그러나 왜 거기서 그친단 말인가? 카인이 아벨을 죽였다. 기술적인 문제: 단 하나의 장 혹은 대위적 선율?

*

라스테유: 턱수염이 수북이 나고 희끗희끗한 구레나룻의 식민.

그의 아버지: 포부르 생드니의 목수; 그의 어머니: 고급 의복 세탁공.

사실 수많은 파리 출신 식민들(그리고 그중 많은 사람들이 48년 혁명에 가담했다). 많은 파리의 실직자들. 제헌 의회는 〈해외 이주단〉을 파견하기 위하여 5천만 프랑의 예산을 가결했다.

각 식민 한 사람마다:

주택
2 내지 10 헥타르의 땅
종자, 작물 등등
배급 식량

철도는 없음(리옹까지밖에 가지 않았다). 그래서 운하를 이용 — 예선마들이 끄는 거룻배를 타고 — 「라 마르세예즈」,

「출발의 노래」, 사제의 축도, 〈몽도비〉를 위하여 만든 깃발.

각각 백에서 백 50미터짜리 거룻배 여섯 척. 거적때기 위에 자리 잡고. 여자들은 각자 돌아가면서 침대 시트를 붙잡고 있으면 그 뒤에서 속옷을 벗고 갈아입었다.

거의 한 달 가까운 여행.

*

마르세유에서, 큰 라자레 호(천 5백 인승)를 타고 일주일 동안. 그다음에는 바퀴 달린 낡은 쾌속 범선 〈라브라도르〉로 갈아타다. 미스트랄 바람이 부는 가운데 출발. 다섯 낮 다섯 밤 — 모두들 병이 든 채.

본 — 모든 주민들이 식민들을 환영하려고 부두에 나오다.

선복(船腹)에 쌓아 두었던 물건들을 잃어버리고.

본에서 몽도비까지(군용 수송차를 타고, 여자들과 아이들에게 자리와 숨 쉴 공기를 내주기 위하여 남자들은 도보로) 〈길이 없는 곳〉. 얼른 보기에 소택지의 들 아니면 잡목 숲, 카빌리아의 개 떼들 짖어 대는 가운데 아랍인들은 매서운 눈으로 쳐다보고 — 48년 12월 8일.[1] 몽도비라는 곳은 있지도 않았다. 군용 텐트들. 밤이면 여자들은 울어 댔다 — 텐트 위에 8일 간 내리는 알제리의 비, 그리하여 사막의 강들이 범람하다. 아이들은 텐트 안에서 용변을 본다. 목수가 가구들을 보호하기 위하여 가벼운 움막을 짓고 침대 시트로 덮었다. 세이부즈 강에서 속 빈 갈대들을 잘라 와서 아이들이 안에서 밖으로 용변을 보게 했다.

〈텐트 속에서 4개월〉 그러고 나서 판자로 가건물을 짓다; 2중의 가건물 한 채에 〈여섯 가구〉 거주.

1 저자가 동그라미를 친 부분.

49년 봄에: 이르게 온 더위. 사람들이 가건물 안에서 익는다. 학질과 다음에는 콜레라. 하루에 여덟 명에서 열 명씩 죽어 나간다. 목수의 딸 오귀스틴이 죽고 그의 아내가 죽다. 장인도 역시. (그들을 응회암 층에다 매장.)

의사의 처방전: 피를 덥히도록 〈춤을 추시오〉.

그래서 그들은 장례식 사이사이에 서투른 바이올린 악사의 연주에 맞추어 춤을 추었다.

불하된 땅은 1851년에야 분배되었다. 아버지는 죽고 로진과 외젠만 홀로 남다.

세이부즈 강 지류에 빨래를 하러 가려면 군인들의 호위를 받아야 했다.

성벽 건설 + 군대가 요새 구덩이를 파다. 조그만 집들과 정원, 그들은 스스로의 손으로 지었다.

마을 주변에 대여섯 마리의 사자가 짖어 대다(갈기가 검은 색인 누미디아의 사자). 자칼. 산돼지. 하이에나. 표범.

마을 공격. 가축 도적질. 본과 몽도비 사이에서 수레 하나가 진흙에 빠지다. 여행자들이 도와줄 사람들을 찾아서 나가고 임신한 젊은 여자 하나만 남았다. 돌아왔을 때 여자는 배가 갈리고 젖이 잘려 있었다.

최초의 교회, 벽토를 바른 네 벽, 의자도 없이 몇 개의 벤치.

최초의 학교: 긴 막대기와 나뭇가지로 만든 오막살이. 세 자매.

땅: 여기저기 흩어진 자투리땅, 어깨에 총을 메고 땅을 갈다. 저녁이 되어야 마을에 돌아오다.

지나가던 3천 명의 프랑스 군인 부대가 밤에 마을을 약탈.

51년 6월: 폭동. 마을 주위에 두건 달린 외투를 입은 수백 명의 기병들. 대포처럼 보이라고 난로 연통들을 조그만 성벽들 위에 설치하다.

*

실제로 파리 사람들이 들에서: 많은 사람들이 오페라 모자를 쓰고 비단옷을 입은 부인들을 거느리고 들에 나갔다.

*

시가는 금지. 오직 뚜껑 달린 파이프만 허용됨(화재 위험 때문에).

*

54년에 건축한 집들.

*

콩스탕틴 현에서 식민의 3분의 2가 거의 곡괭이나 쟁기는 만져 보지도 못한 채 죽었다.

식민들의 옛 공동묘지, 엄청난 망각![1]

*

엄마. 사실은, 나의 모든 사랑에도 불구하고 나는 저 말 한마디 없고 아무런 계획도 없는 맹목적인 인내의 차원에서는 살 수가 없었다. 나는 엄마의 무지한 삶을 살 수는 없었다. 그래서 나는 이 세상을 돌아다니며 건설했고 창조했고 사람들의 마음에 불을 붙였다. 그러나 나의 날들은 넘치도록 가득 찼지만 그 무엇도 내 마음을 그처럼 가득 채우지는 못했다.

*

1 〈엄청난 망각〉에 저자가 동그라미를 쳐놓았음.

그는 자기가 다시 떠나고, 또다시 속고, 알고 있던 것을 잊어버리리라는 것을 알고 있었다. 그러나 그가 알고 있었던 것은 바로 그의 삶의 진실이 거기 그 방 안에 있다는 것이다. 도대체 누가 자신의 진실을 가지고 살 수 있겠는가? 그러나 그 진실이 거기에 있다는 것을 아는 것으로 충분하고, 마침내 그 진실을 아는 것으로, 그리고 그것이 자신의 내면에서 죽음과 대면하고 있는 은밀하고 말 없는 어떤 열정에 자양을 공급하고 있음을 아는 것으로 충분하다.

*

삶 끝에 이른 엄마의 기독교. 가난하고 불행하고 무지한 여자 〔 〕[1] 그에게 스푸트니크를 가리켜 보인다? 십자가가 그녀를 지탱해 주기를!

*

72년 아버지 쪽 집안이 자리를 잡을 때 물려받은 것은

— 파리 코뮌,

— 71년 아랍인 폭동(미티자에서 처음으로 죽은 사람은 어떤 학교 교사였다).

알자스 사람들이 〈폭도〉들의 땅을 차지한다.

*

시대의 여러 차원들

*

세계와 역사의 모든 〔 〕[2]에 대한 대위적 선율로서의 어머

1 판독 불가능한 한 단어.

2 판독 불가능한 한 단어.

니의 무지.

비르 아켐: 「먼 곳이야」 혹은 「저쪽」.

그녀의 종교는 시각적인 것. 그녀는 자기 눈으로 본 것을 해석하지 않은 채 안다. 예수는 고통이다, 그는 쓰러진다, 등등.

*

여성 전사.

*

진실을 되찾기 위하여 그의 〔 〕[1]를 쓴다.

*

제1부

유목민들

1) 이사 중에 출생. 6개월 후에 전쟁.[a] 어린아이. 알제, 밀짚모자를 쓰고 알제리 보병이 된 아버지가 공격에 참가하다.

2) 40년 후. 아들이 생브리외의 공동묘지에서 아버지 앞에 서다. 그는 알제리로 돌아간다.

3) 〈사변〉을 위하여 알제리에 도착. 조사. 몽도비로의 여행. 그는 아버지의 어린 시절을 다시 찾아낸다. 그는 자신이 최초의 인간[b]이라는 것을 알게 된다.

1 판독 불가능한 두 단어.

a 48년 몽도비.

b 1850년의 마온 사람들 — 72~73년의 알자스 사람들 — 14년.

제2부

최초의 인간

소년 시절: 주먹다짐

스포츠와 윤리

어른: (정치 활동 〈알제리〉, 레지스탕스)

제3부

어머니

여러 번의 사랑

왕국: 옛날 스포츠 게임 친구들, 옛 친구 피에르, 옛 스승 그리고 두 가지 서약 이야기.

어머니[1]

마지막 부에서 자크는 어머니에게 아랍인 문제, 혼혈 문명, 서양의 운명 등에 대하여 설명을 한다. 〈그래, 그래〉 하고 그녀는 말한다. 그리고 완전한 고백과 끝.

*

그 사람에게는 어떤 신비가 한 가지 있었다. 그가 해명하고자 하는 신비.

그러나 결국 사람들을 이름도 없고 과거도 없게 만드는 가난의 신비가 있을 뿐이다.

*

바닷가 모래밭에서의 젊은이들. 고함소리, 햇빛, 격렬한

1 이 대목 전체에 저자가 선을 둘러 놓았다.

노력, 암암리의 혹은 요란한 욕망으로 가득한 한나절을 보내고 난 후. 저녁이 바다 위로 내린다. 멍매기가 하늘 높이에서 울며 지나간다. 고통이 가슴을 죄어 온다.

*

결국 그는 엠페도클레스를 모범으로 삼는다. 혼자 사는 〔 〕[1] 철학자.

*

나는 여기서 같은 피와 있을 수 있는 모든 차이들에 의하여 맺어진 어떤 한 쌍의 이야기를 쓰고자 한다. 여자는 이 땅이 지닌 최고의 존재 같고 남자는 태연하게 괴물 같다. 남자는 우리들 역사의 모든 광기에 골고루 몸을 던진다: 여자는 마찬가지 역사를 마치 시대를 초월한 여자인 듯이 거쳐 간다. 여자는 대부분 말이 없고 자신의 마음을 표현하기 위하여 사용하는 말이 불과 몇 마디뿐이다. 남자는 끊임없이 말을 하지만 그 수천 마디의 말들 중에서 그 여자가 침묵들 중 어느 한 가지만 가지고도 말할 수 있는 것마저 찾아내지 못한다. 그들은 어머니와 아들이다.

*

어떤 어조로든 마음대로 말할 수 있는 자유.

*

지금까지 모든 희생자들과 연대 의식을 가지고 있었던 자크가 지금은 자기도 가해자들과 연대되어 있다는 것을 인정

1 판독 불가능한 한 단어.

한다. 그의 슬픔. 의미 규정.

*

자기 자신 삶의 관객으로 살 필요가 있다. 거기에다가 그 삶을 완성해 주는 꿈을 보태기 위하여. 그러나 우리가 살아가는 동안 다른 사람들은 우리들의 삶을 꿈으로 꾼다.

*

그는 그 여자를 바라보고 있었다. 모든 것이 정지했고 시간이 불꽃을 튀기면서 전개되고 있었다. 마치 영화 상영 중에 무슨 고장으로 영상이 없어지고 어두운 홀 안에는 오로지 텅 빈 스크린을 앞에 두고 기계 돌아가는 소리밖에 들리는 것이 없을 때처럼…….

*

아랍인들이 파는 재스민 꽃 목걸이들. 노랗고 흰 〔 〕[1] 향기로운 꽃으로 된 구슬. 목걸이는 빨리 시들고 〔 〕[2] 꽃들은 노랗게 변하지만 〔 〕[3] 가난한 방 안에 향기는 오래 남는다.

*

마로니에 꽃의 하얀 꽃주머니가 공중에 온 사방 떠 있는 파리의 5월 한나절들.

*

그는 자기의 아내와 아이, 그 선택이 자신에게 달려 있지

1 판독 불가능한 여섯 단어.
2 판독 불가능한 두 단어.
3 판독 불가능한 두 단어.

않은 모든 것을 사랑했다. 그러니 결국 모든 것에 저항했고 모든 것을 다시 문제 삼았던 그가 한번도 필연적인 것 이외에는 사랑해 본 적이 없는 것이다. 운명이 그에게 부과한 존재들, 그의 눈에 비친 그대로의 세계, 삶에 있어서 그가 피하지 못한 모든 것, 병, 사명, 명예 혹은 가난, 그리고 끝으로 그의 별. 그 나머지, 즉 그가 선택하지 않으면 안 되었던 모든 것에 대해서는 억지로 사랑하려고 애를 썼다. 그건 사랑과는 다른 것이다. 물론 그는 황홀감, 정념, 심지어 애정의 순간까지도 경험한 것이 사실이다. 그러나 매 순간은 다른 순간으로, 존재 하나하나는 다른 존재들에게로 그를 내던졌고 그리하여 결국 그는 자신이 선택한 것은 하나도 사랑하지 않은 결과가 되었다. 예외가 있다면 여러 가지 상황들 때문에 조금씩 그에게 부과되어 우연과 동시에 의지에 의하여 지속된 결과 마침내 필연으로 변한 것, 즉 제시카가 있을 뿐이다. 진정한 사랑은 선택도 아니고 자유도 아니다. 마음은, 특히 마음은 자유로운 것이 아니다. 그것은 불가피성이며 불가피성의 인식이다. 그런데 그가 진정 마음 깊은 곳으로부터 사랑한 것은 불가피성뿐이었다. 이제 그에게 남은 것은 자기 자신의 죽음을 사랑하는 것뿐이다.

*

[a]내일 6억의 황인종, 수십 억의 황인종, 흑인종, 각종 유색인종들이 유럽의 해안에 밀어닥칠 것이다……. 그리고 잘하면 유럽을 〈개종시킬 것이다.〉 그렇게 되면 그에게 그리고 그와 닮은 모든 사람들에게 지금까지 가르쳐 준 모든 것들, 또 그가 그의 인종의 인간들에 대하여 배운 모든 것, 그가 목표

a 그는 낮잠을 자다가 이런 꿈을 꾸었다.

로 삼아 지금까지 살아온 모든 가치들은 무용한 것이 되어 죽어 버릴 것이었다. 이제 과연 가치 있는 것이 무엇이겠는가?…… 그의 어머니의 침묵. 〈그는 그녀 앞에서 자신의 무기를 버렸다.」

*

M. 열아홉 살. 그때 남자는 서른 살이었다. 그때 그들은 둘 다 알려지지 않은 존재들이었다. 그는 시간을 거슬러 올라갈 수는 없으며 사랑하는 사람의 과거와 그가 한 일, 당한 일을 막을 수는 없다는 것을 이해한다. 사람은 자신이 선택한 그 무엇도 소유하지 못한다. 태어날 때의 첫 울음소리에서부터 선택을 해야 마땅할 것인데 못 그러니 말이다. 우리는 헤어진 채 태어난다. 어머니만이 예외다. 사람은 필요한 것만을 소유한다. 그래서 그것으로 다시 돌아오고 거기에(노트를 볼 것) 순종해야 한다. 그러나 얼마나 대단한 향수와 얼마나 대단한 회한이 있는가!

포기해야 한다. 아니, 불순한 것을 사랑하는 것을 배워야 한다.

*

결국 그는 어머니에게 용서를 빈다 — 왜 너는 좋은 아들이었니? — 그러나 그 모든 나머지 것들 때문에 그녀는 그녀만이 용서할 수 있다는 것을 알지도 상상하지도 〔 〕[1] 못한다.

*

순서를 뒤집어 놓았으니 젊었을 때의 제시카를 보여 주기

1 판독 불가능한 한 단어.

〈전에〉 나이 든 그녀를 보여 줄 것.

*

그는 M.이 한번도 남자를 안 적이 없기 때문에, 그리고 그 점에 매혹당했기 때문에 그녀와 결혼했다. 요컨대 그는 자신의 결함 때문에 그녀와 결혼한 것이다. 그는 나중에야 시중을 들어 본 여자들을 사랑하는 법을 배울 것이다 — 다시 말해서 — 삶의 끔찍한 필연성을 사랑하는 것을 배울 것이다.

*

14년 전쟁에 대한 장. 우리 시대의 알을 품는 닭. 어머니의 눈으로 본 전쟁? 프랑스도 유럽도 세계도 알지 못하는 어머니. 포탄의 파편도 통짜 포탄인 줄 아는 어머니.

*

어머니에게 발언권을 주는 장들을 교차시킴. 동일한 사건들을 4백 단어 안짝의 그녀의 어휘로 해석.

*

요컨대 나는 내가 사랑했던 사람들에 대하여 이야기하겠다. 오직 그 이야기만을. 심오한 기쁨.

*

[a] 사독:

1) — 아니 왜 그런 식으로 결혼을 하는 거지, 사독?

a 이 모든 것을 서정적 〔체험이 아닌〕, 정확히 말해서 사실적이 아닌 스타일로.

— 그럼 프랑스식으로 결혼을 해야 옳다는 건가?

— 프랑스식이든 다른 식이든! 왜 자기도 어리석고 잔혹하다고 생각하는 전통에 억지로 따르려는 거지?[a]

— 왜냐하면 우리 민족은 그 전통에서 정체성을 찾으니까, 그밖에 아무것도 가진 게 없고 거기에 고정되어 있고 또 그 전통을 버린다는 것은 곧 민족을 버리는 거니까. 그렇기 때문에 난 내일 그 방으로 들어가서 알지도 못하는 여자의 옷을 벗기고 총소리가 요란한 속에서 그녀를 강간할 거라고.

— 좋아, 그럼 그동안 수영이나 하러 가지.

2) — 그래서?

— 그 사람들은 지금 당장은 반파시스트 전선을 튼튼히 해야 되며 프랑스와 러시아는 함께 방어해야 한다고 했어.

— 각자 자기 나라에 정의를 실현하면서 방어할 수는 없는 건가?

— 그들은 그런 건 나중 일이고 우선은 기다려야 한다고 했어.

— 여기서 정의는 기다릴 형편이 못 돼, 너도 알다시피.

— 그들은 만약 여러분이 기다리지 못하면 객관적으로 파시즘에 봉사하게 된다고 말했어.

— 그렇기 때문에 너희 옛 동지들한테는 감옥이 좋은 곳이지.

— 그들은 그 점 유감스럽지만 달리 어떻게 할 수가 없다고 했어.

— 그들은 말했어, 그들은 말했어, 그리고 너는 아무 말이

a 프랑스 사람들이 옳아. 그런데 그들의 옳음이 우리를 억압하는 거야. 그렇기 때문에 나는 아랍인의 광기를, 억압받는 사람들의 광기를 선택하는 거지.

없는 거야.

— 난 말이 없어.

그는 그를 쳐다본다. 더위가 점점 심해진다.

— 그래서 넌 나를 배신하는 거야?

그는 〈넌 우리를 배신하는 거야?〉라고 하지 않았다. 그의 생각이 옳다. 배신은 육체, 개인 혼자만에 관계된 것이니까, 등등…….

— 아냐, 나 오늘 당을 떠날 거야…….

3) — 1936년을 기억해 봐.

— 나는 공산당을 위한 테러리스트가 아니야. 나는 프랑스 사람들에 대항하는 거야.

— 나는 프랑스 사람이야. 이 여자도 마찬가지고.

— 알고 있어. 당신들에겐 안됐지만.

— 그럼 넌 나를 배신하는 거군.

사독의 두 눈이 일종의 열기 같은 것으로 빛을 발했다.

*

결국 내가 시간적 순서에 따른다면 자크 부인과 의사는 몽도비의 첫 식민들의 후예가 될 것이다.

불평할 것 없어요. 이 땅에 처음 왔던 우리 조상들 생각을 좀 해보세요 하고 의사가 말했다.

*

4) — 그럼 마른 전투에서 죽은 자크의 아버지는? 그 이름 없는 삶에서 남은 건 뭘까? 아무것도 없다. 손에 만져지지 않는 추억 — 산불 속에 타 죽은 나비 날개의 가벼운 재 같은.

*

알제리 사람들의 〈두 가지〉 민족주의. 39년과 54년 (폭동) 사이의 알제리. 알제리의 의식, 최초의 인간의 의식 속에서 프랑스적 가치들은 무엇이 되었나. 두 세대의 연대기는 오늘의 드라마를 설명해 준다.

*

밀리아나의 여름학교, 아침저녁으로 들려오는 병영의 트럼펫 소리.

*

사랑들: 그는 그 여자들이 과거도 남자도 없기를 바랐다. 그가 만난 여자들 가운데 실제로 그러한 사람에게 그는 인생을 바쳤지만 자기 자신이 그녀에게 충실하지는 않았다. 그러니까 그는 여자들이 자기 자신 같지 않기를 바라는 것이었다. 그리하여 실제 그 자신의 됨됨이는 그가 자신을 닮은 여자들에게로 돌아가게 만들었고 그는 그 여자들을 사랑했고 미친 듯이 분노한 듯이 그들을 가졌다.

*

청소년 시절. 그의 삶의 힘, 삶에 대한 믿음. 그러나 그는 피를 토한다. 그러니까 인생이란 그런 것인 모양이다. 병원, 죽음, 고독, 저 부조리. 그래서 흩어져 없어지는 것. 그의 깊은 내면에는: 아니지, 아냐, 삶은 다른 거야.

*

칸에서 그라스로 가는 길 위에서의 계시…….

비록 그가 살아왔던 저 메마름으로 되돌아가지 않으면 안 된다 해도, 그는 자기의 생명, 자기의 마음, 한 번, 어쩌면 단 한 번, 그렇지만 한 번, 그가 다가가도록 되어 있는 온 존재의 감사를 바치리라는 것을 알 수 있었다.

*

마지막 부분을 이런 이미지로 시작할 것:

여러 해 동안 눈먼 노새가 참을성 있게, 매질과 사나운 자연, 햇빛, 파리 떼를 참고 또 참아 가며, 그 자리에서 맴도는, 얼른 보기에는 헛된 짓 같아 보이는 단조롭고 고통스러운 그 느린 전진으로 수차(水車) 주위를 도는데 물은 끊임없이 솟아오르고…….

*

1905년. L. C.[1]의 모로코 전쟁. 존재하고자 하고 집요하게 버티고자 하는 것 이외에는 완전히 본의 아닌. 고아원. 자기 아내와 하는 수 없이 결혼한 농장 노동자. 이리하여 자신의 뜻과 관계없이 이루어진 그의 삶 — 그러다가 전쟁이 그를 죽이고 만다.

*

그는 그르니에를 보러 간다: 「내가 인정했듯이 나 같은 사람들은 복종을 해야 돼요. 그런 사람들에겐 절박한 규칙, 동등이 필요해요. 종교라든가 사랑이라든가 등등: 나한테는 불가능한 것이지만. 그래서 나는 당신에게 복종하기로 결심했어요.」 그 뒤에 따르는 것(단편 소설).

1 필시 아버지 뤼시앵 카뮈Lucien Camus일 듯.

*

결국 그는 그의 아버지가 어떤 사람인지 알지 못한다. 그러나 그 자신은 어떤 사람인가? 제2부.

*

무성 영화, 할머니를 위하여 자막 읽어 주기.

*

아니다, 나는 좋은 아들이 아니다: 좋은 아들이란 집에 남아 있는 아들이다. 나는 온 세상을 쫓아다녔다. 허영심과 명예와 숱한 여자들 때문에 어머니를 속였다.

— 아니 넌 어머니밖에 사랑하질 않았잖아?

— 아! 내가 어머니밖에 사랑하지 않았다고?

*

그가 아버지의 무덤 옆에서 시간이 뒤틀어지고 있다고 — 그 새로운 질서가 이 책의 질서이다 — 느꼈을 때.

*

그는 무절제의 인간이다: 여자들 등등.

그러므로 〔과도함〕은 그의 내면에서 벌을 받았다. 그다음에 그는 안다.

*

이른 저녁이 바다 위나 고원 위나 기복이 심한 산 위에 내릴 때 아프리카의 고통. 그것은 신성한 것의 고통, 영원 앞에서의 두려움이다. 어느 날 저녁 그리스의 델포이에서 똑같은 마음속의 효과를 가져오면서 신전들을 솟아나게 했던 똑같은 고통. 그러나 아프리카의 땅에서는 신전들이 파괴되고 말았다. 남은 것은 오직 가슴을 짓누르는 엄청난 무게뿐. 그때 그들은 얼마나 죽어 가고 있었던가! 말없이. 모든 것에서 등을 돌린 채.

*

그들이 그의 내면에 있는 것으로 좋지 않게 본 것, 그것은 알제리 인이었다.

*

그의 돈과의 관계. 일부분은 가난(그는 자기의 것으로는 아무것도 사지 않았다) 때문에, 다른 부분은 그의 오만 때문에: 그는 절대로 흥정을 하지 않았다.

*

마지막으로 어머니에게 고백.

「엄마는 나를 이해 못 해요. 그렇지만 엄마는 나를 용서할 수 있는 유일한 사람이에요. 숱한 사람들이 그러겠다고 나섰지요. 그리고 또 숱한 사람들이 온갖 목소리로 내가 죄인이라고 떠들어 대고 있어요. 그들이 그렇다고 할 때는 난 죄인이 아니에요. 또 다른 사람들은 그런 말을 할 자격이 있고 난 그들의 말이 맞다는 걸, 그들이 용서를 빌어야 한다는 걸 알아요. 그러나 사람은 남들이 자기를 용서해 줄 수 있다는 것을 알고 있을 때라야 비로소 용서를 비는 법이지요. 그냥 그거죠, 그냥 용서만 해달라는 것이지 용서해 줄 자격을 갖추어 달라든가 기다려 달라가 아닌 거예요. [그러나] 단지 그들에게 말을 하고 그들에게 모든 걸 다 말하고 그들의 용서를 받는 거예요. 내가 용서를 빌 수 있는 사람들은, 그들의 마음 속 어딘가, 그들의 선의에도 불구하고, 용서를 할 수도 없고 할 줄도 몰라요. 단 한 사람만이 나를 용서할 수 있었어요, 그러나 나는 한번도 그에게 죄인이 아니었어요, 나는 그에게 내 마음을 송두리째 다 주었거든요, 그렇지만 난 그에게로 갈 수도 있었을 거예요, 여러 번 말없이 그렇게도 했죠. 그렇지만 그이는 죽었고 나는 혼자예요. 엄마만이 나한테 그걸 해줄 수 있어요. 하지만 엄마는 나를 이해할 수도 없고 내가 쓴 글을 읽지도 못해요. 그래서 엄마한테 말로 하고 편지를 써요, 엄마한테, 엄마한테만, 그러다가 그게 끝나면 다른 설명은 하지 않고 용서를 빌겠어요, 그러면 엄마는 미소를 짓겠지요…….」

*

지하 편집실을 이사할 때 자크는 뒤따르는 사람을 죽인다. (그는 얼굴을 찡그리면서 약간 몸을 앞으로 수그리고 비틀거렸다. 그러자 자크는 무서운 분노가 솟구치는 것을 느꼈다: 그는 아래에서 위로 〔목을〕 한 번 더 후려쳤고 곧 목의 아랫부분에서 아주 큰 구멍이 부글부글 끓었다. 이윽고 구역질과 분노로 미칠 지경이 된 그는 어디를 치는지 보지도 않고 그의 눈을 정통으로 한 번 더 〔 〕[1] 후려쳤다…….) 그리고 그는 방다의 집으로 갔다.

*

가난하고 무식한 베르베르 족 농민들. 식민. 군인. 땅이 없는 백인. (그는 그들을 좋아했다. 끝이 뾰족한 노란 신을 신

1 판독 불가능한 네 단어.

고 서양에서 가장 안 좋은 것만 골라서 가진 목도리를 쓴 혼혈아들이 아니라 그들을.)

*

끝.

땅을 돌려주시오, 그 누구의 것도 아닌 땅을. 팔 것도 아니고 살 것도 아닌 땅을 돌려주시오. (그렇다, 그리고 심지어 수도승들도 소유지나 불하받은 땅이 없으니 알제리에 한번도 착륙한 적이 없는 그리스도도.)

그리고 그는 그의 어머니를 바라보며, 그리고 다른 사람들을 바라보며:

「땅을 돌려주시오. 가난한 사람들에게, 아무것도 가진 것이 없는, 너무나 가난해서 한번도 무엇을 원하고 소유해 본 적이 없는 사람들에게 모든 땅을 주시오, 이 나라에서 이 여자와 같은, 대부분 아랍인이고 얼마간은 프랑스인인, 고집과 인내만으로 여기서 살고 있고 살아남은 엄청난 수의 비참한 무리들에게 땅을 주시오. 신성한 것은 신성한 사람들에게 주듯이. 그렇게만 되면 나는 다시 가난해지고, 세상 끝 최악의 유적에 던져진 나는 미소를 짓고 내가 태어난 태양 아래서 내가 그토록 사랑했던 땅과 내가 우러러보았던 사람들이 마침내 한데 모였다는 것을 알고서 만족스러운 마음으로 죽을 수 있을 겁니다.

(그때는 그 대단한 익명성이 풍요로워질 테고 그것이 나를 덮어 주리라 — 나는 내 고향으로 돌아가게 되리라.)

*

반란. 알제리의 〈내일〉, 48페이지, 세르비에.

전쟁 중 명칭을 타잔이라고 붙인 F. L. N.(알제리 민족 해방 전선)의 젊은 정치 위원들.

그렇다, 나는 지휘하고 죽이고 해와 비가 쏟아지는 산에서 산다. 넌 내게 그보다 나은 무엇을 제안하겠느냐: 베튄의 잡역부겠지.

그리고 사독의 어머니, 115페이지 참조.

*

맞상대해서…… 이 세상에서 가장 오래된 역사 속에서 우리는 최초의 인간들이다 — 〔 〕[1] 신문들에서 외치듯이 몰락해 가는 사람들이 아니라 불확실하고 다른 어떤 새벽의 사람들이다.

*

하느님도 아버지도 없는 아이들, 사람들이 우리에게 제안하는 스승들은 우리들에겐 끔찍하기만 했다. 우리는 정통성이 없는 채 살고 있다.

*

사람들이 새로운 세대의 회의주의라고 부르는 것 — 거짓말.

도대체 언제부터 거짓말 믿기를 거부하는 정직한 사람들이 회의주의자가 되었는가?

*

작가라는 직업의 고귀함은 억압에 대한 저항, 그러니까 고독에의 동조에 대한 저항에 있다.

1 판독 불가능한 한 단어.

*

불리한 운명을 짊어지고 가도록 도와주었던 것은 아마도 너무나 유리한 운명을 받아들이는 것도 또한 도와주리라 — 그리고 나를 떠밀어 준 것은 우선 내가 예술에 대하여 품어 온 엄청난 생각, 아주 엄청난 생각이다.

내게 있어서 예술이란 모든 것 위에 있기 때문이 아니라 예술은 그 누구와도 분리되지 않는 것이기 때문이다.

*

〈고대〉에 대해서만 예외.

작가들은 노예로부터 시작했다.

그들은 자유를 쟁취했다 — 〔 〕[1]의 문제가 아니다.

*

K. H.: 과장된 것은 무엇이건 무의미한 것이다. 그러나 K. H. 씨는 과장되기도 전에 무의미했다. 그는 기어이 두 가지를 겸하고자 했다.

1 판독 불가능한 네 단어.

부록 3 두 통의 편지

1957년 11월 19일

친애하는 제르맹 선생님,

요 얼마 동안 저를 에워싸고 시끄러웠던 소음이 좀 가라앉기를 기다려 이제야 선생님께 진심으로 이야기를 할 수 있게 되었습니다. 저는 이제 막 저 자신이 얻고자 청한 것은 아니지만 너무나 과분한 영예를 입게 되었습니다. 그러나 그 소식을 처음으로 접했을 때 제가 어머니 다음으로 생각한 사람은 선생님이었습니다. 선생님이 아니었더라면, 선생님이 그 당시 가난한 어린 학생이었던 저에게 손을 내밀어 주시지 않았더라면, 선생님의 가르침이, 그리고 손수 보여 주신 모범이 없었더라면 그런 모든 것은 있을 수 없었을 것입니다. 저는 이 영예를 지나치게 중요시하지는 않습니다. 그러나 이것은 적어도 저에게 있어서 선생님이 어떤 존재였으며 지금도 여전히 어떤 존재인지를 말씀드리고, 선생님의 노력, 일, 그리고 거기에 바치시는 너그러운 마음이 나이를 먹어도 결코 선생님께 감사하는 학생이기를 그치지 않았던 한 어린 학동의 마음속에 언제나 살아 있음을 선생님께 말씀드릴 기회는 되는 것입니다. 진심으로 키스를 보내며.

알베르 카뮈

알제, 오늘 1959년 4월 30일

그리운 아이에게,

책의 저자인 J.Cl. 브리스빌 씨가 고맙게도 헌사를 쓰고 네가 네 손으로 직접 부쳐 준 책 『카뮈』는 잘 받았다.

너의 그 고마운 정성이 내게 얼마나 기쁨이었는지도, 그걸 네게 어떻게 감사해야 하는지도 모르겠구나. 가능하기만 하다면 이젠 다 컸지만 내겐 언제나 〈내 귀여운 카뮈〉로 남아 있는 너를 힘껏 안아 주고 싶구나.

나는 처음 몇 페이지만 보았을 뿐, 아직 그 책을 다 읽지는 못했다. 카뮈는 어떤 인물인가? 나는 너의 인격을 꿰뚫어 보고자 노력한 사람들이 목적을 충분히 달성하지 못하고 있다는 느낌이다. 너는 언제나 너의 천성, 감정들을 드러내는 것에 대하여 본능적인 부끄러움을 나타내었지. 너는 단순하고 직설적이어서 그 점 효과적이었단다. 그리고 어지간히도 착했지! 그런 인상은 내가 교실에서 받은 것이다. 자기 직업을 꼼꼼히 수행하고자 하는 교육자는 자기 학생들, 자기 자식들을 알 수 있는 기회를 놓치지 않는 법이고 그런 기회는 언제나 있는 법이지. 대답 하나, 행동 하나, 태도 한 가지도 많은 것을 드러내는 것이지. 그래서 나는 그 착한 꼬마 녀석이었던 너를 잘 알고 있다고 생각해. 흔히 아이는 장차 그가 될 인물의 싹을 담고 있는 법이야. 교실에서 보면 너의 즐거워하는 모습이 눈에 훤히 보였지. 너의 얼굴에는 낙관적인 마음이 쓰여 있었다. 그리고 너를 세심하게 관찰하면서도 나는 한번도 너의 실제 가정 형편은 짐작도 못 했단다. 장학생 명단을 정하는 문제 때문에 너의 엄마가 나를 보러 왔을 때 그저 대강 짐작만 했을 뿐이었다. 더군다나 그건 네가 나와 헤어질 무렵의 일이었지. 그러나 그때까지 너는 다른 친구들과 다름없는 것같이 보였던 거야. 너는 언제나 모자란 것이 없었다. 너의 형과 마찬가지로 너의 옷차림은 말쑥했었다. 이 점 나는 너의 엄마에게 이 이상으로 칭찬의 말을 할 수는 없을 것 같구나.

브리스빌 씨의 저서 이야기로 돌아오자면, 그 책에는 화보가 아주 많더구나. 그래서 나는 사진을 통해서나마, 내가 늘 〈나의 전우〉라고 여겼던 너의 불쌍한 아빠를 알게 되어 얼마나 가슴이 뭉클했는지 모른단다. 브리스빌 씨는 고맙게도 내 이야기도 썼더구나. 그분에게 감사의 뜻을 표해야겠다.

너에 대하여 연구한, 혹은 너의 이야기를 하는 저작들의 수가 점점 많아지는 것을 보았다. 나로서는 명성(이건 과장 없는 진실이다) 때문에 네가 머리가 이상해진 것이 아니니 아주 다행이다. 너는 여전히 카뮈로 남아 있구나. 브라보.

나는 네가 각색해서 직접 무대에 올린 극 「악령」의 순회공연을 흥미를 가지고 관심을 기울이고 있다. 내가 이토록 너를 아끼고 있는데 어찌 그것이 큰 성공을 거두기를 바라지 않겠느냐. 네게 합당한 성공을 말이다. 또 말로가 너한테 극장을 하나 주려고 한다지. 그게 네겐 열렬한 관심사란 걸 나는 알고 있다. 그렇지만…… 그 모든 일들을 잘, 본격적으로 해낼 수 있겠느냐? 네가 너의 힘을 과용하는 것이나 아닌지 걱정스럽다. 너의 오랜 친구이니 이런 말을 해도 용서하거라. 너에겐 남편과 아버지를 필요로 하는 좋은 아내와 두 아이들이 있다. 이 점에 관해서 내 사범학교 때 교장 선생님이 가끔 우리들에게 하시던 말씀을 할까 한다. 그분은 우리들한테 아주, 아주 혹독하셨단다. 그래서 우리는 그분이 우리를 〈실제로〉 사랑하고 계시다는 것을 알지 못했지. 〈대자연은 커다란 책 한 권을 가지고 있는데 여러분들이 과도한 짓을 저지르면 아주 꼼꼼하게 그걸 모두 다 적어 놓는단다.〉 솔직히 말해서 그 현명한 생각은 내가 그것을 잊어버릴 뻔할 때 몇 번씩이나 나를 만류해 주었어. 그러니 이것 봐, 대자연의 큰 책 속에 너에게 할애된 페이지가 깨끗하게 남아 있도록 노력해야 해.

우리가 어떤 텔레비전의 문학 프로에서 너를 보고 목소리도 들었다는 사실을 앙드레가 환기시켜 주는구나. 「악령」과 관계된 프로였다. 질문에 답을 하는 너를 보는 것이 감동적이었다. 그래서 나도 모르게, 너도 충분히 짐작하겠지만, 우리도 결국은 너를 보고 듣고 하는구나 하고 한마디했지. 그러고 나니 네가 여기 알제에 없는 것에 대한 보상이 좀 되는 느낌이었단다. 우리가 너를 못 본 지 꽤 된 것 같은데…….

끝내기 전에 세속 교사로서 우리나라 학교를 저해하기 위하여 도모하고 있는 위협적인 계획에 대하여 느끼는 바를 말하고 싶다. 봉직하는 동안 줄곧 나는 아이에게 가장 신성한 것, 즉 자신의 진리를 찾는 권리를 존중해 왔다고 생각한다. 나는 너희들 모두를 다 사랑했고 그래서 나의 사상을 나타내서 너희 어린 지성에 부담을 주지는 않으려고 무진 노력을 했다. 하느님에 관한 이야기가 나오면(교과목에 들어 있었으니까) 나는 어떤 이들은 믿고 어떤 이들은 믿지 않는다고 말했다. 각자는 충분한 자기의 권리에 따라 자기가 원하는 대로 한다고도 했다. 마찬가지로 여러 가지 종교들에 대해서도 나는 각자 좋은 대로 속할 수 있는, 세상에 존재하는 종교들을 골고루 지적해 두는 것으로 만족했다. 또 나는 사실대로 세상에는 아무 종교도 믿지 않는 사람들도 있다고 덧붙여 말했다. 나는 교사들을 종교, 더 정확히 말해서 가톨릭교의 외판원으로 삼고자 하는 사람들에게는 그것이 별로 달갑지 않은 말이라는 것도 잘 알고 있다. 우리 아버지가 알제 사범학교(그 당시에는 갈랑 공원에 자리 잡고 있었다)를 다닐 때는 그분의 친구들과 마찬가지로 일요일마다 미사에 참석하여 영성체를 하는 것이 〈의무〉였다. 어느 날 그런 구속에 진력이 난 그는 〈축성(祝聖)된〉 성체를 미사책 갈피에 넣고 닫아 버렸단다! 학교의 교장이 그 사실을 알고는 서슴지 않고 우리 아버지를 학교에서 퇴학시켜 버렸다. 그게 바로 〈자유로운 학교〉(자기들과 똑같이 생각할…… 자유)를 부르짖는 사람들이 바라는 것이다. 현재 의회의 구성 상태로 보아 그 몹쓸 계획이 뜻을 이루게 되지 않을까 걱정이다. 「카나르 앙셰네」 신문은 보도하기를, 어떤 지방에서 세속 학교의 어떤 수업들은 벽에 십자가를 걸어 놓고 한다고 지적하고 있다. 내가 보기에 이것은 어린아이들의 양심에 대한 가증스러운 침해라고 여겨진다. 얼마 뒤에 이건 어떻게 될 것인지? 그런 생각을 하면 몹시 서글퍼진다.

그리운 아이야, 벌써 4페이지가 끝나려고 한다. 너의 시간을 많이 빼앗으니 용서해 주기 바란다. 여기는 다 잘 있다. 내 사위인 크리스티앙은 내일 복무 27개월을 시작하게 된다!

내가 편지를 못 쓸 때도 나는 자주 너희들 생각을 한다는 것을 알아 다오.

제르맹 부인과 나는 너희 네 식구를 힘껏 안아 주고 싶다. 너희들을 사랑하는.

제르맹 루이

네가 너와 마찬가지로 성체 배령(聖體拜領)을 한 너의 친구들과 함께 우리 교실을 찾아왔던 때의 기억이 난다. 너는 네가 입고 있는 예복과 금방 치른 축제가 눈에 보일 만큼 자랑스러운 눈치였단다. 솔직히 말해서 나는 너희들이 즐거워하는 것이 좋았다. 너희들이 성체 배령을 하는 것은 그게 좋아서 한 것이 아니겠느냐? 그렇다면…….

역자 해설

가장 오래된 것과 가장 싱싱한 것의 만남

1960년 1월 4일 월요일 오후 1시 55분 상스에서 파리로 가는 국도 7번. 파리에서 그리 멀지 않은 빌블르뱅 마을 어귀, 아름드리 플라타너스 가로수들이 양편에 늘어서 궁륭을 이루고 있는 국도상에서 돌연 알 수 없는 〈끔찍한 소리〉가 쾅 하고 들렸다. 자동차 한 대가 육중한 가로수를 들이받고 섰다. 운전대를 잡고 있던 미셸 갈리마르는 중상을 입고 병원으로 옮겨졌고, 옆자리에 앉아 있던 작가 알베르 카뮈는 현장에서 사망. 마흔일곱 살. 노벨 문학상을 수상한 지 3년 뒤였다.

그로부터 34년 후, 1994년 9월 27일 오후 한시. 파리의 생클루 광장가의 〈레 트루아 조뷔〉 식당. 청년 시절 이래 알베르 카뮈와 절친한 친구였던 소설가 엠마누엘 로블레스 씨는 나에게 그 비통한 순간의 일을 이렇게 설명했다. 「신문 기자 친구들에게서 카뮈의 사고사 소식을 듣는 즉시 나는 아내와 함께 마담 가(街)에 있는 그의 집을 찾아갔어요. 카뮈의 아내인 프랑신보다 우리가 먼저 그 집에 도착한 것이더군요. 그녀는 집에 돌아올 때까지도 아무것도 알지 못하고 있었어요. 그녀의 여동생 크리스티앙이 그녀를 한쪽으로 불러서 그 끔찍한 소식을 알렸죠. 내가 차를 운전해서 프랑신, 크리스티앙, 이렇게 셋이서 빌블르뱅으로 급히 갔지요. 벌써부터 잔뜩 몰려든 기자들과 사진 기자들이 접근하지 못하도록 하느라고 경찰관들이 삼엄하게 지키고 있는 면사무소 홀 안으로 나는 프랑신을 데리고 들어갔어요. 프랑신은 오직 나와 검시의사밖에 다른 사람은 들어가지 못하게 했지요. 공교롭게도 그 의사의 이름도 카뮈였지요. 시신은 트렌치코트를 입은 채 긴 테이블 위에 뉘어져 있었어요. 시트를 들추니 얼굴에는 이마 전체를 가로지르는 한 줄의 긴 상처와 왼쪽 손등에 긁힌 자국이 나 있을 뿐이었어요. 카뮈는 잠들어 있는 것만 같았어요. 잠시 침묵에 잠긴 채 마음을 추스르고 난 프랑신이 중얼거리듯 말했어요. 〈그의 손이, 그 아름다운 손이…….〉 그녀는 고통 때문에 경련을 일으키면서 그 손을 천천히 쓰다듬었어요. 그러더니 의사에게 고개를 돌리면서 나직한 목소리로 물었어요. 〈사망한 것이 틀림없습니까?〉 내겐 아주 의외의 질문이었지요. 의사도 역시 어이없다는 듯이, 〈아니, 부인. 목과 척추가 부러졌습니다. 보세요…… 두 군데 긁힌 상처에 피가 안 났잖아요. 충격으로 심장이 먼저 멎었던 것입니다.〉 〈이런 것은 분명하게 확인을 해야 한다고 그이가 늘 말하곤 했기에……〉 하고 말을 흐리는 프랑신의 목소리는 참혹했어요.」

사고 당시 차 안에 있던 물건들 중에는 충격으로 인하여 현장에서 무려 1백 50미터나 되는 먼 곳까지 튕겨 나간 것도 있었다. 그 직전까지만 해도 카뮈는 남프랑스의 뤼베롱 산기슭 작은 마을 루르마랭의 시골집에서 새로운 소설 집필에 여념이 없었다. 휴가를 맞아 시골집에 함께 내려와 있던 가족들 — 부인 프랑신 카뮈, 쌍둥이 남매 카트린과 장 — 은 아이들의 학교 개학에 맞추어 파리로 막 떠난 뒤였다. 카뮈 역시 가족과 함께 파리로 돌아갈 예정이었다. 그런데 마침 절친한 친구 미셸 갈리마르 부부가 자동차 편으로 파리에 돌아간다면서 동행을 권했다. 이리하여 카뮈는 미리 사둔 기차표를 주머니에 넣어 둔 채 가족들과는 별도로 미셸 갈리마르의 자동차에 동승하게 되었던 것이다. 사망 후 주머니에서 발견된 그 쓰지 않은 기차표를 근거로 하여 당시의 어떤 기자는 이 〈부조리〉 작가의 〈부조리한 자살〉을 성급하게 추측하기도 했다. 카뮈 자신의 소설 『이방인』에서처럼, 이 같은 우연의 기묘한 연쇄는 돌연 그 작가를 뜻하지 않은 죽음으로 인도했다.

자동차가 가로수와 충돌하여 멎는 순간 이제 막 깊게 갈아엎은 길 옆의 밭고랑으로 튕겨 나간 것들 중에는 검은색의 작은 가방이 하나 있었다. 그 가방 속에는 카뮈가 루르마랭을 떠나기까지 열중하여 집필하고 있었던 육필 원고가 담겨 있었고, 그 〈작품〉이 바로 지금 여기 번역하여 출간하는 『최초의 인간*Le Premier Homme*』이다.

이 원고의 존재는 이미 카뮈를 연구하는 전문가들 사이에서는 널리 알려져 있었다. 로제 키이요는 그가 펴낸 〈플레야드 전집〉의 주석 속에서 이 작품을 극히 짤막하게나마 소개한 바 있다. 그러나 지금까지는 몇몇 연구가들만이 복잡한 경로를 통하여 가족의 허락을 얻어 그 자리에서 급히 원고를 일별(一瞥)해 보는 영광을 가졌을 뿐이었다. 한편 1974년 봄, 파리의 뤽상부르 공원 옆 마담 가에 있는 카뮈의 그 어둑신한 아파트에서 프랑신 카뮈 부인에게 나를 처음으로 소개해 준 바 있었던 툴루즈 대학 교수 장 사로키Jean Sarocchi 씨(그는 이미 카뮈 사후에 출간된 소설 『행복한 죽음』의 편집과 주석을 맡은 바 있다)는 누구보다 먼저 이 미완의 원고를 면밀히 검토하여 학위 논문 「알베르 카뮈의 작품에 나타난 아버지 찾기*La Recherche du père dans l'œuvre d'Albert*

Camus」를 발표한 바 있다. 그러나 소설 자체가 출간되지 않고 있었기 때문에 아직까지 그는 작품의 인용이 빈번한 그 탁월한 학위 논문을 책으로 펴내지도 못하고 있었다.

카뮈의 사망 후, 1960년에 프랑신 카뮈 부인은 우선 육필 원고를 바탕으로 타자본을 작성했다. 그리고 그것을 카뮈의 가까운 친구들, 특히 시인 르네 샤르, 소설가 로제 그르니에, 그리고 로베르 갈리마르 등에게 읽어 보도록 부탁한 다음 그 텍스트의 출판 여부에 관하여 의견을 물었다. 그들은 모두 출판하지 않는 쪽으로 충고했다. 우선 그것은 〈미완성 원고〉가 아니라 쓰다 만 〈초고〉에 불과했기 때문이었다. 작가가 예기치 못한 죽음을 맞지 않았더라면 작품은 실제로 지금 여기 펴낸 책보다 분량이 훨씬 많아졌을 것이며 구성과 문체 및 내용 역시 여러모로 달라졌을 것이다. 따라서 지금 여기에 펴내는 『최초의 인간』은 우리가 끝내 읽을 수 없게 된 어떤 〈소설〉의 〈밑그림〉의 일부에 불과한 것이다. 더군다나 독자가 읽으면서 확인할 수 있듯이, 이 글 속에는 온갖 자전적인 내용이 전혀 여과되지 않은 상태로 노출되어 있다. 카뮈의 예술적 태도를 조금만 이해하는 사람이라면 작가 자신이 결코 이대로는 출판하지 않았으리라는 것을 충분히 짐작할 수 있다. 그렇기 때문에 이 글은 34년 동안이나 출판되지 못한 채 어둠 속에 묻혀 있었던 것이다.

그렇다면 그 34년 동안의 세월은 어떻게 하여 〈출판할 수 없는 밑그림〉을 〈출판 가능한 원고〉로 탈바꿈시켜 놓을 수 있었던 것일까? 우선 그 사이에 원고의 판권을 가진 프랑신 카뮈 부인이 사망했다. 그리하여 딸 카트린이 아버지의 전 작품을 관리하게 되었다. 변호사인 아들 장과 달리 문학 교사 출신인 카트린은 14년 전부터 카뮈의 작품 관리에만 몰두하는 〈직업인〉이 되었다. 카뮈의 작품 관리는 그 자체만으로도 벅찬 〈직업〉이다. 가령 카뮈의 수많은 작품과 글들 가운데서 소설 『이방인』 하나만의 예를 들어 보자. 외국의 번역판은 그만두고라도 프랑스 국내에서만 무려 20여 만 명의 새로운 독자들이 매년 『이방인』을 다시 〈발견〉하고 있으며 그 소설 한 권의 프랑스어판만 해도 지금까지 무려 7백만 부 이상이 판매되었다. 또 생전에 격동하는 동시대 역사와 상황에 깊숙이 개입해 있었고 폭넓은 인간 관계를 맺어 왔던 카뮈였으므로 그의 미발표 문학 텍스트들은 물론 신문의 사설이나 기사, 잡지 기고, 인터뷰, 연극, 서한, 작가 수첩, 메모 등 수많은 글들이 책으로 출판되지 않은 채 남아 있다. 이들은 적절한 기회에 분류 정리하고 나아가서는 책으로 묶어 펴내야 할 대상들이다.

카트린은 우선 카뮈를 연구하는 모든 사람들이 고대하고 있었던 『작가 수첩 III』를 정리하여 출판했다. 그 후 그녀는 카뮈의 친구들에게 『최초의 인간』을 30여 년 만에 다시 한 번 더 읽고 그 출판 여부를 판단해 줄 것을 요청했다. 뜻밖에도 그들은 한결같이 생각을 180도로 바꾸었다. 제2차 세계대전 직후 카뮈가 이끌던 저 유명한 일간지 「콩바」의 기자였으며 현재는 갈리마르 출판사의 중진 편집위원이기도 한 소설가 로제 그르니에의 설명을 들어 보자.

「그렇다, 난 의견을 바꾸었다. 처음 읽었을 때는 출판에 절대 반대였다. 그런데 두 번째는 절대 찬성이었다. 1945년 〈콩바〉의 편집국에서는 당시에 활동하고 있는 작가들 중에서 누가 후세에 남게 될까 하는 질문을 던져 보곤 했다. 그건 아무도 알 수 없는 일이었고 또 사실 그때까지 살아남아서 그걸 확인할 수 있는 사람도 없겠기에 아무려면 어떠랴 하는 심정이었다. 그런데 불행하게도 카뮈의 삶이 너무 일찍 끝나 버렸다. 그런데 〈후세〉라고 하는 것은 확고하게 정해져 있는 것이 아니라 끊임없이 움직이고 변화하는 것이다. 1960년 이후 카뮈를 판단하고 이해하는 방식은 네 가지, 다섯 가지, 여섯 가지, 천차만별이었다. 『최초의 인간』을 출판할 경우 최악의 시점이라면 그건 필경 그의 사망 직후였을 것이다. 그가 한창 공격을 받던 때였고 흔히들 카뮈는 이제 끝났다고 떠들던 때였으니까 말이다. 그 후 그는 온갖 사람들에 의하여 복권되었다. 로브그리에는 그를 누보 로망의 선구자라고 했고 신철학자들은 그를 등에 업고 나왔다. 정신적 태도가 유사했는데도 68년의 젊은이들이 카뮈를 더 많이 들먹이지 않은 것이 이상할 정도다. 지금도 사르트르 카뮈 논쟁은 계속되고 있다. 프랑스 사람들은 볼테르 대 루소 하는 식의 결투를 좋아하니까. 그러나 이제는 공산주의의 붕괴로 인하여 카뮈의 생각이 옳았었다는 것을(너무 일찌감치 옳았었다는 것이 그의 잘못이었다) 사람들이 깨닫게 되었다. 그러니 후세란 끊임없이 변하는 것이다. 『최초의 인간』을 출판하는 최적의 시점은 바로 지금이다. 그 증거로 이 책이 나오자마자 얼마나 요란하게들 떠들어 대고 있는가……」[1]

요컨대 『최초의 인간』이 햇빛을 보게 된 데는 외적인 상황의 변화가 크게 작용한 것으로 해석된다. 1952년 『반항인』과 스탈린주의를 에워싸고 월간 『현대』지를 무대로 하여 벌어진 사르트르 카뮈 논쟁 이후 카뮈는 너무나도 빈번히 그리고 무참하게 프랑스 좌파 지식인들의 공격 대상이 되었다. 그 악의에 찬 공격들은 알제리 전쟁과 카뮈의 노벨상 수상을 거쳐 그의 죽음의 순간에까지도 계속되었다. 그때 카뮈가 겪은 고통은 그의 가장 암울한 작품인 『전락』 속에 가슴이 섬뜩한 조

1 Albert Camus, Bulletin d'Information, *Le Premier Homme*, N° 33, Mai, 1994, Société des Études Camusiennes, p. 17.

롱과 고백 그리고 자기 고발의 형태로 그 흔적을 깊이 남기고 있다. 『최초의 인간』에 대한 구상이 처음으로 그의 『작가 수첩 III』 속에 등장하는 무렵인 1953년 10월의 노트는 당시 그들의 공격이 그에게 얼마나 깊은 상처를 주었는지를 짐작할 수 있게 한다.

> 문단이나 정당의 따라지에게 모욕을 당하고도 입 한번 뻥끗하지 못하는 고상한 직업! 흔히들 품위가 떨어진다고 하는 다른 시대에는 적어도 우스꽝스러워지지 않도록 시비를 걸어 상대를 죽일 권리는 있었다. 물론 그것 역시 바보 같은 짓이긴 하다. 그러나 적어도 모욕을 이보다는 덜 편안하게 만들어 줄 수는 있는 것이다(『작가 수첩 III』, 114면).[2]

그리고 바로 그다음 면에는 이렇게 적혀 있다.

> 53년 10월 『시사평론 II』 발표. 이제 목록 작성은 끝났다 — 해석과 논쟁. 이제 남은 것은 창조다(115면).

이 공격적인 〈해석과 논쟁〉의 와중에서 카뮈가 긍정적인 쪽으로 관심을 돌려 마음을 가다듬고 몰두하기 시작한 〈창조〉가 바로 『최초의 인간』의 구상이었을 것으로 짐작된다.

그러나 카트린의 지적대로 카뮈와 관련하여 문단과 정치 상황 및 여론에 변화가 뚜렷이 느껴진 것은 1980년대였다. 바로 이 무렵에 어머니의 사망으로 카뮈의 작품 관리를 넘겨받게 된 카트린은 우선 『작가 수첩 III』의 출판을 통하여

2 이하 인용문 끝에 붙인 괄호 속의 숫자는 알베르 카뮈, 김화영 옮김, 『작가 수첩 III』,(1991, 책세상)의 페이지 표시임.

새로운 〈직업〉을 익히고 나서 카뮈 연구가들의 강력한 요청과 로제 그르니에, 로베르 갈리마르 등의 격려에 힘입어 무려 2년 반에 걸쳐 『최초의 인간』의 〈밑그림〉을 출판 가능한 원고로 탈바꿈시켰다. 그 과정은 이 책의 머리에 붙인 〈편집자의 말〉에 간략하게 기록되어 있다. 그러나 실제로 일은 훨씬 더 복잡했다. 〈책과 관련하여 여러 권의 공책들(『작가 수첩』)과 노트들이 또 있었다. 나는 우선 카뮈가 쓰고자 하는 책이 어떤 것이었는지에 대하여 어느 정도 감을 잡을 수 있는 공책들부터 검토를 시작했다. 그런데 『최초의 인간』을 위한 자료들이 담긴 파일이 하나 더 있었다. 동일성이 없어서 출판할 수는 없는 것이지만 신문 잡지의 스크랩들과 더불어 가령 오를레앙빌의 지진에 대한 모든 자료, 등장인물들에 대한 노트 등이 포함된 것이었다. 그런 모든 것들을 검토하고 나서야 비로소 책의 분위기에 젖어 들 수 있었고 원고 정리를 시작할 수가 있게 된 것이다.〉[3] 이것이 원고 정리에 무려 2년 반이라는 긴 세월이 소요된 것에 대한 카트린의 설명이다.

이리하여 책은 카뮈의 일생과 떼어 놓을 수 없는 갈리마르 출판사에서 1994년 4월 13일에 출간되었다. 그러나 작가가 생전에 낸 모든 작품들이 포함된 저 권위 있는 〈백색 총서 *collection blanche*〉로서가 아니라 — 〈그 총서에 넣어서 책을 낸다는 것은 독자들에 대해서 뿐만 아니라 아버지에 대해서도 떳떳하지 못한 일이었을 겁니다[4]〉라고 카트린은 말했다. 카뮈의 완결된 〈작품〉이 아니기 때문이다 — 작가의 사후에 유고들을 펴낸 별도의 〈알베르 카뮈 노트*Cahiers Albert Camus*〉

3 Bulletin d'Information, p. 15.
4 Le Monde, 1994년 4월 22일자.

시리즈 제7권으로 출판된 것이다.

그러나 책을 내놓으면서 카트린이나 출판사, 그리고 카뮈의 친구들이 자신만만했던 것은 결코 아니었다. 〈카뮈를 위해서 난 몹시 겁이 났었어요. 남들이 공격을 한다 해도 자신을 방어할 본인이 없으니 말입니다.〉[5] 본인이 살아 있을 때조차도 〈문단이나 정당의 따라지에게 모욕을 당하고도 입 한번 뻥끗하지 못하는 고상한 직업!〉이라고 탄식했던 카뮈였다.

그러나 놀라운 일이 벌어졌다. 출판된 『최초의 인간』은 거의 아무런 공격을 받지 않았을 뿐만 아니라 일간 「르 몽드Le Monde」는 4월 16일에 플로랑스 누아빌의 「알베르 카뮈의 치유할 수 없는 어린 시절」, 4월 22일에 또다시 플로랑스 누아빌의 「다시 찾은 알베르 카뮈」로, 주간 『누벨 옵세르바퇴르*Nouvel Observateur*』는 4월 14~20일자 미셸 쿠르노의 「알베르 카뮈의 미완의 고백」, 4월 23~29일자 특집호, 6월 9~15일 「카뮈의 승리」 특집 등 여러 차례에 걸쳐 대서특필하며 열광했다. 찬미로 가득 찬 평가를 선도한 것은 오히려 이탈리아 신문(*Nostro Tempo, Il Giorno*)들이었다. 프랑스의 유수한 신문, 잡지, 방송치고 이 책의 출판과 카뮈에 대한 재평가를 다루지 않은 매체는 거의 없었다.

『피가로 리테레르*Figaro Littéraire*』는 4월 15일자를 카뮈 특집으로 할애하여 장 마리 루아르의 기사 「정직함」을 사설로 다루었고 크리스티앙 샤리에르의 「정의의 인간 카뮈」, 알렝 제라르 슬라마의 「찾을 수 없는 모럴을 찾아서」를 실었다. 편집자 카트린 카뮈도 유명 인사로 부상하여 4월 22일 베르나르 피보의 널리 알려진 TV 프로그램 「부이용 드 퀼튀르 *Bouillon de Culture*」에 출연하고 여러 신문과 모임에서 인

5 앞의 신문.

터뷰를 했다. 이 와중에서 발견할 수 있는 다소 비판적이거나 무심한 평으로는, 왕년에 「그는 고등학교 졸업반을 위한 작가인가?」란 공격적인 글을 써서 카뮈 연구가들에게 자주 인용되는 장 자크 브로쉬에의 「그것은 초안에 불과하다」(「에베느망 뒤 죄디L'Evénement du jeudi」, 4월 7～13일)와 『파리 마치*Paris Match*』(4월 21일)의 질 마르탱 쇼피에가 피상적으로 휘갈겨 쓴 「알베르 카뮈가 이상적 어린 시절의 초상을 그릴 때」뿐이었다.

한편 우리나라의 신문 보도를 주도한 것은 「한겨레」의 특파원 고종석이었다. 그는 책이 프랑스의 서점에 나오기 전에 이미 4월 13일 출간 예정 소식을 알리면서 작품의 성격과 중요성, 프랑스 현지의 반응을 소개했다. 그 후 다른 여러 일간지, 주간지들과 방송이 뒤따랐다. 비교적 상세한 소개의 글로는 주간 『시사저널』의 파리 통신원 양영란이 쓴 「정직한 〈이방인〉 되살아오다」[6]가 있다.

이와 같은 언론과 비평계의 전반적인 호평과 재평가, 나아가서는 카뮈의 〈복권〉을 일반 독자들은 예외적인 열광으로 뒷받침했다. 책이 서점에 나온 첫 주일 동안에 초판 5만 부가 매진되었다. 4월 22일자 「르 몽드」에 의하면 벌써 16개의 외국 출판사와 번역 출판 계약이 맺어졌다고 한다. 그리고 프랑스에서는 완성된 작품도 아닌 이 미완의 〈밑그림〉이 다른 모든 신간들을 제치고 무려 6개월 동안 베스트셀러 최상위의 자리를 지켰다. 파리의 한복판에 있는 대형 서점 프낙FNAC의 서적부 입구에 높다랗게 쌓여 있는 이 책의 무더기를 바라보면서, 길거리와 지하철 안에서 『최초의 인간』을 들고 있는 사람들을 심심치 않게 마주치면서, 사람들은 카뮈가 30여 년

6 『시사저널』 247호, 1994년 7월 21일, 84～85면.

만에 다시 그 젊은 얼굴로, 엠마누엘 로블레스가 감동적으로 회고하는 그 빛나는 얼굴로 되살아나고 있음을 확인했다.

*

『최초의 인간』의 내용과 관련된 기록이 카뮈의 『작가 수첩 III』 속에 처음 등장하는 것은 1951년으로 소급된다.

> 소설…… 동부 군인 묘지. 아들은 서른다섯 살이 되어 아버지의 무덤을 찾아갔다가 아버지가 서른 살에 사망했다는 사실을 알게 된다. 아버지는 〈나보다 손아래가 되었군〉(32면).

그러나 작품의 제2장 〈생브리외〉에 등장하는 이 〈손아래〉 아버지의 테마가 명백하게 〈최초의 인간〉이라는 제목과 함께 소설의 구상 속에 구체적으로 편입되어 처음 나타나는 것은 정확하게 1953년 10월이다.

> 소설. 제1부. 아버지 찾기, 혹은 알지 못하는 아버지 찾기. 가난에는 과거가 없다. 〈어느 날 시골의 공동묘지에서…… X는 자기의 아버지가 그 순간에 자기 자신보다 더 젊은 나이에 죽었다는 것. 거기에 누워 있는 이는 비록 35년 전부터 거기에 누워 있기는 하지만 2년 전부터 자기보다 손아랫사람이라는 것을 발견한다. 그는 자신이 그 아버지에 대해 아무것도 아는 것이 없음을 깨닫고 그 아버지를 다시 찾아 나서기로 결심한다…….〉
>
> 이사하는 중에 출생.
>
> 제2부. 어린 시절(제1부와 섞인). 나는 누구인가?
>
> 제3부. 한 인간의 교육. 육체에서 벗어날 수가 없다. 아! 최

초의 행위들의 천진무구함!……(108면).

오 아버지! 나는 내가 갖지 못한 그 아버지를 미친 듯이 찾았었다. 그런데 이제 나는 내가 항상 갖고 있었던 나의 어머니와 그의 침묵을 발견하는 것이었다(109면).

〈최초의 인간〉
구상?
1) 아버지를 찾아서.
2) 어린 시절.
3) 행복의 시절(1938년 병을 얻다). 행복의 과잉으로서의 행동. 그것이 끝났을 때의 강한 해방감.
4) 전쟁과 레지스탕스(바로 아켐과 교착된 지하 신문).
5) 여자들.
6) 어머니(111~112면).

따라서 『작가 수첩 III』 속에 나타나 있는 『최초의 인간』과 관계된 기록들과 지금 번역 출판하는 이 책의 부록 중 〈최초의 인간 — 노트와 구상〉을 근거로 해볼 때 우리는 다음 몇 가지 사실들을 확인해 볼 수 있다. 우선 이 작품은 애초부터 카뮈의 머릿속에서 〈아버지 찾기〉라는 핵심적인 주제를 출발점으로 하여 구상되었다는 점을 알 수 있다. 이는 장차 〈최초의 인간〉이라는 제목, 혹은 주제의 의미를 해석하는 데 있어서 중요한 실마리를 제공할 수 있을 것이다.

둘째로 카뮈가 구상한 작품의 내용 중에서 사망 직전까지 〈밑그림〉의 형태로 순서를 달리한 채로나마 실제로 집필된 부분이 1) 〈아버지를 찾아서〉, 2) 〈어린 시절〉, 6) 〈어머니〉 등의 세 개 장이라면 3) 〈행복의 시절(1938년 병을 얻다)〉,

4) 〈전쟁과 레지스탕스〉, 5) 〈여자들〉 등의 세 개 장은 전혀 손을 대지 못한 채 남게 되었다는 것을 알 수 있다.

다만 5장 〈여자들〉과 관련된 것으로 짐작되는 제시카는 이미 1954년부터 그 성격이 구체화되고 있는 인물임을 발견할 수 있다.

> 〈최초의 인간〉: 제시카를 거쳐 가는 단계들: 관능적인 소녀. 절대에 매혹된 사랑에 빠진 젊은 여자. 진짜로 사랑을 하는 여자. 처음의 애매함에서 벗어난 완성(127면).

한편 4장 〈전쟁과 레지스탕스〉와 관련이 있을 듯한 인물로 아랍인 〈사독〉(195면)이나 〈투사 피에르, 딜레탕트인 장〉(196면)은 다소 뒤늦게, 1955년에야 비로소 수첩의 메모 속에 나타나고 있다.

끝으로 우리가 확인할 수 있는 흥미로운 사실은, 카뮈가 1953년 10월경에 〈최초의 인간〉이라는 소설을 처음으로 구상한 이래 1956년까지 약 3년 동안에는 비교적 꾸준히 이 〈소설〉을 염두에 두고서 머릿속에 떠오르는 인물, 장면, 사건, 심리 등 여러 가지 요소들을 〈수첩〉에 메모해 두곤 했다는 점, 그러나 〈전쟁이 벌어지고 있는 알제리를 향하여〉 되돌아가는 어머니와 그 어머니를 혼자 떠나보낼 수밖에 없는 아들이 서로 헤어지는 대합실 장면의 〈소설(끝)〉(213면)과 〈소설. 제시카와 15년 동안이나 사랑을 하고 난 뒤에 그는 어떤 젊은 무용수를 만난다〉(214~215면)고 구상해 보는 1956년 8월경의 노트를 끝으로 그 후 약 3년 가까운 기간 동안 〈수첩〉 속에는 이 〈소설〉에 관한 구상의 흔적이 전혀 나타나지 않고 있다는 점이다. 소설에 관한 노트가 전혀 보이지 않는 이 시기(1956년 8월~1959년 5월)야말로 이 작가에게는 가장 견디기 어려웠던 〈침묵의 시절〉이다.

그러나 겉보기에는 그렇게 절망적이라고 여겨지지 않을 수도 있다. 오히려 어느 면에서는 화려해 보일 정도이다. 1957년에는 노벨 문학상을 수상했다. 이듬해 6월에는 미셸 갈리마르와 요트를 타고 그리스 여행을 했으며 9월에는 루르마랭 시골집을 매입했다. 한편 걸작 소설 『전락』을 집필했고 연말에는 도스또예프스끼의 소설 『악령』을 각색하여 무대 연습에 들어갔다. 따라서 이 시기는 오히려 행복과 풍요의 시절로 보일지도 모른다. 그러나 건강이 악화된 데다가 그에 대한 문단과 정치권의 공격이 견딜 수 없을 정도에 이른 나머지 1957년의 어느 일기에서 그는 〈10월 17일. 노벨상. 짓눌림과 우수가 함께 섞인 이상한 감정〉이라고 짤막하지만 고통스러운 어조의 기록을 남기고 있다. 그런 가운데 알제리 사태가 점차 비극적 국면으로 접어들면서 그는 이러지도 저러지도 못한 채 참을 수 없는 침묵 속으로 빠져 들었다. 그는 자신의 상상력 속에서 〈풍경〉이 자취를 감추고 있다고 스스로 한탄한다. 이 무렵에 쓴 한 단편소설의 제목처럼 그는 〈배교자 — 혼미한 정신〉의 시대를 살고 있었다.

『최초의 인간』이 책으로 출간되고 난 직후 로베르 갈리마르는 이렇게 증언했다. 「프랑신이 내게 이 책의 존재를 알려 주었을 때 나는 너무나도 의외여서 놀랐다. 왜냐하면 카뮈는 고인이 되기 약 1년 전, 내가 지금도 어디라고 손가락으로 가리켜 보일 수도 있는 『엔에르에프N. R. F.』지 편집부 복도에서 내게 〈끝장이야, 난 더 이상 글을 못 쓰겠어〉 하고 말했었기 때문이다. 알제리 전쟁 때였고 그는 기진맥진한 상태였으며 문단에 대한 혐오감과 구토증을 참을 수 없어 했다. 게다가 작가들 가운데 그와 심정을 같이하는 정신적 가족이 하나도 없었다. 결국 그는 〈연극에 몰두해 보겠다〉고 말했다. 그래서 나는 이 소설의 원고를 보자 속으로 〈아니, 다시 손이 풀렸군〉 하고 생각했던 것이다. 나는 그렇기 때문에 이 원고는 그가 살아 있던 마지막 6개월 동안에 쓴 것이라고 확신하는 것이다.」[7]

로베르 갈리마르의 증언은 사실과 정확하게 맞아떨어지고 있다. 왜냐하면 1959년 4월 28일에 그를 괴롭히는 사람들로 가득 찬 파리로부터 멀리 떨어진 루르마랭 시골집으로 내려온 카뮈는 『작가 수첩 III』에 이렇게 기록하고 있기 때문이다.

> 5월.
>
> 작업 재개. 〈최초의 인간〉 제1부에 진척이 있다. 이 고장, 그리고 이 고장의 고독과 아름다움에 감사.

이것이 『작가 수첩 III』 속에서 『최초의 인간』과 관련된 것으로 발견할 수 있는 마지막 기록이다. 그 이후 운명이 그에게 허락한 최후의 7개월은 예정에 없던 유서가 되고 만 『최초의 인간』의 열광적인 집필에 바쳐진다. 〈때로는 마침표도 쉼표도 찍지 않은 채 판독하기 어려운 속필로 펜을 달려 쓴 144페이지의 원고〉라고 카트린이 표현한 그 뜨거운 상상력의 질주가 시작된 것이다. 독자들 자신도 이 책을 읽으면서 프루스트의 문체를 연상시키는 기나긴 문장, 한번 시작하면 끝날 줄 모르며 숨 가쁘게 이어져 가는 문장의 호흡 속에서 그 분출하는 에너지를 충분히 느낄 수 있을 것이다(그 결과 번역자에게는 이 끝없이 길고 숨 가쁜 문체야말로 감당할 길 없는 고난의 연속이 아닐 수 없었다). 그러나 그 뜨거운 상상력의 질주를 낯선

7 Bulletin d'Information, p. 19.

국도상의 아름드리 가로수가 문득 가로막아 버린 것이다.

카뮈는 알제리의 가난한 거리에서 자란 열일곱 살 소년이었던 자신이 어떻게 하여 글을 쓰기 시작했던가를 이렇게 설명했다. 청소년 시절에 그가 처음으로 읽게 된 앙드레 드 리쇼의 책 한 권이 〈창작의 세계를 어렴풋이나마 들여다볼 수 있게〉 해주었을 때 그는 〈책이란 것이 그저 잊어버렸던 일이나 심심풀이를 위한 재미난 이야기를 털어 놓는 것만은 아니란 것을 알게 된 것이다〉. 그리하여 그는 처음으로 글이 무엇인지를 알게 되었다. 〈나의 고집스런 침묵이 막연하고도 극단적인 고통들, 나를 에워싸고 있는 기이한 세계, 내 가족들의 기품 있는 심성…… 이런 모든 것을 책에서 말해도 되는 것〉임을 깨달았다. 그리하여 젊은 카뮈가 〈이런 모든 것〉을 서투르나마 진실된 어조로 서술하여 발표한 최초의 글이 산문집 『안과 겉』이다. 그는 젊은 시절에 쓴 이 책의 초판이 절판된 지 20여 년이 지난 후 거기에 긴 〈서문〉을 새로이 덧붙여서 새판을 냈다. 그때가 바로 『최초의 인간』이 구상되어 집필을 기다리던 1958년이었다.

우리는 『최초의 인간』과 관련하여 특히 그 〈서문〉 속의 중요한 몇 가지 내용에 주목하지 않으면 안 된다. 첫째 카뮈는 『안과 겉』을 쓰던 스무 살은 겨우 글을 쓸 줄 알까 말까 한 나이라고 말함으로써 데뷔 시절에 쓴 그 글의 서투름을 인정했다. 둘째로 그는 자신이 진정으로 쓰고자 하는 작품은 자신의 〈앞〉에, 즉 미래에 있다고 고백했다. 마치 지금까지 쓴 모든 작품들은(노벨 문학상까지 받고 난 뒤에) 진정한 작품을 쓰기 위한 일종의 연습이었다는 듯이. 〈그렇기 때문에 아마도 나는 20년 동안 일과 작품 생활을 거치고 나서도 여전히 나의 작품은 아직 시작조차 되지 않았다고 생각하며 살아가는 것이리라.〉[8] 그리하여 그는 〈만약 내가 어느 날엔가 『안과 겉』을 다시 쓰는 데 성공하지 못한다면 나는 아무것에도 성공하지 못한 결과가 될 것이다〉라고 못 박아 말했다.

끝으로 그는 그 새로 쓰는 작품의 중심에는 〈한 어머니의 저 탄복할 만한 침묵, 그리고 그 침묵에 어울릴 수 있는 정의, 혹은 사랑을 찾기 위한 한 사나이의 노력〉을 갖다 놓겠다고 말했다. 그리고 거기에는 카뮈의 저 감동적인 예술론이 결론으로 이어진다.

> 한 인간이 이룩한 작품이란, 예술이라는 우회의 길들을 거쳐, 처음으로 가슴을 열어 보였던 한두 개의 단순하고도 위대한 이미지들을 다시 찾기 위한 기나긴 행로에 지나지 않는다.[9]

마침내 카뮈는 1959년 5월, 『안과 겉』에 썼던 〈그 모든 것〉을, 아니 지금까지 서투른 형식으로 썼던 모든 작품들을, 다른 말로 바꾸어 〈아직 시작조차 되지 않았다고 생각하는〉 작품을 전혀 새로운 형식과 격조와 방대한 서사적 구조로 〈다시 쓰는〉 기나긴 〈우회〉의 행로에 오른 것이었다. 그것이 바로 여기에 소개하는 『최초의 인간』이라고 나는 믿는다. 따라서 이 작품이야말로 카뮈에게 있어서는 일생일대의 승부요 그의 모든 역량의 대집성이라고 말할 수 있다.

여기서 우리는 이러한 전체적 맥락에 비추어 〈최초의 인간〉이라는 제목과 주제의 의미를 해석해 볼 수 있을 것이다. 모든 참다운 예술 작품이 그러하듯이 이 경우에도 그 의미는 중층적이고 열려 있는 것이다. 그러나 그 의미들 중에서 핵

8 알베르 카뮈, 김화영 옮김, 『안과 겉』(1988, 책세상), 40면.
9 위의 책, 39~40면.

심적인 몇 가지를 가려내 보고 그들 사이의 상관관계를 헤아려 작품이 주는 감동의 형식을 드러내 보려고 노력할 수는 있는 일이다.

첫째, 앞에서도 지적했듯이 〈최초의 인간〉이란 주제는 작품 구상의 시초에 자리 잡고 있었던 〈아버지 찾기〉와 가까운 관계가 있을 것 같다. 이 작품을 처음 구상하기 시작하는 무렵인 1953년에 카뮈는 마흔 살이 되었다. 그는 이 시기를 전후하여 나이에, 특히 이 마흔이라는 〈고비〉에 유난히 민감했던 것 같다. 그 해 11월 7일 만으로 마흔 살이 되면서 그는 『작가 수첩 III』에 이렇게 기록하고 있다.

> 마흔 살이 되면 사람은 자신의 한 부분이 소멸되는 것을 용납한다. 다만 다 쓰지 못한 이 모든 사랑이 나로서는 감당할 힘이 없는 한 작품을 일으켜 세워 빛나게 해주기를 하늘에 빌 뿐(57면).

그의 어머니가 생브리외에 있는 아버지의 무덤을 찾아가 보라고 부탁한 것도 이 무렵이었다. 내키지 않는 걸음이었지만 묘지로 찾아간 그는 묘석에 〈1885~1914〉라고 새겨진 명문을 발견하자 스물아홉 살에 사망한 아버지는 마흔 살이 된 아들 자기보다 훨씬 〈젊다〉는 사실을 깨닫는다.

그리하여 그는 그 〈알 수 없는〉 아버지에 대한 이야기를 들어 보고 싶어진 나머지 그에 대한 기억을 간직하고 있을 사람들을 찾아 알제리로 가게 된다. 원천과 뿌리, 즉 〈처음으로 가슴을 열어 보였던 두세 가지의 단순하고도 위대한 이미지들〉을 찾아가는 일종의 순례 행로였다. 그러나 그가 찾아낸 것은 아버지의 철저한 부재와 어머니의 침묵뿐이었다. 그것은 가난과 무지, 기억 상실과 무관심의 세계였다. 요컨대 그것은 무(無)의 세계였다. 이리하여 그는 자신이 텅 비어 있는 무의 세계와 마주한 〈최초의 인간〉임을 발견한다.

> 오 아버지! 나는 내가 갖지 못한 그 아버지를 미친 듯이 찾았었다. 그런데 이제 나는 내가 항상 갖고 있었던 나의 어머니와 그의 침묵을 발견하는 것이었다(『작가 수첩 III』, 109면).

이렇게 볼 때 이 부재와 침묵 속에 서 있는 카뮈 자신이 바로 〈최초의 인간〉인 것이다. 즉, 최초의 인간이란 일차적으로 아버지를 모른 채 〈주워 온 아이〉처럼 혼자 인생길을 개척해야 했던 카뮈 자신과 그의 소설적 분신인 자크 코르므리이다.

그러나 프랑스계의 알제리 이민(혹은 식민)이었던 자크 코르므리(카뮈)의 조상들 역시 〈뿌리 뽑힌 채〉 황무지뿐인 척박한 땅에 처음으로 발 디딘 〈최초의 인간〉들이었음이 드러난다. 그들에게는 등 뒤로 추적할 수 있는 역사도 기억도 문헌도 없다. 모든 것은 그들로부터 원점에서 다시 시작되었다. 이런 중층적인 의미에서 이 소설의 제1장을 마무리하는 다음과 같은 감동적인 한 구절을 천천히 새겨 가며 다시 읽어 볼 필요가 있다.

> 그가 오랜 세월의 어둠을 뚫고 걸어가는 그 망각의 땅에서는 저마다가 다 최초의 인간이었다. 또 그 땅에서는 그 역시 아버지 없이 혼자서 자랐을 뿐, 이야기를 해도 좋을 만한 나이가 되기를 기다렸다가 아버지가 아들을 불러서 집안의 비밀을, 혹은 오랜 옛날의 고통을, 혹은 자신이 겪은 경험을 이야기해 주는 그런 순간들, 우스꽝스럽고 가증스러운 폴로니우스조차도 라에르트에게 말을 함으로써 돌연 어른이 되는 그런 순간들을 그는 한번도 경험해 보지 못했었다. 열여섯 살

이 되어도 스무 살이 되어도 아무도 그에게 말을 해주지 않았고 그는 혼자서 배우고 혼자서 있는 힘을 다하여, 잠재적 능력만을 지닌 채 자라고, 혼자서 자신의 윤리와 진실을 발견해 내고 마침내 인간으로 태어난 다음 이번에는 더욱 어려운 탄생이라고 할, 타인들과 여자들에게로 또 새로이 눈뜨지 않으면 안 되었다. 이 고장에서 태어나 뿌리도 신앙도 없이 살아가는 법을 하나씩하나씩 배우려고 노력하는 모든 사람들이, 결정적인 익명성으로 변한 나머지 자신들이 이 땅 위에 왔다가 간 단 하나의 거룩한 흔적인, 지금 공동묘지 안에서 어둠에 덮여 가고 있는 저 명문을 읽을 수도 없는 묘석들마저 없어져 버릴 위험이 있는 오늘, 모두 다 함께 다른 사람들의 존재에 눈뜨며 새로이 태어나는 법을, 자신들보다 먼저 이 땅 위를 거쳐 갔고 이제는 종족과 운명의 동지임을 인정해야 마땅할, 지금은 제거되고 없는 정복자들의 저 엄청난 무리들에 눈뜨며 새로이 태어나는 법을 배우지 않으면 안 되듯이(『최초의 인간』, 203~204면).

따라서 최초의 인간은 아버지 없이 자란 카뮈 자신이며 동시에 소설의 주인공 자크 코르므리이다. 최초의 인간은 또한 몸에 박혔던 포탄의 파편 한 조각만을 세상에 남긴 채 너무나 젊은 나이에 사라져 버린 그의 아버지인 동시에 지금은 묘지의 〈묘석마저 없어져 버릴 위험이 있는〉 그 모든 조상들이기도 하다.

그리고 또한 최초의 인간은 역사도 전통도 재산도 물려받은 것이 없는 모든 〈가난한 사람들〉이기도 하다. 이 작품과 관련된 최초의 메모로 『작가 수첩 III』에 기록되어 있다가 후일 작품 속에 편입된 저 〈헐벗음〉의 이미지는 바로 그 점을 잘 보여 준다.

소설. 그때 그에게 가장 인상적이었던 것은 그의 집에서 어느 정도로까지 물건을 찾아볼 수 없었느냐 하는 점이었다. 필수품이라는 말의 뜻을 그보다 더 잘 보여 줄 수는 없을 것이다. 그의 어머니가 거처하는 방에는 아무런 흔적도 물건도 없었다. 가끔 가다가 손수건 하나 정도가 예외였다(34면).

가난한 사람들은 빈 공간 속에 서 있는 〈최초의 인간〉이다. 그들은 과거로부터 물려받은 것이 아무것도 없다.

그러나 한 차원 더 넓혀서 생각해 보면, 정도의 차이야 있겠지만, 사실 아버지 없는 〈고아〉가 되어 보지 않는 사람이 어디 있겠는가? 모든 인간은 다 어느 만큼은 〈주워 온 아이〉이다. 필연적인 〈죽음〉에 의하여 삶의 의미가 무화(無化)되게 마련이고 보면 모든 인간은 스스로, 그리고 혼자서 자신의 삶에 의미를 부여함으로써 타인에게로 〈눈뜨며〉 다시 태어나야 하는 〈최초의 인간〉이다. 그러나 이러한 일반화는 작품의 구체적인 감동을 추상화할 위험이 없지 않다.

다만 우리는 이 글을 마무리하면서 이렇게 뒤집어 말해 볼 수 있을 것이다. 〈최초의 인간〉이란 아버지도, 과거도, 역사도, 기억도, 물려받은 재산도 없는 가난하고 고독하고 헐벗은 사람들, 즉 부정적인 의미의 인간만을 가리키는 것이 아니다. 한 걸음 물러나 다시 생각해 보면 그것은 더욱 긍정적이고 밝고 순결한 의미도 지니고 있다는 것을 알 수 있다. 모든 〈최초〉란 순결하고 빛나는 것이다. 낙원의 아담이 아무것도 지닌 것 없이 맞은 이 세상 최초의 아침이 그러하듯이. 그래서 카뮈는 1954년의 『작가 수첩 III』 속에 이렇게 적고 있는 것이 아니겠는가?

티파사의 아침 폐허 위에 맺히는 이슬. 세상에서 가장 오래

된 것 위에 세상에서 가장 젊고 싱싱한 것. 이것이 바로 나의 신앙이고 또 내 생각으로는 예술과 삶의 원칙이다(160면).

세상에서 가장 오래된 것은 우리가 몸담고 있는 세계요 우주다. 그러나 세상에서 가장 젊고 싱싱한 것은 우리들 저마다의 새로운 〈탄생〉이다. 그 탄생과 더불어 삶도 역사도 의미도 가치도 늘 다시 시작하는 것이다. 아마 그렇기 때문에 카뮈는 이 소설의 첫머리에다 한 가족 전체가 낯선 땅에 도착하는 순간에 자크 코르므리가 〈탄생〉하는 장면을 가져다 놓은 것인지도 모른다. 작품의 서두를 여는 저 길고 도도한 문장을 다시, 천천히 그리고 깊이 음미해 보라. 그것은 〈사흘 전에 대서양 위에서 부풀어 오른〉 구름 떼들이 〈숱한 제국들과 민족들이 수천 년 동안 이동해 온 것보다 더 빠를 것도 없는 걸음으로〉 동진(東進)한 끝에 마침내 알제리에 이르러 빗방울로 변한 다음 자크 코르므리를 뱃속에 담고 있는 여인의 마자 보상을 후려치는 과정을 하나의 긴 문장 속에 그리고 있다. 이는 바로 〈세상에서 가장 오래된 것〉이 〈세상에서 가장 젊고 싱싱한 것〉, 가장 새로운 생명, 즉 영원한 〈최초의 인간〉으로 잉태되는 저 경이로운 탄생의 과정 바로 그것이 아닐까?

*

번역의 대본은 Albert Camus, *Le Premier Homme*, Cahiers Albert Camus 7, Gallimard, 1994를 사용했다. 끝으로 내가 이 책의 번역을 위하여 파리에 체류하는 동안 너그러운 우정과 정확한 언어 능력으로 번역에 도움을 아끼지 않았던 장 노엘 쥐테Jean Noël Juttet 씨, 역자가 끝까지 해결하지 못했던 몇 가지 문제들을 20세기 초엽 알제리 사정에 대한 구체적 체험과 스페인 및 마온 지역 이민들의 속어에 대한 지식을 동원하여 속 시원히 지적해 주신 작가 엠마누엘 로블레스 씨에게 진정 어린 감사를 표한다.

1994년 10월
프랑스의 Meudon Bellevue에서
김화영

알베르 카뮈 연보

1913년 **출생** 11월 7일 알제리의 몽도비에서 프랑스계 알제리 이민자로 태어남.

1914년 **1세** 제1차 세계 대전 발발. 아버지 뤼시앵 카뮈Lucien Camus가 마른 전투에서 사망.

1923년 **10세** 프랑스의 중등학교 리세lycée에 입학.

1930년 **17세** 알제 대학 입학. 대학 축구팀에서 골키퍼로 활약. 폐결핵 첫 발병. 문과반에서 장 그르니에를 사상적 스승으로 만남. 폐결핵으로 대학 중퇴.

1932년 **19세** 잡지 『남방*Sud*』에 네 편의 글을 발표.

1933년 **20세** 히틀러 권력 장악. 앙리 바르뷔스와 로맹 롤랑에 의해 주도된 암스테르담-폴레이엘 반 파쇼 운동에 가입, 투쟁.

1934년 **21세** 시몬 이에와 결혼. 장 그르니에의 권유와 스페인의 정치 상황에 대한 그 자신의 관심으로 공산당에 가입.

1935년 **22세** 공산당 탈퇴. 아르바이트를 하면서 철학 공부를 계속하는 동시에 작품 『안과 겉*L'envers et l'endroit*』을 쓰기 시작함.

1936년 23세 알제 대학 졸업. 아내와 자신의 불륜으로 첫 결혼이 파경에 이름. 몇몇 친구들과 함께 〈노동 극장〉을 창단하고 사회주의자를 위한 작품을 집필하기 시작함. 희곡 「아스튀리의 반란Révolte dans les Asturies」을 집필했으나 상연이 금지됨.

1937년 24세 『안과 겉』 간행. 건강상의 이유로 교수 자격 획득 단념. 미발표 원고 『행복한 죽음*La mort heureuse*』 집필.

1938년 25세 「알제 레퓌블리캥」 신문 기자로 취직. 「칼리굴라Caligula」 집필. 부조리에 관한 시론을 구상하며 『이방인*L'étranger*』 집필에 필요한 자료 수집.

1939년 26세 오디지오, 로블레스 등과 함께 『바닷가*Rivages*』라는 잡지 창간. 앙드레 말로와 만남. 『결혼*Noces*』 간행.

1940년 27세 수학 교사이자 피아니스트인 프랑신 포르와 재혼. 아내 프랑신을 사랑하지만 결혼 제도에 극렬히 반대한 카뮈의 결혼 생활은 순탄치 못함.『파리 수아르*Paris-Soir*』지 입사. 소설 『이방인』 탈고. 『시지프의 신화*Le mythe de Sisyphe*』 전반부 집필.

1941년 28세 오랑의 사립 학교에서 교편을 잡음. 『시지프의 신화』 탈고. 소설 『페스트*La peste*』 준비.

1942년 29세 소설 『이방인』 간행. 잠시 알제리의 오랑으로 돌아감.

1943년 30세 갈리마르 출판사와 거래. 『시지프의 신화』 간행.

1944년 31세 사르트르와 만남. 파스칼 피아와 함께 레지스탕스 신문 「콩바Combat」 편집 및 운영.

1945년 32세 쌍둥이 자녀 장과 카트린 출생. 「칼리굴라」 상연, 대성공. 『반항하는 인간*L'homme révolté*』의 출발점이 되는 〈반항론〉 발표. 프랑스 편집인으로서는 드물게 히로시마 원자폭탄 사용에 대한 반대를 주장하는 논설을 실음.

1946년 33세 『페스트』를 어렵게 탈고.

1947년 34세　『페스트』 출간. 즉각적인 호평. 전후에 「콩바」가 상업적 성격을 지니게 되자 사임함.

1948년 35세　프라하에 군사 혁명. 알제리 여행. 장 루이 바로와 함께 쓴 「계엄령L'état de siège」을 상연했으나 실패.

1949년 36세　남미 여행 후 귀국, 『반항하는 인간』 집필. 폐결핵 재발.

1950년 37세　『시사평론*Actuelles*』 제1권 간행. 그리스 근교에서 얼마간 휴양.

1951년 38세　『반항하는 인간』 발표. 공산주의에 반대하는 작품의 내용으로 인하여 사르트르와 멀어지기 시작함.

1952년 39세　사르트르와 결별. 레카미에 극장 운영 신청.

1953년 40세　『시사평론』 제2권 간행. 동베를린에서 노동자 파업을 분쇄한 소비에트 연방을 강하게 비판.

1954년 41세　알제리 독립 전쟁 발발. 정전 협정을 위해 노력함. 『여름*L'Été*』 간행.

1955년 42세　디노 부자티의 『흥미 있는 경우』 각색. 기자 활동 재개.

1956년 43세　알제 여행. 자신이 각색한 「어떤 수녀를 위한 진혼곡」 상연, 성공. 소설 『전락*La chute*』 간행. 『여름』의 속편으로 『축제*La fête*』의 집필 구상. 폴란드의 노동자 파업 분쇄와 소비에트 연방의 헝가리 반란 진압을 비판함.

1957년 44세　소설 『적지와 왕국*L'exil et le royaume*』 간행. 로페 데 베가의 『올메도의 기사』 각색. 「칼리굴라」 재상연. 노벨 문학상 수상.

1960년 47세　1월 4일 미셸 갈리마르의 승용차에 동승, 몽트로 근교 빌블르뱅에서 교통사고로 영면.

열린책들 세계문학 003 최초의 인간

옮긴이 김화영 1941년에 태어났다. 서울대학교 불어불문학과를 졸업하고 동 대학원에서 석사 학위 취득 후 프랑스 프로방스(엑스-마르세유 1) 대학교에서 1974년에 알베르 카뮈 연구로 박사 학위를 받았다. 고려대학교 불어불문학과 교수를 역임하고 현재 고려대학교 명예교수다. 저서로는 『지중해, 내 푸른 영혼』, 『문학 상상력의 연구-알베르 카뮈의 문학 세계』, 『알제리 기행』, 『행복의 충격』, 『예술의 성』, 『프레베르여 안녕』, 『미당 서정주의 시에 대하여』, 『프랑스 문학 산책』, 『소설의 꽃과 뿌리』, 『발자크와 플로베르』 등이 있으며, 역서로는 〈알베르 카뮈 전집〉 중 『이방인』, 『페스트』, 『전락』, 『안과 겉』 등, 『섬』, 『프랑스 현대시사』, 『프랑스 현대소설사』, 『짧은 글, 긴 침묵』, 『마담 보바리』, 『예찬』 등이 있으며, 편저로 『카뮈』, 『프랑스 현대비평의 이해』, 『현대 소설론』, 『사르트르』 등이 있다.

지은이 알베르 카뮈 **옮긴이** 김화영 **발행인** 홍예빈
발행처 주식회사 열린책들 **주소** 경기도 파주시 문발로 253 파주출판도시
전화 031-955-4000 **팩스** 031-955-4004
홈페이지 www.openbooks.co.kr **이메일** literature@openbooks.co.kr

ISBN 978-89-329-0917-2 04860 **ISBN** 978-89-329-1499-2 (세트)
발행일 1995년 1월 15일 초판 1쇄 2001년 5월 25일 신판 1쇄 2004년 10월 1일 신판 3쇄 2006년 2월 25일 보급판 1쇄 2008년 2월 10일 보급판 3쇄 2009년 12월 20일 세계문학판 1쇄 2025년 2월 15일 세계문학판 14쇄

이 도서의 국립중앙도서관 출판예정도서목록(CIP)은 서지정보유통지원시스템 홈페이지(http://seoji.nl.go.kr)와 국가자료공동목록시스템(http://www.nl.go.kr/kolisnet)에서 이용하실 수 있습니다.(CIP제어번호: CIP2009003339)

열린책들 세계문학
Open Books World Literature

001 **죄와 벌** 표도르 도스또예프스끼 장편소설 | 홍대화 옮김 | 전2권 | 각 408, 504면
003 **최초의 인간** 알베르 카뮈 장편소설 | 김화영 옮김 | 392면
004 **소설** 제임스 미치너 장편소설 | 윤희기 옮김 | 전2권 | 각 280, 368면
006 **개를 데리고 다니는 부인** 안똔 체호프 소설선집 | 오종우 옮김 | 368면
007 **우주 만화** 이탈로 칼비노 단편집 | 김운찬 옮김 | 416면
008 **댈러웨이 부인** 버지니아 울프 장편소설 | 최애리 옮김 | 296면
009 **어머니** 막심 고리끼 장편소설 | 최윤락 옮김 | 544면
010 **변신** 프란츠 카프카 중단편집 | 홍성광 옮김 | 464면
011 **전도서에 바치는 장미** 로저 젤라즈니 중단편집 | 김상훈 옮김 | 432면
012 **대위의 딸** 알렉산드르 뿌쉬낀 장편소설 | 석영중 옮김 | 240면
013 **바다의 침묵** 베르코르 소설선집 | 이상해 옮김 | 256면
014 **원수들, 사랑 이야기** 아이작 싱어 장편소설 | 김진준 옮김 | 320면
015 **백치** 표도르 도스또예프스끼 장편소설 | 김근식 옮김 | 전2권 | 각 500, 528면
017 **1984년** 조지 오웰 장편소설 | 박경서 옮김 | 392면
019 **이상한 나라의 앨리스** 루이스 캐럴 환상동화 | 머빈 피크 그림 | 최용준 옮김 | 336면
020 **베네치아에서의 죽음** 토마스 만 중단편집 | 홍성광 옮김 | 432면
021 **그리스인 조르바** 니코스 카잔차키스 장편소설 | 이윤기 옮김 | 488면
022 **벚꽃 동산** 안똔 체호프 희곡선집 | 오종우 옮김 | 336면
023 **연애 소설 읽는 노인** 루이스 세풀베다 장편소설 | 정창 옮김 | 192면
024 **젊은 사자들** 어윈 쇼 장편소설 | 정영문 옮김 | 전2권 | 각 416, 408면
026 **젊은 베르테르의 슬픔** 요한 볼프강 폰 괴테 장편소설 | 김인순 옮김 | 240면
027 **시라노** 에드몽 로스탕 희곡 | 이상해 옮김 | 256면
028 **전망 좋은 방** E. M. 포스터 장편소설 | 고정아 옮김 | 352면
029 **까라마조프 씨네 형제들** 표도르 도스또예프스끼 장편소설 | 이대우 옮김 | 전3권 | 각 496, 496, 460면
032 **프랑스 중위의 여자** 존 파울즈 장편소설 | 김석희 옮김 | 전2권 | 각 344면
034 **소립자** 미셸 우엘벡 장편소설 | 이세욱 옮김 | 448면
035 **영혼의 자서전** 니코스 카잔차키스 자서전 | 안정효 옮김 | 전2권 | 각 352, 408면
037 **우리들** 예브게니 자마찐 장편소설 | 석영중 옮김 | 320면

038 **뉴욕 3부작** 폴 오스터 장편소설 | 황보석 옮김 | 480면

039 **닥터 지바고** 보리스 파스테르나크 장편소설 | 홍대화 옮김 | 전2권 | 각 480, 592면

041 **고리오 영감** 오노레 드 발자크 장편소설 | 임희근 옮김 | 456면

042 **뿌리** 알렉스 헤일리 장편소설 | 안정효 옮김 | 전2권 | 각 400, 448면

044 **백년보다 긴 하루** 친기즈 아이뜨마또프 장편소설 | 황보석 옮김 | 560면

045 **최후의 세계** 크리스토프 란스마이어 장편소설 | 장희권 옮김 | 264면

046 **추운 나라에서 돌아온 스파이** 존 르카레 장편소설 | 김석희 옮김 | 368면

047 **산도칸 – 몸프라쳄의 호랑이** 에밀리오 살가리 장편소설 | 유향란 옮김 | 428면

048 **기적의 시대** 보리슬라프 페키치 장편소설 | 이윤기 옮김 | 560면

049 **그리고 죽음** 짐 크레이스 장편소설 | 김석희 옮김 | 224면

050 **세설** 다니자키 준이치로 장편소설 | 송태욱 옮김 | 전2권 | 각 480면

052 **세상이 끝날 때까지 아직 10억 년** 스뜨루가츠끼 형제 장편소설 | 석영중 옮김 | 224면

053 **동물 농장** 조지 오웰 장편소설 | 박경서 옮김 | 208면

054 **캉디드 혹은 낙관주의** 볼테르 장편소설 | 이봉지 옮김 | 232면

055 **도적 떼** 프리드리히 폰 실러 희곡 | 김인순 옮김 | 264면

056 **플로베르의 앵무새** 줄리언 반스 장편소설 | 신재실 옮김 | 320면

057 **악령** 표도르 도스또예프스끼 장편소설 | 박혜경 옮김 | 전3권 | 각 328, 408, 528면

060 **의심스러운 싸움** 존 스타인벡 장편소설 | 윤희기 옮김 | 340면

061 **몽유병자들** 헤르만 브로흐 장편소설 | 김경연 옮김 | 전2권 | 각 568, 544면

063 **몰타의 매** 대실 해밋 장편소설 | 고정아 옮김 | 304면

064 **마야꼬프스끼 선집** 블라지미르 마야꼬프스끼 선집 | 석영중 옮김 | 320면

065 **드라큘라** 브램 스토커 장편소설 | 이세욱 옮김 | 전2권 | 각 340, 344면

067 **서부 전선 이상 없다** 에리히 마리아 레마르크 장편소설 | 홍성광 옮김 | 336면

068 **적과 흑** 스탕달 장편소설 | 임미경 옮김 | 전2권 | 각 376, 368면

070 **지상에서 영원으로** 제임스 존스 장편소설 | 이종인 옮김 | 전3권 | 각 396, 380, 388면

073 **파우스트** 요한 볼프강 폰 괴테 희곡 | 김인순 옮김 | 568면

074 **쾌걸 조로** 존스턴 매컬리 장편소설 | 김훈 옮김 | 316면

075 **거장과 마르가리따** 미하일 불가꼬프 장편소설 | 홍대화 옮김 | 전2권 | 각 364, 328면

077 **순수의 시대** 이디스 워튼 장편소설 | 고정아 옮김 | 448면

078 **검의 대가** 아르투로 페레스 레베르테 장편소설 | 김수진 옮김 | 376면

079 **예브게니 오네긴** 알렉산드르 뿌쉬낀 운문소설 | 석영중 옮김 | 328면

080 **장미의 이름** 움베르토 에코 장편소설 | 이윤기 옮김 | 전2권 | 각 440, 448면

082 **향수** 파트리크 쥐스킨트 장편소설 | 강명순 옮김 | 384면

083 **여자를 안다는 것** 아모스 오즈 장편소설 | 최창모 옮김 | 280면

084 **나는 고양이로소이다** 나쓰메 소세키 장편소설 | 김난주 옮김 | 544면

085 **웃는 남자** 빅토르 위고 장편소설 | 이형식 옮김 | 전2권 | 각 472, 496면

087 **아웃 오브 아프리카** 카렌 블릭센 장편소설 | 민승남 옮김 | 480면

088 **무엇을 할 것인가** 니꼴라이 체르니셰프스끼 장편소설 | 서정록 옮김 | 전2권 | 각 360, 404면

090 **도나 플로르와 그녀의 두 남편** 조르지 아마두 장편소설 | 오숙은 옮김 | 전2권 | 각 328, 308면

092 **미사고의 숲** 로버트 홀드스톡 장편소설 | 김상훈 옮김 | 416면

093 **신곡** 단테 알리기에리 장편서사시 | 김운찬 옮김 | 전3권 | 각 292, 296, 328면

096 **교수** 샬럿 브론테 장편소설 | 배미영 옮김 | 368면

097 **노름꾼** 표도르 도스또예프스끼 장편소설 | 이재필 옮김 | 320면

098 **하워즈 엔드** E. M. 포스터 장편소설 | 고정아 옮김 | 508면

099 **최후의 유혹** 니코스 카잔차키스 장편소설 | 안정효 옮김 | 전2권 | 각 408면

101 **키리냐가** 마이크 레스닉 장편소설 | 최용준 옮김 | 464면

102 **바스커빌가의 개** 아서 코넌 도일 장편소설 | 조영학 옮김 | 264면

103 **버마 시절** 조지 오웰 장편소설 | 박경서 옮김 | 400면

104 **10 1/2장으로 쓴 세계 역사** 줄리언 반스 장편소설 | 신재실 옮김 | 464면

105 **죽음의 집의 기록** 표도르 도스또예프스끼 장편소설 | 이덕형 옮김 | 528면

106 **소유** 앤토니어 수전 바이어트 장편소설 | 윤희기 옮김 | 전2권 | 각 440, 480면

108 **미성년** 표도르 도스또예프스끼 장편소설 | 이상룡 옮김 | 전2권 | 각 512, 544면

110 **성 앙투안느의 유혹** 귀스타브 플로베르 희곡소설 | 김용은 옮김 | 584면

111 **밤으로의 긴 여로** 유진 오닐 희곡 | 강유나 옮김 | 240면

112 **마법사** 존 파울즈 장편소설 | 정영문 옮김 | 전2권 | 각 512, 552면

114 **스제빤치꼬보 마을 사람들** 표도르 도스또예프스끼 장편소설 | 변현태 옮김 | 416면

115 **플랑드르 거장의 그림** 아르투로 페레스 레베르테 장편소설 | 정창 옮김 | 512면

116 **분신** 표도르 도스또예프스끼 장편소설 | 석영중 옮김 | 288면

117 **가난한 사람들** 표도르 도스또예프스끼 장편소설 | 석영중 옮김 | 256면

118 **인형의 집** 헨리크 입센 희곡 | 김창화 옮김 | 272면

119 **영원한 남편** 표도르 도스또예프스끼 장편소설 | 정명자 외 옮김 | 448면

120 **알코올** 기욤 아폴리네르 시집 | 황현산 옮김 | 352면

121 **지하로부터의 수기** 표도르 도스또예프스끼 장편소설 | 계동준 옮김 | 256면

122 **어느 작가의 오후** 페터 한트케 중편소설 | 홍성광 옮김 | 160면

123 **아저씨의 꿈** 표도르 도스또예프스끼 장편소설 | 박종소 옮김 | 304면
124 **네또츠까 네즈바노바** 표도르 도스또예프스끼 장편소설 | 박재만 옮김 | 316면
125 **곤두박질** 마이클 프레인 장편소설 | 최용준 옮김 | 528면
126 **백야 외** 표도르 도스또예프스끼 소설선집 | 석영중 외 옮김 | 408면
127 **살라미나의 병사들** 하비에르 세르카스 장편소설 | 김창민 옮김 | 296면
128 **뻬쩨르부르그 연대기 외** 표도르 도스또예프스끼 소설선집 | 이항재 옮김 | 296면
129 **상처받은 사람들** 표도르 도스또예프스끼 장편소설 | 윤우섭 옮김 | 전2권 | 각 296, 392면
131 **악어 외** 표도르 도스또예프스끼 소설선집 | 박혜경 외 옮김 | 312면
132 **허클베리 핀의 모험** 마크 트웨인 장편소설 | 윤교찬 옮김 | 416면
133 **부활** 레프 똘스또이 장편소설 | 이대우 옮김 | 전2권 | 각 308, 416면
135 **보물섬** 로버트 루이스 스티븐슨 장편소설 | 머빈 피크 그림 | 최용준 옮김 | 360면
136 **천일야화** 앙투안 갈랑 엮음 | 임호경 옮김 | 전6권 | 각 336, 328, 372, 392, 344, 320면
142 **아버지와 아들** 이반 뚜르게네프 장편소설 | 이상원 옮김 | 328면
143 **오만과 편견** 제인 오스틴 장편소설 | 원유경 옮김 | 480면
144 **천로 역정** 존 버니언 우화소설 | 이동일 옮김 | 432면
145 **대주교에게 죽음이 오다** 윌라 캐더 장편소설 | 윤명옥 옮김 | 352면
146 **권력과 영광** 그레이엄 그린 장편소설 | 김연수 옮김 | 384면
147 **80일간의 세계 일주** 쥘 베른 장편소설 | 고정아 옮김 | 352면
148 **바람과 함께 사라지다** 마거릿 미첼 장편소설 | 안정효 옮김 | 전3권 | 각 616, 640, 640면
151 **기탄잘리** 라빈드라나트 타고르 시집 | 장경렬 옮김 | 224면
152 **도리언 그레이의 초상** 오스카 와일드 장편소설 | 윤희기 옮김 | 384면
153 **레우코와의 대화** 체사레 파베세 희곡소설 | 김운찬 옮김 | 280면
154 **햄릿** 윌리엄 셰익스피어 희곡 | 박우수 옮김 | 256면
155 **맥베스** 윌리엄 셰익스피어 희곡 | 권오숙 옮김 | 176면
156 **아들과 연인** 데이비드 허버트 로런스 장편소설 | 최희섭 옮김 | 전2권 | 464, 432면
158 **그리고 아무 말도 하지 않았다** 하인리히 뵐 장편소설 | 홍성광 옮김 | 272면
159 **미덕의 불운** 싸드 장편소설 | 이형식 옮김 | 248면
160 **프랑켄슈타인** 메리 W. 셸리 장편소설 | 오숙은 옮김 | 320면
161 **위대한 개츠비** 프랜시스 스콧 피츠제럴드 장편소설 | 한애경 옮김 | 280면
162 **아Q정전** 루쉰 중단편집 | 김태성 옮김 | 320면
163 **로빈슨 크루소** 대니얼 디포 장편소설 | 류경희 옮김 | 456면
164 **타임머신** 허버트 조지 웰스 소설선집 | 김석희 옮김 | 304면

165 **제인 에어** 샬럿 브론테 장편소설 | 이미선 옮김 | 전2권 | 각 392, 384면

167 **풀잎** 월트 휘트먼 시집 | 허현숙 옮김 | 280면

168 **표류자들의 집** 기예르모 로살레스 장편소설 | 최유정 옮김 | 216면

169 **배빗** 싱클레어 루이스 장편소설 | 이종인 옮김 | 520면

170 **이토록 긴 편지** 마리아마 바 장편소설 | 백선희 옮김 | 192면

171 **느릅나무 아래 욕망** 유진 오닐 희곡 | 손동호 옮김 | 168면

172 **이방인** 알베르 카뮈 장편소설 | 김예령 옮김 | 208면

173 **미라마르** 나기브 마푸즈 장편소설 | 허진 옮김 | 288면

174 **지킬 박사와 하이드 씨** 로버트 루이스 스티븐슨 소설선집 | 조영학 옮김 | 320면

175 **루진** 이반 뚜르게네프 장편소설 | 이항재 옮김 | 264면

176 **피그말리온** 조지 버나드 쇼 희곡 | 김소임 옮김 | 256면

177 **목로주점** 에밀 졸라 장편소설 | 유기환 옮김 | 전2권 | 각 336면

179 **엠마** 제인 오스틴 장편소설 | 이미애 옮김 | 전2권 | 각 336, 360면

181 **비숍 살인 사건** S. S. 밴 다인 장편소설 | 최인자 옮김 | 464면

182 **우신예찬** 에라스무스 풍자문 | 김남우 옮김 | 296면

183 **하자르 사전** 밀로라드 파비치 장편소설 | 신현철 옮김 | 488면

184 **테스** 토머스 하디 장편소설 | 김문숙 옮김 | 전2권 | 각 392, 336면

186 **투명 인간** 허버트 조지 웰스 장편소설 | 김석희 옮김 | 288면

187 **93년** 빅토르 위고 장편소설 | 이형식 옮김 | 전2권 | 각 288, 360면

189 **젊은 예술가의 초상** 제임스 조이스 장편소설 | 성은애 옮김 | 384면

190 **소네트집** 윌리엄 셰익스피어 연작시집 | 박우수 옮김 | 200면

191 **메뚜기의 날** 너새니얼 웨스트 장편소설 | 김진준 옮김 | 280면

192 **나사의 회전** 헨리 제임스 중편소설 | 이승은 옮김 | 256면

193 **오셀로** 윌리엄 셰익스피어 희곡 | 권오숙 옮김 | 216면

194 **소송** 프란츠 카프카 장편소설 | 김재혁 옮김 | 376면

195 **나의 안토니아** 윌라 캐더 장편소설 | 전경자 옮김 | 368면

196 **자성록** 마르쿠스 아우렐리우스 명상록 | 박민수 옮김 | 240면

197 **오레스테이아** 아이스킬로스 비극 | 두행숙 옮김 | 336면

198 **노인과 바다** 어니스트 헤밍웨이 소설선집 | 이종인 옮김 | 320면

199 **무기여 잘 있거라** 어니스트 헤밍웨이 장편소설 | 이종인 옮김 | 464면

200 **서푼짜리 오페라** 베르톨트 브레히트 희곡선집 | 이은희 옮김 | 320면

201 **리어 왕** 윌리엄 셰익스피어 희곡 | 박우수 옮김 | 224면

202 **주홍 글자** 너새니얼 호손 장편소설 | 곽영미 옮김 | 360면

203 **모히칸족의 최후** 제임스 페니모어 쿠퍼 장편소설 | 이나경 옮김 | 512면

204 **곤충 극장** 카렐 차페크 희곡선집 | 김선형 옮김 | 360면

205 **누구를 위하여 종은 울리나** 어니스트 헤밍웨이 장편소설 | 이종인 옮김 | 전2권 | 각 416, 400면

207 **타르튀프** 몰리에르 희곡선집 | 신은영 옮김 | 416면

208 **유토피아** 토머스 모어 소설 | 전경자 옮김 | 288면

209 **인간과 초인** 조지 버나드 쇼 희곡 | 이후지 옮김 | 320면

210 **페드르와 이폴리트** 장 라신 희곡 | 신정아 옮김 | 200면

211 **말테의 수기** 라이너 마리아 릴케 장편소설 | 안문영 옮김 | 320면

212 **등대로** 버지니아 울프 장편소설 | 최애리 옮김 | 328면

213 **개의 심장** 미하일 불가꼬프 중편소설집 | 정연호 옮김 | 352면

214 **모비 딕** 허먼 멜빌 장편소설 | 강수정 옮김 | 전2권 | 각 464, 488면

216 **더블린 사람들** 제임스 조이스 단편소설집 | 이강훈 옮김 | 336면

217 **마의 산** 토마스 만 장편소설 | 윤순식 옮김 | 전3권 | 각 496, 488, 512면

220 **비극의 탄생** 프리드리히 니체 | 김남우 옮김 | 304면

221 **위대한 유산** 찰스 디킨스 장편소설 | 류경희 옮김 | 전2권 | 각 432, 448면

223 **사람은 무엇으로 사는가** 레프 똘스또이 소설선집 | 윤새라 옮김 | 464면

224 **자살 클럽** 로버트 루이스 스티븐슨 소설선집 | 임종기 옮김 | 272면

225 **채털리 부인의 연인** 데이비드 허버트 로런스 장편소설 | 이미선 옮김 | 전2권 | 각 336, 328면

227 **데미안** 헤르만 헤세 장편소설 | 김인순 옮김 | 272면

228 **두이노의 비가** 라이너 마리아 릴케 시선집 | 손재준 옮김 | 504면

229 **페스트** 알베르 카뮈 장편소설 | 최윤주 옮김 | 432면

230 **여인의 초상** 헨리 제임스 장편소설 | 정상준 옮김 | 전2권 | 각 520, 544면

232 **성** 프란츠 카프카 장편소설 | 이재황 옮김 | 560면

233 **차라투스트라는 이렇게 말했다** 프리드리히 니체 산문시 | 김인순 옮김 | 464면

234 **노래의 책** 하인리히 하이네 시집 | 이재영 옮김 | 384면

235 **변신 이야기** 오비디우스 서사시 | 이종인 옮김 | 632면

236 **안나 카레니나** 레프 톨스토이 장편소설 | 이명현 옮김 | 전2권 | 각 800, 736면

238 **이반 일리치의 죽음 · 광인의 수기** 레프 톨스토이 중단편집 | 석영중 · 정지원 옮김 | 232면

239 **수레바퀴 아래서** 헤르만 헤세 장편소설 | 강명순 옮김 | 272면

240 **피터 팬** J. M. 배리 장편소설 | 최용준 옮김 | 272면

241 **정글 북** 러디어드 키플링 중단편집 | 오숙은 옮김 | 272면

242 **한여름 밤의 꿈** 윌리엄 셰익스피어 희곡 | 박우수 옮김 | 160면

243 **좁은 문** 앙드레 지드 장편소설 | 김화영 옮김 | 264면

244 **모리스** E. M. 포스터 장편소설 | 고정아 옮김 | 408면

245 **브라운 신부의 순진** 길버트 키스 체스터턴 단편집 | 이상원 옮김 | 336면

246 **각성** 케이트 쇼팽 장편소설 | 한애경 옮김 | 272면

247 **뷔히너 전집** 게오르크 뷔히너 지음 | 박종대 옮김 | 400면

248 **디미트리오스의 가면** 에릭 앰블러 장편소설 | 최용준 옮김 | 424면

249 **베르가모의 페스트 외** 옌스 페테르 야콥센 중단편 전집 | 박종대 옮김 | 208면

250 **폭풍우** 윌리엄 셰익스피어 희곡 | 박우수 옮김 | 176면

251 **어셴든, 영국 정보부 요원** 서머싯 몸 연작 소설집 | 이민아 옮김 | 416면

252 **기나긴 이별** 레이먼드 챈들러 장편소설 | 김진준 옮김 | 600면

253 **인도로 가는 길** E. M. 포스터 장편소설 | 민승남 옮김 | 552면

254 **올랜도** 버지니아 울프 장편소설 | 이미애 옮김 | 376면

255 **시지프 신화** 알베르 카뮈 지음 | 박언주 옮김 | 264면

256 **조지 오웰 산문선** 조지 오웰 지음 | 허진 옮김 | 424면

257 **로미오와 줄리엣** 윌리엄 셰익스피어 희곡 | 도해자 옮김 | 200면

258 **수용소군도** 알렉산드르 솔제니친 기록문학 | 김학수 옮김 | 전6권 | 각 460면 내외

264 **스웨덴 기사** 레오 페루츠 장편소설 | 강명순 옮김 | 336면

265 **유리 열쇠** 대실 해밋 장편소설 | 홍성영 옮김 | 328면

266 **로드 짐** 조지프 콘래드 장편소설 | 최용준 옮김 | 608면

267 **푸코의 진자** 움베르토 에코 장편소설 | 이윤기 옮김 | 전3권 | 각 392, 384, 416면

270 **공포로의 여행** 에릭 앰블러 장편소설 | 최용준 옮김 | 376면

271 **심판의 날의 거장** 레오 페루츠 장편소설 | 신동화 옮김 | 264면

272 **에드거 앨런 포 단편선** 에드거 앨런 포 지음 | 김석희 옮김 | 392면

273 **수전노 외** 몰리에르 희곡선집 | 신정아 옮김 | 424면

274 **모파상 단편선** 기 드 모파상 지음 | 임미경 옮김 | 400면

275 **평범한 인생** 카렐 차페크 장편소설 | 송순섭 옮김 | 280면

276 **마음** 나쓰메 소세키 장편소설 | 양윤옥 옮김 | 344면

277 **인간 실격·사양** 다자이 오사무 소설집 | 김난주 옮김 | 336면

278 **작은 아씨들** 루이자 메이 올컷 장편소설 | 허진 옮김 | 전2권 | 각 408, 464면

280 **고함과 분노** 윌리엄 포크너 장편소설 | 윤교찬 옮김 | 520면

281 **신화의 시대** 토머스 불핀치 신화집 | 박중서 옮김 | 664면

282 **셜록 홈스의 모험** 아서 코넌 도일 단편집 | 오숙은 옮김 | 456면

283 **자기만의 방** 버지니아 울프 지음 | 공경희 옮김 | 216면

284 **지상의 양식·새 양식** 앙드레 지드 지음 | 최애영 옮김 | 360면

285 **전염병 일지** 대니얼 디포 지음 | 서정은 옮김 | 368면

286 **오이디푸스왕 외** 소포클레스 비극 | 장시은 옮김 | 368면

287 **리처드 2세** 윌리엄 셰익스피어 희곡 | 박우수 옮김 | 208면

288 **아내·세 자매** 안톤 체호프 선집 | 오종우 옮김 | 240면

289 **폭풍의 언덕** 에밀리 브론테 장편소설 | 전승희 옮김 | 592면

290 **조반니의 방** 제임스 볼드윈 장편소설 | 김지현 옮김 | 320면

291 **의무론** 마르쿠스 툴리우스 키케로 지음 | 김남우 옮김 | 312면

292 **밤에 돌다리 밑에서** 레오 페루츠 지음 | 신동화 옮김 | 360면

293 **한낮의 열기** 엘리자베스 보엔 장편소설 | 정연희 옮김 | 576면